岩 波 文 庫

32-560-5

精 神 の 危 機

他十五篇

ポール・ヴァレリー 著
恒 川 邦 夫 訳

岩 波 書 店

目　次

精神の危機　他十五篇

精神の危機

第一の手紙

我々文明なるものは、今や、すべて滅びる運命にあることを知っている。

これまでも跡形もなく姿を消した多くの世界、すべての乗員・機関もろとも深淵にのみこまれていった数々の帝国の話を耳にしてきた。それらはすべて、彼らの神々、法律、学術の府、純粋・応用諸科学、文法、辞書、古典、ロマン派、象徴派、批評家たち、批評家の批評家たちもろともに、諸世紀の測り知れない深淵に沈んでいった。我々はすでに知っていたのだ、目に見える大地はことごとく灰塵で作られ、灰塵は何かのしるしであることを。我々は歴史の厚みを通して、かつて財宝と精神を積んでいた巨船の幻影を垣間見てきたのである。その数は我々には数えきれないほどある。しかしそれらの難破は、つまるところ、我々の関与するところではなかった。

エラム(1)、ニネヴェ(2)、バビロン(3)といった名前は漠然たる美名にすぎなかったし、それらの世界の完膚なき崩壊は、我々にとって、それらの存在そのものと同様、多くの意味を持たなかった。しかしフランス、英国、ロシア……もまた美しい名前であることには違いない。ルシタニア(4)もまた美しい名前である。そして、今、我々が理解するのは、歴史の深淵はすべてをのみこむ容量を持っていることである。一個の文明は一個の生とかわらぬ脆《もろ》さを持っていることを我々は感じる。キーツやボードレールの作品がやがてメナンドロス(5)の作品と同じ運命をたどるようになる状況を想定することは、もはや、それほど困難なことではない。それは新聞を読めば分かる。

そればかりではない。手厳しい教訓が示唆するところはさらに深刻である。最も美しいもの、最も古くから伝えられてきたもの、最も見事で秩序あるものが、いかにして、偶発的な要因で、滅びていくものであるかを、我々の世代が体験的に学ぶだけでは不十分であった。我々の世代は思想、常識、感情の分野において、幾多の驚くべき現象、逆説の突発的な実現、明証性の突然の崩壊が起こるのを目にしてきた。

一例だけをあげよう。ドイツ民族の偉大なる美徳は、かつて怠惰が引き起こした悪徳の数を越える害悪を生み出した。我々は、我々自身の眼で、彼らの丹念な仕事ぶり、最も堅固な教育、恐るべき計画のために適用された最も厳格な規律と熱心さとを見た。

これほどおぞましい出来事は、そうした数々の美徳が存在しなかったら、起こり得なかったであろう。あれほど短時間に、あれほど多くの人を殺し、あれほど多くの財を浪費し、あれほど多くの市を壊滅させるには、恐らく、多くの知力が必要だったはずだ。そして知力に劣らず徳力も必要だったはずだ。「知力《サヴォワール》」と「徳義《ドゥヴォワール》」、果たして疑わしきは汝らか？

かくして精神的ペルセポリス[6]も物質的スサ[7]も等しく荒廃した。すべてが失われたのではないが、すべてが滅亡の危機を感じた。

ヨーロッパの髄にただならぬ戦慄が走った。ヨーロッパは、その思弁的中核のすべてで、もはや自分が誰か分からなくなり、自分が異形のものとなって、意識を失いつつあることを感じた——その意識とは何世紀ものあいだ耐えぬいてきた幾多の不幸、幾千の一級の知者たち、地理的・民族的・歴史的な数えきれないほどの幸運によって獲得されたものである。

すると、——自らの生理的な存在と財産を守るための最期のあがきのように、記憶のすべてが混然としてよみがえってきた。偉大なる人物、偉大なる書物がごちゃまぜに呼び起こされたのだ。戦争の間ほど、人々が本をあれほど沢山、しかも、夢中になって読んだことはなかった。本屋に聞いてみればいい。人々があれほど頻繁に、しかも深刻に祈ったことはなかった、司祭に聞いてみればいい。人々はあらゆる救い主、創始者、保護者、犠牲者、英雄、祖国の父、聖女、国民詩人たちを引き合いにだした……。

そしてその同じ心的混乱の中で、同じ苦悩に呼びたてられ、知的ヨーロッパは過去の数知れぬ思想がめまぐるしく蘇生するのを目の当たりにした。幾多の教条、哲学、理想、「世界」を説明する三百通りの仕方、キリスト教の千一の解釈、二ダースもの実証主義。知的光のすべてのスペクトルが互いに相容れない色を開陳して、ヨーロッパ魂の断末魔を奇妙に矛盾した光で照らし出したのである。技術者たちが過去の戦記に描かれた戦争のイメージの中に、鉄条網をくぐりぬける方法や、潜水艦の裏をかく方法、あるいは、戦闘機の飛行を麻痺させる方法を熱心に探している間、魂はあらんかぎりの呪文を唱え、この上なく奇妙な予言を大真面目に受け取っていた。魂は昔の事跡、祖先の取り組みなど、あらゆる過去の事象の記録の中に、逃げ場や状況証拠や慰安を捜し求めていた。それらは不安が生み出す周知の産物であり、罠に落ちた鼠のように度を失って、現実から悪夢へ、悪夢から現実へ右往左往する脳髄の混乱した反応の現れである……。

　軍事的危機はたぶん終わった。経済的危機はいまだにいささかも衰えを見せていない。しかし知的危機は、より微妙であり、その性質からして、この上なくまぎらわしい様相を呈するものであるが（なぜならそれは本来的に隠蔽をこととする世界に属するから）、その正確な姿、その相をなかなか明らかにしない。

　文学や哲学や美学の世界においては、将来、誰が消え、誰が生き残るかなどということを断言することはできない。さらには、いかなる観念、いかなる表現形態が、将来、消滅一覧表に書き込まれ、どんな新規なものが新たに喧伝されるようになるかなどということも誰にも分からない。

　たしかに、希望はなお残っていて、小声で歌っている、

　　意志ガ自由ヲ制スルヨウニ、最後ニ
　　精神ナル帝王ガ勝チ名乗リヲアゲル(8)

と。

しかし、希望とは精神が下す厳密な予測に対する存在者の抱く不信感にほかならない。希望が示唆するのは、存在に不都合なあらゆる結論は精神の誤算にちがいないということである。しかし事実は明白かつ容赦のないものだ。何千人もの若い作家、若い芸術家が死んだ。ヨーロッパ文化という幻想がはじけ、知識では何も救えないという知識の無力が証明された。科学はその心的野心において致命的な痛手を負ったし、その応用の無残さにおいて、言わば辱めを受けた。理想主義はおよそ勝ち目がなく、深く傷ついて、自らの夢の責任を問われている。現実主義は欺かれ、痛打され、幾多の犯罪と過誤に打ちひしがれている。貪欲も禁欲も等しく踏みにじられた。戦場では信仰もごっちゃにされ、十字架に十字架が、新月旗に新月旗がぶつけられた。懐疑論者たちすら、あまりに急激な、あまりに激烈な、あまりにむごい出来事に動転し、猫が鼠とたわむれるように、我々の思想をもてあそぶばかりだった、――懐疑論者たちは疑念を忘れたかと思えば、再び取り上げ、また再び放棄し、自らの精神の運動をどう用いたらいいのか分からなくなってしまった。

　船の揺れがあまりに強くなったために、この上なく巧みに吊られていたランプまでがついにひっくりかえってしまったのである。

精神の危機に深みと重みを与えるのは、危機に陥った患者の状態である。

私には一九一四年のヨーロッパの知的状況を定義する時間も力もない。そもそも誰がそんな大それた試みをするだろうか。とてつもないテーマである。あらゆる分野の知識が必要となり、果てしない情報収集に終始することになろう。それに、これほど複雑な総体を相手にするとなると、過去――たとえごく近過去のことであっても――を再構成することの困難は、未来――たとえごく近未来のことであっても――を構築することの困難に優に匹敵する、というか、それは、むしろ、同種の困難さである。予言者は歴史家と同じ穴の狢《むじな》である。彼らの仕事に首をつっこまないようにしよう。

私に、今、必要なのは、戦争前夜に考えられていたことについての漠然とした、一般的な記憶だけである。さまざまな研究がなされ、さまざまな本が出版されていたが、それらについての記憶である。

細かいことは一切捨象して、簡単な印象に限り、瞬時の知覚がもたらす自然な全体像に限って話をすれば、私の目に映るのはわずかなもの――なきに等しいもの！――「無」である。ただし、それは無限に豊かな無である。

物理学者は、白熱した炉の中に、我々の眼が敢えて何かを見ようとしても、そこには——何も——見えないことを教えてくれる。いかなる光の段差もなく、空間を占める諸点の区別もなくなるのだ。この密閉された恐るべきエネルギーは不可視性、感覚的に捕捉不能な無差別性へと導くのである。そして、この種の無差別性とは完全なる無秩序にほかならない。

それなら、我らがヨーロッパのこの精神的無秩序は何によって作られていたのか？——それはすべての教養人におけるこの上なく多様な観念の共存、この上なく相対立する生と知に関わる原理の共存である。それこそ近代という一時代を画する特徴なのだ。

私はこうした近代という観念を一般化し、ある種の存在様式の名称とすることに賛同するものである。その場合の近代は単なる同時代性の同義語ではない。歴史の中には、我々近代人が極端に調和を乱すことなく、それほど違和感を持たれずに入っていけるような時代や場所が多々あるだろう。そうしたところでは、我々はそれほど奇妙にも、目立つ存在にも思われないだろうし、無礼でも、耳障りでも、異分子でもないだろう。我々が入っていっても特別騒がれることがないところとは、まさに我々の世界といっていいところだ。トラヤヌス帝のローマとか、プトレマイオス朝のアレクサンドリアなら、他のもっと時代的には我々に近いけれども、風俗的にはある種のタイプに限定され、一民族、一文化、ただ一つの生き方に限定されたところよりも、我々を容易に受け入れるだろうことは明らかである。

そうなのだ！　一九一四年のヨーロッパは恐らくこの種の近代主義が限界に達していたのだ。ある場を占める頭脳は、それぞれ、世論を構成するあらゆる種族の交差点にあった。思想家は、各人、諸々の思想の万国博覧会の様相を呈していた。精神的産物の極端なまでの多様さ、相互に矛盾する衝動の並存は、あの時代のヨーロッパの首都の夜の常軌を逸した照明を思わせるものだった。それは人々の目がくらみ、困惑するほどのものであった……これほどのカーニヴァルが可能となり、それが人間性の最高の叡智にして勝利の形として確立されるためには、どれだけの物質、どれだけの仕事、計算、簒奪された諸世紀、異質な生の積み重ねが必要であったか？

この時期の書物を開けば――もちろんそれは最も凡庸な類の本ではない――そこにはいとも簡単に次のようなものが見出せるだろう――ロシアバレーの影響、――パスカル流の暗い文体のいくばくか、――ゴンクール流の印象の多く、――ニーチェからの借用、

――ランボーからの借用、――画家たちとの交流からくるある種の効果、そして、時には、科学出版物の調子、――そうしたものでできた全体に何かしら調合の難しい英国風の香りがつけられているのだ！……ついでに言えば、こうした混合物の各成分中には他の諸々の異物が含まれていることだ。それが何であるかを探しても無駄だ。そうすることは、結局、いま私が近代主義について述べたことを繰り返すことになるだろうし、ヨーロッパの精神史のすべてをおさらいすることになるだろう。

いま、バーゼルからケルンにいたり、ニューポール(9)の砂浜、ソム(10)の湿地、シャンパーニュの白亜、アルザスの花崗岩に接する広大なエルシノーア(11)の段丘の上で、――ヨーロッパのハムレットが幾百万の亡霊を眺めている。

彼は一人の知的ハムレットである。彼は諸々の真実の生と死について考えている。彼が亡霊として眺めているのは、我々の論争の対象のすべてである。彼が惜しんでいるのは、我々の栄光の題目のすべてである。彼は幾多の発見、知識の重みに圧しつぶされて、新たな取り組みにとりかかれないでいる。過去を繰り返すことの退屈とつねに革新をのぞむことの狂気について考えている。彼はその二つの深淵の間でよろめいている。なぜなら、秩序と無秩序という二つの危険が絶えず世界を脅かしているからだ。

彼が一つの頭蓋骨をつかむとすれば、それは名高い頭蓋骨である。――コノ頭蓋骨ハ誰ダッタノカ？[12]――それはリオナルドだ。[13] 彼は飛ぶ人間を発明した。しかし飛ぶ人間は発明者の意図に完全にそうものとはならなかった。巨大な白鳥の背に乗って飛ぶ大きな鳥(*il grande Uccello sopra del dosso del suo magnio cecero*)[14]は、我々の時代には、灼熱の日々に、街々の舗道に撒くために、山頂の雪を取りに行くのとは違った目的を持っている……そしてもう一つの頭蓋骨は、永久平和を夢見たライプニッツのものだ。そしてこれはカントだ、彼がヘーゲルを生ミ、ヘーゲルがマルクスを生ミ、マルクスがさらに……を生ンダノダ。[15]

ハムレットはこれらすべての頭蓋骨をもてあましている。しかし彼がそれらを放棄したところでどうなるものか！……彼はそれで自分が変わるのか？　彼の恐るべき明晰な精神は戦争から平和への移行を凝視している。この移行は平和から戦争への移行より暗晦《あんかい》で、危険である。すべての人民が当惑している。「それで私は、と彼は自分に言う、ヨーロッパの知性たる私は、どうなるのか？……平和とは何か？　平和とは、おそらく、人間に自ずからそなわっている闘争心が、戦争においては破壊によって表現されるのに対して、創造によって表現されるような状態をいうのだろう。それは創造的競争、生産を競う時である。しかし私は、生産することに飽いているのではないか？　私はすでに極端な試みを行う欲望を枯渇させてしまい、巧妙な混交の限りをつくしてしまったのではないか？　私は自分の困難な義務や超越的な野心を放棄すべきなのか？　私は果たしてこの道を進みつづけ、いまや大新聞を経営しているポローニアス[16]のようにしなければならないのか？　あるいはどこかの航空会社で働いているラエーテス[17]のようにしなければならないのか？　あるいはまた、ロシア名前でわけの分からないことをしているローゼンクランツ[18]のようにしなければならないのか？

——さらば亡霊たちよ！　世界はもはや汝らを必要としない。私をも必要としない。精密を求める自らの宿命的な運動に進歩という名をつけた世界は、死の利点を生の効用に結び付けようとしている。ある種の混乱がまだ支配している。しかし、いま少し時間が経てば、すべてが明らかになるだろう。我々は、一つの動物社会、完璧にして決定的な蟻塚のような社会が奇跡的に到来するのを目の当たりにするだろう。」

第二の手紙

先日、私は、平和とは、その過程に、愛と創造の行為を容認する戦争であると言った。したがって、それはいわゆる戦争よりもずっと複雑で、分かりにくい事態なのである。生が死よりもはるかに暗晦で深淵なものであるのと同様である。

そしてまた平和の開始と進展は平和そのものよりも複雑なプロセスで、ちょうど生命《いのち》の受胎や起源が、一度出来上がって、環境に適応した生命体の機能にくらべて、はるかに神秘的であるのと同様である。

今日では、皆、その神秘をあたかも一つの実感のように知覚している。中には、恐らく、自我そのものを、その神秘の一部のように強く意識している人もいるであろう。そして感受性がすぐれて明晰で、繊細で、豊かな人は、感受性の裡に、我々の宿命の行く先を、世界の現状を越えて、見通す人もいるであろう。

私がそうだというつもりはない。世の中の事は、私には、知性との関係においてしか興味がない。ベーコンならかくいう知性こそ一つの「偶像」だと言うだろう。それは認めたとしても、私にはこれ以上の偶像が見出せなかったということだ。

そこで私は平和の確立という問題を、知性および知的事象が関係する限りにおいて、考えてみようと思う。そういう観点は偽造だ、なぜなら、それは精神とその他一切の活動を切り離してしまうことだから。しかしこの種の抽象化、この種の偽造は避けられないものである。いずれにせよ、観点というものは、すべて、偽造である。

最初にこういう考えが浮かぶ。文化、知性、傑出した作品といった観念は、我々にとって、ヨーロッパという観念と古くから関係している——ただ、関係があまりに古いので、滅多にそこまでさかのぼって考えないということだ。

世界の他のところにも賛嘆すべき幾多の文明が栄えたし、一級の詩人、建築家、さらには学者たちも存在した。しかし次のような物理的特性を備えたところは、他にはなかった。それは、最大の入力と最強の出力の結合という特性である。

すべてがヨーロッパにやって来て、すべてがヨーロッパから出て来た。あるいはほとんどすべてが。

ところで、現在、我々は次のような決定的な問題に直面している。ヨーロッパは果たしてそのあらゆる分野における優位性を保っていけるだろうか、という問題である。

ヨーロッパは、実際にそうであるところのもの、すなわちアジア大陸の小さな岬の一つになってしまうのか？

それともヨーロッパは、いまのところ、そう見えるところのもの、すなわち地球の貴重な部分、球体の真珠、巨大な体軀の頭脳として、とどまり得るのか？

かかる二者択一の厳しさを十全に理解してもらうために、ここで、一種の基本定理を展開することをお許し願いたい。

一枚の平面地球図を見ていただきたい。この図に、人が住める土地の総体が描かれている。その総体はさまざまな地域に分割され、それぞれの地域には一定の人口密度があり、ある種の人間的価値が存在する。各地域には相応の天然資源がある、――それなりに豊穣な土地、それなりに豊饒な地下資源、それなりに灌漑され、それなりに交通の便のよい領土、等々。

こうした特性によって、いつの時代においても、世界の諸地域を分類することができる。具体的には、いつの時代においても、人間が住む地球の現状は、人間が居住する諸地域を対象とした一つの不平等系によって、定義することができる。

各瞬間において、次の瞬間がどのようなものになるかは所与の不平等に依存する。

次に、この分類ではなく、近過去において実際にまだ有効であった分類を検討してみよう。するとそこに我々はきわめて特徴的な一つの事実、我々にとってごく親しい一つの事実を認める。

小さなヨーロッパ地域が、何世紀も前から、分類のトップに位置づけられている。空間的な狭隘さにもかかわらず、――地下資源も取り立てて言うほどには豊かでないにもかかわらず、――ヨーロッパがトップの座を占めているのだ。いかなる奇跡によってか？――もちろん、奇跡はそこに住む人々の質の裡に存するのでなければならない。その質がヨーロッパにおける人口の少なさ、面積の少なさ、鉱物資源の少なさを補っているのだ。秤の一方の皿にインド帝国をのせ、もう一方に連合王国をのせてみよう。すると見よ、秤は重りの軽い方へ傾くのだ！

これは均衡の破断としては異常である。しかしその後起こってきたことはさらに尋常ならざる事態である。このままいくと秤が徐々に反対方向に傾きだしそうなのである。

我々は先ほど人間の質がヨーロッパの優位性の決定因であることを示唆した。私はこの優位性を詳細に分析することができない。しかし大まかな検討によって、私は次のように理解する。あくなき貪欲、熾烈にして無私の好奇心、想像力と論理的厳密さの幸福な混合、悲観主義にならないある種の懐疑主義、諦念とは一線を画す神秘主義……そうしたものがヨーロッパ「魂」の最も深甚な力を発揮する特性になっていることだ。

この精神の例を一つだけあげよう。ただしこの例はただの一例ではない、一級の例であり、――最も重要な例である、すなわちギリシアだ――というのも地中海沿岸部をヨーロッパに組み入れることを忘れてはならないからだ。スミルナとアレクサンドリア[19]はアテネやマルセイユと同様にヨーロッパである、――ギリシアは幾何学を創始した。これは途方もない試みだった。我々は今日なおその狂気の可能性について論争しているほどだ。

こうした途轍もない創造を実現するには何が必要だったか？――エジプト人も中国人もカルデア人[20]もインド人もそうした試みには至らなかったことを考えてみればいい。それはまことに驚嘆すべき冒険、「金羊毛」[21]よりもずっと貴重な、格段に詩的な征服であったことに思い至るべきである。ピタゴラスの黄金の腿[22]に値する羊皮など存在しない。

幾何学の試みは一般に最も両立しにくい才能の協力を要求した。それは精神のアルゴー船勇士、自分の思念に引きずられたり、とらわれたりすることなく、感情に惑わされることもない堅固な水先人を必要とした。彼らを支える前提の脆弱さや彼らが探索する推論の微妙さ、果てしなさも彼らの意志をくじくことはなかった。彼らはあたかもむら気な黒ん坊からも、妖変するイスラム行者からも等しく距離を取っていたようにみえる。彼らは日常語を厳密な推論へ適応させるべく、繊細きわまりない、ほとんど不可能な調整を成し遂げた。運動と視覚が複雑にからんだ操作の分析、それらの操作が言葉の文法的特性とどのように対応するかという問題。彼らは言葉を信頼し、そうした操作を、明晰な精神で、手探りしながら、空間世界へ導いて行った……そして、その空間世界が世紀を重ねるにつれ、次第に豊かな、驚きに満ちた創造世界へと成長していったのである。それには思想が次第に己をよりよく統御できるようになり、類のない思考の道具立てを用意してくれた当初の驚嘆すべき理性と繊細な精神に対して、いっそうの信頼感を抱くようになったことがある。道具立てとは、定義、公理、補助定理、定理、問題、系、等々である。

こうした問題をきちんと語るにはゆうに一巻の書物が必要であろう。私が試みたのは、ヨーロッパ精神の精髄を表す最も特徴的な行為の一つを簡便に要約して述べたにすぎない。この例を取り上げたことによって、私はいっそう容易に本題に戻ることができる。

長い間ヨーロッパに有利に傾いているようにみられていたバランスが、ヨーロッパ自らが招いた結果として、徐々に反対側へ傾き始めたことを、私は指摘した。基本定理という大それた名辞で私が指し示すのはそのことである。

この命題を実証するにはどうしたらよいか？――私は同じ例を採用する。ギリシア人の幾何学の例である。そして読者には、この学問が時代を経てどのような結果を生み出していったかを振り返ってもらいたい。幾何学は、少しずつ、ごく緩慢にではあるが、確実に、権威を確立していって、ついにはすべての研究、すべての学問が、幾何学に、その論理の厳密さ、即時的な敷衍可能性、《素材》における徹底した夾雑物の排除、思いもよらない大胆な推論を可能にする無限の慎重さ……を借りることを余儀なくされるようになったのである。近代科学はこうした壮大な教育から生まれたのである。

しかし一度生まれ、その物質面の応用によって、有効性が確認され、報われてしまうと、我らが科学は力の手段、物理的支配の道具となり、富の刺激剤、地上の資本活用の道具となって、――《自己目的》的な探求、一種の芸術的活動ではなくなってしまった。かつては消費財であった知識が交換価値になったのだ。知識の効用が知識を一つの商品に変え、そのことによって、いくばくかの傑出した愛好家によってではなく、「普通の人」の欲望の対象になったのだ。

かかる商品は、したがって、次第により扱いやすい、より消化しやすい形態で出回るようになるだろう。次第に数多くの顧客に行き渡るようになり、「貿易」品目となり、ついには模倣され、いたるところで作られるようになる。

その結果、機械工学や応用科学の技術水準、戦時あるいは平和時における科学的手段の有無という観点から決められていた世界の諸地域間の力の差が、――そしてヨーロッパの優位はその上に成り立っていたのだが、――次第になくなりつつある。

したがって、世界の人間が居住可能な諸地域の等級分類は次のように変わりつつある。すなわち、自然状態での物質的な大きさ、統計的な基本要素、数、――人口、面積、天然資源、――が、それだけで、地上の地域別等級分類を決定する事態が起こっているのだ。

したがって、重量的には軽いはずなのに、我々の側に傾いていた秤は、おもむろに我々を押し上げ始めているのである、――まるで相手側の皿に我々の皿から何かしら神秘的な分銅《おもり》を、愚かにも、移し替えてしまったかのように。我々はうかつにも数に比例した力を相手方に与えてしまったのだ！

こうした目下起こりつつある現象は、各国の内部に認められるいま一つの現象とも比較し得るものである。それは文化の伝播に関わるもので、文化へのアクセスが次第に多くの人々に行き渡り始めているという現象である。

このような伝播がどのような結果をもたらすことになるかを予測し、それが果たして必然的にある種の堕落を引き起こすことになるか否かを探求することは、知的物理学の興味深くも、恐ろしく複雑な問題に首をつっこむことになろう。

考える精神にとって、かかる問題の魅力は、最初は、拡散という物理現象との類似性だが、——次いで、分子ではなく、人間を対象とした本来の問題へ立ちもどったとき、その類似性がたちまち深刻な差異に変化することである。

水の中に垂らした一滴の葡萄酒は、一瞬、水をほのかに色づけると、バラ色のけむりのようになって、消えていく。それが物理現象である。しかし、バラ色が消え、もとの静かな水に戻った数分後に、純粋な水に戻ったように見えた水槽の中の、ここかしこに、ほの暗く純粋な葡萄酒の幾滴かが姿を現したとしたら、——驚きはいかばかりか……。(23)

カナの祝宴(24)とでもいうべきこの現象は知的・社会的物理学においては有り得ないことではない。人はそれを天才《ジェニー》と称し、拡散に対置する。

いましがた、我々は重さと逆の方向へ傾いていた奇妙な秤のことを話題にした。いま我々は液体系が、自然発生的に、均質系から不均質系へ、親密な混交状態から明確な分離状態へ移行するのを目の当たりにしている……こうした逆説的なイメージこそ、我々が、――五千年、一万年の昔から、――「精神」と呼んでいるものの「世界」における役割を最も単純に、最も実際的に表象するものである。

――しかしヨーロッパ「精神」は――少なくともその最も貴重な部分は――果たして完全に伝播し得るものであろうか？　地球をくまなく開発し、技術を満遍なく普及させ、民主主義をあまねく実施しようとする現象は、ヨーロッパの「公民権喪失《カピティス・デミヌティオ》」[25]を予測させるものであるが、そうした現象は決定的な宿命と考えられるべきものなのか？　あるいは我々にはそうした恐るべき世界の趨勢に対抗して、いくばくかの自由がなお許されるのであろうか？

恐らく、そうした自由は探しながら、創出していくべきものであろう。ただ、そのような探求をするためには、しばらくは、集団の問題を離れて、考える各個人の内部における、個人の生と社会生活との葛藤を研究しなければならない。

付記(あるいはヨーロッパ人)

嵐が通り過ぎた。しかし、我々は嵐の前夜のような不安と焦燥感にとらわれている。ほとんど一切の人事が恐ろしく不安定な状態にある。消滅してしまったものを眺め、我々自身が、破壊されたものによって、ほとんど破壊されてしまったことを知る。これからどういうものが生まれてくるのか分からないが、それを恐れる理由は十分ある。我々の期待は漠然としているが、恐れは明確である。危惧のほうが希望よりずっと明確な形をしているということだ。はっきり言えば、安逸な生活や豊かな生活は我々の手の届かないところにあるが、動揺や疑念は我々の心の裡にあり、我々と共にあるのだ。いかに英明で、教養ある頭脳でも、到底、この不安を乗り越え、この暗鬱な印象を払拭し、社会生活のこうした不透明な時期がいつまで続くのか予測することはできない。

我々はちょうど大人になる時期にこうした大きな、恐るべき出来事に遭遇したきわめて不幸な世代である。出来事の影響は生涯に及ぶであろう。

この世の重要な事象の一切が戦争、より正確には、戦時体制によって影響を蒙ったということができる。消耗が生命の再生可能な部分よりも深いところにある何かを蝕んでしまった。全般的な経済の混乱、諸国家の政治の混乱、はては個人生活の混乱がいかなるものであったかは諸君の知るところである。困窮、躊躇、不安の蔓延である。しかしそうした中で「精神」もまた傷ついたのだ。「精神」は、実際、過酷な試練にさらされた。精神は精神的な人々の心の裡で悲鳴をあげ、自らの無力を悲しんでいる。精神は深く自己懐疑に沈んでいるのだ。

かかる精神とはいったい何か？ どういうところで、精神はこの世界の現状によって影響を受け、痛めつけられ、力を殺がれ、傷つけられたのか？ 「精神」事象の無惨な状況、「精神」的な人々のこの困窮、苦悩はどこからくるのか？ 今、我々が論じなければならないのは、そのことについてである。

人間とは孤立した動物、他のすべてに対立してきた奇妙な生物である。他のすべての上に立つのには、その……夢をもってし、――抱く夢の強度、脈絡、多様性をもってする！、その夢の尋常ならざる効果をもってするのである。それは彼の本性まで変えるほどのものだが、そればかりでなく、彼をとりまく自然までも変えてしまう力がある。彼は倦むことなく自然を自分の夢に従わせようとするのだ。

私が言いたいのは、人間は不断に、かつ、必然的に、存在しないものを念頭に浮かべて、存在するものと対立する存在だということである。人間は自分の夢に、営々とした日々の努力によって、あるいは天才の発動によって、現実界が持つ力と精度を与えようとする。その一方で、現実界に徐々に大きな変更を加え、現実界を自分の夢に近づけようとするのだ。

他の生物は外的変化によってしか、脱皮や変身にはいたらない。彼らは適応するのだ、すなわち、彼らの生存の根幹をなす性格を保存するために姿を変えるのである。そうすることによって、彼らは環境と調和を保つのである。

彼らは、私の知る限り、その調和を自然に破る習性はない。たとえば、動機もなく、外的な圧力や要求なしに、適応していた気候を離れるようなことはない。彼らは生存適性を盲目的に追求するが、よりよい状態をめざす衝動に駆られることはない。よりよい状態とは適性に対する反逆であり、まかりまちがえると最悪状態を生じかねないものである。

しかし、人間は内部に環境との調和を打ち破ろうとする衝動を持っている。人間は自分を包みこんでいるものに満足しない何かを内に秘めているのだ。人間は刻一刻変貌する。人間は欲求や欲求の満足からなる一つの閉鎖系を構成しない。人間は満足すると、そこから満足感をひっくりかえすだけの何かしら過剰な力を引き出すのだ。体や体の欲求が満たされるや否や、内奥部で何かが作動しはじめ、人間をひそかに苛《さいな》み、触発し、命令し、駆り立て、突き動かす。それが「精神」、汲めども尽きせぬ諸々の問題を内に孕んだ「精神」というものなのだ……。

　精神は我々の内部で永遠に問いつづける。誰が、何を、どこで、いつ、なぜ、どんなふうに、どんな手段で、と。精神は過去を現在に、未来を過去に、可能態を現実態に、イメージを事実に対置する。精神とは先行するものであると同時に遅滞するものである。構築するものであると同時に破壊するものである。偶然であると同時に計算である。精神は、したがって、存在しないものであると同時に、存在しないものに供される道具である。そして、精神は、つまるところ、私が言及した諸々の夢の神秘的な作者なのだ……。

　人間はどんな夢を見たか？……そして諸々の夢の中で、現実化したものはどういう夢であったか、いかにして夢が現実となったか？

我々の内部、そして、我々の周囲に目をやろう。都市を見てみよう、あるいは書物の頁を適当に繰ってみよう。あるいはさらに、我々の心の内で、その最も自然な運動に注意してみるほうがいいかもしれない……。

我々は多くの奇妙な事を願ったり、得意になって想像したりする。しかもそうした願いは古くからあるものだ。人間はいつまでたってもそうした願いを抱きつづけるように思われる……今一度「創世記」を読んでみればいい。『聖書』の初めから、最初の庭園に足を踏み入れたときから、「知識」の夢、「不死」の夢が現れる。生命の木と知識の木のもたらす美しい果実は我々を引きつけてやまない。数頁先には、同じ『聖書』の中に、一つに結ばれ、驚異の塔[26]の建設に力を合わせる人類の夢が語られている。「彼らは一つの民であり、一つの同じ言葉を持っていた……」我々はそういう事態をなお夢見ているのだ。

『聖書』には、さらに魚に飲みこまれて、広大な海の中を自在に動き回ることができたあの預言者[27]の不思議な物語もある……。

ギリシア人の中には、飛行機のようなものを自前で作った英雄たちがいる。獣を手なずける術を心得た者たち、奇跡の言葉で山を動かし、一種の驚異の遠隔操作によって、岩を動かし、神殿を建立する者たちがいる……。

遠隔操作をする、金を作り出す、金属を変質させる、死を克服する、未来を予測する、人間には入り込めないところへ侵入する、世界の両極にいて話をし、目をこらし、耳を傾ける、宇宙の星々へ出かける、永久運動を実現する、等々、――枚挙にいとまがないほど種々雑多な夢を我々は見てきた。しかしそれらの夢の総体は一つの不思議なプログラムとなって、その実現が人類の歴史に課されているようにみえる。

物質的なものであれ、精神的なものであれ、普遍的な征服と支配の計画はすべてそこに書き込まれている。我々が文明、進歩、科学、芸術、文化……と呼ぶものは、ことごとく、この非凡なる夢の生産に関係し、それに直結している。こうした夢はすべて、我々の定められた実存の所与の条件のすべてに立ち向かうものと言える。我々は自発的に自らの生存領域を変えようとする動物種なのだ。我々の夢はそれぞれ我々の生の初期条件の何かに対抗して育まれたものであって、そういう観点から、夢の一覧表、系統分類を作ることができるだろう。重力に逆らう夢もあれば、運動の法則に逆らう夢もある。空間に逆らう夢も持続に逆らう夢もある。遍在能力《ユビキテ》、未来予測、「若返りの泉」なども、さまざまな科学的な名称の下に、なお夢としての命脈を保っている。

マイヤーの原理[28]に逆らう夢もあれば、カルノーの原理[29]に逆らう夢もある。生理学に逆らう夢もあれば、民族的所与や宿命に逆らう夢もある。人種間平等、永久世界平和などがそれである……すべての夢の一覧表を作り、それを眺めたとしよう。我々はほどなく実現した夢の表を作って比べてみたくなるだろう。それぞれの夢の反対側にそれを実現するためになされたことを記す。そして、たとえば、一つの欄に空中を飛ぶ夢とイカロスの名前を書けば、——その夢の実現を記す欄にはレオナルド・ダ・ヴィンチやアデル[30]やライトといった有名な名前とその後継者たちの名前を書くだろう。私はこういう例をいくらでも挙げることができるし、とてもすべてを書き込むような時間はないだろう。それに実現しなかった夢、幻滅の表も作るべきだろう。そのうちのあるものは決定的に断念されたもの、——円積法とか、無からエネルギーを創り出す方法、等々である。他のものはなおも我々が希望をもってしかるべきものである。

しかし立ち戻るべきは実現した夢の表である。この表に関して読者の注意を喚起したい。

この表、栄えある表、を眺めると、我々にはこういうことが言えるだろう。すなわち、これら実現した夢の中で、最も数が多く、最も意表をつき、最も豊饒なものは、人類のごく限られた部分によって、居住可能な地表の総体からすればごく僅かな領土において、実現されたということである。

ヨーロッパこそその特権的な場であり、ヨーロッパ人、ヨーロッパ精神こそそうした驚異的な夢の実現の立役者なのである。

それではかかるヨーロッパとは何なのか？　それは古い大陸の一つの岬のようなものであり、アジアの西の突起物である。それは自然の結構として西を向いている。南は名高い海に接している。その海の役割は、というかその機能はというべきだろうが、今話題になっているヨーロッパ精神を育むのに見事に適合していた。その海辺にやってきた民族はすべて相互浸透を果たした。彼らは商品を交換し、武器をぶつけあった。彼らは港や植民地を作った。そこでは単に交易の産品ばかりでなく、信仰や言語、風俗や技術の獲得までが交換の対象となった。現在のヨーロッパが今日の姿になる前から、地中海はその東の海域に一種の前ヨーロッパ的姿を出現させていたのだ。エジプト、フェニキアは我々が後に打ち立てた文明の先駆的な存在だった。つづいてギリシア人、ローマ人、アラビア人、イベリア半島の人々がやってきた。我々はこの燦然たる塩水の周囲に、地上の最も重要な神々と偉人たちが輩出するのを見るのだ。ホルス[31]、イシス[32]、オシリス[33]、あるいはアスタルテ[34]とカビール神[35]たち、あるいはパラス[36]、ポセイドン[37]、ミネルヴァ[38]、ネプチューン[39]、等々が争ってこの海を支配した。そしてこの海は聖パウロの奇妙な考えを揺籃し、ボナパルトの夢想を育んだのだ……。

しかしその岸辺には、多くの民がつとに混交し、衝突し、互いに学びあっていたが、年月が重ねられるにしたがって、さらに多くの民が、その空の輝きと太陽に恵まれた生の美しさと特別な強度に魅せられてやってきた。ケルト人、スラブ人、ゲルマン諸族が最も高貴なる海の魅力にとらえられた。一種の抗いがたい向性が何世紀にもわたって作用し、この見事な形をした海を普遍的な欲望の対象とし、人類最大の活動の舞台となしたのだ。経済活動、知的活動、政治活動、宗教活動、芸術活動、一切の活動がこの内海の周囲で行われ、あるいは少なくとも生まれたように思われる。ヨーロッパ形成の先駆的な現象が見られるのはそこであり、歴史のある時期に、人類が二つのグループに分かれて、次第に相互の距離を増大させていったとすれば、その出発点もやはりそこにあった。一方は地表の圧倒的に大きな部分を占めながら、その慣習、知識、実力において停滞するがごとく、進歩がとまり、あるいはほとんど知覚できない程度にしか進歩しない。

もう一方は、つねに不安にとらわれ、果てしない探求に没頭する。交換は多岐に渡って増大し、この上なく多様な問題が内部で提起され、生きる方法、知る方法、成長するための方法が異常な速度で世紀から世紀へと蓄積されていった。やがて、実証的な知や力の差が、世界の他の部分とは、かけはなれて大きくなり、ある種の均衡の破断が引き起こされる結果となった。ヨーロッパは外へ乗り出して行き、土地の征服へ向かう。文明が原始的な侵略を革新し、運動の方向を逆転させる。ヨーロッパは、自分の土地の上に、最大限の生、最大限の知的豊饒性、最大限の富と野心を達成した。

　精神的・物質的両面のあらゆる事象の交換から、あらゆる人種の意識的あるいは無意識的な協力から、そして、ごく限られた領土内での多様な宗教・政体・利害の競合から生まれたかかる強大なヨーロッパは、私の目には、あたかもあらゆる価値ある商品が並べられ、比較され、価格交渉され、売り渡される市場に勝るとも劣らない活気にみちた場所と映る。それはあたかも、あらゆる学説、発想、発見、教条が動員され、値踏みされ、評価が乱高下し、容赦のない批判の対象になったり、らちもない熱狂の対象になったりする株式取引場の一種である。やがて、最も遠方から運ばれてきた商品がこの市場に溢れる。一方で、アメリカやオセアニアやアフリカの新天地から、また極東の帝国からヨーロッパへ原材料が運ばれ、ヨーロッパだけが知っている技術によって驚くべき産品に加工される。他方、古いアジアの知識、哲学、宗教が、何時の時代にもヨーロッパが輩出する向学心に目覚めた知識人たちの精神を潤すのだ。その強力なる知的機械は、東方由来の多少なりとも奇異に思われる概念を加工し、その深みを検証し、そこから利用可能な要素を抽出するのである。

かくして、我らがヨーロッパは、地中海市場とでも称すべきものを出発点に、一つの巨大な工場になる。それは原料を加工するいわゆる工場であるばかりでなく、比類のない知的工場でもある。この知的工場はいたるところから、あらゆる精神的事象を受け取り、それらを自らの無数の器官へ配分する。ある者はあらゆる新奇なものを、希望と貪欲をもって受容し、その価値を誇張してみせる。ある者は抵抗し、新奇なものの侵入に、既存の富の光輝と堅固さを対置する。新奇なものの獲得と既存のものの保存との間に、一種の流動的均衡が不断に模索されるが、同時に、批判精神がつねに働いて、双方の働きを牽制し、優位に立とうとする側の観念が容赦なく試練にかけられる。双方の働きの調節を至上命令に、双方とも容赦のない試練、吟味にかけられるのである。

我々の思考は発展しなければならないし、同時に、保存されなければならない。思考は極端なものによってしか前進しないが、存続するのは平均的なものによってである。

究極的な秩序は自動性であるが、それは思考の敗北である。究極的な無秩序はさらに迅速に思考を奈落へ導くだろう。

かくして、徐々に、ヨーロッパは巨大な一つの都市のように作られていった。ヨーロッパは自らの博物館、庭園、作業場、実験室、サロンを持った。ヨーロッパはヴェネツィア、オックスフォードを作り、セビリア、ローマ、パリを持った。「芸術」都市、「科学」都市を建設し、技芸や工芸に秀でた都市ができた。ヨーロッパは小さく、わずかな時間で一周することができる。その時間はそのうち問題にもされなくなるだろう。ヨーロッパは、それでも、そのうちにあらゆる気候を含むくらいの大きさはある。極めて多様な文化や土地柄を含むだけの広がりもある。物理的な観点からすると、ヨーロッパは人間性の発展に適した気質や諸条件がそろった自然の傑作である。人間はこの地に育ってヨーロッパ人になるのだ。ヨーロッパやヨーロッパ人という言葉に、地理的・歴史的な意味を越えた、いわば機能的な意味を与えた、こういう私の物言いをお許し願いたい。言葉の濫用をしばし許していただければ、私としてはさらに、こういう意味でのヨーロッパとはある種の多様な人間性とその発展に特別適した場所によって作られた体系のごときものであり、それが格別に波乱に富んだ、活力ある歴史によって育成されて今日にいたったのである。こうしたさまざまな状況の結合の産物がヨーロッパ人なのだ。

人類の他の単純な類型と比較しながら、この人種を検討する必要がある。これは一種の奇形である。記憶の量がおびただしく、蓄積も膨大である。途方もない野心に溢れ、知と富に対して果てしなく貪欲である。かつて、ある時代に、それなりに世界を征服した経験を持ち、今日なお、シーザー(40)やカール五世(41)やナポレオンの再来を夢見ている国にはよくあることだが、ヨーロッパ人の心の中には、ある種の自尊心、希望、そしていつでも頭をもたげてくる悔恨の情がある。あらゆる分野で、多くの驚異的な発明や幸せな冒険を経験した大陸のように、ヨーロッパ人も、科学的な征服や起業に対して、たえず夢を持っていて、あらゆることを考えずにはいられないのだ。彼は輝かしい思い出と過大な希望の間に挟まれて生きているのだ。時に悲観的になるとしても、内心、ペシミスムこそこれまで一級の作品を生みだす原動力であったと、思い直すのだ。心的虚無へ沈潜する代わりに、彼は自らの絶望感から一つの歌を作りだす。彼はそこから、時には、一つの強靭な、驚嘆すべき意志の力、人間と人生に対する軽蔑に根ざした、逆説的な、行動への意欲を引き出すのである。

それではヨーロッパ人とは何者か？

ここで私は、厳密な検証には耐えないことを、とりあえず仮説として立てる際に必要な十分な留保と、十全の慎重さをもって、——一つの定義を試みようと思う。これから私が読者に提示しようとすることは、論理的定義というものではない。それは一つの見方であり、観点だから、他にも同じくらい妥当な見方がいくらでもあることはいうまでもない。

さて、私にとって、ヨーロッパ人とは、これから述べるような三つのものの影響を歴史的に身に受けたすべての人の謂いである。

最初はローマの影響である。ローマ帝国が支配したところ、その力を身に感じたところ、さらにはローマ帝国が恐怖や、賛嘆や、羨望の的となったところ、ローマの剣の圧力が感じられたところ、制度や法律の重みが受け止められたところ、司法の機構や尊厳が認知され、手本とされ、ときには奇妙な形で猿真似されたところ、——そうしたところには、すべて、なにがしかヨーロッパ的なものがあるのだ。ローマは組織化され、安定した権力の永遠のモデルである。

どうしてそうなったのか、私には理由は分からない。いまさら、理由を探しても無駄だろうし、もしローマを踏襲しなかったら、ヨーロッパはどうなっていたかなどと問うてもせんのないことだろう。

我々にとって大事なのは事実である。この迷信深くかつ理知的な権力、法律・軍事・宗教・形式主義の精神に奇妙に富んだ権力、征服した民族に対して、寛容とよき行政の利点を説いた最初の権力、そうした権力が実に多くの人種や世代に驚くべき持続的な影響を残したという事実のみである。

次にキリスト教がやってきた。周知のごとく、それはローマ帝国の版図に少しずつ浸透していった。キリスト教徒が移り住むようになるまではキリスト教化されなかった新世界を除き、また、その領土の大部分において、ローマ法やカエサル(42)の帝国の影響を受けなかったロシアを別にすれば、キリスト教の伝播した範囲は、今日なお、ほとんど正確にかつてのローマ帝国の版図と一致する。このまったく違った二つのものの支配には、しかしながら、ある種の類似性がある。そして我々にとってはその類似性が重要なのだ。ローマ人の政治は、時代につれて次第に柔軟かつ巧妙になっていく。それは中央権力が弱体化するのと比例する、つまり帝国の版図が広がり、帝国内部の不均質性が高まるのと相関しているのだが、その過程で、一つの民族が他の諸々の民族を支配するシステムに驚くべき新手法が導入されたのである。

帝国の首都ローマは内部にほとんどすべての宗教を受容し、辺境の神々、最も多様な神々・信仰を取り入れ、根付かせた、——同様に、帝国政府はローマという名前の威光に自信を持っていたので、版図のあらゆる人種・言語の民に、ローマの都の資格を与え、ローマ市民 civis romanus の称号と特権を与えることにやぶさかではなかった。かくして、同じローマであることから、神々は一部族、一地方、一つの山、寺、町に付属するものではなくなり、遍在するものとなり、ある意味で共通するものとなった、——さらには、人種や言語、勝者と敗者、征服者と被征服者の区別も、すべての人にゆきわたる定式化された法的・政治的条件に席を譲るにいたった。皇帝自身ゴーロワ人でもサルマチア人でもシリア人でもかまわなくなり、遠い異教の神々に犠牲を捧げることも許された。これは途方もない政治的革新である。

しかしキリスト教が、聖パウロの言によれば、ローマではよく思われていなかった稀な宗教の一つであったにもかかわらず、ユダヤ国家から出たキリスト教が、このすべての民から構成された異教徒《ジャンティ》の中に広がっていった。ローマが昨日までの敵にローマ帝国市民の資格を授けたように、キリスト教は、洗礼によって、キリスト教徒という新たな尊厳を授与したのである。キリスト教は次第にラテンの支配圏に広がっていき、帝国の諸制度を取りこんでいった。ついにはその行政区分までも採用した(五世紀にキヴィタス civitas と称されたものは司教市のことだ)。キリスト教はローマから借用できるものはすべて借用し、総本山をエルサレムではなくローマに置いた。言葉も借用した。ボルドー生まれの人間でもローマ市民となり、執政官にもなれたし、新宗教キリスト教の司祭にもなれた。帝国の地方長官となったゴーロワ人が、純粋なラテン語で、ユダヤ人でヘロデ王の民であった神の子イエスに美しい賛美歌を書くのである。そこにほとんど完成されたヨーロッパ人の姿がある。共通の法に共通の神、おなじ法とおなじ神、現世に一つの裁き、来世に一つの「裁き」である。

しかしローマの支配が政治的人間のみをとらえ、人々を外的習慣の側面でしか律しなかったのに対し、キリスト教支配は次第に意識の奥底を射程にいれ、手中に収めはじめた。

私はキリスト教が本来普遍的な方向へ解き放つべき人間の意識に及ぼした深甚な影響についてさぐりを入れるつもりは毛頭ない。そのことによって、ヨーロッパの形成がどのような特殊な変形を受けたかということについても何ら示唆するつもりはない。私にはせいぜい表層をなぞってみせる余裕しかない。それにキリスト教の影響はよく知られていることだ。

その影響の特徴をいくつか指摘するにとどめたいが、まずキリスト教は主観的道徳観をもたらしたことである。とくに道徳の統一性を重視したことである。この統一性がローマ法のもたらした法的統一性に並置されることになる。双方からなされる分析が諸方に統一性をもたらす結果となる。

さらに一歩進めよう。

新宗教キリスト教は内省を要求する。インド人たちが、彼らなりの仕方で、すでに何世紀も前から行っていた内面生活を西欧の人間に教えたのはキリスト教であると言えるだろう。アレクサンドリアの神秘家たちも、以前から、内面生活を彼らなりに認知し、感得し、深化させていた。

キリスト教は人間の精神にこの上なく微妙な、この上なく重要かつ豊饒な問題を提起した。証言の価値とか、文書の批判的考証であるとか、知識のよってきたる源泉・確実性とか、理性と信仰の区別とか、理性と信仰の間に起こる対立とか、信仰と行為・奉仕の間の矛盾とか、自由・隷属・恩寵とか、精神的権能と物質的権能の区別と双方の葛藤とか、人間の平等とか、女性の条件とか、――まだ色々あるだろうが――そうした問題について、キリスト教は、何世紀にも渡って、幾百万人の人々の精神を教育し、発奮させ、試行錯誤させてきたのである。

…………………………………

しかしながら、我々はこれではまだ完全なるヨーロッパ人ではない。ヨーロッパ人たるにはまだ何か欠けている。我々の公的秩序に対する感覚や都市および現世における法支配への崇拝の下支えになっている極めて大事なものが欠けているのだ。それは我々の魂の深さ、絶対的な理想の概念、永遠の正義の感覚といったものではない。我々に欠けているのは我々の知性の最良のもの、我々の知の繊細さ、堅固さが由来するところの微妙にして、強力なある作用因である、――そして、それに我々は諸芸術や文学の清潔さ、純粋さ、品格の高さを負っているのだ。いま列挙したごとき稟質が我々にもたらされたのはギリシアからである。

　ここでもなお役回りとしてのローマ帝国を褒めるべきである。この帝国は征服されるために、征服するのだ。ギリシアに対しても、キリスト教に対しても、その影響が増大するにまかせ、そのために、平定され、組織化された、広大な版図を提供したのである。帝国はキリスト教の観念とギリシア思想のそれぞれが伝播するための、そして、興味深い混合物を作るための鋳型を準備し、その場を提供したのだ。

ギリシアから我々が受け継いだもの、それこそ、恐らく、我々を世界の他の部分から最も深く差異化したものであろう。我々は「精神」の規律、あらゆる分野で完璧を追求した並はずれた手本をギリシアから受け継いでいる。あらゆるものを人間に、総体としての人間に関係づける思考方法を我々は受け継いでいる。人間は人間にとって参照体系になる、あらゆるものはその体系に関連づけられる、という考え方である。だから、人間は人間のあらゆる部位を発展させ、明快かつ可能な限り目に見える形の調和裡に保持しなければならないのだ。人間は自分の体と精神を発展させなければならない。精神についても、自らの判断を綿密に批判し、分析することによって、そして、精神の諸機能を合理的に区分けし、さまざまな形態を調節することによって、その行き過ぎ、夢想、漠然とした単なる想像にしかすぎないものに耽ることを戒めなければならない。

こうした規律があったからこそ、科学が、「我ら」の科学が生まれたのだ。それは我々の精神の最も特徴的な産物、最も確実で個性的な産物である。ヨーロッパは何よりも科学の創始者である。芸術はどこの国にもある、しかし真の科学はヨーロッパにしかないものである。

恐らく、ギリシア以前にも、エジプトやカルデアにある種の科学が存在していた。そしてその成果のあるものは今日なお注目に値すると思われる。しかし、それは不純な科学で、ある職種に関連した技術にすぎなかったり、場合によっては、およそ科学的とは思われない考えを含んだりしたものもあった。観察はいつの時代にも存在した。推論もつねに行われていた。しかしこれらの重要な要素が価値ある確実な成果を生むためには、他の要素がその運用を台なしにすることがない限りにおいてである。我々の科学を構築するためには、一つの比較的完璧なモデルが提起され、最初の製品が理想的な形で提示されることである。その最初の製品はあらゆる精度、保証、美、堅固さを体現していて、それ自体で、純粋なる科学の概念そのもの、他の一切の雑念の入らない概念を決定的に定義しているのである。

ギリシアの幾何学こそ完璧をめざすあらゆる知識の不滅のモデルであったばかりでな

く、ヨーロッパ的知性の最も典型的な特質を示す比類のないモデルであった。私は古典芸術について考えるとき、否応なしに、ギリシア幾何学の金字塔のことを考える。この金字塔の構築には最も類稀《たぐいまれ》な才能に加えて通常は共存不能な資質の協力が必要だった。金字塔を構築した人々は勤勉で明敏な職人、深遠な思想家、そして繊細かつ完璧さに対する研ぎ澄まされた感覚を備えた芸術家たちであった。

日常言語を厳密な推理に使用するために、彼らが成し遂げた信じがたいほど困難な作業にはどれほどの意志の力が必要であったかを考えてみればいい。運動と視覚が複雑にからんだ問題に対して彼らがなした分析のことを考えてみればいい。この問題についても、彼らは言語の特性、文法の特性を考慮に入れて、正確な対応関係を見出すことに成功した。彼らはこの問題を確実に空間に導入するために、言葉とその組み合わせに全幅の信頼を寄せたのだ。たしかに、以後、その空間は一つではなく複数になった。空間の概念が予想以上に多様化した。たしかに、かつては厳密に見えた幾何学自体も、その結晶体の中に、さまざまな不純物を露呈するにいたった。いっそう厳密に検討した結果、ギリシア人たちが一つの公理を見ていたところに、我々は一ダースの公理を数えるのである。

彼らが導入した公準の一つひとつに、別個のいくつかを代置することによって、一つの整合的な幾何学、時には物理的使用に耐える幾何学が獲得できることを、我々は知っている。

しかしこのほとんど荘厳な形式をもたらした、その企図の一般性において、かくも美しく純粋な革新性に思いをいたさなければならない。「精神」の働きのかくも見事な区分、理性の働きの一つひとつに明確な場を与え、他の働きとはっきりと区別する驚嘆すべき秩序の感覚を思わなければならない。そこにはすべての要素が視覚で捉えられ、すべての要素が各々機能を十全に発揮されるように作られた不動の機械《マシーヌ・スタティク》、カテドラル(43)の構造、を思わせるものがある。

目は負荷を、負荷の支えを、負荷の各部位を、全体と全体の均衡を眺め、きちんと建ち上げられた総量を分割して、問題なく納得する。総量の規模と強度はその役割と容積に正確に対応しているのだ。円柱、柱頭、台輪、柱上構造とその細部、それにぴったり適合した形で演繹的に導き出される装飾、それらは私に、純粋科学においてギリシア人たちが考えた構成要素、定義、公理、副命題、定理、系、派生命題、問題……などを思わせる。構成要素とは、すなわち、顕在化された精神機械であり、完全に描出された知性の構造であり、――「言葉」によって「空間」に建ち上げられた伽藍《カテドラル》だ、ただし、これは永遠に建立されつづける伽藍であるが。

……………………………………………………………………

以上が私の思うところの真のヨーロッパ人、ヨーロッパ精神がその裡に十全に体現されている人間、を定義する三つの基本条件である。カエサル、ガイウス、トラヤヌス、ウェルギリウスの名前が、モーゼや聖パウロの名前が、アリストテレスやプラトンやユークリッドの名前が同時に一つの意味と権威とを持ったところ、それがヨーロッパなのだ。ローマ化され、キリスト教化され、精神的には、ギリシア人の規律に身を委ねたすべての人種、すべての土地は絶対的にヨーロッパである。

三つの刻印のうち、一つないしは二つの刻印しか受けていない人や場所はある。そうしてみると、西欧諸国および中央ヨーロッパの国々を一つに結びつけ、一体化するものは人種や言語や国籍とははっきり違う特徴からくることが分かる。それらの国々に共通する観念や思考様式の数は、我々がアラブ人や中国人と分かち持つ観念の数より多いのである……。

要するに、この地上には、人間的見地から見て、他の諸々の場所とは根本的に区別される一地域が存在するということである。勢力や厳密な知識の領域で、ヨーロッパは今日なお地上の他の地域より重きをなしている。いや違う、勝《まさ》っているのはヨーロッパではない、ヨーロッパ「精神」である。アメリカもそこから生まれた恐るべき新勢力なのだ。

ヨーロッパ「精神」が支配するところには、必ず、最大限の欲求、最大限の作業、最大限の資本、最大限の能率、最大限の野心、最大限の勢力、最大限の外的自然の変形、最大限の関係および交換が出現する。

この最大限の集合がヨーロッパ、あるいはヨーロッパのイメージである。

他方、こうしたものが形成される条件、こうした驚くべき不平等が生ずる条件は、明らかに、個人の資質、「ホモ・エウロペウス」*Homo europæus* の平均的資質に関わっている。ヨーロッパ人なるものが人種や言語や慣習によってではなく、諸々の欲望、意志の強さ……などによって定義されることは注目すべきであろう。Etc.(44)

方法的制覇

人々は驚愕し、ほとんど憤慨した。いっそう不穏なゲルマニアが出現したのである。英国人はウィリアムズの著書『ドイツ製』を読んだ。フランス人はモーリス・シュウォップ[1]氏の『ドイツ禍』論を読まねばなるまい。

初めは一つの要塞、一つの学校にすぎなかった。そこに、今、人々は巨大な一つの工場、いくつものとてつもない造船台《ドック》を見る。さらに人々は、それらの要塞、工場、学校が、相互に連絡し合って、同じ一つの強固なドイツの多面体を構成しているのではないかと疑っている。ドイツ国家の礎《いしずえ》を築いた数々の戦勝は、同国がすでに手中に収めている経済的な勝利に比べたら、物の数に入らないというのが大方の見方である。すでに世界市場の多くがドイツに支配されている。それは同国が戦争によって獲得した領土よりも広大である。

次に分かることは、ドイツによる制覇は、いずれも、同一のシステムに由来するという事実である。轟音の砲火による支配と静かな経済による支配とが重ね合わされているのだ。ドイツは軍国化したと同時に、意識的に、工業化し、商業化したことが分かる。ドイツの徹底ぶりが感じられる。この新興国の掛け値なしの発展を説明しようと思えば、不断の努力と富の源泉についての綿密な分析の存在を想定するほかない。財の生産における不撓不屈の方法の構築、最適の生産拠点と輸送路の確立、とくに、単純にして明快、細心にして卓越した構想の実現に向けて、全員が一刻もゆるがせにせず、献身的に働くことである——その構想は形において戦略的、目的において経済的、準備の深さと応用の広さにおいて学術的であるだろう。ドイツの作戦とは、全体として、そのようなものとして理解される。ここで、実際に目で見、手に触れることができるもの、さまざまな資料、外交文書や公的統計に立ち戻ってみよう。すると、我々は、一度壮大なグランドデザインが決定された後の計画の細部の完璧さに感動する。知り得ることのすべてが知られ、予測し得ることのすべてが予測され、繁栄のメカニズムが確定されると——ドイツ国内のあらゆる地点から世界のあらゆる地点へ向かって、ゆるやかな、あるいは、急激な行動が、広範かつ持続的に起こされ、世界のすべての地点からドイツ国内のすべての地点へ最大限の富が還流するように仕組まれていることがつぶさに見て取れるので我々は感嘆するのである。

つねにばらばらで、しばしば矛盾し、国家が盲目的に保護して、一方の肩を持てば、もう一方の力をそぐといった、ちぐはぐな権力の介入の対象となる我々の行動と違って、ドイツの行動は、個人的行動の総和ではない――それは一体化した力、あるときは衝撃によって、あるときは不可抗力的な浸透力によって作用する水のような力である。天性の規律正しさがドイツ人の個人行動を国全体の行動へ結びつけ、個的利害を調整し、互いに衝突して力を減殺することなく、相乗効果が発揮できるようにするのだ。だから、外国人――敵――が出現するや否や、ドイツ人同士の争いはすべて雲散霧消するのである。

そしてそうなると、固い団結が生まれ、お互いに譲るべきところはゆずって、共通の勝利のために、エネルギーと技量を集中させるのだ。その結果、競争に勝つばかりでなく、共闘した企業、祖国の経済を支える軍団の《武器》の間に強固な絆が生まれる。我々はこのような軍団に対して、野蛮人が組織された軍隊に立ち向かうように、戦いを挑んでいるのである。

彼らの行動は、我々の行動のように、危なっかしいところがない。十分計算された行動である。あらゆる科学がそのために動員されている。細心の心理学を用いて、自分たちの行動が単に他を圧して優位に立つのではなく、相手から高い評価を得るように仕組んでいる。ドイツの顧客はドイツ商人のみならず、ドイツとの交易そのものをほめそやすに違いない。そうした顧客は友人となり、架け橋となるだろう、――計算もここまでくるとまことに優雅である。顧客はすみずみまで調査されている。自分では自分の意志で行動していると思っていても、いつのまにか、自分の与り知らぬところで、しっかり分析されているのだ。どこの国の、どの地方の、どういう都会の住民か、それらの国・地方・都会と一緒に分類されている。彼の食べ物、飲み物、タバコ、支払い方法などすべてが知られている。彼は何が欲しいと思っているのかが探られる。ハンブルクやニュールンベルクで、多分、誰かが彼のほんの些細な趣味や欲求について、どうしたらそれを商売につなげられるか、グラフを描いて研究しているのだ。彼は、――自分では大いに個人的、個性的に暮らしているつもりでいるが――その研究では、彼と同じリキュール、同じ服地を好む他の何千という人々と一緒にされているのを見るだろう。なぜなら、そこでは、彼の国について、彼が知っている以上のことが知られているからだ。彼の生活の仕組み、彼が生きるために必要なもの、その生活にいくらかでも潤いをもたらすのに必要なものについて、本人以上に知っている。彼の虚栄心についても同様で、贅沢品を夢見ているが、高くて手が出ないなどと思っていることまで分かっている。そこで、リンゴから作ったシャンペン、あらゆる素材から抽出された香水など、彼の要望に応えるものを作ろうとするのだ。彼はどれだけの化学者が彼のために頭をひねったか知らない。彼の懐具合、欲求、生活習慣などあらゆる条件を満たすものを必ず作り出さなければならない。そうして八方美人的なものが作り出されるのである。彼の複雑な欲望に卑屈なまでに応えることで、彼を自家薬籠中のものにしてしまうのである。

そうして値段も高くなく豪華で、入手しやすく、伝統にも流行にも合致しているような、途方もないものを作り出すために、一群の学者たちが産業の製造過程の随所で働いている。製品には必ずより低コストの代用物が見つかる。新しい物質にはその用途が、新しい学術発見にはその工業的応用が、必ず、発見される。かくして、ドイツは、わずかな年月で、いたるところに工場を持ち、鉄道を敷設し、運河を掘るにいたった。ドイツの海運業は、ゼロから出発したにも拘わらず、今や世界第二位である。素晴らしい船を持ち、造船所はつねにフル回転で稼動し、船渠《ドック》も巨大な内港も数多く持っている。ドイツ人には驚くべき旅行者が沢山いて、彼らがもたらす情報や彼らの活躍は外交や学問と比べて遜色ない。ドイツはあらゆる国に情報局を設置し、情報局をバックアップする商人たちのネットワークを持ち、商人たちの足を支える輸送会社のネットワークを持っている。

私が冒頭で紹介した本はこうした巨大な事業の詳細を語っている。それらの書物を読めば、工場や市場の現場を知ることが出来る。本は数年間を一からげにして語るので、その一足飛びの効果で、我々はドイツ国家の躍進ぶりを迫真的に体験することができる……そこから受ける印象があまりに強烈なので、つい未来を占ってみたくなる。精神は統計や決算書に記された最終年度で停まらない。機械的にそのずっと先を予測する――その続きと、停止、転落、退廃……を想像する。事実とは離れて、精神は自分独自の法則の一つを執拗に追い続けるのだ。

ここからは、純粋に思弁的な探求、知的問いかけである。上述した研究・調査にたずさわった者が、そうした一連のドイツ勃興現象の中に、より一般的な指標となるものを追求する場である。それはさまざまな観念、比較、理論化の試みがなされるときだ。すべての努力、計略、公共土木事業、陰謀、辛抱強く指導されて実現した事業、およびそれらの成果は、我々の心の裡に、――フランス人として残念だと思う気持と共に――有効なメカニスム、確実な筋道で、理性的な判断を積み重ねて達成された成功、うらやむべき成功を前にしたときに必然的に覚える格別な賛嘆の念を引き起こさずにはいないだろう。必ずある結果が出るというのには——とくに、それがあらかじめ計算された行為の結果であるときには、心奪われるものがある。目下の場合、その行為は一般的で、あらゆる個別的な事故や見込み違いを計算に入れても、つねに一定の一般的成果を産出するのである。

かくして、ドイツの成功には、私の見るところ、何よりも一つの方法の成功があるのだ。私が感心するのはその方法である。普通の人間が何か難しい——なまなかではない——問題、しかし不可能ではない問題を自分に課したと想定しよう。彼にはいかなる天才も、思いがけない発見も、天啓もないものとする——あるのはただ不撓不屈の欲求と平均的な理性である——ただし理性に対しては無限の信頼感を持っているとしよう。彼はすべきことをするだろう。彼は落ち着いて考え、「完全な列挙と広範な再検討」[2]によって、すべての事象、すべての事実が有意味なものとなり、彼の個人的な計算の裡に入ってくるようになる。彼にとって有利あるいは不利と思われるものはなく、使用すべきでないとか、無力化すべきだというようなものは存在しない。関心の対象とならないものはない。彼はまた出来事の流れを観察し、その傾向を看取する。彼は計算し、分類し、それから行動する。そこでも同じ慎重さをもってのぞむ。そして勝利するのだ……しかし彼一人ではすべきことが多すぎて手に余るだろう。しかしこの場合は、一国民全体の問題である。細部の一つひとつに何百人という人間が取り組むのだ。試みの一つひとつを支えるのは大衆である——この大衆は生来規律正しい人々である。ここでは、知性の社会的悪癖である規律への不服従という現象は、姿を消している。残るは素晴らしい道具、規律正しい知性である。そしてそれはもはや単なる道具ではない。

私が普通の人間を例に取ったのは、方法的行動のほとんど非人称的な力を証明するためであり、また、希少なもの・偶発的なものに期待しない大いなる知恵を顕揚するためである。

つまるところ、経済分野で、理性を連続的に働かせる試み、すなわち方法の適用を実験した国が一つあって、その実験はかなりの成果を挙げたということである。人間の生活における最も重要な諸現象を基礎にして、そこから素材を得て、様々な組み合わせが追求されたのである。人間生活の現象を計量することは人智の及ぶ範囲である。我々はそこに手を出すことができる。しかしこういうシステムを開始することができたのはドイツだけであった。ドイツにおいては、こうしたシステムは新しくも、意表をつくものでもなく、生来のものである。単に対象を変えたに過ぎない。プロシアは、最初、方法的に創り出された。次いで、そのプロシアが現代のドイツを創り出した。システムは、当初、政治的かつ軍事的なものであった。そして、所期の目的を果たしたあとで、それは難なく、単に適応対象を変えることで、経済的なものになった。そのシステムによって作られた近代ドイツは、システムを持続し、深化させている。

『ドイツ禍』と『ドイツ製』を読んだすぐあとで、まだ興奮さめやらぬ熱い思念を、フリートリッヒ大王[3]からモルトケ元帥[4]にいたるプロシアの軍事史に向ければ、その類似性、上述のシステムという考え方に注目せざるを得なくなる。そうしたことからも、上述した内容にそれほどの誇張がないことが分かるだろう。双方に共通した展開が見られるのだ。用意周到な準備と一般的に十分な実行――そしてそれにはつねに結果がともなうことだ。結果のうち、あるものはそれ自体としては悪いものだが、最終的にはよい結果になることも指摘しておきたい。なぜなら、あとになって、すべてが細部にいたるまで利用され得るからである――失敗しても、それは最小限、経験として生かされるのだ。

この手法にはそうした規律性がある。私が書きとめておきたいと思うゆえんである。

さてプロシアの軍事システムの中味を検討していくにつれ、次第に《方法》の主要な性格が見て取れるようになる。その方法を探すのは戦略的な意図においてである。戦術は個人の仕事である。それは戦争におけるあらゆる偶発的出来事を相手にする。しかし未来の研究、できるだけ遠い射程を持った予測、慎重に推し量られた確率、偶然性の働く余地を小さくするために必要なあらゆること——それは意想外の出来事を除去するためであるが、《ドイツ製》と言われる軍事的な方法の特質とはそうしたものである。戦争自体も単なる出来事や感情で起こったり、止んだり、続けられたりしてはならないのだ。戦争は理性によってなされるべきである。それは競争相手を弱体化したり、港を確保したりするためになされる……それは先進産業が、財政組織と連携して、資本・減価償却・保険——とくに株主たち——と相談してなすべきものである。なぜなら、賠償金や戦勝で得た何十億という金はドイツ全土にばら撒かれ、新しい運河やトンネルや大学を作るための資金となり、自らを再建しさらに大規模な戦いをするための資金として使われるものだからである。

戦場では——経済的な戦争であれ、軍事的な戦争であれ——一種の一般定理が方法的行動、すなわちドイツの行動、を支配する。原理は間違いなく単純である。単純な論理学的演繹というか、ほとんど取るに足りないものである。「いずれにしても、勝者は敗者よりも強い」という原理だ。この種の同義語反復《トートロジー》は平等な武器で戦うことを主張する人々に反省をせまるだろう。なぜなら、別の言い方をすれば、「平等な武器などというものは存在しない」からである。戦う者同士の平等などというのは、古臭いお題目である。理解不能な迷信である……上述の原則から、直ちに、あらゆる戦いの実際的なルールが引き出される。すなわち、不平等を組織すべきである、ということだ。軍事的には、最も完璧な武器、最も迅速な行軍、最適の陣地etc.を求めることになるだろう——しかし、そうした諸々の手段の中で、最も確実、最も明白なものは数である——すなわち、数学的に目に見える、現実的に無敵な不平等である。いくらでも補充がきき、前線の軍隊の背後に無尽蔵の兵力、国土守備隊《ラントヴェア》と予備隊《ラントシュトルム》がいることである。商業的には、不平等は低価格に依存する。解くべき問題は——そして大部分の場合、それで問題は解決される——競合する製品より安い製品をつねに作ることができるかどうかである。科学、輸送手段の工夫、あらゆる種類のごまかしがそのために動員されるだろう。軍事的には軍隊を結集し、大隊を投入して圧倒するところを、商業的には最低価格で攻勢をかけるのだ。最低価格は最大数と同じ効力を発揮し、抵抗を排除し、確実に敵を追い払う。

軍事的攻勢は大本営の仕事である。方法的行動の最もめざましい事例は、名高い参謀本部の作戦に見出される。それはまさしく勝利生産工場である。そこでは最も合理的な知的分業が行われ、少しでも有利な状況変化を見逃さないように専門家たちが常時はりつけられていて、技術的研究とは一見関係ないように見える問題にまで研究対象に指定し、軍事科学を一般政治学や——経済にまで——拡大する。なぜなら「戦争はあらゆる方面から起こる」からだ。方法はすべての国に厳密に応用される。領土はすべて、あらゆる知的観点から、全面的な分析にかけられる。土質、地価、農作物、道路網、自然の要害としての利点などについて教えてくれる地質学から、心理的・政治的内実を知るための要素を提供し、国内の意見の不一致や地元民のものの考え方について教えてくれる歴史学まで動員される。すべての国がそのように分析され、正しく定義される。国々は数値化されることによって、さまざまな抽象的グループに分類される。かくして、多様な個人が集まって、およそ他と同一化することはできないように思われる独特の風習を持って暮らしている、極めて複雑な集合体である各国の領土が、思考の対象、操作可能な量、有標の重量になって、比較したり、戦争の秤に載せて軽重を論じたりすることができるようになる。各国はかくして一個の軍事エネルギー生産機械と考えられ、専門家の意のままに、足したり、引いたり、変化させることができるものとなる。

こうした極めて概括的な見方は商業戦略においても同様である。具体的活動において、同じ理論を追求してみよう。類似性はあくまで明白である。

同じ方法によって、軍隊の働きが有効に機能するための、比類のない力と精度を備えた道具が作られた。情報局がそれである。軍事資料と経済資料は、しばしば、おなじ情報局からもたらされると考えられる。方法の統一がそのことを示唆している。いずれにしても、方法に準拠したものであるから、経済資料は軍人にとって価値が高いし——また、時に、軍事資料が実業家にとって有益なのである。運輸力は双方にとって重要である。戦場にしかるべき数の兵員を確保するための迅速な動員力は、輸送の速度と配分に関して綿密な研究を要求する。安全、時間、補給に関わる諸条件が綿密詳細に検討され、計画される。将来の戦闘はその成否にかかっているのである。

ドイツの商業は、軍隊と同様に、緻密な運輸組織によって支えられている。軍隊ならば、兵員の数が最大であることが問題になるが、商業の場合は、商品が最も安く到着することである。かかる経済的動員を確保するためには、数多くの特約、あらゆる種類の便宜、双方の譲歩が必要である。大本営によって樹立された戦略的システムの全体を検討すればするほど、ドイツ国家が採用した生産・運輸のシステムの中に、同じ傾向の別の形を見ることになるだろう。つまるところ、手段は異なるが、成功が確約され、目的が単純にして明快かつ遠大な同じ行動パターンであることに気づくのである。荒々しい、しっかりとした足取りの力がせまってくる、なにごとも疎かにせず、あらゆる障害を周到に粉砕しながら前進するので、小さな断片の一つひとつを、全重量をかけて、圧しつぶすことができる。その力は戦時よりも平和時にいっそう威力を発揮するように思われる。

モルトケ元帥はそのシステムを体現している。彼こそシステムの指導者であり、生き証人であった。彼の意図の最も深いところにあるものは、自分が死んでも支障が起こらないということだった。彼を彼以前の将軍たちと区別するのはまさにその点である。彼が唯一発明したものはそれだった。彼はなによりも一人の人間であり、信頼できる人間であり、ドイツの安全と力の技師であった。あらゆる軍事史を塗り替えるような驚異を実現したいという途方もない欲望を抱いた人間は彼が最後である。彼は極めて特別な賛嘆に値する人物である。彼を成功に導いた要素はフリードリッヒ大王にも、ナポレオンにも、そして色々新しずくめであった南北戦争(5)にも見られる。彼はいたるところで自分の財産である方法を手に取り、勝利が約束された果実のように姿を現すところに、その方法を見出すのである。彼の精神の根底には、ほとんど粗雑と言っていい、超越的な、あるいは道徳的、政治的な少数の観念がある。それはその持ち主を他人に対してはかくも恐るべき人物に見せ、自分自身の内部では、完璧にして、いかなる新基軸も崇高な変化も受けつけないていのものである。しかし彼自身はあらゆる情報に通じているのだ。彼が軍事に携わるようになったのは、ほとんど老年に近づいてからである。それまでに自らが生きた世紀の政治をつぶさに観察し、ヨーロッパのすべてを見、軍隊の値踏みをし、アマチュアとして現代の戦争についての知識を、それらの戦争を指揮した当事者以上に、深めた。彼は戦略家になった。彼の時代の軍事的な観念をすべて白紙に戻した。彼が用いるのは科学的観念と時代が可能にした物質的進歩だけである。彼はそれらを過去の戦略術の最良のものと組み合わせた——すなわち、戦争においてどんな時にも有効性を失わない合理性をもった考え方と組み合わせたのである。彼は鉄道にナポレオンが考えた有名な速攻の新しい可能性を見た。彼は侵略した国の持つ資源開発を受け継ぎ、発展させた。彼は起こすべきところに戦争を起こし、住民を恐怖に落としいれ、それによって、全国民の勇気を挫《くじ》いた。情報収集の手段を多様化し、世論の動向に耳を傾け、財政状態に注意し、流言、新聞、中立の立場を取る人たちの感情に配慮した……彼は感情的にならず、天才を気取らず、文書を精読した。戦場は彼の戦う場所ではなかった。彼に相応しいイメージは、占領した小さな町の一部屋で、側近の参謀と仕事をしている姿である。彼が腐心するのは、突発的な出来事の修復、他者の不幸のほころびの繕いである。彼は無口で何も言わない、まるで要塞みたいだ。ただ一度、一八七〇年に、一通の電報を見て、かつらを宙に放り投げたことがある。[6]

　こうした個人的生から、一つの立派な教訓が引き出される。その生は我々がドイツについて知っていることと完全に一致する。この精神はその個人的特質が――すなわち、その組織的なところが――社会主義的な組織の中にそっくり現れているのである。この冷徹な英雄にとって、真の敵は偶然である。彼はその敵を追いつめる。そして彼の力は、唯一、方法に存する。そこから一つの奇妙な観念が生まれる。方法は個人の凡庸さを要求する、というか、忍耐力とか、選択的であったり、感情的であったりすることのない全体的な注意力とか、そうした最も基本的な資質がしっかりしていることだけを要求する。そして最後に残るのは、たゆまぬ仕事の力である。それさえあれば、どんな傑出した人物をも凌駕する個人が確保できる。傑出した人物は、最初は、自分の考えが優れていると思うだろう。しかし、やがて、皮肉なほど確実に、その限界が見えてくる。正しい論理は、それを営々と適用することによって、次第に改変され、より完璧なものになっていくのである。二流の人物は、ナポレオンや、リー将軍[7]、シャーマン将軍[8]などの経験から、最も確実な教訓を引き出す。彼は彼らの行為に冷徹な科学的批判を施す。彼は自らを恃むことをしない。彼が偉大な発明家よりも強いのはそれゆえである。彼は一切の早道や偶然の成功には意を用いない。あらゆる可能性を吟味し、電撃的な成功はのぞまず、時間をかけた構えを大事にするのだ。そして最後の一点、彼は死なないということ、つまり、彼の後には、他の二流の人物たちが必ずいて、彼のやり方を受け継ぐのである。彼のやり方が後に続くものたちにとっても一番身の丈にあっていて、もっとも高い成果をあげさせてくれるのである。彼がいなくなっても、すべては残る。国家にとって、それこそ力である。

こうした考え方は近代国家における人間の位置とその価値についてよく説明してくれる。現代ドイツは実践的な結果において、その行動の全般において、他に勝っている。

しかし、その優位性をもたらす人々の個人的な質は凡庸であり、一定である。全般的増大にはそれが一番いいのだ。ドイツにおいては、英雄の時代は過ぎた。そういう時代は意図的に終止符を打たれたのだ。英雄時代は時には宣伝になり、ある種の有益な言葉として用いられるが、そのことがますますそれを過去に追いやってしまう。大哲学者たちは死に、大学者たちも輩出されなくなった[9]。彼らは席を一つの無名の科学、性急な科学、一般批判や新理論のない、特許ばかりが目立つ科学に譲った。そしてかつての偉人たちが発見した諸々の事象から、模倣可能なもの――模倣することによって、後続の凡庸な人々の富を増加させるものだけを保持したのだ。

しかし新しさはそこにある。社会全体が一体となって動くのだ。競合するエネルギーが整理されて、外に向けられる。国の企業は相次いで起こされ、それぞれが、最大限の力を発揮する。社会階級や多様な職業は、順次、最高の力を示す。かくして、今世紀の歴史の中で、ドイツは綿密に練り上げられた挙国一致の計画の実現に向かったように思われる。その一歩一歩がドイツの存在を増大させた。野心から野心へと、夢をふくらませながら、ドイツは作られていった。そしてその均整の取れた進歩が、ドイツの試みの一つひとつに、人工的な相貌を与える。例えば、ドイツは標的の明確な戦いを繰り返して自分の領土を作る、その上で、他の諸国がこぞって不当だと思う武装和平をヨーロッパにおしつける。そして、戦争の脅威を背景に、自国の工業や商業を盛り立てる。かくして、ドイツは軍艦と商船を同時に作るのである。さらに、突然、植民地を持とうとし始める……名高いカロリン諸島事件(10)は、他の多くのドイツがらみの出来事同様、青天の霹靂《へきれき》のように見えた。しかし、それは壮大な計画の一部分に過ぎなかった。皇帝からクルーガー大統領(11)へ打たれた世に名高いかの電報も同じ性質のものだった。英国と世界は驚愕した。人々がその時点で理解したのは、トランスヴァールがすでに大方ドイツのものになっていたということである。人々はそこでデラゴア湾とベイラに関するフォン・マーシャル男爵の見解を思い起こすだろう(12)。工作の全貌が暴露されるにいたったのである。そして上述した書物も、同様に、全世界の富に向けて周到に準備された戦争の最初の果実ともいうべき、ドイツ帝国全体のめざましい発展について、秘密を一挙に暴いたのだ。

古い大国にとって、戦いは次第に難しくなって来るだろうことは隠れもない事実である。これらの国の力を育んだ最も優秀とされた資質やその偉大さを作り出してきた手段そのものが、いまや凋落の動機となっている。かくして、製品の完璧さを求める習慣、国内競争力を強化しようとする傾向、労働者の生活改善などは、すべて、戦いの障害なのである……しかし問題はそこにとどまらない。

　ドイツはすべてをただ一つのものに負っている。その一つのものはある種の気質には最も耐え難いものである――とくにイギリス人やフランス人にとっては。それは規律である。それは侮るべからざるものである。それには別名がある。知的分野では、方法と呼ばれるものがそれだ。私はそれをすでにその名前で呼んできた。イギリス人あるいはフランス人も方法を発明することはできる。それは立証されている。彼らもまた規律に服すことはできる。それも立証ずみである。しかし、彼らの好むところは別である。規律に服すのは、彼らにとって、つねに次善の策であり、一時的な手段、自己犠牲である。ドイツ人にとって、それは生そのものなのだ。さらに、ドイツは国家として新しいということがある。大国の仲間入りをする国、より古く、より完全な大国がすでに存在する時代にその仲間入りを果たす国は――古くからの大国が何世紀もかけて築いたものを駆け足で模倣し、よく考えられた方法にしたがって、自らを組織しようとする――それは人工的に作られた都市がつねに幾何学的な構造の上に建てられるのと似た理屈である。ドイツ、イタリア、日本はそのようにして、隣国の繁栄や現代の進歩の分析がもたらした科学的概念の上に作られた、後発の国家である。もし国土の広大さが全体計画の迅速な実施の障害とならなかったら、ロシアも同様の一例を示すものとなったであろう。

ドイツには、組織化や分業に自ずから適した国民的性格と古い大国と肩を並べ、さらに追い越そうとする新しい国としての顔の、双方が、存在する。つまるところ、ドイツは国作りの過程で尋常ならざるエネルギーと成果を示したことを認めなくてはならない。

私はドイツの国作りのメカニスムを明らかにすべく、ドイツの軍事力と経済力の形の上での類似性を指摘した。しかし、他の分野の例を取っても、同じ結論に到達するだろう。ドイツの学問を例にとっても同じことが言える。その分野でも、細分化・範疇化・規律化からなる原則が知識の対象に課せられている。そこでも、素晴らしい道具が効率を増加させている。次々に専門化していく研究所、数限りない文献資料、知リ得ルコトノ全テ omni re scibilis[13]について講義をする教育、微妙な問題に取り組んで生涯人知れず思索の淵に沈む学者、そうしたものが、豊富な財源で支援する国と連携して、一つの国民的学問を構成しているのだ。

我々は方法の問題をそのように抽象的な形で考えることができる。方法という言葉を耳にすると、みんなが考えるのは、ある状態からある状態へ移行するための一種のレシピ、実践的な規則である。みんなそこにある種の試みの排除と基本的に必要十分な条件の中で選択された処方箋の遵守といったことを考える。そうした考え方の底力を見誤ってはならない。こうした方法を用いれば、企業のリスクが最小限に抑えられることは明らかであろう。意想外のことは予測されているのだ。よき方法とはあり得べきあらゆるケースに対する答えを持っていることだ。そしてその答えは出来事や問題の突発性から最小の影響しか受けない。そこで最も興味深いことは、よくできた方法は発明のための努力の多くを省略してくれることである。方法によって、研究に相乗効果が生まれる。例えば、産業人がある国にある製品を供給しようと思う。製品の形状を発明する代わりに、彼は調査するだろう。形状は将来の消費者の好みによって与えられるのである。次いで、彼は雇った学者に科学的にコストを下げる研究をさせるだろう、etc. そして最終的に、製品が作られ、運ばれ、売られるが、そこまでゆくのに、ほとんどすべての分野の知識の運用が要求され、それぞれの分野から、顧客を相対的に満足させ、製造業者を絶対的に満足させるために必要なものを借用したことが分かるだろう。こうしたプロセスは誰にも分かる単純なことだが、実際にそれが完全かつ厳密に適用されるのはドイツをおいて他にあまり例がないということである。問題は、お分かりのように、物事の本質に厳密に順応して、何事もおろそかにしないということだ。これは論理的問題である。必要なことをしなくてはならない。方法を持たない製造業者は悪しき三段論法を持ち出して、例えば、製品がよければ、どんなものでも売れるはずだから、したがって……etc. などと主張するのかもしれないが、より賢明な業者は論理と運の双方を両立させることを考え、良品の定義を曖昧さや偶然に放置することはしないであろう。彼はその定義を顧客の心の中に読もうとするのだ。

ドイツでは、たしかに、こうした手法は他のどの国よりも適用しやすい。私は規律と言った。それはドイツでは自然に備わった資質であり、規律の力が人間の位置と行動の全過程を決定しているのだ。軍隊でも、別の分野でも、各々の出来ることがすべてできるかどうかが問題である。それには強制が必要である。個人にアプリオリに課される極限値とは個人的効率の最大値に基づいているはずである。兵士が隊列にとどまるのは、隊列を離れたら、自分の行動が力をそがれてしまうからだ。千人で徒党を組んでも五百人の部隊にかなわない。末端にいたるまで規律正しく、あらゆる状況に対処できるように整備されたドイツの軍隊で、最も驚くべきことは各部署がごく限られた使命を遂行するように教え込まれていることである。兵士も隊長も、戦闘のある時点からある時点まで、自分たちにとってよいと思われることを遂行しなければならない。各段階で許される自由裁量分は徐々に減少していくように考えられている。規律正しい行動の結果は方法によって得られる結果と同様である。規律によって個人の努力は増大する。規律はあらゆる個別的な問題に簡単で確実な答えを与える。規律はしかるべき答えを必ず見つける。規律が要求するのは服従だけで、けして特別なことは要求しない。規律は偶然の役割を減少する。

読者は私を誇張だといって非難するかもしれない。私の答えは以下の通りだ。仮に現実は——私が述べてきた通りに推移しないとしても、おおよそはそのように動くだろう。私としては周知の事実を正面からとらえて、結論を引き出したにすぎない。読者はもしかしたら、私が一切の幻想を許さない、一言で言えばかなり味気ない、こうした宿命論的な方法の優位性を強弁するのを見て、いやな気持、あるいは、不安を覚えるかもしれない。しかしはっきり言いたい。我々はまだ方法の初期段階に達したにすぎないのだ、と。私は方法が担うべき役割——あくまで仮説だとしても——について明らかにしたいと思ったのだ。我々は方法が政治、軍事、経済、科学……の分野で大きな成果をあげたことを見てきた。読者は精神の世界へ逃避した。読者の思いは次のようなものであろう。形而上学、芸術、文学、科学の最高位には支配は及ばず、秀でた人々、自らの叡智に酔った人々の例外的な存在によって支えられているはずだ、と。科学的方法は、例えば、学者に対して、理論の発明や世界の新しいイメージの想像を保証するものではない。それはチャンスを拡大することはあるだろう。それはすでに発見されたものを管理することができるだけだ。しかし、アイデアが浮かぶのは未知の筋道をたどり、未経験の出来事によるのである。多くの現象について理論が作られたが、我々に欠けているのは、理論を作り出す理論である。文学や芸術においては、偶発性とか、起源の不可解性、一般的手法の不在などがいたるところで主張される。選択・置換・連合といった現象については、徹底して、意識の外である。しかし何かを始め、追求するすべての人たちの内部には、必ず何らかの方法が創出され、成長していくのだということを私は確信している。観念や形を生み出すあらゆる偉大な発明家は、各々、特別な方法を編み出してきたと思われる。私が言いたいのは、そうした発明家たちの力や技法はある種の習慣、彼らの思想の一切を取り仕切るある種の概念の行使の上に成り立っているということである。奇妙なことに、我々はまさにそうした内的方法の目に見える部分を彼らの個性と呼んでいるのである。ともあれ、そうした方法が意識されているかどうかはあまり重要ではない……そうして見ると、いまだ研究されたことのない大きなテーマ、いまだ書かれたことのない書物とは「考える術」についての書物であろう。形式論理学の創始者たちの目的は多分そういうものだったろう。しかし彼らは一つの見事な分析の道具を発見しただけで——掘り出し物を見つけてはいない。

上述の本が書かれたとしよう。そういう本が書かれないいかなる理由もないだろう。そこで考えてみよう。引き合いにだしたような傑出した人々が、各人内奥の方法を用いたあとで、そうした方法の存在に気づいて(現実にある話だ)、それを言葉で表して、世に問うたとする。そうすると、知的領域に、ドイツがドイツ社会に適用したのと同じ手法が広められるだろう。文学の世界でも、方法論的共同作業が、分業を含めた諸々の手法と共に、行われるようになるだろう。バルザックがしたことはそれである。芸術においても、五感の一つひとつに直接訴え、大衆の心理的必要の一つひとつに応えようとし、自分の作品の鑑賞者を直接ターゲットにするような芸術家が出現するだろう。ワーグナーがそうだった。

しかし上述のような書物によって、天才……を他者のために出現させる不可思議な法則が最高度に顕揚されることになるのだ。人が美しかったり、天才的であったりするのは、他者にとってだけである。(14) 日本はヨーロッパが自分のためにあると考えているに違いない。そして、ドイツ流の考え方からすれば、そのうち地上のあらゆる凡庸さが勝ち誇るようになるのを見るだろう。あらゆる事象の中にある方法は傑出した人間の不要論にたどりつくだろう。そして、もしこうした新手法の成果が、いずれにしても、今日の成果よりもいっそう完璧、強大、快適なものだとしたら、何という奇妙な結果であろう。

果たしてそうか――私には分からない。私はただあり得べき結果を縷々《るる》述べたにすぎない。

知性について

「知性の危機」ではないか、世界は白痴化したのではないか、文化に厭《あ》いたのではないか、――自由業が病んで、死期を間近に感じ、力が萎えて、仲間も減り、その威信も次第に弱まって、がんばっても報われず、存在感が希薄になり、先が見えてきた……と、こんな疑問を、たまたま、誰かにぶつけたとしよう。

こんな疑問を不意にぶつけられた人物が、そんなことは思ってもみなかったというのであれば、考え直して、心の中でそれらの問いを反芻し、他の思念に煩わされないようにして、精神の目をこらす必要がある。精神の目とは、すなわち、言葉である。

――危機だって、と彼はまず自分に言う、――危機とはそもそも何か？　まずこの言葉の意味をはっきりさせよう！　危機とはある機能体制からもう一つ別の体制へ移行することだ。その移行はさまざまなサインや徴候によって感じられる。危機の間は、時間が性質を変えたように思われ、持続がもはや平常時のようには感じられない。恒常性ではなく変化を測るものとなる。あらゆる危機は、過去の動的ないしは静的均衡を破る、新しい《原因》の介入を意味する。

今自分のために簡単に要約したような危機の観念を、いかにして知性の概念に適応させればいいのか？

我々はごく漠然とした、粗雑な概念を用いて暮らしている。そうした概念もまた我々を糧にしている。我々が知っていることは、我々が知らないものが作用して、我々の知るところとなる。

次々と生起する思想の速い運動にとって必要かつ十分なものではあるが、それらの不完全でかつ不可欠な概念のどれ一つ、それ自体として、つきつめた考察の対象にはなり得ない。凝視すると、たちまちにして、そこには多様なケースや用例が現れて、要約することができなくなるのである。通過時には明瞭かつ迅速に理解されたものが、固定すると不透明になる。単純であったものが、変質するのだ。我々の味方であったものが、敵対するようになる。神秘的なネジがほんの僅か回転することによって、意識の顕微鏡の倍率が変化し、単位時間あたりの我々の注意力を増大させる。すると、我々の内に、我々の心的混乱が姿を現すのである。

　例えば、ほんの少しでも、時間、世界、人種、形相、自然、詩、等々といった言葉の意味するところにこだわりだすと、たちまち果てしない分割が始まり、際限がなくなる。つい今しがたまでは、それらの言葉は我々を融合させるのに役立っていたのに、今や、我々を混乱させるばかりである。それらの言葉は知らぬまに我々の意図や行為に、意識されない自由な手足さながら、結合されていたのだ。それが、反省意識の働きで、我々に敵対するものとなり、障害物や抵抗物になってしまった。真実、運動し組み合わせられる言葉は静止し孤立した言葉とはまったく別のものだと言えるだろう。

　我々の思考の道具のこうした一般的にして際立った特徴が、哲学・道徳・文学・政治などほとんどあらゆる分野の精神的生を生み出しているのだ。それらは考えようによっては無益な分野とも言えるし、考えようによっては、精神の繊細さや深み、精神固有の活動の発展を促すのに適した分野であるとも言える。我々がそれに熱い思いを抱くのも、逆に反感を抱くのも、つまるところ、我々の言葉の悪癖から来るのである。言葉の不正確さが意見の対立、差異化、反論、あらゆる知的闘争家の試行錯誤を生むのだ。それがまた、幸いなことに、我々の精神の活動を果てしなく保つ要因にもなっている……歴史書をひもとけば納得できることだが、決着がつくような論争は重要な論争ではないのである。

「知性」という概念も、他の概念と同様に、それが言述の中で、他の概念と組み合わされたり、対比されたりしている場合、そうした他の項目との関係に照らして、初めて意味が明らかになるものだ。知性は時に感受性に、時に記憶に、時に本能に、時に愚かさに対置される。あるときには機能のように、あるときには機能の一目盛りのように扱われている。時には、知性を精神自体の「すべて」と同一視、あらゆる特性の漠然たる総体とみなしている。

数年前から、すでに困惑するほど多様な観念を担わされているこの言葉に、言語によく起こる干渉現象によって、一つの新しい、極めて変わった意味が加えられるようになった。「知性」という名詞が社会の中の個人のある集団を意味するようになり、ロシア語の「インテリゲンチア」の訳語として用いられるようになったことを言うのであるが、個人的にはあまり喜ばしいことであるとは思わない。

「知性の危機」というのは、したがって、すべての人において、ある機能が変化したことだというふうに理解することができる。あるいは、すべての人においてではなく、最も知性に恵まれた人、恵まれているはずだと思われている人々においてでもいい。あるいはまた、普通の知性における機能全体の危機が起こっているのかもしれない。さらには現代社会ないしは近未来社会において、知性の価値、値段が危機に直面しているのかもしれない。あるいは、最後の可能性として、ロシア人がもたらした新しい意味を斟酌して、危機は一つの社会階級に関するもので、その階級が自らの質ないしは成員の数や存在条件に関して脅かされているとも考えられる。

さまざまな形で定義された《知性》の中で、問題は危機的状態にあるのはどれかを知ることである。

冒頭で問いかけた人物はただちに五つ、六つの可能性を考えつく。じっくり考えれば、もっと他の可能性も見えてくるだろう。彼は観点から観点へ、危機から危機へ――機能の危機、価値の危機、階級の危機――彷徨する。

I　機能としての知性について

人間がもっと愚かになって、だまされやすくなり、精神力が衰え、理解の危機、創造の危機がやってくるのではないかということが大いに懸念されるとして……そうした事態をいったい誰が予告するのか？　こうした精神力の変化の目印はどこにあるのか？　目印があるとしても、誰がそれを合法的に参照できるのか？

奇妙な疑問だが、そこから、いくつかの考えが示唆されないとは限らない。これは、言わば、私の頭に浮かぶままに提起された一種の問題である。問題に解答を見つけることが主題ではない。

近代生活の必要な道具立て、近代生活が我々に課す諸習慣は、一方では、我々の精神の生理学、あらゆる種類の知覚、とくに我々がすること、あるいは我々の知覚が我々の内部でおこなわせることを変化させ得るものであるが、もう一方では、人類の現在の存在条件における精神そのものの占める場所と役割についても変化させ得るものである。かかる近代生活はどういう方向に進むのかを探求することが主題である。

試みに、精神をその最も過酷な労働から次第に解放するさまざまな手段の発達という問題を考えてみよう。記憶力の助けとなるさまざまな情報の定着方式、頭脳の計算作業を節約させてくれるすばらしい機械、一つの学問全体をいくつかの記号の中に入れてしまうことを可能にする体系的な記号や方式、かつては頭で理解するほかなかったものを目で見えるようにするために考案された賛嘆すべき装置、画像あるいは連続画像の直接的記録とそれらの随時的再現、そうしたことを可能にする諸々の法則など、枚挙にいとまがないほどである！——果たして、これほど多くの補助や補佐手段が出てくると、我々自身の注意力や平均的人間の持続的ないしは一定時間内の精神的労働能力はだんだん縮小されていくのではないかという疑問が生じるだろう。

現代の美術を見れば一目瞭然である。残念ながら様式というものが感じられず、今後の世代に誰かしかるべき人が出てくることを期待すると言って慰め合っている始末である……。

しかし、様式というものはどのように作られるものであろうか、すなわち、一つの安定した型の獲得、建物と内装に関わる一般的な方式(通常、それらは長い年月の経験の成果、趣向・必要・手段に関するある種の定数のもたらすものでしかない)の獲得は、どのようにして可能なのか？　待つことができず、完成が急がされ、唐突に起こる技術革新が仕事に大きくのしかかってくるような時代に、また、一世紀来、新しさがすべてのジャンルのすべての産物について要求されるようになった時代に。

いったい、この新しさの要求はどこから来るのだろうか？……この問題については、後でまた触れることにしよう。今はさまざまな問題が自ずから増幅するにまかせよう。

待つことができない、と言った……さようなら、終わりが見えないほど時間をかける仕事、三百年の歳月をかけた伽藍よ！　伽藍は果てしなく増殖する建築だが、興味深いことに、その増殖は時と共に起こる変化と豊饒化によくマッチして、空の高みに、新たな時代の要請を追求し、実現するように見える。さようなら、明るい色の薄い層が塗られると、次の色がその上に重ねられるまでには、天才の発露とは無関係に、何週間も待つという、隠し隔てのない仕事の積み重ねによってついに完成する絵画よ！　さようなら、推敲を重ねた言葉、文学的省察、貴重な物象や精密機械にもなぞらえられる作品を生み出した数々の探求よ！……今や、我々は刹那に生きて、衝撃や対照効果にのみ気を引かれ、偶発的興奮あるいはそれに類するものが照射するものだけを捕らえるように強いられている。我々はスケッチ、粗削り、草稿で満足し、評価する。完成するという概念そのものがほとんど消えてしまったのである。

ということは時間が問題にならなかった時代が過ぎ去ってしまったのである。今日の人間はまったく短縮できないことは育てようとしない。じっくり待つことと、変わらないこと、この二つは我々の時代には負担なのだ。我々の時代は、大いなるエネルギーの代価を払って、自分の仕事から解放されようとする。

そのためのエネルギーの割り当て、下拵えが機械化を要求する。そして機械化が我々の時代の真の支配者である。途方もない機械化の進展のために我々がどんな代価を払っているのか、どんな代価を払って知性は仕事から解放されるのか、そして、力・精度・速度の増大は、それを望み、それを自然から得る人間にどのような形ではねかえってくるものなのか、見極めなければならない。

近代人は時に手段の多さとその規模に圧倒されることがある。我々の文明は、少なからぬ数の偉人と多数の普通人が力を合わせて成し遂げためざましい仕事の成果を度外視してはやっていけなくなっている。各人がその恩恵を確認し、重みを身に感じ、一世紀間蓄積されてきた真理と製法の総和を受け取るのだ。この途方もない遺産を無視できる人は誰もいない。その重圧に耐えられる人もいない。しかもその全体を視野におさめようとすると、圧倒されて、もはや、そんなことができる人は誰もいない。政治的・軍事的・経済的な問題が極端に解決困難になったのもそれゆえだし、リーダーも滅多にいないし、ごく細部までおろそかにできなくなったのもそれゆえである。すべての問題に対応できる人間、存在感によって十分役割を果たし得るような人間はいなくなった。自律性《オートノミー》の著しい減少、制御感覚の後退、それと相即的に、協同作業への依存度の増大、etc.

機械が支配する。人間の生活は機械に厳しく隷属させられ、さまざまなメカニズムの恐ろしく厳密な意志に従わされている。人間が作り出したものだが、機械は厳しい。現在では機械が自分の生みの親たちに向かって規制を加え、彼らの意のままに支配しようとする。機械には訓練を受けた人間が必要である。機械によって、人間の個人差は消滅させられ、機械の規則正しい機能性と体制の画一性に応えられるように訓練される。機械は、したがって、人間を自分たちの用途に合わせ、ほとんど自分たちの似姿に変革するのである。

機械と我々の間には、一種の契約がある。それは神経系が毒物の狡猾な悪魔たちと交わす恐ろしい契約と似ている。機械が我々にとって有用に思われれば思われるほど、我々自身は不完全な存在となり、機械を手放せなくなる。それが有用性の裏面である。

最も恐るべき機械は回ったり、走ったり、物質やエネルギーを輸送したり、変形したりする機械ではない。銅や鋼で作られたのとは別の、厳密に専門化した個人からなる機械が存在する。すなわち諸々の組織、行政機械といったもので、非人格的であることにおいて精神の存在様式に範を取って作られたものである。

文明はこの種の機械の増殖・増大の程度によって測られる。それは感覚的には鈍感、意識もほとんどないが、極端に肥大化した神経系のごとく、その基本的・恒常的なすべての機能を過剰なまでに備えた存在になぞらえられる。関係、伝達、協約、交感に関わることは、すべて、それらの存在においては、細胞一つが人間一人分という、途方もない能率で仕事をする。紙の繊維と同じくらい弱いのに、無限の記憶を付与されている。彼らのすべての反射反応の源泉はその記憶である。その目録は法律、規則、規約、先例である。こうした機械は人間に関して、余すところなく、すべてをその構造内に吸収し、どんなことでも、操作の題材とし、動作サイクルの一要素としてしまう。生、死、人間の快楽や仕事はこうした機械の活動の細部、手段、事故である。その支配力が弱められるのは、機械同士がぶつかりあう戦争が起こったときだけである。

我々は、各々、こうした体系の一つに属する部品である。あるいは、つねに複数の体系に所属しているというべきかもしれない。各人は自分自身の特性の一部分を属する体系の一つひとつに譲渡する。同様に、各人は自分自身の社会的定義と存在事由の一部を体系のそれぞれから借りるのである。我々は、誰でも、市民であり、兵員であり、納税者であり、しかじかの職能者であり、しかじかの政党の支持者であり、しかじかの宗教の信者であり、しかじかの組織、クラブのメンバーである。

所属する……とは言い得て妙である。我々はある意味で、人間集団の次第に厳密化・緻密化の度合いを深める探求と分析によって、明確な定義を持った存在となった。そしてその限りにおいて、我々はもはや投機の対象、真の物象に他ならなくなってしまったのである。ここで私は品のない言葉を口にせざるを得ないが、嫌でもこう書かざるを得ない。すなわち、人々の慣習や行動、さらには夢までもが、すべて、無責任、入れ替え可能、相互依存的、画一的になって、人類を脅かしている、と。性差ですら、もはや、解剖学的特徴によってしか区別されない事態になっている。

それだけではない。近代世界は自然エネルギーのつねにより有効性の高い、より進化した利用に専念する世界である。単に自然エネルギーを探索し、永遠に変わらない生活の必要を満足させるために消費するばかりでなく、濫費するにいたるのである。懸命に濫費する道を考えるために、新たな必要を一から創出するようなことをする（それも人類が想像だにしなかったようなものを）、——必要を満足させるための手段が発想の原点になったりする——それは、まるで、あたらしい物質を発明したので、その物質の特性にしたがって、その物質で治癒できる病気や癒される渇きを作り出すようなものだ……。

人間は、したがって、浪費に酔っている。速度の濫用、光の濫用、強壮剤・麻薬・興奮剤の濫用、印象に刻印するための反復の濫用、多様性の濫用、共鳴の濫用、安易さの濫用、驚異の濫用、極度に発達したスウィッチのオンとオフの濫用、これによって小さな子供の指一本で途方もない結果が引き起こされる。現代生活はこうした濫用と切り離せない。我々自身の有機体は次第に日進月歩の物理・化学の実験に委ねられ、不可抗力的に押し付けられるそれらの力やテンポに対して、油断ならない中毒症状を前にしたときのような態度をもって対処している。毒に適応し、ほどなくそれを要求するようになり、日々服用する量が足りないと思うようになるのだ。ロンサール[1]の生きた時代には、目は蠟燭の光で満足した。その時代の学者は、好んで夜仕事をしたものだが、揺れ動く乏しい光の下で、読書をし、――それも何とも読みづらい文字を！――問題なく書き物をしていた。現在では、二十燭、五十燭、百燭の明かりを要求する。我々の感覚の中で最も中心的なもの、――欲望と欲望の対象が手に入るまでの時間の意識、すなわち持続の意識にほかならないが、――かつては馬の走る速度、微風の渡る速度で満足していたのが、現代では急行列車でも遅すぎ、電信でも死ぬほどやるせなく思うのだ。

出来事までがまるで食物のように要求される。朝起きて、世界に何か大きな不幸が起こっていないと、我々は何かものたりなく思う。――「今日は新聞に何もない」とみんな言うのである。

これが我々の現実の姿である。我々は毒されているのだ。

さて以上に述べた要点を総動員して、我々が「機能としての知性」について考えていることに関連づけてみよう。上述したような強烈で、間断ない刺激によって成り立っている体制、形を変えた暴力と極端な能率主義、意表をつくことばかりが優先され、手軽さや享楽の追求に明け暮れることは、結局、精神の不断の歪曲につながり、精神の特質に新旧の変革をもたらすことになるのではないかと問うてみる必要がある――とくに、精神にこうした進歩を願わせた資質そのものが、一見、自らの力を行使し、発展させているようで、濫用によって痛めつけられ、自分が生み出した成果で堕落させられ、進歩の作用で枯渇させられてしまうのではないかと問うてみる必要がある。

しかし結論というべきものは何もない……それよりも考えた点のいくつかを、今少し、先に推し進めたほうがいいだろう。問題を解決するのが目的ではないとすでに述べた。私としては、次の論点に移る前に、上に簡略に示唆した考えのいくつかをいくらか発展させて検討してみたい。

エネルギーによる中毒症状のようなものがあると述べた。それには切迫中毒というべきものが関わっている。

誰が言い出したのか知らないが、三十年も以前に、世界史の危機的現象の一つとして、自由な土地の消滅ということが指摘された。すなわち、組織された諸国家によって、地球上の住める土地は完全に占有されてしまったということで、もはや戦わずして領土を拡げることは不可能であり、誰にも所属しない土地というものはなくなってしまったのである。住めない土地までもが、今日では、占有され、保持されている。例えば英国(こういう場合には必然的に引き合いに出されるが)は、南極大陸に手をつけた。数千年経ったら、分点歳差(2)のおかげで、先見の明があったことを喜ぶことになるかもしれない……ただし、私が自由な土地という話をしたのは、比喩的な意味においてである。そこから私は自由な時間という話につづけたい。私が考えているのは人々が通常考える余暇ではない。一見した余暇はなお存在している。法的な措置や機械的進歩を手段に、労働による時間の専有に対抗して、余暇は自分を守っている。しかし、私が言いたいのは内的な時間の自由が失われているということである。我々は存在の深部の大事な平静感を失っている。それは掛替えのない無為の時間であり、人生の最も精妙な要素が生気を取り戻し、強化される時である。その時、一切の要素はすべてを忘却する。過去も未来も洗い流され、明確な現在意識からも、未履行の義務や隠れた期待の混乱した暗黙裡の存在からも自由である。懸念も未来も内的圧力もなく、純粋状態における活動停止とでもいうべきものが一切の要素を本来の自由へ返している。要素は自分自身のことだけを考えればよく、知識との必然的な関わりからも、記憶への配慮や近未来の可能態の幻影の重荷からも解放されている。我々の実存の厳格さ、緊張、性急さがいかにすべてを混濁させ、濫費するものであるかが分かるだろう……不眠症の蔓延は注目すべきところまできているし、他のすべての進歩と軌を一にしている。精神的な疲労と混乱は嵩じて、時として、我々にタヒチの人々を素朴に羨ましく思わせるところまでいく。それは我々がかつて経験したことのない、単純さと安逸さが支配する天国、緩慢にして茫漠たる形をした生に対する羨望である。未開の人々は細分化された時間の必要を知らない。古代の人々には分も秒もないが、我々の運動は現在そうした細分化された時間によって支配されている。ある種の実践領域においては、十分の一秒、百分の一秒がもはや無視できなくなり始めている。汎用化された機械がそうした精度を要求するようになったのだ。汎用化された機械は人類にますますその存在感をおしつけるようになってきたので、我々はその支配の存続と増大のために、我々の時代の精神の働きの一切を捧げるにいたったのである。

活発な知性のうち、あるものは機械に奉仕することに力をそそぎ、あるものは機械を製造することに、あるものはいっそう力強い機械を予測・準備することに力をそそぐ。そして、最後の範疇に残された精神が機械の支配から逃れようと全力を傾けるのである。この反抗的な知性は、昔の人々の魂がそうであったところの自立的で過不足のない存在の代わりに、得体の知れない劣等な悪魔(3)をおしいただくことに嫌悪感を抱いているのである。その悪魔はただひたすら協力し、寄り集まり、依存することに満足し、一つの閉鎖系の中に幸福を見出すだけである。その閉鎖系は、人間が人間のためを考えて厳密に作ればつくるほど、それだけ、ますます自己完結的な閉鎖性を持つ。これは、しかし、一つの人間の新しい定義である。

今日人々の精神にある混乱は、我々が人間について持っている観念に大きな変化のきざしが現れ始めていることを告げている。

Ⅱ　階級としての知性

それでは私が「階級としての知性」と呼ぶところのものについて少し考えてみよう。精神と持つ関係の特殊性によって他と区別されるある種族が存在することをみんな感じている。

その種族について、単純明快かつ過不足のない記述をすることは誰にもできない。それは今後解明すべき一つの社会的星雲である。しかしこの星雲は、瞳をこらせばこらすほど輪郭がぼやけ、形が溶解し、見えなくなってしまう態の曖昧模糊とした星雲の一つである。どこまで行っても、全体の形にどう関連づけていいか分からない、だからと言って、そこから切り離すこともできない何かが残る。

この種族は嘆いている。ゆえに存在するのだ。

知識人、芸術家、さまざまな自由業に属する人々……ある人たちは社会の動物的生に有益で、ある人たちは無益である(この無益な人たちの中で、恐らく、最も貴重な人たちは我々人類の価値を引き上げてくれ、知識を蓄え、前進し、創造し、生来の弱点に毅然と立ち向かっているような幻想を与えてくれる人たちだ)。今日、そうした人々の価値の低下、権威の失墜、窮乏による消滅を口にする人がいる。彼らの存在は、実際、一つの文化と伝統に緊密に結びついている。そしてその文化と伝統の双方が、現代の地球上の事物の革命的変化によって、その将来性がどうなるのか危ぶまれているのである。

我々の文明は、今述べたように、一台の機械のような構造と性質を持っている、あるいは、持つ傾向がある。機械は自分の支配が世界的でなくとも痛痒を感じないし、自分の行為に無関係だったり、自分の機能の外部に属したりするものが存続していてもかまわない。他方、機械は自分の活動領域内に入ってくる不明確な存在には適合できない。機械の正確さは、機械にとっては最も大事なものだが、曖昧なものや社会的気紛れのようなものは許容できない。機械の順調な稼動は変則的な状況とは相容れない。機械は役割や存在条件が厳密に定義されていないような人物が居続けることを認めることができない。機械は自分の観点から見て厳密さを欠いた個人を排除しようとし、他者を過去と無関係に、――人類の未来がどうなるかとも無関係に――再編成しようとする。

機械は地球上に存在していた組織化の遅れた民族を攻撃し始めた。そもそも、法則によれば（その法則自体、必要と力の自覚は攻撃力を生み出す、という原始的法則に通じるものである）、最も組織化されたものが最も組織化されないものを攻撃するようになるのは理の必然なのである。

機械は、――すなわち西欧世界は、――自分の内部に見出す――これら決断のつかない——時に通約不能な——者たちに、いつの日か、襲いかからずにはいられないのである。

かくして我々は、定義付けようとする意志あるいは必要によって、定義不能な一団の人々を攻撃するような事態に直面している。税法、経済関連の諸法、労働規約、そして、とくに技術一般の深甚な変化、そうしたものの一切が、こぞって、これらの定義不能かつ本来的に孤立している内部集団を同化し、平準化し、囲いこみ、秩序付けようとやっきとなっている。それは知識人の一部を構成する集団であって、——他の部分は、もっと吸収されやすいので、しかるべく再定義・再編成の対象になっている。

今述べたことは、次のような考察によって恐らくより一層明確になるであろう。

詩人や理論家、あるいは時間をかけて深遠な作品を生み出す芸術家などの生活を社会が支えることがあったとしても、それはつねに間接的な形においてでしかなかった。社会は時に彼らを名目上の奉仕者・公務員として、教授、学芸員、司書に採用する。しかし職能組合は不平を訴える、大臣の僅かな権限も徐々にせばめられ、機械も次第に遊びが少なくなる。

機械は《専門家》しか認知しようとしないし、また認知できない。

一切を専門家に還元するにはどうすればよいか？

知性を専門とする人々の特徴を決定しようとするのは容易ならざる仕事である！

各人それぞれ自分の精神を使用する。単純作業の労働者も、自分なりに、自分の精神を使用する、その限りにおいて、哲学者や幾何学者と変わるところはない。彼の言うことが我々にとって粗雑で、単純すぎるようにみえるとすれば、我々の言うことは、彼にとって、奇妙で不条理にみえるのだ。我々一人ひとりが他者にとっては単純労働者なのだ。

どうしてそうではないと言えるのか？　そもそも、すべての人間は時に夢を見、あるいは何かに酔う、あるいはその両方を経験する。夢においても、酔いにおいても、彼が抱く心象をさまざまに混合し、有用性とは切り離されたところで、自由に組み合わせることが、いつしか誰にも分からない、誰にも忖度《そんたく》できない仕方で、彼をシェイクスピアにするのだ。単純労働者が、疲労とアルコールで、我を失ったとき、天才たちの跋扈する舞台となるのだ。

しかし、と人は言うだろう、彼はそれを利用する術を知らない。

しかし、それはまさに、彼が自分自身にとってシェイクスピアであっても、我々にとっては単純労働者であるということだ。彼に一つ欠けているのは、酔いから醒めたとき、シェイクスピアという名前や文学という概念についての知識である。彼は自分が創作者であることを知らないのだ。

知識人の範疇に、巫女や宮司、あるいは縁日の道化師を入れるか入れないかなんて、誰に決められるだろうか？

ある人が別の人よりもより多くの精神を使用しているとか、あるいは、商売上の投機をしたり企業を起こしたりすることより、学校で教えることのほうがより多くの精神を使用するなどと、いったい誰が主張できるだろうか？

こうした具体例のぬかるみに足を取られる覚悟が必要だ。よろめくと、時には、二、三の解明の光のしずくを、泥濘を跳ねとばすように、跳ねとばすこともある。

本質的に混沌としていて、誰にとっても不分明な問題を扱うときには、各人の試行錯誤、未遂に終わった行為、放棄されたり否定されたりした思考の痕跡を、ありのままに示すことが許される、――あるいは示したほうがよい――のではないかと思う。

私は時々知識人についてびっくりするような定義がなされるのを見てきた。会計士を知識人として認めるものもあれば、詩人をそこから排除するものもある。中には、その主張するところを文字通りに受け取ると、加減乗除や曲線の求積をする、常人の能力をはるかに超えた働きをする素晴らしい機械類を、知識人に数える、あるいは数えないわけにはいかないというものもある。

たまたま頭に浮かんだ計算機の例は私にある考えを示唆したので、そのことをついでに記しておきたい。技術工程の進歩によって、位階が変化する知的活動があるということである。技術の工程がいっそう厳密になって、職場の仕事が各工程の調査で明らかにされた段階的手法の適用だけですむようになると、専門家の個人的価値はだんだん重要度を失うにいたる。我々は、さまざまな分野で、個人の技能や門外不出の技術が演じてきた役割について知っている。しかし今述べた進歩はそうした特別な技能・技術とは関係なく結果が出せるようにするのである。

もし、例えば、医学がいつの日か、診断と治療の分野で、あるレヴェルの精度に達して、医者はただ定義され、きちんと整理された一連の行為を実行するだけでよいということになれば、医者は治療学の非人格的な一媒介項にすぎなくなり、その大きな魅力のすべてを失うことになるだろう。医者の魅力とは仁術の不確かさ、したがってそこには必ずや医者の個人的魔術がいくらかは付加されるものと信じられていることに存する。それがなくなってしまえば、薬剤師と変わるところがない。薬剤師は医者よりもこれまで低く見られてきたが、なぜかと言えば、薬剤師の仕事は医者のそれよりも学術に依存する割合が大きく、秤の上でなされるからである。

法律用語から借用した奇妙な言葉を援用して言えば、知識人には代替可能な人々と、代替のきかない人々がいるということである。前者はすでに機械に取り込まれているか、それに近い状態にある。彼らは相互に交換のきく人々なので、一人ひとりの区別がつきがたい。

実際には、完全に相互に入れ替え可能な人間は存在しない。そう見えるときも、実際は近似的に入れ替え可能であるだけである。

相互にまったく入れ替えがきかない人々というのは、――まさに代わりの者がいないという理由からだが、――同時に、人間にとって異論の余地のないどんな必要にも対応していない人々である。したがって、我々は知識人と言われる人々には注目すべき二つの範疇があると考えられる。何かに有用な知識人の一派と何にも役立たない知識人の一派である。人間の食料、衣類、住居、病気に対しては、ダンテもプッサン(4)もマルブランシュ(5)も何もできない。反対に、パン、服、屋根、その他は役立たない知識人には与えられないということにもなる。人々が最も偉大な知識人たちの生き残りを弁明するのは、口先だけである……。

この「階級としての知性」という問題は新しい問題ではなく、昔からある問題である。ただいわゆる時代性によって、かつてないほどアクチュアルな、緊急を要する問題になっていることである。問題そのものは少しも新しくない。

その歴史も簡単に要約することができる。

ある種の人々によって体現されている精神に、社会がしかるべき場をいかにして与えるか、あるいは与えなければならないかという問題は、いつの時代にも、解決困難な本質的問題であった。困難は、単にどのような定義にしたがってしかるべき場を決めたらよいかという問題ばかりでなく、どうしても質的評価をしなければならないところにもある。どの場合も、最良のものを決定するという解決不能な問題にぶつかるのだ。科学の世界の隠語で言えば、最良度測定《アリストメトリー》(6)とでもいうべきことだ。

誰でも、みんな、自分の精神を使用しているのであれば、最初に認めるべきは、精神の使い方によってある種の階級が他と区別されるという一事である。さらに、そうした精神の使用の価値、すなわちそれによって作られたもの、あるいは進行中の研究を考慮に入れるか、入れないかという問題がある。

悪しき石工も石工である。悪しき技術者も技術者である。しかし即興の芸術家、他者からその存在が認知されていない学者、自分ではそう思っていない哲学者といった人々は、何者であろうか？

外からは見えない準備段階にあって、謎めいた待機状態にある芸術家、学者、哲学者、詩人とは何者であろうか？

デカルトが書き物を発表し始めたのは四十八歳になってからである。セバスティアン・バッハも五十歳を過ぎてから作品を出版した。それまでは、前者は退役軍人の恩給生活者だったし、後者は教会のオルガン奏者だった……今日では周知の作品を世に問うことができた二人であるが、その存在が世に聞こえるようになるまでは、時代の社会的定義がなお厳密さを欠如していたおかげで、生活することができたのだ。

この問題の歴史については、なおいくらか言うことがある。

大昔から、この問題には一つの単純かつ実践的で、乱暴ですらある解決策が与えられてきた。

それは知性を学歴で判断するというものである。古臭い様相を温存して、変化に対して腰が重い国ほど、学校の成績による評価が、絶対的とまではいかないまでも、重視されている。

その場合、「階級としての知性」とは、学歴のある人たちの階級のことになる。学歴はその物的証拠となる卒業証書によって示される。高学歴者、学者、博士、学士などが知識人階級の構成員であり、彼らがそのように呼ばれることには何の問題もない(なぜなら物的証拠があるのだから)し、数を数えることも容易である。このやり方は知識の保存や伝達には極めて優れているが、知識の増大には、悪いとまではいえなくとも、あまり貢献しない。物的証拠のほうがそれによって証明されるものより寿命が長く、知識人階級のメンバーとして認定された人物が、その情熱・好奇心・精神的バイタリティーを失ってしまった後まで証明書がついてまわるということもある。

このシステムの不都合な点として、人間を出発点の姿に固定してしまう欠点があることを指摘しておかなければならない。アメリカでは、何歳になっても、頭脳労働から肉体労働へ、あるいはその逆に肉体労働から頭脳労働へ、職業を変えることができるということである。

この古く、便利な概念から、近代の自由業の概念にたどりつくのは極めて容易である。自由業とは自由人にふさわしい職業という意味である。

自由人は肉体労働をして暮らしてはならなかった。自由業とは肉体労働に対立するものであった。しかし外科医は手を使う、たしかに手袋をはめてはいるが。ピアニストは指を使う。画家や彫刻家も指を使って生計をたてようとする人たちである。彼らはすべて昔は労働者とみなされていた。ヴェネツィアの異端審問裁判で証人として喚問されたヴェロネーゼ(7)は職業を訊かれて答えている。労働者《ラヴォラトーレ》デス！(8)と。

今日、事情は大きく変化した。外科医は理髪師と、芸術家は職人と区別される。さまざまな職業に対する評価、想定される品格に基づいて成立していた社会的序列が変わってしまったのだ。外科術は手を使って書くだけの諸々の職業よりもずっと高い等級に分類されている。

近代世界において、精神の人、もしくは、伝統的に、そういう範疇に属すると考えられている人がどのような位置を占めるかという問題について、考えを整理したいと思って始めた試みが、いかに多くの答えのない問いを誘発するものか、お分かりになったであろう……。

問題を解決しようとすると、たちまち、反撃をくらう。しかしながら、病気を疑い、その徴候を記述する前に、犠牲者を認定する必要がある。知識人とは何かを特定しようとし、自由業の特徴を発見しようとしてみたが、うまくいかなかったのは、ご覧の通りである。

この種の研究は時にゲームをやっているような面白さがある。予期しなかったことが無限に出てくる。そうした驚きの根源には上述した深刻な事実がある。すなわち新社会が旧社会を目のかたきにしていることである。強力で緻密な組織が、弱く曖昧な組織を攻撃しているのだ。分析を進めていくと、どうしても社会における人間関係、階級問題の複雑さの中に入っていかざるを得なくなる。軋轢を克服しようと思えば、そうした関係性・問題を確認し、導入せざるを得ない。精神的・政治的な問題で未来を予測することが危険であり、無益なことは重々承知しているつもりでも、現在の危機的混乱には、正確に分析することはできなくても、かなり深刻な事態、悲惨な事態が予測されると考えざるを得ない。いつの日か、パンや生活必需品の生産に役立たない人たちには、パンも生活必需品も与えないという時が到来するのであろうか？　そうなると、我々は、まず、自分で自分が守れない人たちが消えていくのを、呆然として眺めることになるだろう。残った人々はその後に続くか、窮乏に耐えかねて、現実的な仕事にもどるだろう。そして、そうした人々が抹殺されてしまったあとには、人間の最も単純な生活に必要なものだけを考慮に入れて作られた現実界の序列が、この問題を最後まで見届ける観察者に対して、示されることになろう。

我らが至高善
「精神」の政策

私がこれから話そうと思っていることは、現在、我々が遭遇している混乱についてである。こうした混乱を前にしたときの精神の反応、本性上立ち向かわざるを得ない混沌《カオス》を前にして、自分のできる事とできない事を見極めたうえで、何とかしようと、対象を思い描いたときの精神の反応についてである。

しかし混沌《カオス》を心に描いても混沌《カオス》である。したがって出発点は混乱である。最初に考えてみてほしいのはその混乱についてである。それにはちょっと努力が要る。結局、我々は混乱に慣れてしまい、混乱を生き、呼吸し、煽り、時には、生きる糧にすらしているのだ。混乱は我々の周辺にも内部にもある。新聞や日常生活、我々の日々の活動、娯楽、知識の中にまである。混乱は我々をつき動かす力となり、我々自身が作り出したものであるにもかかわらず、いつしか、我々を我々の知らないところへ、我々の望まないところへ連れて行くのである。

この現在を作り出したのは我々自身であるが、現在である以上、必然的に、一つの未来へつながっているはずである。しかしその未来を我々はまったく想像することができない。そこが前代未聞なところである。それは我々が生きている現在がかつてない新しい事態だからである。我々にはもはや、過去から未来の手引きとなるもの、蓋然性の高い何がしかのイメージを演繹することができないのだ。なぜなら、ここ数十年の間、我々は、過去を犠牲にして(ということは過去を破壊し、論駁し、徹底的に変貌させてきたということだが)、新しい事態を鍛え上げ、構築し、組織してきたからである。その最大の特色は過去に先例や事例が存在しないことである。

かつてこれほど甚大かつ急激な変化を経験したことはなかった。地球全体が隅々まで精査され、探査され、開発され、さらには領有されるにいたった。最も遠いところで起こった出来事が瞬時に知られるようになった。物質や時間や空間に関する我々の観念や権能が、これまでとはまったく違った形で捉えられ、利用されるようになった。いかに深遠・賢明・博識であっても、今日、少しでも未来を予測するような危険を冒す思想家や哲学者、あるいは、歴史家がいるであろうか？　あれほどの間違いをしでかしたあとで、我々がなお信頼を寄せ得るような政治家や経済学者がいるであろうか？　我々はもはや戦争と平和、飽食と飢餓、勝利と敗北……を明確に区別することすらできない。そして我々の経済は交換の象徴体系の無限の発展と最も原始的な体系、未開人の体系、物々交換の体系の予期せぬ復帰との間を、刻一刻、揺れ動いているありさまである。

時々、こうした明暗・成否のはっきりした事物や人間関係に思いを馳せるとき、私にはかつて海の中で経験したある感覚が蘇ってくる。数年前、私はある艦隊の客人となったことがある。トゥーロンを出て、ブレストへ向かう艦隊であったが、ある天気のよい日の昼ごろに、突然、霧に閉ざされ、岩場の多いイル・ド・サンの危険水域へ入った。六隻の装甲艦と三十隻ほどの小船と潜水艦からなる艦隊は、いたるところに岩礁がある水域で、突然立ち往生してしまったのである。ほんのちょっとした衝突でも、これらの装甲され、砲門を備えた城塞は方向転換させられてしまっただろう。それは大いに驚くべきことであった。これらの恐ろしいほどに機械化され、知識と勇気と訓練とを兼ね備えた海兵隊員たちによって操縦され、最先端の技術が提供する力と精度をあますところなく装備した艦船が、突如として、航行不能状態になって、不安なまま待機するほかなくなってしまったのだ。それも海上に発生したいくばくかの水蒸気ゆえである。

かかる矛盾は我々の時代が我々に提起する矛盾とよく似ている。知識で鎧われ、さまざまな力を持ちながら、我々は自らが開発し、組織した世界のただ中において、盲目であり、無力なのだ。その世界の複雑さに我々自身が恐れをなしているのだ。精神はその混乱を加速させ、それが胚胎するものを予測し、混沌の中にわずかに存在する流れ、未来の出来事となる結節点を生み出す複数の線を識別しようとする。

精神は、あるときは、過去の中に、自分が知っているもので文明生活には不可欠だと思われるものの中に、重要なものを探り出し、保存しようとする。また別のときには、すべてをご破算にして、人間世界の新しいシステムを構築しようとする。

他方、精神は自分自身について反省し、自分の存在条件(それは同時に成長の条件でもある)を考え、自分の徳性・権能そして財産——すなわち自らの自由と発展と深化——を脅かす危険についても考えなければならない。以上の二つのことを吟味すれば、ここで私が漠然と精神の政策という不可思議な名前で呼んだものが何であるかが分かるであろう。

私の意図するところは、問題の所在を明らかにすることであって、問題を究めることではない。問題の領域は極めて広範にわたるので、そのすべてを論じることなどしたくてもできないし、近づいてみればみるほど、問題は単純明快になるどころか、ますます複雑怪奇になるばかりである。ごく表面的にでも、活動の全領域、権力や人智に関わる全般に探りを入れてみれば、それぞれの段階で、精神的な危機が起こっていることが分かる。経済の危機、科学の危機、文学・芸術の危機、政治の自由の危機、風俗の危機……細部には関わらないことにしよう。ここでは、簡単に、こうした状況の最も際立った特徴の一つを指摘するにとどめよう。それは、めざましい技術資本を持ち、実証的な方法論に裏打ちされ、絶大な力を発揮しながら、近代社会は、それに見合った政策、道徳、理想、民法や刑法など、自らが創始した生活様式やある種の科学精神の発展とその地球規模の伝播によって人類に次第に課されるようになってきた思考様式にきちんと適応したものを作ることができなかったということである。

今日、諸科学の基礎を革新し、言語の特性や社会生活の制度や形態の起源を解明した近代の批評精神を多少なりとも身につけた者なら、誰しも、あらゆる概念や原則、かつて真理と言われていたものが、ことごとく、早急な見直しや手直し、改定の対象となっていることに同意するであろう。あらゆる行為がもはや時代遅れであり、あらゆる法律が、成文・不文を問わず、いまや的を射たものにはなっていないのである。

誰しも暗黙裡に、憲法や民法の対象になっている人間、政治の思惑や駆け引きの対象になっている人間、——市民、選挙民、被選挙民、納税者、被疑者、——は、現代の生物学や心理学、あるいは、精神医学の概念で定義されるような人間とは、恐らく、同じではないことを承知しているのだ。そこから、我々の判断における、奇妙な矛盾、分裂が起こるのである。我々は同じ人間に対して、責任があると言ったり、責任がないと言ったりする。時によって採用する仮説いかんによって、法的に考えるか、客観的に考えるかによって、責任がないと判断することもあれば、有責だと判断することもある。同様に、多くの人々に、信仰と無神論、感情面での無秩序と判断面での秩序信仰とが共存するのを見る。我々の大多数は、同じ問題について、複数の考え方を持っていて、それらの考え方は、時々の感情の赴くままに、融通無碍に入れ替わり、異なった判断を下すのである。

これこそまさに一つの危機相を表す確実な徴しである。観念における諸矛盾の共存と行為における不整合によって定義される我々の内奥のある種の無秩序を表す徴しである。

我々の時代の人間は互いに相知ることのない様々な傾向や思想にまみれている。もし文明の年齢が内包する矛盾の数、遭遇し許容しあう両立不能な習慣や信教の数、おなじ脳裡に共存し、同棲する哲学や美学の数によって測られるとすれば、我々の文明は最も円熟したものの一つであることを認めざるを得ないだろう。同じ一つの家族の中で、多くの宗教が実践され、多くの民族が結合され、多くの政治思想が共存しているような事態、同じ一人の個人の中で、多くの潜在的な不和の種が温存されているような事態が見てとれるのではないか?

近代人は、そして近代人たるゆえんはまさにそこにあるのだが、自分の思想の薄明かりの中に交互に前景化されて進み出てくる、多くの矛盾する要素と親しくつきあって生きている。それればかりではない。そうした内部矛盾あるいは敵対的共存は、通常、我々の感覚の外にあって、そういうものが存在していることに滅多に気づかないで暮らしているのだ。しかし、さまざまな信仰や意見を持つことに対する寛容や自由は、どこでも、ごく最近のことであり、人々が交換することによって、徐々に、高めあい、対立を和らげるような時代になって初めて可能になり、法律や習慣の中に定着したのである。反対に、不寛容というのは純粋なる時代の恐るべき美徳なのだ……。

こうした性格について強調したのは、私はそこに近代の精髄を見るからである。そしてまたそこに、現代世界を一つの面、一つの尺度で見ることの大きな困難、不可能性の原因の一つを見るからである。現代世界の問題を考えると果てしないことになる。だから、歴史的な事例に即して、未来予測などをしようとしても、そもそもすべてが多面的・流動的になっているので、無駄である。すでに言ったことだが、人間社会にわずかな年月の間にもちこまれた新奇なものの数やその重要度を考えると、現在起こっていることを今から五十年前、百年前に起こっていたことを引き合いに出して考えることはほとんど不可能である。我々はさまざまな力を導入し、手段を発明し、まったく異なる、およそ予期しなかった習慣を作り出した。我々は二十世紀間続いてきたことから、もはや揺るぎないものと思われていた多くの価値を無効にし、観念を解体し、感情を抹殺した。しかし、そうした革新的な事態を表現するために、我々が持っている観念は、あまりに古いのだ。

要するに、我々は社会システムの混乱を前にして、父親の世代から受け継いだ言葉や諸々の神話しか持たず、その一方で、我々の生活の条件はまったく面目を一新しているのである。新しい条件は知性に由来し、まったく人工的なものであり、本質的に不安定なものである。なぜならそれらは時と共に数が増えていく知性の創造物に左右されるからである。したがって、未曾有の成功によって正当化される果てしない希望と失敗と破局の不可避的な結果としての、大いなる失望あるいは暗い予感とが入り混じった気持から、我々は逃れられないのである。

こうした問題が私の頭を悩ましたのは昨日、今日のことではない。すでに一八九五年に書いたことをここで引き合いに出すつもりはないが、一九一九年、大戦終結後数か月経った時点で、私はこの問題に関して次のように書いた。

……我々文明なるものは、今や、すべて滅びる運命にあることを知っている。これまでも跡形もなく姿を消した多くの世界、すべての乗員・機関もろとも深淵にのみこまれていった数々の帝国の話を耳にしてきた。それらはすべて、彼らの神々、法律、学術の府、純粋・応用諸科学、文法、辞書、古典、ロマン派、象徴派、批評家たち、批評家の批評家たちもろともに、諸世紀の測り知れない深淵に沈んでいった……。

我々はすでに知っていたのだ、目に見える大地はことごとく灰塵で作られ、灰塵は何かのしるしであることを。我々は「歴史」の厚みを通して、かつて財宝と精神を積んでいた巨船の幻影を垣間見てきたのである。その数は我々には数えきれないほどある。

しかしそれらの難破は、つまるところ、我々の関与するところではなかった。ニネヴェ、バビロンといった名前は漠然たる美名にすぎなかったし、それらの世界の完膚なき崩壊は、我々にとって、それらの存在そのものと同様、多くの意味を持たなかった。

そして、今、我々が理解するのは、歴史の深淵はすべてをのみこむ容量を持っていることである。一個の文明は一個の生とかわらぬ脆さを持っていることを我々は感じる。キーツやボードレールの作品がやがてメナンドロスの作品と同じ運命をたどるようになる状況を想定することは、もはや、それほど困難なことではない。それは新聞を読めば分かる。

そればかりではない。手厳しい教訓が示唆するところはさらに深刻である。最も美しいもの、最も古くから伝えられてきたもの、最も見事で秩序あるものが、いかにして、偶発的な要因で、滅びていくものであるかを、我々の世代が体験的に学ぶだけでは不十分であった。我々の世代は思想、常識、感情の分野において、幾多の驚くべき現象、逆説の突発的な実現、明証性の突然の崩壊が起こるのを目にしてきた。

かくして精神的ペルセポリスも物質的スサも等しく荒廃した。すべてが失われたのではないが、すべてが滅亡の危機を感じた。ヨーロッパの髄にただならぬ戦慄が走った。ヨーロッパは、その思弁的中核のすべてで、もはや自分が誰か分からなくなり、自分が異形のものとなって、意識を失いつつあることを感じた――その意識とは何世紀ものあいだ耐えぬいてきた幾多の不幸、幾千の一級の知者たち、地理的・民族的・歴史的な数えきれないほどの幸運によって獲得されたものである。すると、自らの生理的な存在と財産を守るための最期のあがきのように、記憶のすべてが混然としてよみがえってきた。偉大なる人物、偉大なる書物がごちゃまぜに呼び起こされたのだ。戦争の間ほど、人々が本をあれほど沢山、しかも、夢中になって読んだことはなかった。本屋に聞いてみればいい……人々があれほど頻繁に、しかも深刻に祈ったことはなかった、司祭に聞いてみればいい。

人々はあらゆる救い主、創始者、保護者、犠牲者、英雄、祖国の父、聖女、国民詩人たちを引き合いにだした。そしてその同じ心的混乱の中で、同じ苦悩に呼びたてられ、知的ヨーロッパは過去の数知れぬ思想がめまぐるしく蘇生するのを目の当たりにした。幾多の教条、哲学、理想、世界を説明する三百通りの仕方、キリスト教の千一の解釈、二ダースもの実証主義。知的光のすべてのスペクトルが互いに相容れない色を開陳して、ヨーロッパ魂の断末魔を奇妙に矛盾した光で照らし出したのである。技術者たちが過去の戦記に描かれた戦争のイメージの中に、鉄条網をくぐりぬける方法や、潜水艦の裏をかく方法、あるいは、戦闘機の飛行を麻痺させる方法を熱心に探している間、魂はあらんかぎりの呪文を唱え、この上なく奇妙な予言を大真面目に受け取っていた。

魂は昔の事跡、祖先の取り組みなど、あらゆる過去の事象の記録の中に、逃げ場や状況証拠や慰安を捜し求めていた。

それらは不安が生み出す周知の産物であり、罠に落ちた鼠のように度を失って、現実から悪夢へ、悪夢から現実へ右往左往する脳髄の混乱した反応の現れである。

軍事的危機はたぶん終わった。経済的危機はいまだにいささかも衰えを見せていない。

しかし知的危機は、より微妙であり、その性質からして、この上なくまぎらわしい様相を呈するものであるが（なぜならそれは本来的に隠蔽をこととする世界に属するから）、その正確な姿、その相をなかなか明らかにしない。

　文学や哲学や美学の世界においては、将来、誰が消え、誰が生き残るかなどということを断言することはできない。さらには、いかなる観念、いかなる表現形態が、将来、消滅一覧表に書き込まれ、どんな新規なものが新たに喧伝されるようになるかなどということも誰にも分からない。

　たしかに、希望の余地はある。しかし、希望とは精神が下す厳密な予測に対する存在者の抱く不信感にほかならない。希望が示唆するのは、存在に不都合なあらゆる結論は精神の誤算にちがいないということである。しかし事実は明白かつ容赦のないものだ。何千人もの若い作家、若い芸術家が死んだ。ヨーロッパ文化という幻想がはじけ、知識では何も救えないという知識の無力が証明された。科学はその心的野心において致命的な痛手を負ったし、その応用の無残さにおいて、言わば辱めを受けた。理想主義はおよそ勝ち目がなく、深く傷ついて、自らの夢の責任を問われている。現実主義は欺かれ、痛打され、幾多の犯罪と過誤に打ちひしがれている。貪欲も禁欲も等しく踏みにじられた。戦場では信仰もごっちゃにされ、十字架に十字架が、新月旗に新月旗がぶつけられた。懐疑論者たちすら、あまりに急激な、あまりに激烈な、あまりにむごい出来事に動転し、猫が鼠とたわむれるように、我々の思想をもてあそぶばかりだった、――懐疑論者たちは疑念を忘れたかと思えば、再び取り上げ、また再び放棄し、自らの精神の運動をどう用いたらいいのか分からなくなってしまった。

船の揺れがあまりに強くなったために、この上なく巧みに吊られていたランプまでがついにひっくりかえってしまったのである。(注「精神の危機」からの長文の引用[1])

事態は、一九一九年以来、それほど変わっていない。かつて書いたことは、今でも、かなり正確に現在の混乱や不安を言い表していると思う。しかしこの無秩序と混沌の構図に現在何か付け加えなければならないものがあるとすれば、こうした事態を認定しつつ、かつ、その当事者で、事態を甘受するわけにはいかないが、否定もできないでいるもの、その本来の性質上、自らを分離・分割せずにはいられないものについて、書き記すことであろう。すなわち、それは精神である。

この精神という名前によって、私は何らかの形而上学的な実体を意味するつもりはまったくない。私が意味するところは、ごく単純に、一つの変換する力のことである。

我々はこの力を、他のすべてのものから区別して、切り離して考えることができる。それは我々の周囲にある影響を及ぼし、我々を取り巻く環境を変化させるものであるが、その働き方は既知の自然エネルギーの作用とはかなりちがったところに求めるべきものである。というのも、自然エネルギーとは反対に、その働きは、与えられたエネルギーを対立させたり、結集させたりすることに存するものだからである。

この対立あるいは結集の結果として、時間の節約ができたり、我々自身の力の節約ができたり、力や精度、自由や生命時間の増大がはかられるのである。お分かりのように、精神は、形而上学とは無関係に、その働きをつぶさに観察することによって、明快に定義することができる。かく見れば、精神とは、純粋に客観的な観察の総体を言わば象徴的に表したものの謂いである。

その力が実現するある種の変形がより高度な一領域を定義する。精神は単に諸々の本能や生存に不可欠な欲求を満足させるのに行使されるのではない。精神は我々の感受性に対しても行使される。詩人や音楽家は、彼らの抱く情感を、悲哀や苦悩にいたるまで、それぞれの芸の技巧を駆使して、詩や音楽などの作品に変形し、彼らの感覚生活全体を保存し、伝播する手段に変える。こうした変形作用ほど驚嘆に値するものがあるだろうか？　苦痛を作品に変えたように、精神は人間の余暇を遊びに変えることができた。精神は素朴な驚きを好奇心に、知識欲に変える。組み合わせの面白さが端緒になって抽象度の高い学問が生まれる。幾何学を生み出した人々は、恐らく、自分たちがもてあそぶ計算や図形に特別の興味を抱いた人々であって、自分たちの熱中する閑つぶしが、いつの日か、世界の体系を説明し、自然の法則を発見するような、何か役立つものになろうとは考えていなかったのだ。

同様に、こうした変形力をそなえた精神の力の特殊な応用によって、恐怖から驚くべき産物が生み出されるにいたった。恐怖が数々の神殿を建立させ、ついには幾多の見事な石の祈禱所、意味深い壮麗な建造物へ姿を変えたのだ。それらは恐らく人間の美と意志についての最高の表現である。かくして精神は、魂《ひと》の愛情、余暇、夢から、高度な価値を作り出した。精神はまさに賢者の石、物心両面にわたる一切のものを転換・変化させる動因《アジャン》である。

精神を定義するのに用いたこの性格、そしていま示した事例によって、私は次のように言うことができよう。人間の精神は人間を一つの冒険へと誘った、と。その冒険の差し金によって、人間は次第に当初の生存条件とはかけ離れたことを志向するようになった。あたかも人間には、他の本能はすべて生命体を同じ地点、同じ状態に戻そうとするのに、そうした動きに逆行する一つ逆説的な本能が備わっているかのように。

　これが、この不思議な本能が、ある意味で我々の実存環境を変革しようとし、動物的生の単純な気遣いの域を時には過剰なまでに逸脱した活動へ駆り立てるのである。この本能はさまざまな新しい欲求を生み、人工的な欲求を増加させ、私の言う自然な本能のかたわらに、生命体維持に必要ないくばくかの針のかたわらに(本能 instinct の意味は針 aiguillon である)、多くの他の刺激を導入した。この本能が生み出したものとして、特筆すべきは、経験を蓄積する欲求、経験を結集し、固定し、それを基礎にして、思想体系を作ること、さらには経験を現在の外へ投射して、あたかも、まだ到達していない地点で生をとらえる、あるいは、もはや存在していない地点から生を引き出そうとする、そうした考え方である。

　ついでながら、人類の発明で最も注目に値するものの一つについて述べさせてもらいたい(付け加えれば、それは今日に始まったことではない)。それは格別のことはない、過去と未来の発明についての所感である。これは当然といえるような自然な概念ではない。自然状態の人間は、動物同様、瞬間を生きている。自然を間近にしていればいるほど、過去や未来が人間の内部で構築されることは少ない。動物は、恐らく、最小限の過去と最小限の未来の狭間にあるときにだけ、生きていると感じるのではないか。欲望を欲望が充足されるまで保つための、あるいは、欲求を覚えた時点からそれが充足される行為がなされるまでの、わずかな間の、過去と未来、それだけである。その時間は、基点に一つの興奮の感覚があり、終着点に対応する近未来の体の反応があるような、緊張ないしは行為の瞬間に還元される。多分、その時間内にさまざまな出来事が介入してくる可能性はあるが、しかし、興奮した感覚がその興奮を鎮静化する行為を惹起する場合、つねに最短を志向する。

人間では事情がことなる。ある種の増幅作用によって、瞬間を想像力で一般化し、一種の逸脱によって、時間を創造し、自らの反応の時間差の手前ないしは向こう側に、多様な展望を作り出す。そればかりでなく、人間は瞬間とはわずかな関わりしか持たずに生きているのだ。人間が生きているのは、主として、過去ないしは未来の中である。人間が現在に立脚するのは、快楽や苦痛などの感覚によって、強制された場合だけである。

そうして見れば、人間には存在しないものが限りなく欠如していると言えるだろう。これこそ動物にはない条件であり、生命には絶対必要な条件ではないという意味で完全に人工的な条件である。恐らく、こうした《時間》の展開は人間にはしばしば有用であり得る。しかしそうした有用性そのものが、ある意味で、自然に反するのである。自然は個々人に対して配慮することはない。人間が自らの実存を永らえさせたり、心地よいものにしたりしたとすれば、それは自然に逆らったということであり、そういう人間の行為は精神と生を対立させる行為の一つである。

ところで、精神の働きによる予測作業は文明の重要な基礎作業の一つである。予測は大小を問わず、あらゆる企業の起源であり、手段である。それはまたあらゆる政治の根幹とみなされている。それは、結局、人間の生活において、その組織と切り離せなくなった心理的要素である。人間社会を外から眺める観察者は、人間が大抵の場合、自らの行動の対象が見えないままに、あたかももう一つ別の世界が存在するかのように、見えない物や隠れた人の動きにしたがって行動するのを目にするだろう。明日とは一つの隠された力である。例はいくらもある……上述の観察者が虚心に目に見えるものだけを見る態度に徹すれば、予測こそ様々な不可解な運動の中核をなすものであることが分かるだろう。

さらにこういうことがある。人間は単に瞬間から距離を置くことを覚え、それによって、自分自身を分断するという特性を獲得したばかりでなく、同時に、いま一つの注目すべき特性を獲得した。この特性の展開にはたしかに個人差がある。それは、様々なレヴェルの自己意識を獲得したことである。この意識によって、時によって、存在するもののすべてから身を遠ざけ、自らの人格からも離れることができる。自我は時に自分自身をほとんど見知らぬ対象のように眺めることができる。人間は自分を観察することができる(あるいはそうできると信じることができる)。人間は自己批判をし、自己制御ができる。それこそ未だかつてなかったもの、私が敢えて精神の精神と名付けるものを創造する試みである。

以上に述べたような意味での精神の素描、それはごく大雑把な観察による、時間差の創出、純粋自我の創出、主体の同一性、はては記憶、人格といった概念に対立する自我の創出に関する観察だが、それに人間が自分の内部に認めることのできる最も豊饒なものについての概念を付け加えよう。それは人間が自分に備わっていると感じ、人生における思索の一切、哲学、科学あるいは美学のすべてがそれに依拠しているところの普遍性の概念である。実践的なレヴェルにおいても、人間の活動や欲望の広がりに関して、つかまえるべき好機、果たすべき役割、たどるべき道筋、守るべき注意事項など、そうしたことはすべて可能態に関わることであり、それを手に入れるための努力、練習、訓練が必要である。可能態とは一種の能力なのだ。

人間は思索する。人間はさまざまな企図を持ち、理論を持つ。一つの理論とは、まさに、可能態の使用でなくて何であろうか？　さきほど話題にした予測というのも、可能態の使用の際立った応用の一つではないだろうか？　ただ、ついでに言っておけば、予測には一つの特別なジャンルがあるということだ。精神は外の現象や出来事について予測を試みるばかりでなく、自らを予測する、自分自身の操作についても先回りしようとする。自らの注意力が収集した与件のあらゆる結果を推し量って、その法則を把握しようとする。それは精神の中に、何か知れぬ反復への嫌悪感(恐怖症《フォビア》といってもいいだろう)があるからだ。我々の内部で繰り返されるものは絶対に精神に属するものではない。精神はけして繰り返さないことを旨としている。たまたま繰り返すようなことがあるとしても、精神は繰り返しを嫌悪する。精神はつねに論理の一貫性にこだわり、(数学者の言い方にしたがえば）極限値へ向かう、すなわち、予測される反復を制圧し、超克し、蕩尽しようとする。精神は自らがその要素を同定した膨大な資料体を一つの公式に収斂させようとする。数学は、つまるところ、その大部分において、純粋反復の科学にほかならない。数学は自らがそのメカニズムを把握した反復を要約しているのだ。

かくして、精神は生命の身体的内奥の営みを嫌い、それから自由になろうとするようにみえる。身体内奥の営みは、精神とは逆に、生の代謝が依拠する基礎的な行為の反復を要求する。我々の存在はいくつかの反射行為の回帰いかんにかかっている……それに対して、知識は刻々の特殊性や特異性に逆らう意志を有している。知識は個別例を一般法則に、反復を公式に、差異を平均値や公約数に吸収しようとする。精神は、それによって、生命機械の運動と明確に対立するのである。

生きるということは、一般に流布されている意見とは違って、新聞・演劇・小説などが我々に与える印象とは違って、本質的に単調な実践であることを知るべきだ。演劇や書物について、生き生きとしているなどというのは間違いだ。それは単に混乱しているだけで、予想しなかったこと、自然発生的に起こったこと、耳目をそばだてるような事が起こっただけのはなしだ……そうしたことは表面的性格にすぎず、感受性の変動を示しているにすぎない。そうした表層の出来事を支えているもの、偶発的な出来事の実体は、変形の周期あるいはサイクルの一体系であって、諸々の変形は我々の意識の外、一般に我々の感受性のおよばないところで行われるのである。

精神においては、そうした身体内奥の常態を代表しているのが、記憶、習慣、あらゆるジャンルの自動性《オートマティスム》である。しかし外部状況の不断の変化が、一段上位の指令を求めるとき、向かうのは精神である。とくに、精神は秩序と無秩序を作り出す元締めである。なぜなら、精神は変化を喚起するのが仕事だからだ。変化によって、精神は、次第に拡大する領域で、感受性の基本法則(あるいは少なくとも私がそう信じている法則)を展開する。基本法則とは生体系の中に一つの切迫要素、つねに次の瞬間に変わり得るような不安定要素を導入することである。

我々の感受性の働きは、我々の内部で、刻一刻、生の諸機能の内奥の単調さに同調して起こる眠りを打ち破ることである。我々は、刻一刻、何らかの均衡の破綻、環境の変化、我々の生理行動の異変などによって、動揺させられ、警告され、眠りを破られるような存在である。我々はさまざまな器官を持っているが、我々を思いもよらぬ形で、頻繁に、新事態に対処すべく呼び立てる専門のシステムを持っている。そのシステムが我々に、迅速に、状況にふさわしい適応、新事態の影響を無化ないし特化するような態度や行為、移動や変形へ向かわせるのだ。それが我々の感覚システムである。

精神は、したがって、感受性に力を借りる。精神に初動の火花、変形力を発動させるのに必要な不安定性を提供するのは感受性である。

横たわって、じっとしていた動物が不審な音を耳にする、それが出来事である。動物は耳を立て、首を伸ばす。不安が募ってくる。変形力が彼の体全体に波及し、彼は立ち上がる。耳が方向を確認し、彼は逃げる。微細な音がすべてを引き起こしたのだ。現象に注意深い精神、習慣によって感受性が鈍化していない精神は、ちょっとした出来事(何か物体が落下するといったような)で目覚め、身構える。知的不安が募り、さまざまな疑問や条件から構成されるヴァーチャル・システム全体に伝播していく……ニュートンは、二十年間、自身の思索の組み合わせの森をさまよった……。

もう一つ別のことを記しておこう。精神が惹起した作業、精神が周囲の事物に刻印した変形(物質的自然にも生物にも関わる)によって、精神はそれらの物質や生物に、自らが身内に認めたのと同じ性格を伝播するようになったということだ。我々の発明はことごとく人間の力の節約か、反復(私が述べた意味での)の節約か、あるいはさらに、人間の体を自然な状態から引き離すことに向けられていることをご存知だろうか？　たとえば、体を運ぶ速度であるが、次第に速くなって、精神の知覚や思考自体の速度に近づく勢いである。

かつて人々はよく「頭の閃きと同じくらい速く」と言っていた。速さは知覚の特性のように思われていたのだ。しかし今日我々はそれを凌駕するものをいろいろ知っている。一つの対象が視覚に捉えられてから、その記憶が喚起されるまでの間、あるいはその対象が認識されるまでの間、その同じ時間で、光は何千キロメートルの距離を走るし、自動車は路上を三メートル移動する。思考は、つまるところ、事物を自らの速度に劣らないくらい速く動かす手段を発見することに力を注いだといえるだろう。それは精神の特性ないしは機能的性格が発明の方向付けに及ぼした影響の一つである。

私の目的は、しかし、単に精神の性格付けをすることではない。精神が世界をどのようなものにし、とくに、どのようにして現代社会を作ったかということを明らかに示すことである。現代社会の秩序も無秩序も、等しく、同程度に、精神の作り出したものである。人間の世界へ足を踏み入れると、精神は他の諸々の精神に取り囲まれる。各精神はあたかも同類者の只中にあって自分がその中心的存在のように思う。一個の精神はたしかに唯一無二の存在だが、現実には、不特定多数の中のある単位にすぎない。一個の精神は比類がないと同時に任意の一点である。一個の精神が自分以外の諸々の存在と取り結ぶ関係はこの上なく重要な仕事の一つである。ただその関係には上述したような矛盾が含まれる。一方で、精神は数に対立し、自分自身であろうとし、自我が主導権を握った領域を果てしなく拡大しようとする。他方、精神は一つの社会、人間の多様な意志や希望がぶつかりあう世界の存在を認めざるを得ない。精神はその世界の秩序をあるいは助長し、あるいは破壊しようとする。

　精神は群れ集うことを嫌悪し、党派を好まない。精神は和合すると弱体化すると感じる。精神は他の精神と衝突することによって何かを得るように思う。他人と同じように考えずにいられない人間は、恐らく、そうした合意を嫌う人間に比べて、精神度が低い。それに我々は合意というものが、すべて、脆弱なものであることをよく知っている。集団には分裂がつきものである。離散、異議、差別は、精神にとって、活力のあかしであり、合意が形成されたあと、早晩、やってくる。精神は、したがって、つねにどこかで、自由をとり戻そうと考えているのだ。事実や明証性に対してすら立ち向かっていく。精神は本質的に反逆者であり、秩序をもたらすときも例外ではない。精神は何よりも現状を克服すべき無秩序と考えるのだ。しかし、現実世界において、自らの構築的本能を行使する対象を見つけるのに大した努力はいらない。政治の舞台は精神にいくらでも材料を与えてくれる。

どんな政治にも何らかの人間の観念がある。政治目標を限定し、できる限り単純化し、大雑把にしてみても、政治にはすべて人間や精神についての何らかの観念があり、世界観があることに変わりはない。ところで、すでに示唆してきたことだが、現代世界において、科学や哲学が提起する人間の観念と法律や政治・道徳・社会が適用される人間の観念との間には距離があり、その溝は深まりつつある。両者の間にはすでに深淵が口を開いている……。

社会的あるいは道徳的な事象を科学の世界で使われている厳密な用語に翻訳してみれば、その間の違いは一目瞭然であろう。一方は検証可能な（科学的という言葉の正確な意味はそこにある）要素に基礎を置いた、最近の研究成果であり、もう一方は、非常に古い信条や習慣、何千年も前から受け継がれている抽象概念、多くの国民の政治的・経済的経験、無視できない伝統的な感情などが奇妙な形で混交された曖昧で混乱した概念である。一例をあげよう。政治の世界に現代の科学思想が我々に教える人間の概念を適用したら、人生は、我々大部分にとって、恐らく、耐え難いものになるだろう。徹底的に合理的な所与を厳密に適用したら、一般感情のレヴェルで、反乱が起こるだろう。その場合、実際に、各個人にレッテルが貼られ、個人のプライバシーにも踏み込んでくるような事態が起こるだろう。劣等形質を持った人間あるいは欠損者は排除されたり、抹殺されたりするかもしれない。

人間が果たして、いつの日か、そのような純粋に合理的な組織の要請に屈するかどうか知らないが、敢えてこのような極端な例を引き合いに出したのは、我々の精神の内部に共存・競合する複数の概念の間に注目すべき対立があることを示したかったからである。伝統あるいは進歩を参照軸にして、いずれもそれなりの説得力を持っているのだ。この科学的真実と政治的現実との対立は、近年注目されるようになった新事態である。そういう乖離はいつの時代にもあったわけではない。法律家や政治家、法律や習俗における人間の概念と同時代の哲学者における人間の概念とが矛盾しない時代もあったのである。

こうした矛盾・不整合の現状を示すしめくくりに、前にも引用した私の論文から、関連する数頁を読んでみたい。そこでは、独白の形で、ヨーロッパ精神が心の裡の動揺を語っている。

いま、バーゼルからケルンにいたり、ニューポールの砂浜、ソムの湿地、シャンパーニュの白亜、アルザスの花崗岩に接する広大なエルシノーアの段丘の上で、ヨーロッパのハムレットが幾百万の亡霊を眺めている。彼は一人の知的ハムレットである。彼は諸々の真実の生と死について考えている。彼が亡霊として眺めているのは、我々の論争の対象のすべてである。彼が惜しんでいるのは、我々の栄光の題目のすべてである。

彼は幾多の発見、知識の重みに圧しつぶされて、新たな取り組みにとりかかれないでいる。過去を繰り返すことの退屈とつねに革新をのぞむことの狂気について考えている。

彼はその二つの深淵の間でよろめいている。なぜなら、秩序と無秩序という二つの危険が絶えず世界を脅かしているからだ。

彼が一つの頭蓋骨をつかむとすれば、それは名高い頭蓋骨である。それはリオナルドだ。彼は飛ぶ人間を発明した。しかし飛ぶ人間は発明者の意図に完全にそうものとはならなかった。巨大な白鳥の背に乗って飛ぶ大きな鳥は、我々の時代には、灼熱の日々に、街々の舗道に撒くために、山頂の雪を取りに行くのとは違った目的を持っている。

そしてもう一つの頭蓋骨は、永久平和を夢見たライプニッツのものだ。

ハムレットはこれらすべての頭蓋骨をもてあましている。しかし彼がそれらを放棄したところで、それで自分が変わるのか？　彼の恐るべき明晰な精神は戦争から平和への移行を凝視している。この移行は平和から戦争への移行より暗晦で、危険である。すべての人民が当惑している。

――それで私は、と彼は自分に言う、ヨーロッパの知性たる私は、どうなるのか？　平和とは何か？……平和とは、おそらく、人間に自ずからそなわっている闘争心が、戦争においては破壊によって表現されるのに対して、創造によって表現されるような状態をいうのだろう。

それは創造的競争、生産を競う時である。しかし私は、生産することに飽いているのではないか？……　私はすでに極端な試みを行う欲望を枯渇させてしまい、巧妙な混交の限りをつくしてしまったのではないか？……　私は自分の困難な義務や超越的な野心を放棄すべきなのか？　私は果たしてこの道を進みつづけ、いまや大新聞を経営しているポローニアスのようにしなければならないのか？　あるいはどこかの航空会社で働いているラエーテスのようにしなければならないのか？　あるいはまた、ロシア名前でわけの分からないことをしているローゼンクランツのようにしなければならないのか？……　さらば亡霊たちよ！　世界はもはや汝らを必要としない。私をも必要としない。

精密を求める自らの宿命的な運動に進歩という名をつけた世界は、死の利点を生の効用に結び付けようとしている。

ある種の混乱がまだ支配している。しかし、いま少し時間が経てば、すべてが明らかになるだろう。我々は、一つの動物社会、完璧にして決定的な蟻塚のような社会が奇跡的に到来するのを目の当たりにするだろう……。

（「精神の危機」からの引用）

先に私は精神の特性は変形力にあると言った。それは人間の動物的な初期条件を変化させ、最終的に、当初の原始的世界とはまったく違った世界を現出せしめるものだ。したがって、そうした展開と人間の基本的な在り方、出発点の人間性との間に対立や矛盾が次第にあらわになってきて、多くの疑義が生まれ、精神がそれと格闘するようになることは当然である。事物が提起する現実的な諸々の疑義と並んで、我々自身の仕事や発明の累積によって起こる疑義も存在する。

現在の問題は一種の神秘主義ないしは神話の執拗な残存による部分が大きい。それらの神秘主義や神話は次第に現在の事実と整合しなくなってきているのに、我々はその呪縛から逃れられずにいるのだ。刻一刻、我々はその負荷と不可避性とを痛感する。我々の内部には、神話によって代表する過去としての前日と、我々の精神を刺激してやまない一種の翌日との間に葛藤がある。この前日と翌日の戦いが、今日ほど、激烈だったことはかつてなかった。読者は恐らく歴史の中にいくつかの小規模な事例や前触れを発見するだろう。たとえば、古代末期、キリスト教の初期、ルネッサンス時代、大革命期などがそうである。

しかし現象の規模が以後すっかり変わってしまった。時代が進めば進むほど、精神活動の二つの様相、変化と保存の二面における乖離は増大するばかりであるのが感じられる。

最初に指摘すべきは、社会構造はすべて信念ないしは信頼の上に成り立っていることだ。あらゆる権力はそうした心理的特性の上に確立されている。社会的・法的・政治的世界は本質的に神話的世界である。神話的世界とは、すなわち、その世界を構成する法律・基盤・関係性が、事物の観察、事実認定や直接的知覚、によって与えられたり、提起されたりするのではなく、逆に、我々の存在そのものから、自身の存在や力、行動力や抑止力を得ているような世界である。そしてその存在や影響力はそれが我々から、我々の精神から来ていることを我々が知らなければしらないほど強固である。

話されたものであれ、書かれたものであれ、言葉に対する信頼感は、足元がしっかりしていなければならないと考える人間には不可欠である。たしかに我々は時に言葉を疑うことはあるだろう。しかしその疑いは個々の事例に限定されていなければならない。

宣誓、信用状、契約書、署名、それらが前提とする諸関係、過去の存在、未来の予感、我々が受ける教育、企画する計画、そうしたものはすべて本質的に神話的性格を持ったものである。なぜなら、それらはすべて、〔本来〕**精神の問題でしかない**ものを〔純然たる〕精神的事象として扱わないという我々人間精神の最も基本的な性格に準じたものだからである。

ところで、この不可欠の神話論の大事な性格は次の点である。言葉や文章を商品と交換するような交換行為において、不平等を容認することである。現在持っているを将来持つだろうと交換すること、現在の確たる状態を未来の不確定な状態と交換すること、さらに注目すべきは、服従に対して信頼を、諦念と犠牲に対して熱情を、行動に対して感情を交換することである。

要するに、現在あるもの・感覚でとらえられるもの・計量できるもの・現実的なものを想像裡の利得と交換するということだ。しかし実証的な感覚の進歩、周知のように、計量できるものが次第に支配的になり、曖昧な事物が次第にその曖昧さを批判されるような世界が確固として組織されるようになると、そうした感覚の発展が人間社会の古い基盤を危うくするようになる。

最も偉大な精神(たとえば、ヴォルテール)が崩壊の速度を速めたことも確かである。科学の分野でも、批判精神の働きが際立って急激かつ豊饒だった。最も偉大な精神はつねに懐疑的である。彼らは、しかしながら、あることを信じている。彼らは自分たちをより大きくすることができるすべてのものを信じている。たとえば、ナポレオンである。

彼は自分の星まわり、すなわち自分自身を信じている。ところで、みんなが信じていることを信じないということは、言うまでもなく、自分を信じること、しばしば、自分だけを信じるということである……。

しかし、この世界の信用本位の生、人間および未来への信頼に基礎をおいた生について概観してきたことを、さらに一歩ふみこんで、想像界の現実界に占める重大さを強調するために、私は実効力とされる権力そのものが、本質的に、精神的価値であることを示したいと思う。

権力の力とは人がそれに与える力にほかならない。どんなに強引な権力でも信頼が基礎である。我々は権力とはいつでも、どこでも、力が行使できるものと思っているが、実際には、権力はある一つの地点に、ある時点で力を発揮できるだけである。つまるところ、すべての権力は金融機関が置かれているのとまったく同じ状況にある。金融機関の存在は、唯一、すべての顧客が同日同時刻に一斉に預金を下ろしに来ないという可能性(その可能性は大きいが)にかかっている。もしどんな権力でも、刻一刻、帝国のすべての地点に力をあまねく分散して展開するよう要請されたら、各地点での力は限りなくゼロに近くなるだろう……。

また次の点(さらに興味深い点だが)にも注意すべきだ。もしすべての人間が等しく明晰で、批評的で、さらには勇気があるとしたら、あらゆる社会は存在できなくなるだろう！……

信用性あるいは信頼感、知的不平等、多種多様な不安もまた社会には不可欠な要素である。それらの不可欠な要素に加えて貪欲や虚栄もある、――他の美徳もある、――それらは社会や政治の心理的基礎を構成する心理的調味料、補完物である。

ここで私は文明が組織をあげて要求し、かつ、我々の精神の産物である信用本位社会の構造に関して、一つの極端なイメージを描いてお目にかけよう(もっともこれはまったくの架空の物語である)。

たとえばこんなことを想定して欲しい(これは私が考えたことではなく、英国もしくは米国のある作家が考えたこと、私は作者の名前を失念してしまったが、単行本ではなく、かなり前になにかの書評で読んだことである。ここではそのアイデアを借用するだけである)……その作者が想定するのは、ある種の不可思議な病気が急速に広がって、世界中の紙を蝕み、破壊し始めたというのである。防御の術なく、薬もない。その細菌を絶滅する方法はなく、セルロースを腐食する物理化学現象を止めることはできない。未知の侵食者は机の引き出しや金庫の中にまで入り込んで、我々の紙入れや書庫の中味を粉砕するのである。かくして書かれたものはすべて消えていく。

紙は、周知のごとく、情報の蓄積と伝播の役割を担っている。その真正さあるいは信憑性についてはまちまちだが、情報を人から人へ、さらに時代から時代へ伝えるのが紙の役割である。

そういう紙が消えてしまったと想定したらどうなるか。銀行紙幣も、株券も、条約文書も証書も、法典も、詩も、新聞等々もなくなるのだ。たちまち社会生活全体が麻痺してしまうだろう。そしてこの過去の廃墟の中から、未来が、潜在的で可能的なもの、純粋に現実的なものが出現してくるのを人は見るだろう。

たちまちみんなは自分が直接的な知覚と行動の領域に閉じ込められてしまうのを感じるだろう。各人の未来と過去は恐ろしく接近し、我々の存在は自分の感覚や行動が直接およぶ範囲に縮小されてしまうだろう。

言葉や信用価値によって担われているとてつもなく大きな役割を簡便に理解するため

のよい例である。こうした架空の想定のもとで眺めてみると、我々の組織された世界のもろさ、社会というものの精神的性格がこの上なくよく分かる。

今度はもう少し現実味のある、ということはそれだけ身につまされる想定をしてみよう。多くの事象の媒体となる、か弱い紙の解体、病気、結核などという代わりに、今度は、そうした媒体の基盤となる信用性、信頼性、書かれた紙そのものに対する信用、書かれた紙に価値を与える大本に対する信頼がくずれてしまったと仮定しよう。そうした事態はすでにこれまでも起こったが、今日、我々が残念ながら認めざるを得ないような蔓延した形で起こったことはなかった。我々はもはや仮定の域にはとどまらない。厳粛な条約が踏み躙られるのを目の当たりにし、条文が日々実効力を失っていくのを見てきた。国々が、すべての国が、約束の履行を違え、署名したことを否認し、債権者に対して不実な態度を取るという恐怖を与えるのを目にしてきた。

我々は立法者が、個人に対して、個人的な契約によって負った債務を免除せざるを得ないような立場に追い込まれるのを見た。

敢えて言おう――異常なことだが！――金《きん》自体、もはや太古からの、神話的な権限を十全には有していないのだ。その極めて貴重な、ずっしり重い中核に純粋状態の信用性を持っていると思われていた金《きん》である！……
したがって、価値全体が危機に見舞われているのだ。経済も、道徳も、政治も、危機的でないものはない。自由すら時代遅れになってしまった。半世紀前に、自由を熱烈に説いていた最先端の政党が、今日、こぞって、自由を否定し、放棄しているのだ！……この危機はすべてに広がっている。諸科学、民法、ニュートン力学、外交の伝統、あらゆる分野に広がっている。愛情ですら、ここ五、六世紀とは違った仕方で測られるようになっているのではないか……。

要するに、信用性の危機、基本的概念の危機、ということは、あらゆる人間関係の危機であり、人間精神によって授受される諸価値の危機である。

それだけではない。さらに考えるべきは（私の話のしめくくりとして）精神自体の危機である。諸科学の危機については、当面、脇に置いておこう。諸科学は、もはや、かつての統一的な、世界の解明という理想を身に保持することは出来ないと思い定めているように見える。世界は分解し、唯一無二のイメージを保つ希望は失われてしまった。極微の世界は集合によって構成される世界と奇妙に乖離している。物体の同一性すらそこでは失われている。決定論の危機、因果律の危機などについては、もはや話題にすべくもない……。

そこで私は精神のあらゆる高級価値を極めて深刻に脅かす諸々の危険に絞って話をすることにする。

人間がほとんど幸福といっていい状態とはどのようなものか考えることは勿論できる。少なくとも安定し、平和で、組織され、居心地のよいある状態を考えることはできる。しかし、そういう状態は考えられるが、同時に、そういう状態というのは、知的温度としてはかなり生ぬるい状態に甘んじている、浸っているとも言えるだろう。一般に、幸福な人民には精神がない。彼らにはそれほど精神が必要ないのだ。

したがって、もし世界が現在たどっている道が、これまでたどってきたのと同じ道だとすれば、直ちに考えるべきは、かつてその中で、そのお陰で、我々が最も高く評価するもの、賛美するものが作られ、成果を挙げることができた状況が、目下、急速に失われつつあるという事実である。

最も美しく、最も高貴であるはずのもの、あるいはそうであり得たはずのものが、現状においては、ことごとく、発現の機会をせばめられているのだ。

まず簡単に言えることは、現在、我々にあっては、感受性の減退、一種の全般的な鈍磨現象があることだ。我々近代人は感受性が相当鈍っている。ひどい騒音にも、吐き気を催すような臭気にも、強烈で、異常な輝度の刺激的な光にも耐える。近代人は不断のせわしなさにさらされている。近代人は粗暴な刺激、甲高い音、強烈な飲み物、瞬間的で動物的な情動を必要としているのだ。

近代人は一貫性がなくても平気で、心的無秩序の中で生きている。他方、それなくしては何事も成り立たないはずの精神の働きは、場合によって、我々にとってあまりに容易なものになってしまった。調整された心的作業には、今日、その仕事を容易にするさまざまな手段が用意されていて、時には仕事そのものがなくてもすまされるようになっている。記号が沢山作られ、注意力や精神作業の困難で忍耐を要する作業の代わりをする機械類も存在する。先に進めば進むほど、記号化や速記の方法が増えていくだろう。それによって、推論する努力は必要なくなっていく。

結局、近代生活の条件は不可避的に、容赦なく、個人を平準化し、個性を均等化する方向にむかうだろう。平均値がむかうところは、残念ながら、必然的に最低水準の範疇に属するものである。悪貨が良貨を駆逐するのだ。

もう一つの危険。思うに、今、軽信・盲信が不安になるほど進行している。数年前から、二十年前には存在しなかったさまざまな迷信がフランスでは増えてきて、サロンのようなところにも少しずつ入りこみはじめているように思われる。立派な人格者が肘掛け椅子の木を叩いて、呪術や占術まがいの行為をするのが目撃される。もっとも、現代世界の最も驚くべき特徴の一つは軽薄さである。次のように言っても、厳しすぎることはないだろう。すなわち、我々は軽薄さと不安の間に引き裂かれた存在なのだ。我々はかつて人間が持ったことのないような興趣尽きないオモチャを所有している。自動車、ヨーヨー、無線、映画などである。必ずしも最高級とは言えないさまざまな事象を、光速で伝達するための手段、天才が発明した手段のすべてを、我々は所有している。何という娯楽か！　かつてないほどのオモチャの数々！　しかし何と気がかりなことが多いことか！　これほどの警告が発されたことはかつてなかった！

そして何と義務の多いことか！　快適さの中に隠された義務！　利便性や未来志向が日に日に義務を増大させる。なぜなら生活がより完璧に組織化されると、それにつれて、我々自身が知らないうちに、さまざまな規則や制約の網の目にからめとられていくからだ！　我々は自分がしたがっているすべてのものを意識しているわけではない。電話が鳴る、かけつける。時報が鳴る、約束の時間に急き立てられる……仕事の時間割、交通の時間割、次第にやかましくなる衛生面の注意事項、かつては存在しなかった綴り字《オルトグラフ》に対する配慮など、さらには横断歩道にいたるまで……、そうした一切のものが、精神形成にとって、どのような影響を及ぼすか考えてみればいい。すべてが我々を指図し、急き立て、我々にすべきことを処方し、それを自動的に実行することを命じる。反射のテストが今日のテストの中心になる。

ファッションまでが、奇抜さを眼目とする専門コースを導入し、思いつきの美学を秘密の商業的連携に委託する、一種の複製証書を導入するに至った……。

要するに、あらゆる仕方で、我々は不可思議な規則、あるいは肌身に感じられる規則に包囲され、支配されているのだ。そうした規則はあらゆるものに広がり、我々はさまざまな刺激の一貫性のなさに唖然とするが、それにつきまとわれ、ついにはそれを必要とするようになるのである。

過去の世紀に人類が作り出したものと比肩し得るようなものを、いつか、生み出そうとするのであれば、こうした状況は嘆かわしいものではないだろうか？　我々は成熟する余裕を失ってしまっている。そして、もし我々芸術家が自らの内側を覗き見れば、そこに見出されるものは、もはや、かつての美の創造者たちの美徳であった持続への意志ではない。上述した諸々の瀕死の信頼感の中で、すでに消滅してしまったものの一つは、後世と後世の判断への信頼感である。

いささか足早にたどってきた、それゆえきちんと整理した形で示すことができなかった、世界の混乱状態の概観は上述した通りである。結論は何かと、みなさんは期待されているであろうか？　我々にはドラマが大団円になって終わること、少なくとも幕が引かれることを願う習性がある。幕引きは間近なので、この点については、満足されるでしょう。しかし、もう一つの点については、繰り返しになるが、そもそも結論を出すのは不可能だというのが話の眼目である。結論を聞きたいという気持が我々の心の中には非常に強いので、我々は「歴史」や政治に、不可抗力的に、筋が通らぬままに、結論を導入する。我々は出来事のつながりを然るべき形で複数の悲劇に裁断し、終結した戦争は明確に終わった出来事として提示しようとする。言うまでもなく、そうした気持は残念ながら幻想である。我々はまた革命は一つの解決であると考えるが、それもまた正確でないことを知っている。そうした考え方は事物の粗雑な単純化である……。

混沌への一瞥《いちべつ》とでもいうべきこの種の評論の唯一の結論、のぞましい結論は未来がどうなるかということについての先取り、予測だと言われるかもしれない。しかし私は予言というものが大嫌いだ。しばらく前に、私のところに人がやってきて、生活がどうなるか、半世紀後の生活がどうなるか、私の意見を聞きたいと言った。私が肩をすくめたので、質問者は質問の射程を小さくし、言わば値下げして、私に問うた。「二十年後では、どうでしょうか?」私は彼に答えた。「我々は後ずさりしながら未来に入っていくのです……」、と。そして付け加えた。「一八八二年に、あるいは、一八九二年に、その後起こったことについて、どういう予測ができたでしょうか? 今から半世紀前の一八八二年に、その後に起こった世界の相貌を一変してしまうような出来事や発明について予測することは不可能でした。」私はさらに言葉を重ねた。「あなたは、一八九二年の時点で、一九三二年には、パリの道を渡るのに、生後六か月の赤子の保護を要請したり、年端のいかない子どもを盾に、横断歩道を渡ったりする事態が生ずるのを予測できたと思いますか?……」質問者は答えた。「そんなことは私にも予測出来なかったと思います。」

つまるところ、前日あるいは前々日のデータをもとに予測することが段々無益なことになり、あるいは危険なことにすらなっているのだ。ただ、あらゆる事態の出現、まずどんなことが起こっても驚かないように心の準備をしておくことは賢明であろう。最後に言っておきたいことはそのことである。心の中、精神の裡に、明晰性への意志、しっかりした知性の働きを保っておかなければならないし、人類が史上初めて初期の自然状態から大きく逸脱して、そこにはいくらか行き過ぎがあるようにも思われるが、どこへ行くとも知れずに足を踏み入れた未曾有の冒険、その冒険の偉大さと危険についてきちんとした意識を持っていなければならないだろう。

精神連盟(1)についての手紙

あなたからいただいた(2)お手紙には精神についての考察が書かれていますね。才気《エスプリ》に溢れ、それ自体が《精神《エスプリ》》そのものであるようなお手紙です。こういう手紙が書かれるためには、あなた自身を構成する、あなたを格別なヨーロッパ人にする組み合わせ《コンビネゾン》が実現されているのでなければなりません。一個人の内部に、この上なく生き生きとした幸福な仕方で、セルバンテスの国の味わい、理工科大学校《ポリテクニーク》(3)の精緻な美徳、オックスフォードで涵養される文化、そして、ジュネーヴでしか味わうことができないアットホームで独特な国際的雰囲気、そうしたものすべてを組み合わせることができる人はめったにいません。頭脳の製作者に、私があなたの裡に見出すようなすべての要素をとりこんで一つの精神を作ってくれと頼んだら、かの偉大な化学者と同様、大いに困惑することでしょう。ある日、私はその化学者に言ったものです。あなたが本当に化学を究めたあかつきには、我々はあなたにガラスの透明さ、絹の柔らかさ、ゴムの柔軟さ、鉄の丈夫さを兼ね備えた物質の製法をお訊ねするでしょう、と。

しかしその問題は解決済みですね。私はあなた自身の存在を引き合いにだして、現下の関心事、あなたの手紙が私に投げかけた問いについて、答えてみようと思います。あなたなら、多分、あなた自身の内奥の組成を問い、あなた自身が所与の不協和音を解決する解答だと思えば、多様性の中の統一、非常に異なった感受性・文化・理想の和合の原理を考えることは不可能でないことがお分かりでしょう。感受性・文化・理想の多様性はヨーロッパを定義するものですが、多様なものが衝突すればヨーロッパは分裂してしまいます。その意味でもそれらの和合が可能でなくてはなりません。その和合を支える原則は精神に対する信念と信頼感です。私が「精神」という言葉で意味するものは、人間に提起され、生体の自動反応では解決のしようがない、あるいは解決不可能なあらゆる問題を解決する、あるいは解決しようと介入する（それが時宜を得たものかどうかは時と場合によりますが）ある種の変形力のことです。反射や単純記憶、習慣やルーチンでは問題が解決しないことが分かると、精神が登場し、与件に戻って、切ったり、貼ったり、変化させ、想像上のテストを繰り返し、種々の接続を導入し、自由をよそおい、置き換えをし、——要するに、独自の手段で、我々に働きかけ、我々の行動を決定し、不安を鎮め、もとの平安な心理状態に戻るための方策を与えてくれるのです。（精神がつねにそういう作業に成功するわけではありませんし、時には事態を悪化させることもあります。心臓だって、体を守るために心拍を加速し過ぎれば、組織全体を危険に陥れますね?)ともあれ、混乱状態に陥って、従来の方策では解決がつかず、歴史の中には類例が見当たらないような新事態を前にすると、この精神の力に頼って、何としてでも、解決をはかろうとするのは自然なことで、つまるところ、以下のように考えるのです。もし我々がもっと精神を持っていたら、そして、精神により多くの場所を与え、世の中の事象に関してより大きな実権を与えたら、この世界は立ち直るチャンスがそれだけ増えるだろうし、立ち直るのもいっそう迅速であろう、と。たしかに、知性の欠如と知性の権威の縮小は現代の最も目に立つ、最も恐るべき悪弊だと思います。ジョージ・メレディスは、ある有名な詩の中で、女性に対して、いま少し頭を働かせて欲しいと言いました。「More brain, O Lord(モウ少シ頭脳ヲ、オオ、神様)(4)」、と言うわけです……それはまさにヨーロッパ人に対しても言えることです。ヨーロッパ人は途方もない冒険へ乗り出しました。それは生の初期条件、《自然》条件を変える冒険です。それはもはや(数世紀前にはまだそういう状況がありましたが)我々の生の絶対的な必要や限定された欲求に応えるものではなく、――まったく人工的な生存形態を創り出そうという想いに発して、知識や行動の手段を不断に増大させることによって、自分が知っていること、自分に出来ることを、意図的かつ体系的に、あるがままの自分を変革するために利用する新しい人種を作り出す試みでした。

かくして我々は急速な変形と本質的な不安定性の時代に突入しました。この《急速な》という言葉の意味を正確に理解したければ、過去四十年の間に、芸術・科学・政治の分野でどれだけの数のアイデアが次々と登場しては消えていったかを考えてみればいいでしょう、——第一級の新技術の数も示唆的です。

私にとって、こうした加速局面を表す最も単純なイメージは次のようなものです。数千年の間、「精神」は、地球上のここかしこで、まったく偶然に、いくつかの火床を設けてきました。それは維持するのが大変で、しばしば消えそうになり、それぞれ連絡のない孤絶したもので、炎より煙を出すほうが多く、有用な熱源というより、不均等な明かりといったものでした。それが、結局、人類社会全体が少しずつ熱せられて、いたるところから火の手があがるようになったのです。そこらじゅうで炎が上がり、はじけ、融合が起こるようになりました。するとそれまで揺るぎないもの、永遠に変わらず、独立しているように見えていたものが、相貌を一変させてしまったのです。こうしたエネルギーの暴発状態の中では、どんなものも変化せずにはいられず、相貌を持続させたり、維持したりすることができません。刻一刻、あらゆるものが解体される錯乱状態の中で、旧世界の要素や体系、諸々の矛盾した原理、正反対の活動が離合集散、結合と分離を繰り返します。現実と夢の交換、夢と現実の交換が狂ったように加速されるのです……。

見ての通り、今日、あらゆるものは直ちにその反対物を生み出し、恐るべき過熱状態の中でどんなものも明瞭な形を保つことができません。「平和」のただなかに「戦争」が現前します。「飽食」から「飢餓」が生まれます。コミュニケーションの驚くべき発達は、直接的な結果として、税関の壁を高く厳しくします。同じ研究所で、同じ研究者が人を殺すものと救うものを、善と悪の両方を研究しています。知性《インテリジェンス》の分野においても、事物の本質の解明に使われた論理の行き着く先が不確定性原理です。書物や思考の道具の増大がこれまでになかったような様々な無知を生み出したことも認めざるを得ません。現代人が精神の糧にしているものといえば、新聞くらいです。そして彼がそこに見出すものは自分を大切にする思考とはおよそかけ離れたものです。

世界中の蛇がこぞって自分の尻尾を噛んでいるような時代とは、いったいどんな時代でしょう！…… 今後、世界には、――生き方、考え方、働き方、日々のリズム、生活の条件――に関連するものの中で、新しい発見や発明、一通の電報、一つの反射反応、あるいは、一票に左右されないものが生き残る余地があるでしょうか？

しかしこの究極的混乱をよく眺めてみると、そのとてつもない変形の嵐は人間的事象全体にひとしなみに及んでいるわけではないということを付け加える必要があります。

生活の物質面（そしてその物質面と直結した生活）が、我々の今日経験している深甚・迅速な変化との関係では、もっとも際立っていますが、――その一方で、社会の基本的な約束事、――慣習、市民法、公法、我々が「道徳」「政治」「歴史」といった言葉の下で理解している諸々の観念・実体・おもだった神話、そうしたものは一見ほとんど手を触れられることなく残っています。それらはすべて知性の目からすると多少なりとも価値が低下しています。知性がそれらの形而上的実体を破壊してしまったからです。しかしそれらは実践的・心情的価値は維持しています。意味は失ったが、力は温存されていると言えるかもしれません。

とくに、政治構造全体、政治構造が強要するある種の政治活動、それらは文明化された人類の現状にはまったくそぐわず、現代人が持ち得る自己意識や活動手段の十全な利用に関する観念ともかけ離れています。我々の習慣、制度、立法、さらには感受性、

――そうしたものと我々が知っていること、知り得ること、我々が望むこと、望み得ることとの間には途方もない懸隔があります。

我々の政治は、政治に関わる人々にとって、諸々の弥縫策《びほうさく》を考え出す以外の何ものでもないものになり下がっていることを認めなければなりません。かつては、壮大な構想を抱き、長期間にわたる計画を策定することができ、ある種の国や偉大な個人、あるいは、強力な機構は、彼らの見識・エネルギー・繊細さ(そして《チャンス》)の相乗効果によって、長続きのする、十分現実的な成果をあげることができたことは、私も認めるのにやぶさかではありません。マキアヴェリにある種の知恵や予測、策略の才を認めていたのは、彼の時代ならば、推論も予測も不条理ではなく、計算を試みることも絶望的ではなかったからです。しかし現代世界は無限に複雑な問題を極端に短い時間で解決することを要求します。我々の時代はすべてがすべてに反応し、それもあらゆる距離から反応が出てくる時代です。数秒間で、何もかも変わってしまうような事態を免れ得る事業はありません。我々の時代の時間は遅滞を許しません。我々の時代は文字通り《途方もなく》強力な、間髪を入れずにメッセージを伝達・増幅する装置を持っています。関連する利害が錯綜すればするほど、要求は性急になり、問題を検討する資格を持った人々に与えられる猶予や考慮時間は少なくなります。決定機関が、専門家の複雑極まりない報告書や大衆の多かれ少なかれ粗雑な見解を、この上なく気紛れな仕方で、利用するのを我々は見てきました……。

一方に、技術、研究、厳格、統制、整序と精密があります。他方に、弥縫策、駄弁、幻想、哲学あるいは歴史学起源の様々な迷信、党派的予言、無邪気なイメージのもてあそび、衝動や暗示、貪欲や獣性への適当にカモフラージュされた呼びかけ、――要するに、低級な心理的産物の展開と支配があります……そうした対照的な要素を一覧表にして並べればかくのごとくなりますが、ひっくるめて一つの形にまとめると次のようなことになるでしょう。人間と人間を取り囲む物質的環境との関係は次第に厳密化し、好ましいものになっていく一方で、人間と人間の関係はある種の憎むべき経験主義に支配されたままで、多くの点で、はっきりと退行的な様相を呈してきています。ここで、人々の風俗習慣、礼儀作法、生活様式、言葉遣い、諸価値の価値付けについてとやかく言うつもりはありません、――また現代に生きる頭脳が見たり、読んだりすることで、筋が通らなかったり、不都合なことがあることについて不平を言うつもりもありません……ただ私が注意しなければならないのは、次のような事実です。日々の生活は、次第に実証的な方法(機械の使用とか、諸々の測量・計測等々)の適用によってもたらされる様々な習慣や心遣いで身動きがとれなくなっていくこと、そして、人々は急速に、それと知らぬ間に、物理的世界についてのある種の《科学的》概念を前提とした生活様式を身に着けていくということです。

しかしこうした日常生活は、それが種々の(経済的、政治的、法的……)人間同士の関係を要求するかぎり、あらゆる時代、あらゆる起源の観念・実体・想念によって、がんじがらめにされてしまいます。そして、そうした観念・実体・想念の大部分は正当化しようと思うと容易ではありません。そこにはそれぞれが持つ相互に矛盾する「人間観」があり、そうした人間観はすべて、我々の時代の検証可能な知識だけから演繹的に導き出された人間観とは非常に違ったものなのです。

みんなが暗黙裡に認めているのは、憲法や民法で問題になる人間、政治的な思惑や操作の対象になる人間、——市民、選挙民、被選挙民、納税者、裁判人、——は、恐らく、生物学や心理学の現在の観念で定義される人間とは完全には一致しないということです。そこから奇妙な対比、我々の判断の奇妙な二重化が起こります。我々は同じ個人をその時々に我々が採用する虚構《フィクシオン》にしたがって、我々が我々の思考機能を法律的に行使するのか、客観的に行使するのかにしたがって、可能である、不可能である、責任がある、責任がないと別様に判断するのです……。

しかしながら、すべての政治は、どんなに単純なものであっても、人間に対するある考え方、さまざまな推論とある種の行動に集約されます。そして推論や行動の素材となるのは人間および人間を組織する体系です。政治行動を起こす手段は虚構ですが、それがもたらす結果は現実的なものです、——場合によっては、極めて甚大な影響を及ぼします。世界をリードするのは諸々の強力な虚構です。しかしそれがどんなに強力であっても、注意深く吟味すれば、そこにあるのは一貫性のない一つの神話でしかありません。大衆的な要素、形而上学的な要素、行政的、伝説的、理論的、実践的な諸要素が混在する、——感情的な動機、欲望、理想、偽りの記憶などが入り混じったものです。そうしたことはすべて、曖昧さの時代、緩慢な時間の時代には許容されるべきもの、我慢できるもの(そして不可欠なもの)だったのです。それは歴史(すなわち素朴な因果関係)の教訓を信じることができた時代、歴史から現在の事象を考えたり、未来の計画を立てたりする手がかりを得ることができた幸福な時代でした。今日ではそうしたことの一切は、一人ならずの観察者にとって、一種の嘔吐感なしに注視することができないものになってしまいました……。

はっきり申し上げましょう。政治の世界で行われていることを見るとムカムカします。恐らく、私はもともとそういうものを見るようにできていないのでしょう。事態がおかしくなって、全般的な成り行きとして、みんなが共鳴箱のような悲しい立場に追い込まれていなかったら、私としても政治などに目を向けることは御免蒙りたいところです。しかし、今や、強度の、計画された混乱が人々に圧しつけるあらゆる暴力に耐えなければなりません。新聞やラジオが巷の騒ぎと出来事を、その騒擾と出鱈目さを寝室の中にまで運んできます。壁が唸り声を発し、夜になると、暗闇に煌々たる文字が浮かび上がって、バルタザールに教えるでしょう、マネはあの居酒屋、テセルは映画館、ファレスは八馬力の車のことだ、と(5)。

《政治》に耐えるというのも同じことです。いくらかでも厳密さに慣れ親しんだ者にとって、どうしても指摘せずにはいられないことがあります。それは、みんなが訴えている居心地の悪さ、蔓延する不安感、何ともすっきりしない戦争と平和の欺瞞的な均衡、そうしたものが生まれる根底には、新しいタイプの生活にふさわしい状態へ、人事一般を変化させて真の均衡を実現しようとするとき、大昔に作られた概念や虚構が抵抗するのです。今日、政府の人間だろうと、政治科学・経済科学の理論家であろうと、地球上であらゆる性質の関係性が急激に進展することによって作りだされた複雑さのすべてを理解したり、出来事の波及効果を瞬時に予測したりすることは、誰にもできないことです。あらゆる行為は、どんなに理性的に考えぬかれたものであっても、サイコロの一擲に等しいのです。あらゆる書き物は《紙くず》の価値しかありません。さきほど弥縫策と申し上げたのも同じ意味においてです。知識で身を固め、あふれるほどの多様な手段を持って、自分たちが隈なく探索し、画定し、組織した世界に暮らしながら、我々は盲目で、手も足も出ないように感じているのです。我々はこの新しい世界に自分の感情や思考を適合させることができないのです。科学技術の分野では廃絶されたも同然の過去が我々の社会に重くのしかかっています。我々の運命には歴史的に数多くの抵当権が設定されていて、自分の姿、現在あるがままの姿そのままを表出することができません。必ず現実の姿に多くの観念、不安、嫌悪感、様々な連関、見積もり、定式、傾向を混在させなければならないのです。生地のままで表出できないものは、もはや、そうした諸々のものの中においてしか、そうした諸々のものによってしか、力を発揮できないのです……。

それにしても、あるがままの現実を用意することを学ばなければならないでしょう。そうすればすべての政治は変わるでしょう、――少なくとも何人かの頭の中では。何かについて少しでも間近に考える時間があり、出来事や自分の立場・役職からのプレッシャーなしに問題を検討する手段を持っている人々(まだそういう人が残っているとして)は、国政に携わる人、ないしはそれに相当する権限を持っている人たちができないことを、自らの貴重な時間とすぐれた思考力のいくばくかを割いて、代わりにやってみる必要があります。政治家たちは、自由がないために、あるいは自分の権力や栄光を気にするために、あるいは自分の感情や公約した利害関係に縛られて、できないことがあるのです。私は人間の心理の中にある最も低劣な部分を利用せざるを得ない政治の要請こそ、今日の危険の最たるものだと考えています。そして、国家間の対立は、必然的に、ごく少数の人間の手に握られています。なぜなら、国家そのものは観念ないし政治的実体であって、それが明確な形をとるには、何百万人もの人々の体系を特定し、個別化できるだけの教養と想像力を持った人たちの力が必要だからです。何百万の人々の利害やタイプは、敵対的にならないまでも、容易には一致しません。そうした人々が画定された国土の内側で、歴史のある時点で、世紀の推移と共に起こる様々な出来事や変化する〔社会〕契約を通して生きているのです。いわゆる《外交》政策とは、現実には、少数者の間で行われていることで、彼らの感情、思い出、企図、あるいは個人的野心の産物なのです。そしてそうした伝統的な手法が、現代世界の変化によって生じた様々な結果と対立し、次第に個人と文明との亀裂を深め、個人を圧迫するようになることは見やすい事実でありましょう。人類を出口のない闘争へ、約束したことをすべて破るほかない道へ引きずりこむように極力画策されたという印象を拭い去ることができません。彼らがどんなに残酷であったとしても、残酷さよりも愚かさが際立っていると言わなくてはなりません。なぜなら彼らがもたらす結果は、苦しみ以外に何もないのですから、その虚しさは十分予測できたことです。そしてその猪突猛進ぶりは精神的な資源を徹底的かつ絶望的に放棄するものであることは明白です。人間世界の変化は暴力による解決では計算が成り立たないこと、すなわちそうした解決は愚かなのです。世界に知らしめるべきことは、感情的な配慮を一切抜きにして、恐らく、そうした点ではないでしょうか。かくして、私はこの話の出発点に戻ってきました。それは人間の知性に対する呼びかけでした。繰り返せば「モット頭脳ヲ、オオ神様」という祈りです……。

私がある日ジュネーヴで、私たちの〔知的協力〕委員会の席上、「国際連盟」は「精神連盟」を前提にしていると申し上げたとき、私が言いたかったことは他のことではありません。あなたはそのことを誰よりもよく理解されていると思います。

知性の決算書

　二年少し前に、この同じ場所で、私は皆さんに、光栄にも、「精神の政策」と題する講演をする機会を得ました。ご記憶かもしれませんが、私はそういう演題(とくに厳密な意味は有しませんが)を掲げて、この世界の現状を憂慮し、我々が目撃者となりかつ推進者となっている事象について検討しました。私の関心はそうした事象の政治的・経済的側面よりは精神事象へ及ぼす影響にありました。私はその危機的状態について強調し(もしかしたら、話が長くなりすぎたかもしれませんが)、概略、次のように申し上げました。終着点が見えない混乱が、現在、あらゆる領域で観察される、と。混乱は我々の内部にも周囲にも見出され、日々の移ろい、振る舞い、新聞、娯楽、果ては我々の知識の中にも見出される。中断、一貫性の欠如、不意打ちが我々の生の日常的な条件である。それらは多くの人にとって真の欲求になっていて、彼らの精神はもはや、ある意味で、突然の変化や不断の興奮によってしか刺激を受けないようになってしまっている。《あっと驚かせる》とか《衝撃的な》といった言葉が、日常的に使われるようになり、一つの時代を象徴する言葉となっている。我々はもはや持続に耐えられない。我々はもはや退屈から何かを生み出すことができない。我々の本性は空白を嫌う、――かつてはその空白の上に、人々は自らの理想のイメージ、プラトン的な意味におけるイデアを描くことができたのです。私が《混沌的《カオティフク》》と呼んだこの状態は人々の作品と営々たる労働の複合的産物です。それは多分ある種の未来を喚起するものですが、それがどういう未来なのか我々が想像することはまったく不可能なのです。そしてそれこそ新事態の中でも最大の新事です。我々はもはや既知の事象から、いくらかでも、信憑性のある未来の形象を導き出すことができないのです。

我々は、実際、数十年の間に、過去を犠牲にして、実に多くのものを破壊し、創造してきました。過去を否定し、解体し、過去が我々に遺した観念・方法・制度を再組織化することによって、我々には現在が前例や類例のないものに見える。我々はもはや過去を、息子が父親を見るようには見ないのです。今までは父親から何かが学べるように思われてきましたが、今や過去を見る目は大人が子供を見る目になってしまったのです……我々は、時々、そういう親の気持を楽しむために、先祖の中の最大級の偉人を呼び起こして、教えてやりたい、びっくりさせてみたいという欲求に駆られるでしょう。

しばしば、私はこんなことを想像して楽しんでいます。過去の偉人たちの誰かを生き返らせる夢想に耽るのです。案内役を申し出て、パリの街を一緒に散策する。彼が私に矢継ぎ早に質問を浴びせ、驚きの声をあげるのを聞きます。そしてそうしたナイーヴな方法で、私はふだん何事もなく目にしている事物に今更ながら驚嘆し、時の移りが一昔前の生活と現代生活の間に作り出した途方もない差異を感じ取るのです。しかしやがて私は自分の案内役にとまどうようになります。生き返ったデカルトやナポレオンに現代生活のシステムを説明し、どうしてこんな奇妙な条件の中で、おぞましく、また場合によっては、生存に適さないとすら判断されるに違いない環境の中で生活するようになったかを説明するにはどうしたらいいか、考えてみて下さい。このとまどいこそ時代間に起こった変化の大きさを測る尺度です。

ここではこうしたあらゆる予測を超えた変化という大問題にほんの少ししか触れることができません。世界は一変し、わずかな年月で、昔をよく知っていた観察者の目にはかつての姿が分からなくなるほど変わったのです。私が強調したいのはこうした途轍もない変化をもたらした年月がごく短いという事実です。私は皆さんの関心をこうした突然の変化をもたらした最も有力な要因に向かわせたいと思っています。前世紀の初頭から明らかになってきた数々の新事実、それまでとは完全に違う、途方もなく新しい事象のすべてを念頭に浮かべます。

科学は、それまで、太古の昔から知られている、直接的に感覚で捉えられる現象だけを対象に研究されてきました。恐らく、宇宙の観念が大きく変わったことで、相対的に、科学自体の観念も変わったのでしょう。しかし、一方に観察可能な現象があっても、もう一方の人間が発揮できる力はそれほど増大しませんでした。それが、一八〇〇年(だと思いますが)になって、賛嘆すべき電池の発明による電流の発見が、世界の様相を一変させることになる新事実の時代の幕開けとなりました。この年を銘記しておくことは意味のないことではありません。新時代の幕開けはわずか百三十五年前にすぎないということです。その後、どんなに目覚しいことが次々と起こったかはご存知でしょう。電気力学や電磁気学の全分野が学者たちの熱い注視の的となり、続々と応用分野が開拓され、光と電気の関係が解明され、関連する理論が生み出されました。放射線が発見されると、その研究によって、それまでの我々が持っていた物理の知識の一切が見直されることになり、それは我々の思考習慣の見直しをせまるまでになりました。

百三十年足らずの間に、我々の精神を不意打ちにし、電気からX線、さらにキュリー夫人以後に次々と発見された様々な放射線まで、革命的な、およそ予測不能な新真実がいくつあったか考えてみて下さい。それらの発見に加えて、電信から遠隔映像にいたるまでの応用の数々。そうすれば、皆さんは、このごく短時日で人間社会にもたらされた未曾有の新発見の山を前にして（そしてそれは際限なく増殖していくように見えます）、これまでずっと直接的に感覚で捉えられる現象しか眺めたり、利用したりしてこなかった閉鎖的な種族にとって、適応する努力がいかに必要か納得されるでしょう。

ここで私が提起する考えをいっそう分かり易くするために一つ小話を作ってお聞かせしましょう。私の考えというのは、つまるところ、あらゆる予測というものが――予測であるというまさにその一事ゆえに――間違う可能性をはらみ、我々の精神が作り出した疑わしい産物とみなされる時代に、人類が突入したのではないかということです。

話というのはこういうものです。十八世紀末までに現れた偉大な学者たち、アルキメデス、ニュートン、ガリレオ、デカルトといった人々が地獄のどこかに集められて、地上からやってきた使者が彼らにダイナモを持ってきて、好きなように検分させたとします。この機械は地上の人間が運動・光・熱を生み出すのに役立つものであることを伝えておきます。彼らは眺めまわし、動く部分は動かしてみるでしょう。そして分解して、あらゆる部分を何だろうかと問い、測定するでしょう。つまるところ彼らはできることはすべてします……しかし電流のことを彼らは知らないし、電気誘導についても知りません。彼らが知っているのは力学的な変形だけです。「このコイル状に巻かれた線は何の役に立つのか？」と彼らは言います。結局、彼らはお手上げです。かくして人間の知識・天才のすべてを集めても、この神秘的な物体の秘密を明かし、ヴォルタによってもたらされ、アンペール、エルステッド[1]、ファラデー等によって発見された新事実を見破ることはできないのです……。

（ここで忘れてならないのは、地上から地獄へ落ちてきたダイナモがどうしても理解できなかった偉人たちは、我々が脳の働きを理解しようとして、重さを測ったり、解剖したり、薄く切った断片を組織検査にかけたりするのとまったく同じことをしたということです……。）

さらに注目すべきことは、私のダイナモの話では、一級の能力を持った人々が選ばれていますが、彼らがどういう機械なのか分からない、まったくお手上げだと言ったものは、今日では多くの人々が原理を理解し、使っているもので、社会生活に欠かせない機械だということです。

結局、私たちは人間行動のあらゆる条件の急速かつ抗し難い、深甚なる変化に立ち会うという特権——ないしは不幸、興味深い不幸——を有しているということです。我々より先にやってきた人々が、彼らの生きていた時代に、同じような深甚かつ途轍もない変化を経験したと考えてはいけません。私の友人の一人が、およそ四十年前に、私を前にして、人々がよく使う「過渡期」という表現がおかしいと言っていました。まったく意味不明な常套句だと言うのです。「どんな時代も過渡期なのさ」、と言っていました。そこで私は角砂糖を一つ手に取って(こんな話をしたのは夕食後のことでした)、彼に見せてから、自分のコーヒーカップに入れ、言ったのです。

「かなり前から砂糖つぼの中に入って、まあ鎮座していたと言えるこの砂糖は、現在、まったく新しい感覚を経験しているところだと思いませんか？　砂糖はまさに《過渡的》と呼べる時期にあるのではないかしら？　妊娠した女性は以前の自分とはかなり違った状態にいて、彼女の人生のその時期はまさに過渡期と呼べる時期ではないかしら？　彼女と赤ん坊のためにもそうあって欲しいね。」

でも今なら、こう言うでしょう。

「例えば一八七二年から一八九〇年までの年月を生き、ついで、一八九〇年から一九三五年までの年月を生きた人は、それらの人生の二つの時期の間で、何か歩調の変化のようなものが生じたと感じなかっただろうか」、と。

三十年ほど前から起こった深甚なる変化、変容、代替のすべてを、皆さんの前で、逐一数え上げようとは思いません。というのもそうした変化の基本的な項目については、すでに、二年前にお話してあるからです。ここでは、私の考えを要約し、本日私が扱う論題を導入するために、一つのことを申し上げるだけにします。それは今から三十年前には、世の中の出来事をまだ歴史的な観点から検討することが可能であったということです。つまり、当時の人の精神には、現在の問題を過去に起こった出来事の延長線上に捉えて解明するという姿勢があったということです。人々の頭の中では連続性が支配していたのです。過去の資料や記憶、歴史的な作物の中に、難なく、様々なモデル、範例、前例、原因を見つけることができたのです。そして、産業分野における革新的な出来事を除いて、それ以外の文明の要素はすべて容易に過去に接続させることができるものでした。しかし、ここ三、四十年の間に、あらゆる分野で、あまりに多くの新しい事が導入されました。意表をつくこと、創造、破壊、途方もないことが突如として現れ展開されるようなことが異常なほど増えて、その結果、今お話した知的伝統、連続性が不意に断ち切られてしまいました。そして問題は日々数を増し、まったく新しく、予期しなかった問題が政治にも、芸術にも、学問にも次々と提起されるようになりました。人間の関わるあらゆる事業で、すべてのカードが切り混ぜられたのです。どんな哲学者も、どんな学者も、かつて考えたことのないたくさんの問題に包囲されて、暮らすようになったのです。誰もが不意打ちを受けたような状態です。誰もが二つの時代に所属しているのです。

過去には、新しいことといえば、太古の昔とは言わないまでも、大概、かなり古い問題や疑問に対する解決策ないしは解答の提示でした。しかし我々の時代の新しいことというのは、問題そのものがこれまでに存在しなかったもので、解決策の提示ではありません。立言のレヴェルにおける新しさであって、解答ではありません。

今日我々の精神に支配的な無力感、お手上げ状態はそこから来るのでしょう。精神は鍛え直され、我々自身慣れることも、行き着く先を見極めることもできない緊張状態に置かれています。一方に、払拭も忘却もできない過去があります。しかしその過去から我々は現在の指針となるようなものも、将来を想像する手がかりとなるようなものも、何一つ、引き出すことができません。その一方で、正体のまったく見えない未来があります。我々は、日々、何らかの知的ないしは物的な発明・出現に翻弄されているのです。

ほんの数か月前の新聞を数種類まとめて読むだけで、いかに出来事が短時日で最も有能な人々の診断を裏切っているかを知るには十分です。敢えて付言すれば、有能な人とは間違える人、それもあらゆるゲームで差し違えをする人になってしまったということになるでしょうか？　それにつけても思い出されるのは、アメリカで結成されたブレイン・トラスト(2)が、議論を戦わせた結果、数週間で解散されてしまったという事例です。

我々が目にするのは、地球上のいたるところで行われている、あらゆる分野における、多様な試み、計画、実験、試験、試行錯誤の数々です。

ロシア、ドイツ、イタリア、合衆国はすべて巨大な実験室のごときもので、そこではかつて人類が体験したことのない規模で実験が続けられているのです。そこでは、新しい人類を作ろうとし、経済・風俗・生活さらには宗教まで新しくしようとしています。

事情は諸科学、芸術など、人間に関わるすべての分野において変わりません。

しかし、こうした不安をあおると同時に刺激的でもある状態を前にして、人間の知性の問題が提起されます。知性の問題、すなわち、その限界と保全、その未来がどうなるかという問題です。今、その問題が知性自身に問われ、目下の最重要課題として現れてきているということです。

実際、さきほどお話した混乱、さまざまな困難というのは、明らかに、この世界を一変させた強固な知的発展の結果に他なりません。現在の危機の起源は観念・知識の資本主義と精神の社会主義です。我々の時代の政治・経済現象の根底に、——ある種の思想、知的な研究・推論・営為があることは見易いところです。一つだけ例をあげましょう。日本は衛生学を導入したことによって、帝国の人口を三十五年間で倍増させたのです！……つまり幾ばくかの観念が三十五年間で一つの巨大な政治圧力を生み出したということです。

かくして精神活動は、猛然と、なりふりかまわず、強力な物質的手段を創造し、世界中で、とてつもない出来事を次々と招来するようになりました。そうしてもたらされた人間世界の変化が、きちんとしたプランも秩序もないままに、我が物顔にふるまいだし、生物としての本来の姿におかまいなく、適応力や進化の速度など、生来の条件の限界を越えて、一方的に力をふるうようになったのです。我々が知っていること、すなわち我々がなし得ることの総体が、最終的に、我々の存在と対立するようになったというふうに言えるでしょう。

さてここで一つの疑問が起こります。この途方もなく変化した世界、あまりにも不用意な形で巨大な力が適用されたことによって、激震を受けた世界は、果たして、合理的なステータスを得ることができるのか、迅速に本来の姿に戻ることができるのか、というか、何らかの存続可能な均衡状態へ到達することが速やかにできるのかという疑問です。別の言葉で言えば、精神は現在私たちが引きずり込まれた状態から私たちを引き出すことができるのか？（今私が使った合理的という言葉は、迅速にという言葉と等価です。なぜなら、均衡そのものは容易に復活するでしょうから。ローマ帝国が滅亡したあと、均衡は回復しました。ただし、それには数世紀を要したのです。均衡は多くの事実の積み重ねによって回復しました。それに対して、私が提起する疑問は、精神が直接、媒介項なしに、働いて、合理的に、ということは迅速に、数年の間である種の均衡を回復することができるだろうかという疑問です。）

したがって、私が提起した問題は、結局、以下の疑問に集約されるでしょう。人間の精神は自分がなしたことを乗り越えられるだろうか？　人間の知性はまず世界を救ったうえで、次いで、自分自身を救えるだろうか？　それはつまるところ精神の現在の価値、近未来の価値、蓋然的な価値を吟味することです。それは私が自らに提起する問題のめざすところですが、――私自身、何らかの解決策を持っているわけではありません。

いやいや、この問題を解決できるなどと私は少しも思っていないことをご理解いただきたい。そんなことは問題外です。私自身、ここで、この問題を完全に、明快かつ単純な形で皆さんに提起できるとは思っていないのです。この問題が頭に浮かんで以来、問題は複雑化する一方です。しかし単純さの対極にあるものを単純化しようとしたり、本来問題を解明するために存在しながら、それ自体が、極めて理解しにくい機能(3)を無理に説明しようとしたりすることはやめて、私としては、皆さんに、問題の所在を大まかに感じてもらえればそれでよしとしようと思います。それには、多分、現代生活が、大部分の人の生活において、人々の精神に関わる関わり方、及ぼす影響、興奮ないしは疲労させる仕方についてお話すれば十分なのではないかと考えます。現代生活が人々の精神に関わる関わり方は、人々に知性の価値の存続を大いに懸念させるような側面を持っています。

精神の働きの条件は、実際、他の諸々の人間的事象と同じ運命をたどりました。すなわち、様々な交換の一般的な強度・速度・加速の影響を受け、かつまた、出来事の猥雑さ、めくるめくような輝きの影響も受けたのです。告白すれば、私自身、知的生産と消費の現状に見られる(私の目に映る)退廃と衰弱のある種の徴候に愕然とし、未来に絶望しているのです！　人間の知性、人間を動物と分かつ一切のものが、いつか、衰退し、人類は次第に本能によって突き動かされる状態に戻って、猿みたいに無節操で軽薄な存在に退行してしまうのではないかと想うことがあります。申し訳ありませんが、それが正直なところです。人間の知性は少しずつある種の無関心、不注意、不安定に蝕まれていくでしょう。それは現代世界の多くの事物が、その趣味・風俗・野心において、現に示している姿です。でなくても、その恐れはすでに兆しています。私は自分に言ってきかせます。(自分の言うことにそれほど自信があるわけではありませんが。)

「人類の歴史は、思想史として見る限り、何らかの危機、自然界で起こる突然変異のように、突然起こり、また突然消えてしまう、異常な逸脱の結果によって作られてきた。長く生き長らえることができなかった種族、巨大で、強力で、複雑な奇形たちがこれまで数多く出現してきた。我々の文化自体が一つの異常発達、逸脱、一世紀か二世紀の寿命しかない、持続不能なあだ花でないと誰に言えようか？」

これは恐らくやや誇張された考えでしょうが、敢えてここで披露するのは、私が知性の運命に関して懸念していることを、皆さんに、大雑把にでも、感じていただきたいからです。ただこうした危惧を正当化するだけでは安易にすぎます。皆さんにそうした危惧の現実的な芽を見てもらうには、いくつかの点、精神の地平に現れた黒点のいくつかをお示しすれば十分でしょう。

最初に基本的な、人々が誤って知性と対置する機能を検討することから始めましょう。それは知性に対置されるべきものではなく、逆に、知性の真の原動力となっているもの、すなわち感受性です。もし現代人の感受性が現代生活を成立させている諸条件によって危険な状態に置かれているとすれば、そして、もし未来が感受性に対して次第に厳しい扱いをするように見えるとすれば、当然、我々は知性がそうした感受性の変化から深甚な影響を被るだろうと考えてしかるべきでしょう。

我々が生きる現代世界は、自然エネルギーをより有効に、より広範囲に利用することに鎬《しのぎ》を削っています。絶えざる生活の必要を満足させるために、自然エネルギーを探索し、消費するばかりでなく、浪費するのです。浪費することに夢中になって、新たな使い道（これまでに夢想だにしなかった用途まで）を創造し、かつて存在しなかった新しい欲求を満足させる手段を考え出すのです。我々の工業文明においては、すべてが、何か新しい物質を発明すると、その物質の特性を念頭に、その物質で治療できる新しい病気、その物質でいやすことのできる渇き、その物質で鎮静できる痛みを発明するような具合に事が進行するのです。したがって、我々は、産業の繁栄のために、我々の内面から湧き起こってくる生理的な欲求とは無関係な、意図的に外側から圧しつけられる心的・感覚的刺激に由来する様々な趣味や欲望を吹き込まれるのです。現代人は浪費に酔う人々です。過剰な速度、過剰な照明、強壮剤・麻薬・興奮剤の濫用……、印象における頻度の濫用、多様性の濫用、共鳴の濫用、安易さや驚異の濫用、そして、驚くべきスウィッチの濫用は、子供の指一本で途方もない事が引き起こされるという状況を生んでいます。現代の生活はすべて以上に列挙した濫用と不可分です。我々の感官は、力学的・物理学的・化学的な種々の実験にますます曝されるようになり、そうした外から圧しつけられる力や律動に対して、陰険な中毒症状に対するような反応をします。毒に適応し、やがて毒を要求するようになるのです。そして服用量が日々不足に思われてくるのです。

ロンサールの時代には、目は蠟燭一本の光で満足していました、――蠟燭がなければ、油に浸した芯一本でよかったのです。その時代の学者たちは、好んで夜仕事をしましたが、揺れ動くつましい光で、問題なく、読み(それも何とも読みづらい字を)、書いていました。今日、目は二十燭光、五十燭光、百燭光を要求します。耳は管弦楽団の大音響を要求し、最も耳障りな不協和音も許容し、トラックの出す轟音、機械の発するピイピイ、ギシギシ、ゴオゴオいう音にも慣れています。ときにはそういう音がコンサートの音楽に登場することを望むのです。

我々の感覚の中で最も中心的な感覚である欲望について言えば、欲望と欲望の対象を所有するにいたるまでの隔たりこそ、我々にとって時間の感覚にほかならない。その時間の感覚が、かつては馬の走る速度で十分だったのに、今日では、特急列車でも遅すぎ、電信でも死ぬほど待ち遠しい。そして、出来事自体も日々の糧として、毎日、ますます刺激的な味のものが要求されます。朝、世の中に、何か大きな不幸が起きてないと、我々は物足りなく感じます。「今日は、新聞に何もない！」と言うでしょう。まさに我々の正体を如実に表していますね。我々はみんな中毒にかかっているのです。したがってこう言ってもおかしくないでしょう。我々には一種のエネルギー中毒、スピード中毒、規模の中毒がある、と。

子供たちは、船は際限なく大きく、車や飛行機は際限なく速いものだと思っているし、量的に大きなものが絶対的に優れているという考え、それがいかに単純かつ粗雑な考えであるかは明白だと(私は)思いますが、そういう考え方がまさに現代の人類を特徴付ける最たるものの一つになっているのです。(一例として)速度を偏執的に求めることが、どういう点で、精神の弱体化につながるのかと調べてみれば、自分のまわりや自分の内部に、上述した中毒のあらゆる危険の兆候を、いとも容易に、発見するでしょう。

今から四十年ほど前に、世界史の危機的現象の一つとして、自由な土地の消滅ということがあることを指摘しました。すなわち、組織された国家によって、地球上の土地がすべて領土化されてしまって、誰にも所属しない土地というものはなくなってしまったということです。しかし、こうした政治的現象と平行して、自由な時間も消滅してしまったことが分かります。自由な空間と自由な時間は、もはや、過去の記憶にすぎません。

ここでいう自由な時間とは、通常人々が言うような、余暇のことではありません。見かけ上の余暇は今でも存在しています。そうした余暇なら、様々な法的措置や、仕事で時間がすべて失われてしまわないように考案された色々な機械の発達で、保護され、普及してきています。法律によって労働日と労働時間が決められています。私が言いたいのは、時間数で測られる余暇とはまったく性質が違う心理的な自由時間が失われてしまったということです。私たちは存在の奥深いところにある本質的な静けさ、かけがえのない忘我の感覚を失ってしまったのです。本来は、その静けさ・忘我の時間こそ、生命の最も繊細な要素がリフレッシュされ、力が回復され、存在が言わば過去や未来を洗い落とし、現在の意識、中断された義務や待ち伏せする期待から解放されるときだったのです……思い残しも明日への期待もなく、内的圧力もない状態で、あるのは忘我状態におけるある種の安らぎ、精神を本来の自由に返す有益な空白状態です。精神はそうなると自分のことに専念します。実践的な知識に対する義務から解放され、近未来の出来事への気配りも忘れます。その時、精神は結晶のような純粋な形象を産出します。しかしそこで、我々の現代生活の厳格さ、緊張、性急さがこの貴重な安らぎを乱し、簒奪しに来るのです。皆さんの内面、皆さんの周囲をご覧なさい！　不眠症が蔓延しています。それは他の諸々の事象の進展と軌を一にしています。世界の何と多くの人が合成された眠りしか知らず、有機化学産業の知恵に頼って安らぎを得ていることでしょう！　恐らくバルビツール酸系の睡眠薬の新しい分子結合によって、我々は実生活では自然な形で絶対に得られないような想念を抱くことができるようになるでしょう。薬物は、いつの日か、私たちにいくばくかの深さを提供するようになるでしょう。しかし、それまでは、時には、人々の疲労と心的混乱が昂じて、タヒチの人たちを素朴に羨むようになるでしょう。単純と無為の天国、我々がかつて体験したことのない緩慢かつ不確かな形をした生を羨むようになるでしょう。未開の人々は細分化された時間の必要性など知らないのです。

昔の人々には分も秒もありませんでした。スティーヴンソンやゴーガンのような芸術家はヨーロッパから逃げ出して、時計のない島へ行きました。手紙も電話もプラトンを苛立たせることはありませんでした。汽車の時刻でウェルギリウスが慌てたという話は聞きません。デカルトはアムステルダムの船着場で我を忘れて夢想に耽っていました。しかし現代の私たちの日常は細分化された時間の刻一刻に支配されています。ある領域の職場では、一秒の二十分の一の時間がおろそかにできないようになり始めています。

恐らく、我々の体は素晴らしく柔軟にできているのでしょう。これまでのところ、だんだん非人間的な度合いを増してくる仕打ちにもよく耐えています。しかし、いつまでもこうした制約、過剰に耐えることができるでしょうか？　そればかりではありません。我々がどんなに我慢しているか、我々の不幸な感受性がもちこたえるためにどんなに努力しているかは神のみぞ知るです……我々の感受性は皆さんご存知の喧騒に耐え、胸の悪くなるような悪臭や異常なほど強烈で派手な照明に耐えています。我々の体は永遠のあわただしさに馴らされてしまって、もはや、露骨な刺激、痺れるような飲み物、短く激越な情動なしには、感じることも、動くこともできなくなっています。

こうした事実を前にして、私としては、現代人の感受性は衰退しつつあると言ってもいいのではないかと思うわけです。それというのも、我々が何かを感じるにはつねにより強い刺激、より大きなエネルギーの消費を必要とするからで、ということは、我々の感覚の鋭敏さは、繊細になった一時期を経たあと、減少したのです。今日、文明人の感覚によって要求されるエネルギー量を正確に測定すれば、彼らの感受性の閾値は引き上げられていることが分かるでしょう。ということは、感受性が鈍くなったということです。

この感受性の衰退は景観の醜さや乱雑さに対して、皆がだんだん無関心になってきていることでも分かります。

我々は、芸術文化のために、美術館を作ってきました。学校にも一種の美学教育を導入しました。しかしこうしたことは表面的な措置にすぎず、ある種の抽象的な学識を広めるだけで、積極的な効果は期待できません。せいぜい、生命的な深さを欠いた知識を分配するだけです。なぜなら、われわれの公道、路地、広場が我々の美意識を傷つける建造物で台無しにされていること、我々の都市が無秩序に発展し、国や個人が建造する建物が形に対する感覚的に最小限の要請すら、完全に無視して、作られていることを、我々は知っているからです。

さて、ここで少し精神が関わる領域に触れましょう。建築物や景観における我々の衰退は、大方、行き過ぎた管理に帰せられます。それは責任感の衰退をあらわす徴候の一つでもあります。

都市の建物や建造物の設計は強固な意志を持った行為によってなされるべきものです。

芸術作品だからです。したがって、どんなにうまく構成されたものであれ、評議会だの、審査会だの、委員会だのといった作られた組織による評定で決められるべきではありません。建設するとは、目が見たいと思うもの、精神が徐々に細部を決定し、深化し、行為を通して、物質を対象に、具体的に実現していくことです。しかし我々の時代の性格的衰退を表す徴の一つは、その行為を管理機関に従属させ、猜疑心や評決によるチェックをいたるところに介在させることです。

この点については、またあとで触れましょう。

今は、私たちの検討の大事な問題の一つに触れることにします。一番大事な問題と言ってもいいかもしれません。

知性の未来の一切は教育にかかっています。あるいは人々が受けるあらゆる分野の基礎的教育にかかっていると言ってもいいでしょう。教育とか、基礎教育とかいう言葉は、ここでは、狭義に受け取ってはいけません。こういう言葉を聞くと、我々は一般に親や先生による少年あるいは青年の教育のことを考えます。しかし忘れてならないのは、我々の人生全体が一つの教育プロセスだと考えられることです。それは組織された教育ではありません。組織できるような教育ではなく、反対に、本質的に秩序立てられない、我々が人生から汲み取る種々の印象、良くも悪くも身につけるものの全体で構成されたものでなくてはいけません。学校だけが若者を教育するものではありません。若者に対しては、環境や時代が教育者に劣らぬ、あるいはそれ以上の影響力を持っています。街中、雑談、映画・演劇の類、交友関係、時代の風、次々に現れる流行（流行という言葉で、私は単なる衣装やマナーのファッションを意味するのではなく、言葉の流行り廃りもそこに含めます）が我々の精神に強力かつ間断なく働きかけます。

最初に組織化された教育、学校で教条的に教えられる教育に注意を向けてみましょう。我々の時代が要請する最も目に付く特色として、一つ予備的なコメントをしておきましょう。思うに、人間の生活に関する問題は、何であれ、今日、文明社会全体が取っている様々な形を考慮に入れずに扱うことはできません。あらゆる方面で、我々の時代はこれまでよりも広い視野で問題を眺めることが要求・要請されているのです。人間的問題を一つの国の中で起こることに限定して検討することはもはやできません。検討するなら、近隣諸国の人々、時には遠く離れたところにいる人々のしていることにまで目配りする必要があります。人間関係が非常に緊密で、多岐に渡るようになり、影響関係が迅速かつしばしば意表をつくようなものになってきたので、狭い範囲で観察される種々雑多な現象の検討では、その範囲の生活の条件や可能性について、仮に局所的なものであっても、十分な情報を我々に与えることができないのです。すべての知識は、今日では、すべからく比較によって得られる知識なのです。

さて、ヨーロッパの明日を担う人々、すなわち、今日の子供や若者ですが、彼らはかなり違ういくつかのグループに分けられます。これらのグループは将来互いに向き合って、あるいは競争し、あるいは連携し、あるいは対立するでしょう。したがって、我々が自分の子供たちをどうするのかは、他の国では子供たちをどうしようとしているのかと比較してみる必要があるでしょう。そして、二つの異なった教育からどういう結果が生まれるかに思いを馳せる必要があります。ここではその違いについて多くの言葉を費やすことは控えましょう。ただ一つどうしても言っておきたいことがあります。三つか、四つの大国では、ここ数年来、青年層全体が基本的に政治的な性格の教育を受けていることです。まずは政治というのがそうした国々における学校の教育プログラム・教科の原則です。それらのプログラム・教科は青年の画一的な養成を旨として構成され、著しく厳密な政治・社会的な意図が一切の文化的配慮を凌駕しています。社会生活のすみずみまで、決められたマナー、遊びも読書も、すべて、若者を仕立て上げるために協力しなければならないのです。精神の自由は国家の綱領に断固として従属せしめられています。綱領は、多分、国によってその原理原則に差異があるでしょうが、めざすところの画一的な目的においては、どこでも同じです。国家が国民を作るのです。

我が国の若者はごく近い将来に、仕立て上げられ、調教され、言うなれば、国家化された若者集団を向こうにまわすようになるでしょう。この種の近代国家は教育においていかなる不調和が生じるのも許さないでしょう。教育はごく幼い頃から始まり、ゆるぎなく遂行され、最後には軍隊式の成人教育を施すことによって完成されます。

この問題については、このくらいにして、これ以上申し上げるのはさし控えたいと思います。最後に一つ私の心にかかっている疑問を呈しておきたいと思います。この疑問に答えられるのは未来だけです。

「そうした教育から文化の価値についてどのような結果が生じるであろうか？　精神の独立、研究の自由や、とくに、感情の自立といった問題はどうなるだろうか？　知性の自由はどうなるのであろうか？」

それでは、フランスの問題へ戻って、我々の教育・教授システムについて少し考えてみましょう。

このシステム、あるいはそれに相当するもの(というのも、私には果たしてフランスにはシステムが、あるいは、システムという名に値するものが存在するのかどうか分からないからです)、すなわち我が国の教育は、我々の時代の全般的な不安定、無秩序に影響されていることは間違いないと言わざるを得ません。というより、時代の混沌たる状態、著しく混乱し矛盾した状態を教育が正確に映し出しているということです。我々の教育のカリキュラムや教科目標を見れば、我々の時代の精神状態がよく分かり、あらゆる価値について我々が抱いている疑念や動揺の様子がはっきりと見て取れるでしょう。我が国の教育は、上述した国々とは違って、政治による明確な支配は見られません。政治的なものが入っていますが、それに支配されているというのとはかなり違っています。政治的な関わりは不規則かつ不連続な形においてなされています。システムとしては自由だと言えるかもしれませんが、それは我々自身の自由と同じで、自由が行き過ぎになりそうになるとブレーキがかかり、ブレーキがかかった後では、ブレーキがかかり過ぎることを恐れて、反動的に自由の方にゆり戻されるといった具合です。エネルギーが生じて、表面化しそうになると、突然、不安になって抑えにかかるのです。

教育はしたがって不安定さを隠すことなく、そのことを自分なりに表現しています。伝統と進歩が教育理念を分有しているのです。思い切って前進し、伝統的な文学や科学の多くの知識を白紙撤回するようなカリキュラムを組むかと思えば、古典(4)と呼ばれるものを尊重する気運が出てきて古典に戻るというふうで、歴史的な死者と生者の間の果てしない論戦が繰り返されることになります。そしてその戦いでは、つねに生者が優位を保つわけではありません。はっきり申し上げれば、その種の論戦、二者択一においては、基本的な問題はけして立言されないのです。私にはその問題が恐ろしく難しいことが分かっています。量的に増大する一方の知識と、是非はともかく、我々が絶対的に優れていると思うばかりでなく、我が国特有なものと考えるある種の質を保存しようとする気持は、なかなか両立しないものです。ただ、教育の対象は子供であり、子供を大人にするのが教育であるとすれば、そして、その子供をどういう人間にしたいと思っているのかを問えば、問題はかなり分かりやすくなるでしょう。そしてすべてのカリキュラム、教え方などは、到達すべき最終目的、向かうべき方向との関係で、一つひとつチェックしていけば、自然に評価も定まるでしょう。例えば、誰かがこんなことを言ったとします。

「問題はこの子（任意に選ばれた一人）に、しかるべき知識を授けて、この子が国民の一人として、生活の資が稼げ、現代世界に適応でき、現代世界にとって一人の危険でない、有益な、全体の繁栄に貢献できるような一員になることである。もう一方では、文明のもたらすあらゆる種類の恩恵を享受することができること、その恩恵を増大するのに貢献できること、要するに、他者の迷惑になること最も少なく、貢献すること最も多いことである……。」

こうした言い方が当を得たものであるとか、完全だとか、あるいは単に過不足がないとか、そういうつもりはありません。私が言いたいのは、教育について何かものを言いたいのであれば、なによりもまず、こうした質問を念頭に置いて始めるべきであるということです。若者にはまず彼らの同類との関係を築くための基本的約束事を教えるべきであり、その上で、彼らが社会で自分の力を発展させたり、自分の弱点を補ったりすることができるように、場合によってはその手段を与えてくれることになる概念を教えるべきでしょう。しかし現状を調べてみると、現在使用されている方法が、仮にそこに方法の名に値するものがあるとして（それが単に恣意的なルーチンの組み合わせだったり、あるいは、経験や予測の組み合わせだったりするのではなく）、上述したような予備的配慮をいかに欠いたものであるかが分かって驚かされます。どうも教えようとしている内容が、いわゆる古典[5]といわれる伝統と、子供たちの目を現代の途方もなく発達した知識や活動に開いてやりたいという気持との間で分裂してしまっているように見えます。時によって、一方が他方を圧倒してしまいます。ただ多くの議論がある中で、本当に重要な問題は一度も提起されていません。

——何をしようとしているのか、何をしなければならないのか?

ということはある決意、決定をしなければならないということです。問題は我々の時代の人間とはどういう人間であるかをきちんとイメージすることです。子供がこれから生きていくことになるはずの社会における人間の観念がまず確立されていなければなりません。そのイメージは正確な観察によって作られるべきもので、各人の感情や好み、——とくに政治的希望から作られてはなりません。教育に関して党派的政治性ほど罪深く、有害かつ幻滅なものはありません。ところで、残念ながら、みんなの意見が一致し、異論のないことが一つあります。それは何かと言うと、教育には免状取得という現実的な目的があるということです。

私はつねに公言してきました。免状は文化の致命的な敵である、と。免状が人生において重きをなせばなすほど(そしてそういう傾向は、経済状況が支配的になるにしたがって、強まる一方ですが)、教育の効果は貧しくなります。試験が介在し、成績のチェックがなされればなされるほど、結果は悪くなります。

それは公的精神に対して悪影響を与えるばかりでなく、精神そのものに対してもよくありません。なぜ悪いかというと、免状によって希望がふくらみ、既得権のもたらす幻想が生じるからです。免状は様々な思惑・皮算用を示唆し、推薦をもらったり、詭計をめぐらす端緒となったり、大事な一歩を踏み越えるのに急場凌ぎの方策を用いるようなことにつながるから悪いのです。はっきり言って、知的市民の人生入門としては、おかしな、筋の通らないやり方です。

そもそも、私の経験からして、一般的に試験がもたらす影響について考えてみると、試験はあらゆる分野で行動をおかしくし、堕落させることが分かります……すでに申し上げたことですが、試験によって行動がチェックされると、行為者の真の目的はもはや行動そのものではなく、試験を予測して、いかにその裏をかくかということになってしまいます。学校の試験は一つの具体例にすぎませんが、試験の悪影響を証明する最もいい例でしょう。

我が国で基本的な免状といえば、バカロレアです。この免状を取得するために、試験を念頭においた厳密なカリキュラムが組まれていて、勉強はそれにしたがって進められます。試験は、何よりも、試験官・教師・生徒にとって、根本的にまったく無駄な時間と作業の消費を意味し、見返りに何か手に入るわけではありません。免状が設定され、試験の実施が定められると、その日から、学校のカリキュラムにきっちりと対応し、あらゆる手段で試験にパスすることだけを目的にした対策がたてられるのです。教育の目的は、もはや、精神の涵養ではなく、免状の取得です。最小限要求されるべきことが、目的そのものになってしまうのです。ラテン語やギリシア語や幾何学を学ぶことが問題なのではありません。知識を身につけることではなく、バカロレアに通るために必要な知識をそこから借用するだけのことなのです。

それだけではありません。免状は社会に対して見せかけの保証を与えます。免状取得者には見せかけの権利を与えます。免状取得者は一般には知識があると考えられています。彼は、一生、束の間に間に合わせで覚えた知識で取得した免状を保持します。他方、法の名のもとに免状を授与された者については、社会の方で、報いてやらなければならないと考えられているのです。こういう制度ほどすべてのものにとって、国家や個人（とくに文化）にとって、おぞましいものはありません。免状のことを考えるので、作品を読む代わりに、要約ですませ、ばかげた教則本や参考書、既成の問題と解答を記した対策本、抜粋本などですませるのです。結果として、こうした偽造された教養からは、成長する精神の生活に役立つものは何一つ出てきません。

この憎むべき教育の内容を細部にわたって検討することは差し控えましょう。私としてはこの教育システムによって精神が、その最も敏感な部分において、どんなに衝撃を受け、傷ついているかを指摘するにとどめておきます。

ギリシア語やラテン語の問題はおいておきましょう。この二つの言葉の教育の変遷の歴史は低劣の極みです。時代の風向きで、ラテン語が多くなったり、ギリシア語が多くなったり、カリキュラムにおける両者の比重が変わります。しかし問題はその中味です！　いわゆる《古典》《ユマニテ》をめぐる論争は文化的擬態の争いです。これらの二度死んだというべき不幸なる古典語の扱い方を見て感じることは、奇妙な偽造がなされているという印象です。カリキュラムに組み込まれた言葉は、もはや、本来の言語でも、文学でもありません。まるでそれらはかつて生きた人間によって使われたことがない言葉のように見えます。それらの言葉は、それを勉強しているようなふりをする者たちの圧倒的多数にとっては、奇妙な約束事の集積であり、その唯一の使命は試験の難関を構成することなのです。恐らくラテン語やギリシア語はここ一世紀で大きく変わったでしょう。現在、古典古代といえば、ロラン(6)のそれとはまったく違うものです。それは古代彫刻の傑作が、一世紀来、ベルヴェデールのアポロン像(7)でも、ラオコーン像でもなくなったというのと同じことです。そして、恐らく、イエズス会士のラテン語や文献学の碩学が使うラテン語はもはや誰にも分からないでしょう。ある種のラテン語、というかむしろ人々が分かっているふりをしているラテン語が流布していて、それをバカロレアの試験で翻訳できるかどうかが最終的・決定的な目的になっているのです。私としては、死語の教育は、完全に選択制にして、限られた数の学生にしっかりした知識を授けるようにしたほうが、すべての学生にどこにもかつて存在しなかったような言語の身につかない断片を強制的に覚えさせるより、いいのではないかと思われます……私が古典語教育の実を信ずることがあるとすれば、汽車に乗ったとき、千人に一人の旅行者がポケットから、ツキジデスの小型本やウェルギリウスの愛蔵版を出して、新聞や推理小説の類を足下に踏みつけて、読み耽るのを目にしたときでしょう。

次いでフランス語の話にうつりましょう。この件では、一つとんでもない事実をお伝えすれば、それ以上申し上げることはないように思います。それは、フランス語を話す訓練が受けられない世界で唯一の国がフランスだということです。東京やハンブルクやメルボルンに行ってごらんなさい。フランス語の正しい発音の仕方を教えてくれるかもしれませんよ。反対に、フランスを一周してごらんなさい、色々な訛りに出会って、まさにバベルさながらです。驚くにはあたらないでしょう。正真正銘のフランス語を、ごく自然に口をついて出るにまかせて発音するのは、言葉が生まれた場所だけに許されていることだからです。しかし、逆に、観察者を驚かせるのは、――ただし、教育者にとってはとくに驚くことではないようですが、――そうしたフランス語の発音の様々な訛り、マルセイユ、ピカルディー、リオン、リムーザン、コルシカあるいはドイツなど各地方で観察される訛りは、中央集権的な傾向が顕著なこの国において、改善されたり、修正されたりすることなく、すべてのフランス人が、それぞれの地方で、自覚的に認めて使っているという事実です。

ここには正書法の問題もあります。フランスの地方をめぐってみましょう。すると方言では、一般に、母音が地方によって違った音で発音されていることが分かります。しかし、逆に、言葉の形姿《フィギュール》は、子音で分節され、構成されているので、罪作りな正書法にしたがって、すべてのフランス人によって、厳密すぎるほど厳密に、発音されます。例えば、綴りに連続して現れる子音字は、フランス語としてはそっとしておくべきなのに、恐ろしく強調されて発音されます。綴り字がすべて発音されるのです。ソンチュウー som*p*tueux やドンテ dom*p*ter……がソンプチュウー、ドンプテと発音されます……また南仏ではよく「価値は年月を待たない」というときに、「年月《アネ》」années が「アンーネ」an-nées と発音されます。

ここは、正書法批判を長々とするところではありません。フランス語の綴りは、実際、世界で最も珍妙な作り物の一つだと思いますが、その不条理さは周知の事実です。フランス語の正書法というのは、説明不能な決定によって、数多くの間違った語源が作為的に固定された、高圧的で命令的な規則集です。ともかくこの件についてはこのぐらいにしましょう。(なお一言すれば、フランス語の正書法の複雑さは、他のいくつかの言葉と比較した場合、フランス語を不利な立場に置きます。イタリア語〔の正書法〕は完全に表音主義ですが、フランス語は、色々で、f音には二通りの書き方、k音には四通り、

z音には二通りの書き方等々があります。）

話し言葉に戻りましょう。我々の文学、とくに詩は、話し言葉をきちんと教えないために苦労していると思いませんか？　詩人、本物の詩人にとっては、言葉の響きが言葉の意味と同等の（いいですか、同等ですよ）重要さを持っていますが、一生懸命言葉のリズムを計算し、音価や音色を考えて作っても、この詩という特別な音楽が、先程お話したような方言訛りで朗読され、台無しにされてしまったら、彼らはどうなってしまうでしょう？　またたとえ、アクセントは本物のフランス語のそれであっても、現在学校で行われているような朗読法というのはまさに犯罪的です。ラ・フォンテーヌやラシーヌの詩句がどんなふうに朗読されているか、近くの学校へ聞きに行ってみてください！子供たちに対する指示は、書いてある通りに読みなさいというだけで、詩の音声的な特質を構成する半階音《アソナンス》(8)とか畳韻法《アリテラシオン》(9)からなるリズムの観念はまったく教えられていません。詩の実質にあたるものが、恐らく、無意味なものと考えられているのでしょう。そして、逆に、受験生に要求されるのは、詩と詩人についてのいくばくかの知識です。何て奇妙な知識でしょう！　詩そのものから受ける感覚の代わりに、そういう純粋に抽象的な知識（しかもそれは詩そのものとは迂遠な関係しか持たないものです）をもってするなどというのは、まったくおかしなことではありませんか？　我々の言語の最も不条理な部分である綴りを尊重させる一方で、言語の音声的部分、すなわち生きた言語、に関する最も野蛮な偽造《まやかし》には目をつぶるのです。基本的な考え方は、他の分野同様、ここでも、試験でチェックしやすい手段を設定することにあるような気がします。なぜなら、真の知識、すなわち詩的感覚、ではなく、一つのテクストが正書法に則って書かれているか否かをチェックするほど簡単なことはないからです。正書法はよき教育の評価の目安となり、音楽性や詩句の分節・意匠などは学校での勉強や試験ではまったく度外視されているのです……。

教育は幼年時代と青年時代に限られるわけではありません。教育は学校だけで行われるわけではありません。生涯、社会は我々の先生であり、厳しくもあり、危険でもある存在です。厳しいというのは、失敗すると学校とは違ってずっと深刻なしっぺがえしがあるからです。危険というのは、我々は社会環境や同胞から受ける教育について、良くも悪くも、あまり意識していないからです。我々は、刻一刻、何かを学んでいます。しかしそうした瞬時の学習は一般に意識されていません。我々は、大部分、我々の身にふりかかる諸々の出来事によって作られています。しかし我々はそのことに気づいておらず、結果だけが我々の内部に蓄積され、重ね合わされていくのです。こうした偶発的な出来事による教育がどのように我々を変化させるか、もう少し詳しく、見てみましょう。

刻一刻、出来事から教わる学習には二種類あるでしょう。一種類は良い教訓、あるいは少なくともそうなり得るものです。それは事物が教えてくれるもの、我々に課された経験、我々自身によって直接観察され、体験される事象がもとになっています。観察が直接的であればあるほど、我々は事物や出来事や存在を直接知覚し、自分が受け取った印象を直ちに紋切り型、定形表現へ翻訳するようなことはしません。そして我々の知覚の価値もそれだけ大きくなるのです。さらに言えば——これは逆説ではありません——直接的知覚は表現するのが難しいほど貴重なのです。表現する言葉が見つからなければそれだけ、我々自身が言葉を開拓しなければなりません。

我々は自分の中に様々な定形表現、呼称、慣用語の一大ストックを持っていて、いつでも使えるようになっています。それらは純然たる模倣の産物であり、我々に自分で考える手間を省いてくれるものです。我々はそれらを有効で適切な答えだと考える傾向があります。

　我々は我々が遭遇することに対して、通常、言葉をもって対応します。しかしその言葉は我々が作ったものではありません。その場合、我々の考えは——あるいは我々が自分の考えだと思っているものは——単なる一つの機械的な回答にすぎません。我々が言葉だけでは容易に自分自身のことも信じられないのはそれゆえです。私が言いたいのは、我々の精神に浮かぶ言葉は一般に我々自身から出てくるものではないということです。

　では言葉はどこから出て来るのでしょう？　先に述べた第二の種類の学習が出現するのはここにおいてです。それは我々の直接経験によって与えられるものではなく、読書体験や他者の口を通してもたらされるものです。

　言われてみればそうだと思っても、多分あまりきちんと考えたことがないのではないかと思いますが、現代という時代は実におしゃべりな時代です。我々の住む都会はとてつもない書き物《エクリチュール》で埋もれています。夜まで煌々たる灯りの文字で溢れています。朝から、無数の印刷物が、通行人や列車の乗客、ベッドで朝寝をきめこんでいる人の手に握られています。寝室の中のあるボタンをひねれば、たちまち世界の声が聞こえてきます(10)。その中には我々が師と仰ぐ人たちの声も混じっているでしょう。書物に関して言えば、かつてこれほどの数の出版物が刊行されたことはありません。人々はこれほど本を読んだことはないでしょう、読んだというより目を走らせたというべきかもしれませんが！

こうした夥しい消費から何が出てくるでしょう？

結果は先程お話したのと同じことです。ただし、今度は、我々の言語感覚が乱暴に扱われ、鈍化され、痛めつけられるのです……言葉が我々の内部で磨耗するのです。

形容詞の価値が下落します。広告によるインフレ効果で、最大級の形容詞が力を失墜しています。誉め言葉も罵り言葉も危機的状況にあります。人を誉めたり、けなしたりするのにどういう言葉を使ったらいいか四苦八苦するありさまです！

それに出版物の多さ、日々印刷され、配布される物の多さ、それらが朝から晩まで、判断や印象を強要し、すべてを混交し、こねまわすので、我々の脳みそはまさに灰色物質[11]と化してしまうのです。もはやそこでは何も持続したり、支配したりできません。奇妙にも、我々は新しいものを見ても無感動、驚異や極端なものに触れても倦怠感を覚えるのです。

こうした事態を、結局、どう考えるべきでしょうか？

引き合いに出した事例はごく一部にすぎませんが、そうした事例だけでも、我々がこれまで知っている限りの知性の将来について深刻な懸念があることを伝えるには十分だと思います。我々には精神のモデルや知的価値の様々な基準があります。それらはかなり古くから――有史以前からとまでは言いませんが――存在したものです。しかしそれも、恐らく、永遠に続くものではないでしょう。

例えば、我々はまだ精神的な作業が集団的なものになり得るとはあまり考えていないのです。最高の学術の進展や芸術の生産には個人の役割が必要不可欠に思われます。私について言えば、私は断固としてそう考えている一人です。しかしそれが私個人の思い込みであることも知っていて、自分の気持を疑ってみなければならないことも分かっています。自分が強く感じれば感じるほど、そこには自分という個人がいることを感じます。だから私は自分に言い聞かせるのです。一個人の中に未来のしるしを読んではならない、と。現代が我々に投げかける大いなる謎について、私は予見することをさし控えたいと思います。私には現代が我々の精神を未曾有の試練にかけているように見えます。

これまで我々が生きる支えとしてきたすべての観念がゆらいでしまったのです。科学が踊りをリードしています。時間、空間、物質は言わば火にかけられた状態です。諸々の事象の範疇の垣根も溶解してしまいました。

政治原則や経済法則に関しては、ご覧の通り、メフィストフェレス自身が、今日、自らが主宰する乱痴気騒ぎの仲間に取り込んでしまったようです。

最後に、個人と国家の関係という極めて困難かつ議論の多い問題があります。国家、すなわちこの次第に厳密、緊密、精密になっていく組織は、個人から、欲しいだけの自由、労働、時間、力を取り上げ、最後には、命まで差し出させます……しかし何のために？　差し出した後に残ったものを享受するためでしょうか、残った部分を発展させるためでしょうか？……　これはなかなか見定め難いところです。国家の力の方が現在は強くて、個人はほとんど完全に国家に飲み込まれてしまっているようです。

しかし個人とは、やはり精神の自由です。ところが、その自由が(最も高度な意味で)、すでに見たように、現代生活という一事によって、骨抜きにされてしまっています。我々は暗示にかけられ、神経を痛めつけられ、愚鈍にされ、現代文明社会を引き裂いているあらゆる矛盾、あらゆる不調和の餌食にされているのです。国家が完全に飲み込んでしまう前に、個人はすでに危殆に瀕しています。

申し上げておいたように、私に結論はありませんが、一種のアドバイスのようなものを申し上げて終わりたいと思います。

現代の様々な特徴の中で、一つだけ私が悪くないと思っていることがあります。私はスポーツが嫌いではありません……聞くところによると、スポーツの中には、単に真似事や流行とは関係ない、また新聞で大々的に報道されるようなものとも関係ないものもあるようです。それはさておき、私はスポーツ的な考え方が好きなのです。私はスポーツ的な考え方を、好んで、精神の領域へ持ちこみます。スポーツ的な考え方は、我々の生来の資質のあるものを、最高点にまで発展させるのに力があります。その場合、他の資質とのバランスは当然とらなければなりません。なぜなら、実践者の体をゆがめてしまうようなスポーツは悪いスポーツだからです。結局、真剣に取り組まれるスポーツには、すべて試練、時には、厳しい耐乏生活が要求されます。衛生学、〔筋肉の〕緊張、持久力など、それぞれ結果によって測定可能な諸方面の管理、——つまるところ、一つの掛け値なしの行動倫理学とでもいうべきものが要求されます。その倫理学がめざすのは、人間が持つ諸々の機能とその機能を合理的に働かせる手段を分析して、一種の調教術を開発し、それによって、しかるべき人材を育てることです。その特徴は、一見逆説的に聞こえる、次のような言い方で表現できるでしょう。すなわち、諸々の反射反応の反省的涵養(12)ということです。

精神は、あくまで精神であったとしても、同様の方法で涵養できるのです。我々の精神の働きは、無意識の産物と意識的な産物とが極めて不規則に混淆した一つの連続体であると考えることができます。我々は、心的には、変形運動の連続継起によって構成されていますが、その中で、意識的な変形は無意識的な変形より複雑な構造を持っています。私たちには夢を見ている時間と、覚醒している時間があります。大雑把な言い方ですが、それが実態です。ところで、人間の力を表す明白かつ議論の余地のない進歩は、すべて、そうした心的存在の二つの様式の利用に関わっていて、意識の増大、すなわち、内なる意志的行動の増大を伴うものです。もし文明人が未開人と非常に違ったものの考え方をするとすれば、それは無意識の産物よりも意識的反応が優勢であることが原因でしょう。無意識の産物は、恐らく、我々の思想にとって不可欠な物質、時には、値千金のものかもしれませんが、その持続的価値は、結局、意識いかんにかかっているのです。

知的スポーツは我々の内的行為を発展させ、管理することにあります。ピアノやヴァイオリンの名手は、自己啓発によって、自らの衝動的行為に関わる意識を人為的に高め、衝動を明確に自己の所有物と化すことで、いっそう高度な自由を獲得しますが、それと同様に、知性においても、一つの思考術を会得し、自分のために一種の計画心理学(13)とでもいうべきものを創り出すことが必要なのではないでしょうか……私が皆さんに衷心より願うことはそれです。

精神の自由

人々の関心を「精神《エスプリ》」の運命に、ということは彼ら自身の運命にということに他ならないが、呼び覚ますことが、今日、必要である——必要であるばかりでなく、急務であるということは、あまりよい兆候とは言えなくとも、一つの時代の徴《しるし》である。

そうした必要性は、少なくともある年配の人々には(ある年配とは、残念ながら、あまりはっきりとした年齢ではないが)、別の時代を知っていて、まったく別の生活を経験し、まったく違った社会環境で、まったく違った世界での生活の長所・短所を受け入れ、経験し、観察したことのある人々にとっては、はっきりと、感じられるものである。

彼らは、結局、今日の人々がもはやほとんど賛美することのないものを賛美し、今日では死物となった真実の生きている姿を目の当たりにし、時代の諸価値(1)に投資してきた人々だが、その価値が、今日では、株券や通貨と同様、はっきりと、紛れもなく低下・暴落してしまい、彼らの希望や信念を打ち砕いてしまった。彼らは当時、世間のすべての人々と共に、株券や通貨を、揺るぎない価値を持ったものと思いこんでいた。

彼らは彼らが精神に託していた信頼感、彼らにとっては人生の根拠、人生の言わば公準とでもいうべきものであった信頼感を失ってしまったのである。

彼らは精神に対して信頼感を持っていたが、その精神とはどんなものだったのか、精神という言葉で彼らは何を意味していたのか？……

この言葉の意味は数え切れないほどある。なぜならこの言葉は他の諸々の言葉の源泉であり価値だからだ。しかし私が引き合いに出している人々はこの言葉に一つの特殊な意味を与えていた。彼らは、精神という言葉で、恐らく、個人的であると同時に普遍的な一つの活動、内的であると同時に外的な活動、——人生、人生の諸力そのもの、世界、世界が我々の内部に引き起こす様々な反応に対して一つの意味と用途、一つの適用と力の展開、もしくは行動の展開を与えるものを指していたのである。その適用・行動は、個人の保存だけを目的とした、日常生活の通常機能に適応したそれとはまったく別のものである。

この点をよく理解するために、ここでは、《精神》という言葉で、我々の体の動きに必要な、身体機能の最適化を目指すようなものではない思想や行為を分離・発展させる可能性、あるいは欲求、あるいはエネルギーを意味することにしよう。

というのは、我々の生きた体は、他の諸々の生命体と同様、ある一つの力、我々が自らに表象する周囲の事物に働きかける変形力、を持つことを要求するからである。この変形力は我々の体と周囲の環境が我々に課す生命維持に不可欠な問題を解決するために使われる。

我々は、何よりもまず、複雑さは(動物種によって)まちまちだが、一つの変形組織である。なぜなら、生きとし生けるものは、すべて、生命体を消費し、かつ、受容しなければならず、生命体と環境の間には、変形交換が存在するからである。

しかしながら、この生命維持に不可欠の欲求が満足させられてしまうと、我々のような種は、かなり奇妙な種であるが、生命体保存とは別の様々な要求・作業を自分に創り出さなければならないと思うのである。種にとって別の交換が重要になり、別の変形に心を奪われるようになる。

こうした奇妙な迂回行動の起源や原因が何であるにしても、人類はそうして途方もない冒険に乗り出したのである……自分でもどういう目的なのか分からない冒険、終着点も、限界も把握していないことを自認している冒険である。

人類は一つの冒険に乗り出した。私が精神と呼ぶものは、その冒険に瞬間的な方向付け、行動の指針、刺激、推進力、衝動を与えると同時に、行動に必要な口実と幻想のすべてを与える。この口実とか幻想とかいうものは、時代と共に変化するものである。知的冒険の展望は変化するのである……。

以上が、ほぼ、私が冒頭で導入したいくつかの言葉で言いたかったことである。もう少し、この点について、考えてみよう。人間におけるこの精神の力が、今一つの動物的力、我々の生命を保存するのに専念し、我々の生理機能の日常的循環の遂行に特化された力とどう違うのか——まったく違うものではないとしても——をより正確に示すために。

精神的力は動物的力とは違うが、両者は似ていて、緊密な親縁関係にある。よく考えると分かる両者の類似性から様々な結果が発生するのである。

ごく単純な観察から、そのことは納得されるだろう。忘れてならないのは、我々が何をしても、我々の行動の目的が何であれ、我々が我々を取り囲む世界から一連のどんな印象を受けようと、そして我々の反応がどのようなものであれ、その仕事を託されているのは同じ体であり、様々な関係性を統御する同じ器官が上述の二つの機能——有用な機能と無用な機能、不可欠な機能と恣意的な機能——の働きに使用されていることである。

同じ感覚、同じ筋肉、同じ四肢、さらには、同じ記号、同じ交換具、同じ言語、同じ論法が我々の生命を保持するのに不可欠な行為にも、この上なく恣意的な行為、慣行的な行為、奢侈的な行為にも介入するのだ。

つまるところ、人間の道具立てに二種類はないのである。道具立ては一式しかなく、同じ道具が、ある時は生命の保持に用いられ、ある時は我々の大いなる冒険のための幻想や仕事に用いられるのである。

私自身、何か特別な問題に関して、その二つの行為を比較して、次のように言うことがしばしばあった。同じ器官、同じ神経が歩行と舞踊を生み出すのは、ちょうど我々の言語能力が我々の欲求や観念を表現するのに役立つと同時に、同じ言葉・同じ形式が詩を作るのにも役立つのと同じである、と。両者における一つの同じメカニズムが、まったく違う二つの目的のために使われているのだ。

したがって、精神的事象（科学、芸術、哲学等に関わるすべてを精神的と呼ぶことにする）と生活実践に関わる事象について話すとき、双方の間に、注目すべき相関性が存在すること、そして、それを観察することによって、時には、いくばくかの教訓を引き出すことができるのは自然な成り行きである。

かくして、我々はある種のかなり難しい問題を単純化し、行動と関係性をつかさどる器官を基点として、高級と称される活動と実践的あるいは実用的と称される活動との間に存在する類似性を明らかにすることができる……。

どちらにも、使用されるのは同じ器官であるから、機能的な類似性、位相や力学的条件の一致が見られる。一切は深いところから、実体的な淵源から出てきているのだ。なぜなら、統御しているのは同じ人体だからである。

初めに、私の世代の人間は自分たちが知っていた時代に突如として取ってかわった新しい時代に困惑していると述べた。次いで、話を進める段階で、この問題に関して、価値という言葉を口にした。

私の話の骨子は、我々の眼前で我々の生活の諸価値が低下し、暴落してしまったことについてである。そしてこの《価値》という言葉で、私は物質的な価値と精神的な価値を、同じ表現の中、同じ記号の下に包括したのである。

私は《価値》という言葉を使った。私の関心はまさにそれである。諸氏の注意を引きたい最も重要な点である。

今日、我々は(ニーチェの卓抜な表現を援用すれば)、真に巨大な価値の転換期に遭遇している。そしてこの講演を「精神の自由」と銘打ったことで、私は、今、物質的価値と同じ運命をたどっているように見える主要な価値の一つを俎上に載せたのである。

かくして私は《価値》と言い、《精神》と銘打たれた価値が、石油、小麦あるいは金の価値と同様に存在することを指摘した。

私は価値と言った、なぜなら、そこには評価、重要度の判断が存在し、精神という価値に対して人が支払う用意のある対価もまた存在するからである。

この価値(株)に投資することも可能である。そして、株式市場で人々が言うように、価値(株価)の変動を追跡することもできる。私には分からない相場で値動きを観察することもできる。相場とはその価値についての世間一般の意見である。

毎日新聞の株式欄一杯に書かれている相場を見れば、その価値が他の価値とあちこちで競合していることが見て取れる。

ということは競合する価値があるということだ。それは例えば政治力である、政治力は必ずしも精神‐価値や社会保障株や国家組織株と調和しない。(2)

これらの諸価値はすべて上がったり、下がったりして、人間事象の一大市場を構成する。そうした事象の中で、憐れなる精神－価値は下がる一方である。

精神－価値の推移を観察すると、すべての価値と同様、その価値にかけた信頼度によって、人間が二種類に分けられる。

この価値にすべてをかける人々がいる、彼らの持てる希望、人生・心・信念の一切をかけるのである。

この価値にはあまり期待しない人々もいる。彼らにとって、投資として大きな関心の対象にはならず、価値の変動に対してもほとんど関心がない。

さらにはこの価値にはまったく関心を示さない人々もいる。彼らはこの価値に大事なお金をかけることはない。

そして、はっきり言えば、この価値をできるかぎり低下させようとする人々もいるのである。

私が株式取引所の用語を借りて話していることはお分かりだろう。精神的な事象に関して使うのは奇妙に思われるかもしれない。しかし、他によりよい言葉がないし、多分、この種の関係を表現するのに、捜しても他に適当な言葉はなさそうである。というのは、精神の経済も物質の経済も、人がそれを考えるとき、単純な価値評価のせめぎあいとして考えるのが最も分かり易いからである。

かくして、私はしばしば、とくにそうしようと思ったわけではまったくないのに、精神生活とその現象および経済生活とその現象の間に類似性が見て取れることに感銘を受けるのであった。

一度その類似性に気づくと、それをとことん追求しないではいられなくなる。

経済生活・精神生活のいずれにおいても、すぐ見て取れることは、ともに同じ生産と消費という概念が見出されることである。

精神生活における生産者とは作家、芸術家、哲学者、学者といった人々であり、消費者とは読者、聴取者、観客である。

さきほど話題にした価値という概念も、同じく、欠かせないものとして、経済・精神双方の生活に見出される。さらに、交換の概念、需要と供給の概念も同様である。

こうしたことは単純であり、簡単に説明がつく。以上の概念は内的世界の市場（そこでは各精神が他の諸々の精神と競合し、交渉し、あるいは、和解する）においても、物質的利害の世界においても、意味を持つものである。

さらには、二つの世界のどちら側からも、労働と資本という考え方が有効である。文明とは一つの資本である。その増大のために数世紀にわたる努力が必要なのは、ある種の資本を増大させるのと同様で、複利法で増資していくのである。

こうした類似性は考えると意外に思われるかもしれない。しかし類似性はごく自然なものである。私としてはほとんどそこにある種の同一性を見ることにやぶさかではない。理由はこうである。最初に、すでに述べた通り、そこには有機的に同型のものが生産と受容という名の下に介入していること、――生産と受容は交換と切り離せない関係にあるが、そればかりではなく、あらゆる社会的なものはすべからく多くの個人の間で取り結ぶ関係から、生き・考える(多少なりとも考える)人々が織り成す広大なシステム内で起こる出来事から結果するものだからである。システム内部の各人は互いに連繫していると同時に、対立してもいる、――個人としては唯一無二の存在であっても、多数の中にあっては識別されず、あたかも存在しないかのごとくである。

そこが肝心な点である。個人は実践的にも、精神的にも、観察され、実証される。一方には個があり、他方には個別化されない数量と事物がある。したがって、こうした関係性の一般的な形は、精神に対する製品の生産、交換、消費にせよ、物質生活における製品の生産、交換、消費にせよ、大差はないのである。

大差がなくて当然ではないだろうか？……同じ問題が見出されるのだから。個人と、個別化されない個人の集合、集合の中の個人同士は直接的あるいは間接的な関係にある。間接的な関係にあるほうが普通だろう、なぜなら、大抵の場合、経済的にも、精神的にも、我々が外部の圧力を感じるのは間接的な形においてであり、またその反対に、我々が我々の外的行為の影響を不特定多数の聴衆や観衆に及ぼす場合も同様である。

かくして、ある種の二重関係が確立される。一方に交換があり、他方に欲求の多様性、人間の多様性があるとき、個人の特殊性、伝達不能な好悪の感情とか、個々の人間が持っているノーハウとか、技能とか、才能とか、個人的なイデオロギーとかが一つの市場で対立するとき、そうした個人的な価値の対立による競争が流動的均衡を作り出すのである。それはある瞬間の諸価値が、その瞬間だけに有効なものとして作り出す均衡である。

ある商品が今日、ある時間内で、ある価格で取引されるように、そしてその商品は突然の価格変動に曝されたり、あるいは、緩慢ではあるが持続的な変動に委ねられたりするのと同様に、好みや教条、様式や理想等に関する諸価値も変動する。ただ精神の経済は定義するのがより困難な現象を我々に提示する。というのは精神経済の現象は一般に計測不能であり、器官や特別に作られた制度などで確認できないからである。

我々は個人を他の諸々の個人と対比させて考えるので、物でも色でも、人の好みについては議論してもしかたないという昔の人の格言が思い起こされるかもしれない。しかし、実際は逆で、人々のしていることはそのことばかりである。

我々は他人の物や色についての好みについて議論して時を過ごしているのである。株式市場でもしかり、数え切れないほどある審査会でもしかり、学士院においてもしかり、そうするより他にしようがないのである。個人や集団、単数と複数、が互いに衝突し、意見の一致をさぐったり、沈黙を余儀なくされたりする場合、あらゆるものはすべて商品となる。

ここにおいて、我々が追求する類似性は驚嘆すべき域に達して、ほとんど同一性と言ってもいいくらいである。

かくして、精神について話そうと思うと、社会生活におけるある様相、ある特性を参考にしたくなる。精神において、それらの様相・特性は、物質的富におけるのと同じくらい現実的で、時には、不安定である。

そこには生産、見積もり、経済があり、経済は繁栄したり衰退したり、安定したりしなかったり、それは物質的経済が発展・衰退を繰り返し、それ自体の普遍力を持ち、諸々の制度、固有の法則を有し、ときには神秘的な部分を持つのと同様である。

ここで私が単なる文学的な比較に満足し、単純な修辞的言辞を弄して、物質的経済の観念から精神的あるいは知的経済へ移行しているのだと思わないで欲しい。

実際は、よく考えてみると、まったく逆だというべきだろう。始まりは精神の側にある。それ以外には考えられない。

精神の交流こそが世界の交流の始まりであって、それが第一歩となり、必要なきっかけを作ったのである。なぜなら、物を交換する前に、人々は記号を交換する必要があるからだ。したがって、人々はまず記号を制定しなければならない。

言語なくして、市場も交換もない。あらゆる交易の第一の道具は言語である。ここでは、かの有名な言葉をあらためて引用することも可能である（ただしその言葉にかなり違った意味付けをすることになるが）。すなわち「始めに《言葉》ありき」である。「言葉」が交易に先立たなければならなかったのである。

しかし言葉とは私が精神と呼んだものを表す厳密な名前の一つに過ぎない。精神と言葉は多くの用例においてほぼ同義語である。ラテン語訳聖書でヴェルブ verbe と訳されている語は、ギリシア語の《ロゴス》であり、それは同時に計算、推論、言葉、言説、知識などを意味する語であり、表現という意味もある。

したがって、言葉《ヴェルブ》が精神と同一だと言っても、特段おかしいことを言ったことにはならないと思われる、——言語学的に言っても。

それに、少しでも考えてみれば、あらゆる交流において、まずは会話を始める何かが存在し、交換したい物を指し示し、欲しいものを明示できることが必要である。したがって、感覚と同時に知的理解にも訴える力を持った何かが必要なのだ。そして、その何かこそ、私が一般的な形で言葉と呼んだものである。

かくして精神の交流が物の交流に先立つのである。それがどのような形でなされるのか、至近距離から見てみよう。

単にそういうことが論理的に必然的だというばかりでなく、時系列的にも証明することができる。証明は注目すべき次のような事実の中に存する。物の交流が最も発展し、最も活発かつ古くから存在した地球上の地域とは、同時に、精神的価値の生産、観念の生産、精神の作品・芸術作品の生産が最も古くから、最も盛ん、かつ、多岐にわたって行われてきた地域でもある。

さらに言えば、そうした地域は人々が精神の自由と呼ぶところのものが最も広範囲に与えられてきた地域であり、付け加えれば、そうでなければならなかったのである。

人の間の交流が盛んになり、活発かつ往来が極度に頻繁になると、両者間に非常に大きな差異を保持することは出来なくなる。ここで言う差異は階級や身分の差異ではない。そうした差異は残る可能性があるが、保持できなくなるのは理解の差異である。

上位のものと下位のものとの間であっても、会話に親しい調子が増え、へだたりがなくなる。それは交流がより少ない地域にあっては見られない現象である。例えば、古代において、とくにローマにおいて、規律の遵守や苛酷な御仕置きが法的に許される厳しい面があったにも拘わらず、奴隷と主人の間には、極めて親密な関係があったことはよく知られている。

かくして、私が主張するのは、精神の自由および精神そのものが最も発展した地域で、同時に、交易も発展したという事実である。あらゆる時代において、例外なく、芸術・観念・精神的諸価値の高度な生産が経済活動の活発さによって注目される地域でなされているのである。地中海沿岸地域が、この点に関して、最も驚くべき、最も典型的な例を提供するものであることは周知のごとくである。

地中海沿岸地域は、実際、ある意味で、史上最も活発な交易の一つがその沿岸に生まれ、両岸を結びつけた、特権的で宿命的な、天佑の地の利を得た場所である。

そこは地球上で最も気候温暖な場所に広がっている。そこは航海に適したあらゆる条件を備えている。沿岸には極めて異なった三つの世界が踵を接している。その結果、そこにはこの上なく多様な人種が集まってきた。彼らは接触し、競合し、融合あるいは紛糾する。かくしてこの地はあらゆる種類の交流へ人々を駆り立てたのである。地中海沿岸地域は、沿岸のある地点からある地点へ行くのに、岸伝いに陸路で行くこともできれば、海を渡って行くこともできるという特色を持っている。この地は、何世紀もの間、人種の混交・対立の舞台となり、あらゆる種類の経験がもちよられて、互いに高めあってきたのである。

そこでは交換への刺激、人々の競争、交易や軍事力の張り合い、影響力の競り合い、宗教・宣伝の競争、物質的産物と精神的価値の同時的な競合があった。それら二つのものの間に優劣はなかった。

同じ船、同じゴンドラが商品と神々、観念と製法を運んできた。どれだけの事物がそこで、接触と伝播によって、開発されてきたものか。かくして一種の宝物殿が作られ、少なくともその起源において、我々の文化はほとんどすべてをそこに負っているのである。私に言わせれば、地中海はまさに一個の文明生産機械であった。

しかしこうした状況は、商業を生むと同時に、必然的に精神の自由を生み出すものであった。

したがって、我々は地中海沿岸地域に以下の三つのものが緊密に結び付けられているのを見る。すなわち、「精神」、文化、そして交易である。

ここに、しかし、これまで話してきたのとは別の、あまり知られていない一例がある。ライン の流域、バーゼルから海へいたるライン河が画する線を見てみよう。紀元後の数世紀から三十年戦争にいたるまでのこの大河の流域に発達した生活を見てみよう。互いに似通った都市群が流域沿岸に作られている。ライン河は、地中海同様、導管、集水管の役割を果たしている。ストラスブールであれ、ケルンであれ、他の都市であれ、海にいたるまで、各集落は同じような条件の下で作られ、その精神、諸制度、諸機能、そして物的・知的活動において、明らかな類似性を示している。

それらの都市には早くから繁栄が訪れた。商人や銀行家たちが建てた都市である。彼らの作ったシステムが海の方へ延びていって、西はフランドルの工業都市へ、北東はハンザ同盟の港町へとつながったのである。

そこには、物的富と精神的・知的富、それに市政の下における自由とが確立され、世紀から世紀へと、補強され、強化されていった。そこには技術者を要求する産業や、会計士や商業学校の免状を持つ人々を必要とする銀行があり、交換や移動の手段がまだ至便ではなかった時代にあって交易を専門とする人々がいた。しかしそこにはまた、盛んな芸術活動、学問的な知的好奇心、絵画・音楽・文学の創作、——要するに、都市集落の経済活動に見合った諸価値の創出と流通が存在したのである。

印刷術が発明されたのはそこであり、そこから世界に伝播されたのである。そして出版業が発展し、文明社会の隅々にまで広がっていくことができたのは、その河の流域のおかげであり、その河によって生み出された交易の要素としてなのだ。

流域の都市はすべてその精神において、その慣行と内的組織において、明らかな類似性を持っていると述べたが、各都市はそれぞれ一種の自治を獲得ないしは買い取ったのである。

富と愛好家がそこで出会う。そこには通人が少なからずいる。精神は、芸術家や作家あるいは印刷業者として、そこに生きることができる。精神はそこに自らを育むのに最適の風土を見出す。

それは自由と富を必要とする文化にとって理想的な土地である。

かくして、これらの都市は河の流域に沿って帯状の文化圏を形成し、それは海の方へ向かって花開き、東西に延びる内陸部とは一線を画することになる。内陸部に延びた方は農村部であり、長い間、封建的な形態にとどまるのである。

以上の話はごく大雑把なもので、こうした観点を厳密化するためには、沢山の書物を参照し、例示した時代や場所も全面的に選び直さなければならないことは言うまでもない。しかしこれまで述べたことで、私が主張する地中海沿岸およびライン河流域における知的発展と金融・商工業の発展の相関性については分かっていただけたのではなかろうか。

我々が中世と呼ぶ時代は、交流・交換の働きによって、近代へ脱皮した――そしてそれによって精神の温度は最高点に達したのである。中世は人が言うように暗黒の時代であったわけではない。中世にも時代の証人がいる。石で作られた証人である。しかしその仕事、中世の伽藍建築、フランス人を筆頭とする建築家たちの手になる建造物は、どのような意図で、どのような技術で建立されたのかと問うとき、我々にとって大いなる謎である。

実際、これらの工事を請け負った人々の文化の実態について教えてくれる資料は何一つ存在しない。それにも拘わらず、あれほど大規模で大胆な建造物を作るには、彼らはかなり発達した技術を身につけていたに相違ない。彼らは後世に幾何学や力学、建築学や物質の耐久力についての論文一つ残していないし、透視図も平面図も三面図も、彼らが知っていたことについてのヒントになるようなものは何も残していない。

一つだけ知られていることがある。それは、中世の建築家たちは移動民であったことだ。彼らは都市から都市へ建物を作って歩いた。彼らはどうも自分たちの建築理論や建設技法を人から人へ伝授していたらしい。職人と頭《かしら》あるいは現場監督は職人組合を作っていて、石材の切り出し方、道具立て、建物の骨組み作り、金物製造などの技法を仲間内で伝えあっていた。しかしそうした技法について書かれたものは何一つ残されていない。有名なヴィヤール・ド・オンヌクール(3)の手帖というのがあるが、それとて、極めて不十分な資料にすぎない。

したがって、こうした移動建築家たち、芸術の方法や技法の運搬人たちは、交換の道具でもあった、——しかしそれは素朴かつ個人的なものであって、技法や技能の秘密は大切に守られていた。彼らが奥義として秘めていたものは、文化の発露が著しい時代にあっては最大限に公開され、恐らく、過剰なまでに伝播されることになる。

修道院にもある種の知的生活があった。回廊の影で、物悲しい数世紀の間、古代研究が誕生し、文学や言語、幾多の古い文明が研究され、保存され、涵養されるということがあった……。

精神生活は、全西欧において、五世紀から十一世紀の間、恐ろしく貧しかった。初期十字軍の時代においてすら、ビザンチンや、バグダッドからグラナダにいたるイスラム文明の芸術・科学・習俗とは比べ物にならないほど貧しかった。サラディン(4)は、その趣味と文化において、獅子心王リチャード(5)に数等優っていた。

中世初期に対するこの眼差しが我々の時代へ戻ってくることはないだろうか？　文化、文化の変容、精神的事象の価値、精神的産物の評価、人間の様々な欲求の中に占める文化の位置、我々は現在そうしたことが、すべて、他の諸々の多様な交換の可能性の有無と関係があることを知っている。その一方で、それらが極めて不安定であることも知っている。今日起こっていることは、すべて、そうした二面性に関係する。我々の内部および周囲を眺めてみよう。我々が確認することは、すでに、この講演の冒頭で述べたことである。

すでに述べたことだが、人々に対して、「精神」とその運命について関心を持つよう呼びかけること自体、すでに、一つの時代の徴し、徴候である。そういう考え方そのものが、私が受ける様々な印象からある種の内省が触発され、それを表現する行動にうつらなかったら、果たして生まれただろうか？　その行動とは今こうして皆さんの前で話をしていることに他ならないが、それとて、自分の印象が多くの人の印象と重なり、精神が衰退しているという感覚、文化が脅かされているという感覚、至純なる個人は絶滅しかかっているという感覚が、精神の価値についていくらかでも関心を寄せるすべての人々において、次第に強くなってきているのではないかと思わなかったら、果たして実を結んだであろうか。

文化、文明、それらはかなり曖昧な言葉で、様々に差異化し、対立させ、活用変化させて楽しむことが可能である。私としてはここで多言を弄するつもりはない。私にとって、すでに述べたことだが、それは一種の資本であり、あらゆる想像上の資本と同様、蓄積され、使用され、保存され、増大あるいは衰退するものである――この種の資本のうち、最もよく知られているものは、我々が我が身体と呼ぶものである……。

この「文化」あるいは「文明」資本はどういうもので構成されているのか？　それはまず諸々の物、物質的対象、――本、絵、道具、等々で構成されている。それらのものはそれぞれ一定の寿命、ものとしての壊れやすさ、脆弱さを備えている。しかしそうした資材だけでは十分でない。一塊の金塊同様、一ヘクタールの肥沃な土地や機械も、それを必要とし、それを使いこなす術を心得ている人々がいなければ、資本にはならない。銘記すべきは、その二つが要件であることだ。文化の資材が資本になるためには、それを必要とし、それを活用できる人間の存在が不可欠である、――すなわち、知識を渇望し、内的な変換力を希求し、自らの感受性の発展を願い、その一方で、何世紀にも渡って蓄積された資料や器材を利用するために必要な習慣や知的規律、約束事や実践例などを獲得し、実行に移すことができる人間の存在が欠かせないのである。

私は我々の文化の資本が危機的状態にあると言った。それは様々な角度からみてそう言えるし、その様相も色々である。危機は唐突な形で訪れる。知らぬ間に近づいてくる。資本は諸方からの攻撃にさらされる。資本は我々皆から浪費され、放置され、価値を貶《おとし》められる。そうした堕落が進行していることは明白である。

私はここですでに何度も色々な例を挙げてきた。近代生活が、しばしば華々しく、魅力的な様相の下に、いかに大変な文化的病弊を生み出してきたかということを、私自身、できるかぎり明確な形で指摘してきた。それには、天然資源のように蓄積されるこの富、人々の内部に徐々に蓄えられてきたこの資本を、近代生活が、あらゆる通信手段の過剰な働きで発展し、全世界に波及させた未曾有の運動に投下したことがある。このような活動の極みにおいて、急すぎる交換は熱となり、生活は生活をむさぼり喰うものとなる。

絶えざる衝撃、新手の登場、ニュース。本質的に不安定なものが、真の必要となり、精神自身が創造したあらゆる手段によって神経過敏症が蔓延する。文明社会のこうした生活の熾烈で表層的な形式には自殺行為に等しいものがあると言ってもいいだろう。

もう少し年月が経って、今昔の比較が可能になったとき、文化の未来をどう考えたらよいであろうか？　これは私の頭に自然と大きな場を占めるにいたった一事実だが、皆さんにもよく考えて欲しい問題である。

我々の観念的資本を正常に形成するために極めて貴重な人々、創作者に劣らず貴重な存在が徐々に消えていくのを私は見てきた。作品そのものを創らなくとも、作品の真の価値を作る人々である知識の通人、愛好家たちが一人ひとり消えていくのを目の当たりにしてきた。彼らは情熱的な審判、清廉なる人々で、彼らのために、彼らと対抗して、仕事をするのは張り合いがある。彼らは読む術を知っている。それは今日では失われてしまった能力である。彼らは聴く耳も持っているし、耳を澄ますこともできる。彼らは見ることもできた。ということは、彼らが繰り返し読み、聞き、見るものこそ、その一事によって、堅固な価値となるのである。普遍的な資本がそれによって増大するのであった。

そうした人々がみんな死んでしまったとは言わない。今後けして生まれてこないだろうとも言わない。しかし、残念ながら、彼らの数が極端に減少してしまったことは事実である。彼らの天職は自分自身であることだった。彼らは、完全に自立した立場から、自分の判断を下し、いかなる宣伝にも、いかなる批評にも左右されることはなかった。

この上なく無私で、かつ、熱烈な知的・芸術的生活が彼らの存在理由であった。

どんな芝居、どんな展覧会、どんな書物に対しても、彼らは細心の注意を払って接した。人々は彼らを、いくらか皮肉をこめて、趣味人と呼ぶこともあった。しかし彼らのような人種は極めて数が少なくなってしまったので、そういう呼び名そのものがもはや嘲笑とは取られなくなった。それは大変な損失である。なぜなら、創作家にとって、自分の作品を評価してくれ、とくにその仕事の過程に対して、仕事の仕事価値に対して、私が上述したような査定をしてくれる人の存在ほど貴重なものはないからだ。その査定によって、流行や一日の効果とは関係ない、作品と作者の権威が決まるのである。

今日、事は極めて迅速に行われ、評判もあっという間に上がるが、消えてしまうのも速い。安定したものはなにもない。なぜなら、安定のためにはいかなる手立ても打たれていないからだ。

一見、芸術が普及し、芸術教育が行き渡っているように見えながら、実際は軽薄な時代で、価値評価は混乱し、安易なものに満ち溢れていることを、どうして、芸術家は感じずにいられるであろうか？

作家が自分の仕事にすべての時間とすべての技量を捧げるのは、そうすることで、自分の仕事の何がしかが作品を読む人の精神に語りかけるだろうと思うからである。彼が期待するのは、質の高い反応と一定時間注意力をこらすことで、作品を書くときに味わった苦労を、一部なりとも、自分に返してくれるのではないかという思いである。

告白すれば、我々はあまり読者の努力に報いていないのかもしれない……我々の罪ではないが、我々は書物に圧しつぶされている。とくに直接的で強い刺激に満ちた本を読むのに忙しい。新聞には、実に色々な、支離滅裂かつ強烈なニュースが溢れていて(日にもよるが)、二十四時間のうち読書にあてる時間はそうしたものを読むだけですべて取られてしまい、精神は混乱し、動揺し、異常に興奮する。

仕事を持つ人、働いて生活費をかせぐ人で、一日一時間だけ読書にあてる時間を持つ人は、それを家でするにせよ、電車や地下鉄の中でするにせよ、犯罪事件と馬鹿馬鹿しい雑報、ゴシップとまったく変わりばえのしない三面記事を読むのに費やしてしまう。そうした記事のめちゃくちゃさと分量は、まさに、人々を唖然とさせ、単純化するために作られたのではないかと思われるほどである。

現代人は本を読む時間がない……これは致命的だが、我々にはどうすることもできない。

こうしたことが、すべて、結果として、文化の実質的な衰退を招くのだ。そして、副次的に、真の精神の自由の実質的な衰退を招くのだ。なぜなら、精神の自由は、我々が刻々近代生活から受け取る混乱した、強烈な感覚の一切に対して、超然として、拒絶する態度を取ることを要求するからである。

自由の話をしたが……形容語の一切つかない端的な自由もあるし、人間の自由という場合もある。

すべて私の話から出てきたものであるが、今少し、検討してみよう。自由、大変な言葉、政治が盛んに使ってきた言葉である、——ただ、数年前から、政治はあちこちでこの言葉を禁句にしている、——自由は一つの理想であり、神話であった。ある人々にとって、自由は約束に満ちた言葉、ある人々にとっては、脅しに満ちた言葉であった！人々を立ち上がらせ、路上を揺るがせた言葉。最も弱小に見えながら、最強を自認した人々が、最も強力に見えながら、脆弱極まりないことを自覚していた人々に対して、立ち上がったときの合言葉である。

こうした政治的自由は平等の概念や主権の概念と切り離せないが、秩序や、時には、公平の概念とは両立不能である。

しかし私のテーマはそれではない。

話を精神へもどそう。こうした政治的自由なるものを今少し詳細に検討すると、我々はほどなく思想の自由について考えるようになる。

思想の自由は人々においては公表の自由と混同されているが、両者は同じものではない。

人が考えたいことを考えさせないようにするなどということは出来ない相談である。したくても出来ないだろう。頭の中に胚胎する思想をキャッチする装置でもないかぎり。そういうことが可能になる時代がきっとやってくるに違いないが、今のところ、我々はその域には達していない。もちろんそんな機械が発明されることは願っていないが！……思想の自由は、したがって、その時までは、存続する、――ただし、思考力の不足によって、思想が制約される場合は考慮外とする。

思想の自由を持つのは素晴らしいことだが、まずは何を考えるかである！……

しかし最も一般的な言葉の用法からすると、思想の自由と言えば、公表の自由や教育の自由を意味する。

そうした自由は様々な重大な問題を引き起こす。自由によって引き起こされる問題はつねにつきまとう。「国」「国家」「教会」「学校」「家族」が、それぞれ、思想の自由の名の下に意見が公表されたり、出版されたり、学校で教えられたりすると口を挟んでくる。

上述のものはすべて考える個人が外部に意見を開陳することに対して多少なりとも神経を尖らせている勢力である。

私はここで問題の根本に触れるつもりはない。それはケース・バイ・ケースの問題である。ある場合には、公表の自由が監視されたり、制約されることは是認されてしかるべきであろう。

しかし、それが、一般的措置として実施されるとなると、問題は非常に難しくなる。例えば、戦時において、すべてを公表させることが不可能なことは明らかである。軍事行動に関する情報を公開することは単に慎重を欠くばかりではない。それはみんな理解する。しかし他にも公秩序を守る立場から公表を許さないものが色々ある。

それだけではない。精神の交流の自由の最も重要な部分を構成する公表の自由は、今日、いくつかの場合において、地域によっては、厳しく制約され、事実上、廃止されているのだ。

この問題が今どんなにホットな話題になっているか、そして、いたるところで提起されているかはご明察の通り。いたるところとは、そういう問題をなお提起することが許される場所ではという意味である。個人的には、私は自分の考えを公表することにかけてはそれほど熱心なわけではない。公表しなくてもかまわない。誰が公表を強要できよう？……どこかの魔物でも？　結局、何のために？　自分の考えはしまっておけばいいのだ。どうして公表するのか？……机の引き出しの中や頭の中にしまっておいても、腐るわけではない……。

それでも、公表したがる人種、自分の考えを他人に吹聴したがる人々、書くためにしか考えず、公表するためにしか書かない人々がいることも確かである。そういう人々は政治の世界に足を踏み入れる。葛藤が生じるゆえんである。

精神が管理する使命を担っている諸価値を歪曲せざるを得ない政治は、自分の立場に与《くみ》する、自分に都合のいい歪曲・留保はすべて容認し、自分に反対するものは暴力的なまでに却下し、禁止する。

結局、政治とは何なのか？……政治とは権力の奪取と保持の意志である。したがって、政治は人々に強制と幻想を働きかけるのだ。人々はあらゆる権力の素材である。あらゆる権力は自らの権力行使に都合の悪い事象の公表を妨害することを考えざるを得ない。そのために出来る限りのことをする。政治精神の行き着く先はつねに偽造である。流通や交易に知的贋金を導入する。歪曲された歴史観念を導入し、もっともらしい理屈をこね、つまるところ、自分の権威を保持するために必要なあらゆることをして恥じない。そして、なぜか知らないが、彼らの権威を人は道徳的と呼ぶのである。

はっきり言って、いかなる場合においても、政治と精神の自由は両立し得ない。精神の自由は党派性に対する根本的な敵だし、権力を掌握したあらゆる教条の敵である。

私がある種の表現がフランス語で持つニュアンスについてこだわったのはそれゆえである。

自由とは、様々な矛盾した表現に登場する概念である。というのは、我々自身、ある時には、自分たちがしたいことができることを指してこの言葉を使うかと思えば、別の時には、自分たちがしたくないことができることを指して同じ言葉を使うからである。したくないことができるというのは、人によっては、最高度の自由のあかしとみなされる。

ということは、我々の中に色々な人間が住んでいて、そうした多様な人格が一つの言葉しか持たないので、同じ言葉が(例えば自由という言葉)、非常に違った用途で使われるということに他ならない。それは万能の言葉なのだ。

　我々の頭に浮かび、我々の気持を引くものに何も反対するものがないから自由だと考える一方で、魅惑や誘惑の呪縛から解放されてこの上なく自由になった、これからは自分の性格に打ち克って行動できるという自由もある。それもまた一種の最高度の自由の享受である。

　このとらえどころのない観念を、今少し、時々の用例にしたがって見てみよう。そうしてみると、すぐ分かることは、自由という観念は初めに浮かぶ概念ではなく、何かに触発されて、初めて浮かぶ観念であることだ。つまり、この観念は一種の回答だということだ。

　我々は自由でないことを何かによって示されないかぎり、自分たちが自由であるなどと思うことはけしてない。自由という観念は、我々の存在の衝動、感覚の欲望、あるいは、反省意識による意志の行使に対立する何かしらの不如意感、束縛感、抵抗感、ないしはそうした状態を仮想したときに起こる反応《レポンス》である。

私が自由なのは、私が自由だと感じるときだけである。しかし、私が自由だと感じるのは、私が制約されていると感じるとき、現在の私の状態と対照的な状態を考え始めるときだけである。

自由とは、したがって、一つの対照効果によってのみ、感じられ、認知され、希求されるものだ。

私の体が自然な運動、反射運動に障害を覚えると、また、私の思考の働きが何らかの身体的苦痛や強迫観念、外部世界からの作用、騒音、暑熱や寒さ、隣人がたてる騒音や音楽などによって妨げられると、私は状態が変化することを、解放ないしは自由を希求する。私は自分の諸機能が十全な働きを取り戻すように行動する。そしてそれを妨げる状態を否定しにかかるのだ。

かくして、この自由という言葉には、その起源を初期段階でとらえようとすると、否定の契機があることがお分かりいただけるだろう。

そこから私が引き出す結論はこうだ。自由の要求や自由の観念は不如意や束縛を感じない人には生まれないので、そうした制約を感じなければ感じないほど、自由という言葉も反射も生じることが少ないのである。

精神の自由にもたらされた制約、それが例えば公的権力によるものであれ、何かしら外部的な状況によるものであれ、そうした制約に敏感でない人は制約に対して強い反応は示さないであろう。反撃的な態度に出ることもないし、制約を課した権威に対して、いかなる反射的行為も、反逆行為も起こさないであろう。逆に、しばしば起こることだが、彼は漠然たる責任から解放されて、ほっとするかもしれない。彼の解放感、彼が感じる自由は、自分が考えたり、決定したり、のぞんだりする義務から解放されたと感じることである。

そこから帰結することの重大さに皆さんは気づいておられるであろう。精神的な事象に対する感受性が鈍化していて、精神的な作品の生産にかけられている圧力に気づかないような人々においては、何の反応もない、少なくとも目に見える形では。

こうしたことが、明らかに、我々の身辺でも起こっているのである。目をこらせば、精神に対する圧力の最も見やすい影響がすでに姿を現し始めているのが分かる。同時にそれに対する反応がほとんどないことも見て取れる。これは一つの事実認定である。

それは疑いようのない事実である。私は価値判断をしようとは思わない。なぜなら、判断するのが私の役目ではないから。誰が人を裁けようか？……　それでは人の上に人を作ることになるだろう？

私がこれを話題として取り上げたのは、我々にとってこれ以上面白い問題はないからである。なぜなら、私が精神の人と敢えて呼ぶところの人々にどのような未来が用意されているのか、我々は知らないからである……。

だから、現在、この問題を明るみに出さざるを得なくなったことは、必要であると同時に不安でもある。問題は精神の権利ではない、そんなものは単なる言葉にすぎない！力がなければ、権利は存在しない。そうではなくて、精神の諸価値を保存し、支持することは、世界のすべての人の利益になることではないかと説くことが重要なのだ。

なぜか？

それは、知的生活の創造と組織的実存は、生――端的な生そのもの――人間の生と、この上なく複雑ではあるが、確固たる緊密な関係を持っているからだ。我々人間が何を中心に生きているのか、そしてこの不可解なるもの、我々の精神、は何を求めているのか、今まで誰も説明してこなかった。この精神なるものは、我々の内部にある一つの力だが、我々をとてつもない冒険に誘いこみ、その結果、人類は生命の正常な初期条件の一切から遠く離れてしまった。我々は我々の精神のために一つの世界を創造した、——そしてその我々の精神の世界の中で暮らしたいと思っている。精神も自分の作品の中で生きることを望んでいる。

それは自然が作ったものを作り直したり、修正したりすることである。ということは、ある意味で、人間そのものを作り直すことである。

すでにかなりの域に達している自前の手段を用いて作り直すこと、自分が住む地球の一部に装備を施して、住環境を作り直すこと、地球を上から下まで隈なく探索し、自分たちの計画に役立つものはすべて発掘し、利用すること。それはすべて結構なことである。人間がもしそうしなかったら、どうなったであろうか、きっと動物の状態に戻ってしまったであろう。

ここで忘れずに言っておこう。地球の物質的な開発と平行して行われる、いわゆる精神的活動は、すべて、物質的開発と不即不離の関係にあるということだ。精神の涵養とはそれでこそ可能なのだ。思弁的知識と芸術的価値を創造し、多くの作品を生産し、非物質的な資本財を作るのが精神の涵養の果たす役割である。しかし、物質的なものであれ、精神的なものであれ、我々の財宝は不滅ではない。私はかなり以前に、一九一九年に、書いた。文明もまた人間と同様に死すべき運命にあり、我々の文明がその技法、芸術作品、哲学、記念建造物もろとも、これまで幾多の文明が滅びて行ったように、消滅したとしても驚くにはあたらない、――大きな船が沈没して姿を消すように、と。

しかるべく運航し、海の力を制するためにどんな近代的な器材を装備していても、どんなに強力な機械の搭載を誇っていても、沈むときには沈むのであって、すべての積荷と共に、人も物も消えるのだ。

そうした事実に私は当時ひどく心を打たれた。しかしその危機感は今日なお強く残っている。文化であれ、表現の自由であれ、我々が獲得したものが、いかに不安定なものであるかを強調したのはそれゆえである。

というのも、精神の自由がないところでは、文化も衰退するからである……現在、我々は夥しい数の刊行物や雑誌(かつては非常に活気があった)が、国境を越えて、入ってくるのを目の当たりにしているが、内容は読むに耐えない雑駁な知識に基づいて書かれた論文ばかりである。そうした書物には命が通っていないと感じても、知的生活をなお送っているかのような振りをしなくてはならない。

こういう事態は、かつて、スタンダールが遭遇したある種の学者をからかった時代を髣髴とさせる。権威主義が昂じて、彼らはオウィディウスのあるテクスト(6)について、句読点《コンマ》がどうのこうのと争っているのであった……。

こうした貧困がすでに信じられないところまで進んでいた。彼らの不条理さは行くところまで行ったように思われた……ところがそれが、今また、立ち戻ってきて、そこかしこで、猛威を振るっているのである……。

いたるところに、我々は精神に対する障害、脅威の存在を認める。その自由は、文化とともに、我々の発明品、生活様式、政治政策一般および個別政策によって制約され、今や、警告を発し、我々の世代の人間が至高善と考えてきたものを取り巻く諸々の危険を指摘することは無益でも、誇張でもないように思われる。

私はこれまでも他のところでこうしたことを話す機会を持った。最近では、英国で話をした。私が観察したところでは、聴衆は多大な関心を持って耳を傾けてくれ、私の言葉は彼らに即座に受け入れられ、気持や考えを伝えることができたように思う。それでは、締め括りの言葉を申し上げよう。

もしここで希望を述べさせてもらえれば、私としては、フランスこそ、他に色々することがあるにしても、形の純粋さと思考の厳密さによって際立った本物の芸術、最高の、最も繊細な文化の伝統が保存される受け皿となり、殿堂となって欲しいと思う。観念の産物の中で最高のもの、いかなる制約も受けなかったものを、すべて、フランスが受け入れ、保存して欲しい。私が祖国に望むことはそれだ。

おそらく状況は極めて困難だろう。経済も政治も、物質的にも、諸々の利害や神経に関わる各国の内情も大変で、嵐が来る前触れのようで、不安が掻き立てられる状況である。

まあしかし、私のつとめは問題を指摘するところまでである。

「精神」の戦時経済

人間がしたことのすべて、人間を人間たらしめた一切のこと、それは当初の目的として、初期条件として、蓄えを持つという観念および行為を前提にしていた。余暇のための蓄えである。余暇は夢み、思考し、発明し、〔理性の〕閃きを発展させ、観察を組み合わせる。そこから人間の条件、我々と、内も外もひっくるめた、すべての事象との関係を変える様々な結果が生じたのである。

蓄えられた余剰物、乾燥させたり、燻製にしたりした魚や肉、——自由な時間に生み出された物質的な蓄えは、生存を脅かす危険性を縮小し、未来予測を喚起する。物質的な蓄えが知識の蓄えを作り、収蔵することを可能にする。我々は次第にその蓄えを糧にして生きるようになる。生きるためにますます沢山の蓄えが必要になる。現代人とは何か？　現代人とは、生きる手段が、日々増大していく膨大な量の知識の保存・再生・更新と緊密な関係にある人間である。

しかし、知識に関しては、知識を固定したり、操作したりする機材の集積、あるいは、知識を与えたり、利用したりできる人間の養成だけでは不足である。知識の創造は、そうしたものだけではできないからだ。知識はそれを増大させる生きた条件が整ったところでなければ、十分に蓄積されないのだ。知識は、知識を拡大し、変化させ――時には批判し、最も堅固に見える部分も、筋を通して、壊すことができる人たちがいないと衰退する。知識は増大するか衰退するかのいずれかである。知識は自由な精神においてしか増大し得ない。自由な精神とは始めから自分に厳しい制約を課すことができる強さを持った人のことである。放っておけば、次第に盲目的かつ無分別な実践へ退行してしまう危険があるので、自由な精神とは、精神をあらゆるものの上位に位置づける情熱や精神の普遍的自由を標榜する心性と不可分である。精神の普遍的自由が個人の自由を要求するのである。

それでは、我々の近辺、周囲を眺めてみよう。戦争がある。近代戦とは、国民の持てるものすべてを、あらかじめ、戦争遂行のために投入して、敵国の物質的蓄えを壊滅させることである。この点から見れば、戦争の進展とは、秤の均衡の推移に比せられるべきもので、時間の進行と共に皿の分銅の大きさが変わるのである。他の要因もあるだろう。しかし他の要因が同等なら、すでにこうした比較において我々が優位に立っていることは明らかである。そしてその幸運なる優位は時と共にゆるぎないものになっていくだろう。

そこで本題となる。本題とは戦線の両側における知性の蓄えについて考えることである。

敵側については、彼らの精神に関する政策は極めて限定されたもので、十年前から、知性の発達を抑制し、純粋知識の探求をおとしめることに血道をあげ、そうした探求に携わる人々を圧迫するために、時には苛酷な対策を取ってきたことを我々は(そして世界中が)知っている。そのため、大学のポストや研究所にいたるまで、知的に秀でた独立独歩の研究者を犠牲にして、偶像崇拝者を優遇したり、芸術や科学に対して、仰々しい演説や恐怖心の上に築かれた権力の追求する功利的目的を強要したりする。かつて彼らの国の最大かつ至純なる栄光の対象であった大学まで、警察まがいの党の掌握するところとなった。学生たちは政権の傀儡、でなければ、党の奉仕者にされてしまった。国是として、かの地では、明確かつ唐突に、もっぱら国の教条に奉仕しないような思想の自立性や尊厳は認められないと宣言された。

以上述べたことは疑念の余地がない事実であって、ドイツは数年の間に、自身の政府によって、自らの知的創造と再生の《潜在力《ポテンシャル》》をほとんどすべて破壊されてしまったのである。権力への意志と自尊心に酔う人々が一方にいて、片や、集団的従属の屈辱を味わわされ、恐怖によって支配され、口をつぐまされた人々がいる。ドイツ国民はそういう辛酸をなめたのだ。

しかし我々西欧グループは思考する個人の抹殺も、かかる個人のロボットによる代置も、何か特定された必要のために理由もなく無際限に奉仕を強制されることも許容しない。我々は国が採用する方法にはそれに適合したタイプの人間が作られることを知っている。したがって、我々はプロシアのシステムがドイツに強要したようなタイプの人間をうらやましく思わない。ドイツはそういうタイプを全ヨーロッパに強要しようとしている。その過度の規律の強要が理想とするのは全員の服従であろうが、我々の感情と力はそれに対抗するために立ち上がった。我々の蓄えの中で、私が話題にした知力の蓄えは大事なもので、おろそかにしてはならない。今後、それは非常に重要になってくるであろう。戦争が終わったあと、とくに貴重な存在となるだろう。文化的に恐ろしく貧窮し、長期にわたって自由な哲学や純粋科学、無私の芸術や文学、真率な宗教活動などを奪われ、精神的栄養失調になったヨーロッパの半分に対して、我々西ヨーロッパの国々、フランスや英国が、決然として、精神の自立を守るために団結し、断固として戦うとしたら、そのことが将来どういう意味を持つことになるか考えてみなくてはならない。両国はともに、人類の価値はすべて、――人間がしたことのすべて、人間を人間たらしめるすべて、――自由な精神が総合する諸々の生きた、普遍的な条件があってこそ存続し得る、すなわち、成長し得るものであることをよく理解している。

地中海の感興

今日は、皆さんを前に、打ち明け話をしなければなりません。個人的なことをお話するわけです。といっても人がそれぞれ心の裡に秘めているような秘密を暴露するということではありません。今日お話することは、精神形成期において、私の生と感性がこの地中海とどのような関わりを持っていたかということにすぎません。地中海は、幼少期から、つねに目に触れ、あるいは、精神に浮かぶ存在でした。お話するのはいくばくかの個人的な感慨と観念——こちらの方は恐らく一般性を持った——についてです。

それでは私自身の誕生の話から始めましょう。

私はある港町に生まれました。それは湾の奥、一つの丘の麓にできた中くらいの規模の港町です。丘を構成する岩塊が周囲の海岸線と切り離されているので、両側の砂州——アルプスの礫土を、ローヌ河の河口から、西へ推し戻すいくつかの潮流によって、そこへ絶えず土砂が運ばれてきます——が岩塊をラングドックの海岸に繋ぎとめていなかったら、そこは島になっていたことでしょう。丘は海と広大な池の間にそそり立って、南仏運河《カナル・デュ・ミディ》はその中に始点——あるいは終点——を持っているのです。丘の麓の港は多くの停泊区と運河からなっています。そしてそれらの運河が池と海をつないでいるのです。

私が生まれたところはそういうところです。無邪気な言い方をするならば、私は自分が生まれたいと思うような場所に生まれたといえるでしょう。私は人生の目に触れた最初の印象が海と賑々しい人々の活動であったことを幸せに思います。私にとって、港を見下ろすのに恰好なところにあるテラスやバルコニーから眺める光景ほど素晴らしいものは他にありません。見事な海洋画の画家ジョゼフ・ヴェルネ[1]が港のさまざまな仕事と呼んだものを、私なら、毎日眺めていても飽きることがないでしょう。港が見晴るかせる特権的な場所から眺めると、うっとりするような沖合と海の隔てない平明さが視野にとらえられる一方、すぐそばで営まれている人々の生活、取引したり、組み立てたり、操作したりする仕事振りも目に入ります。視線は、刻一刻、永遠に原初の姿のままの、手つかずの、人の力が及ばない自然、つねに歴然たる宇宙の力に支配されている自然に立ち戻り、太古の人々が目にしたのと同じ光景を享受するのです。しかしその同じ眼差しが、陸地の方へ転じられると、たちまちそこに、岸辺を飽かず変形する時間の不規則な刻印、それに呼応してなされた人間の仕事の刻印に出遭うのです。幾重にも積み重ねられた建築、使用されたさまざまな幾何学的形象、直線、面あるいは弧、それらが自然の形象の無秩序や偶発性に対置されるさまは、あたかも、そそり立つ尖塔や塔や灯台が、地質学的自然の陥没や崩落に対して、人間の構築的な意志、意志的かつ反抗的な仕事ぶりをぶつけてみせるのと同じです。

かくして目は人間的なものと非人間的なものの双方をとらえるのです。それはまさにかの偉大なるクロード・ロラン(2)が感得し、見事に表現したものに他なりません。彼は、この上なく高貴な様式で、地中海の大きな港の秩序と理想的な輝きとを顕揚しました。ジェノヴァ、マルセイユ、ナポリなどが活写され、背景となる建築、土地の形状、海の展望などが演劇の舞台さながらに組み立てられ、舞台ではただ一人の登場人物、すなわち**光**、が立ち回り、歌い、時に死ぬのです！

今お話した丘の中腹に私の中学校はありました。私はそこでラテン語の手ほどきを受け、名詞のバラの格変化「ローザ rosa……」を、格別いやな思いもせず、習いました。

そして第四学年の終わりに、後ろ髪を引かれる思いで、転校したのです。学生数がとても少なかったので、みんな大いに自尊心をくすぐられました。私たちのクラスは四人でしたから、単純な確率計算で、何の努力をしなくても、四回に一回は、私が一番でした。哲学の授業は、さらに幸せなことに、二人だけでした。一人は、必然的に、一等賞ですから、もう一人は二等賞です。他にどうしようもないですね。しかし、公平性を保つために、二等賞になった生徒は作文で一等賞をもらうことになって、そうすると（もちろん）残りの一人が二等賞です。とまあそんなふうで……軍楽隊の音楽に合わせて、順繰りに、みんな褒章や金文字の本をもらって表彰台から降りてきたものです……。

コルネイユは危険なしに栄光はないと言っています。

危険なしに勝っても、勝利に栄光はない！(3)

しかしコルネイユはまちがっています。単純なまちがいです。栄光は努力とは関係ありません。努力は一般に目に見えません。栄光とは演出の問題にすぎません。

この中学校には他にない魅力がありました。複数ある校庭から町と海が一望できるのです。下から順に小校庭、中校庭、大校庭となっていて、上にいけばいくほど広くなっています。人生ではそうはいきませんね！　校庭で遊んでいる私たちにとって、見世物にはこと欠きませんでした。というのも陸上の町と海の間には、毎日、何かしら起こったからです。

ある日、この眺めのいい校庭から、私たちは港の常連の客船や貨物船の見慣れた煙とは違う、はるかに濃く、広範囲に広がった、とてつもない煙が空高く立ち上るのを見ました。正午の鐘が鳴って、教室の扉が開くや否や、通学生の子どもたちは、一団となって歓声を挙げ、埠頭の方へ走っていきました。埠頭には、何時間も前から、野次馬が集まって、一隻のかなり大きな船が燃えるのを見ていました。船はすでに停泊区から引き出されて、かなり離れた突堤を背にして燃えるにまかされていました。炎が、突然、檣楼まで駆け上り、マストが船倉で燃えさかる火で根元から折れ、索具もろとも、がらがらと崩れ落ちました。その一方、巨大な一束の火花が噴出して、物凄い音が風に乗って我々のいるところまで聞こえてきました。お祭しの通り、少なからぬ生徒が午後の授業はお休みにしました。夕方近くになって、その立派な三本マストは黒々とした船体を遠目には何事もなげに見せていましたが、その実、内部は、坩堝《るつぼ》さながら、白熱した塊となって、宵闇がせまると共に、赤々と燃えているのが見えるようになりました。最後には燃え尽きた船を沖に曳いて行って、海底に沈めました。

別の時には、毎年やってきて沖合一海里のところに停泊する艦隊の到着を見物したものです。当時の戦艦というのはおかしな船でした。リシュリュー、コルベール、トリダンなどと呼ばれていた装甲艦ですが、船嘴《せんし》は鋤の刃状で、艫《とも》には鉄板のペチコートがついていて、艦船の旗の下には、海軍提督のお立ち台がありました。それが、我々の羨望の的でした。それらの船は不恰好で威圧的、帆柱も複雑で大仰なものでした。そして、舷墻《げんしょう》には、往時の習慣で、乗組員の背嚢がすべてぶらさげられていました。艦隊からは、旗で飾られ、武装された、目のさめるような小艇が陸を目がけてやってきます。士官用の小艇は飛ぶような速さです。六列か八列の見事に揃った櫂さばきは、輝く翼さながら、太陽に向かって、五秒ごとに、キラリと閃光を発し、眩《まばゆ》いしずくを撒き散らします。後ろには、泡立つ海面に、艦旗と深紅の縁取りの青い敷物の裾が吹き流しになっています。黒地に金糸の制服を着た士官たちはその敷物の上に座っているのです。

こうした壮麗な見世物は多くの子どもたちの海軍士官への夢を育みました。しかし、盃と唇の間、中学生の身分と夢みる海軍士官の輝かしい職務の間には、容易には越えられない障害物がたちはだかっていました。幾何学の不滅の形象、代数学の陥穽と体系的な謎、悲しい対数、サインとコサイン兄弟などに勇気を挫かれた者は多かったでしょう。彼らは海と自分、夢みた海軍と現実の海軍との間に、黒板のボードが(乗り越えがたい鉄のカーテンのように)厳しく立ちはだかるのを、絶望の思いで、見るのでした。そうなると、あとは、沖を悲しく眺めて満足し、目と想像力だけを働かせることで、不幸な結果に終わった海軍士官の夢を文学や絵画に差し向けることになるのです。というのも、文学者や画家になるのだったら、そう難しいことはなさそうなので、最初は、気持さえあれば足りるのではないかと思うからです。それを最初から疑って、形の定まらないさまざまな困難を自分に課すような人は、もともとそうした才能を持った人に限られるのです。そこには教科《プログラム》も競争試験《コンクール》も存在しません。

こうした夢想家たち、詩人や画家の卵たちは、海が惜しみなく与えてくれる印象で満足していました。海は出来事に富み、さまざまな形象や非日常的な企図を不断に創出し、ヴィーナスを生み、幾多の冒険に魂を吹きこむ源泉です。私が若かった頃は、「歴史」は海で作られたと言えるでしょう。私たちの漁師の舟は、大部分、舳にフェニキア人の小船が掲げていたのと同じ紋章を掲げていますが、舟そのものも、古代人や中世人が使っていた舟と違いません。時々、黄昏時に、私はそうした漁師のがっしりした舟が、獲ったマグロを満載して、帰ってくるのを目にしたものです。私は不思議な感慨に襲われていました。空は澄みきって、底がバラ色に燃えあがり、紺青は天頂に近づくほど緑がかっていました。海はすでにかなり黒ずんでいましたが、砕けた波頭は異常なほど白いのです。東の方、水平線のやや上に、塔や城壁の蜃気楼が浮かんでいました。エーグ＝モルト[4]の幻影です。初めは船団のラテン帆の尖った三角形しか見えませんでした。やがて近づいてくると、船に満載されたマグロの魚体が重なりあっているのが見えました。強壮なこの魚は、多くが人間くらいの大きさで、てかてか光って、血塗《ちまみ》れになっています。私には戦闘で死んだ兵士を岸へ運んでくるような光景を想わせました。それはまさに叙事詩的な壮大さを持った一幅の絵のようで、私なら「十字軍からの帰還」と名づけるところです。

しかし、そうした高貴《ノーブル》な見世物とは別の、これからお許しをいただいてお話するような、凄絶な光景が出現することもありました。

ある朝、数百匹の大きなマグロが獲れた豊漁の翌日です、私は海へ泳ぎに行きました。

すばらしい朝日を楽しむために、最初、小さな突堤の上を歩いて行きました。ふと目を下にやると、数歩先の、あくまで穏やかな、透きとおった海水の底に沈んだ、恐ろしくも華麗なる混沌物《カオス》が目に飛び込んできました。私は震え上がりました。吐き気を催す赤みを帯びたもの、微妙なピンク色をした、あるいは、不気味な深紅色をした堆積物が横たわっていたのです……漁師たちが海に棄てたネプチューンの家畜の恐ろしい臓物の堆積だということが、嫌悪感と共に、判明しました。私は自分が見たものから逃げることも、耐えることもできませんでした。というのも、この死体置場が引き起こした嫌悪感は、私の内部で、その有機的な色彩の混乱の生々しくも特異な美の感覚とせめぎあっていたからです。幾多の腺がからみあって作られたおぞましい賞牌、その賞牌からはまだ血煙が上がっていました。さらには白っぽい、ゆらめく嚢《のう》が透明な水の中で何だか分からない紐でつながれていました。極めて緩慢な動きをする波が、静かな水の厚みを通して、この殺戮の現場にかすかな金色のさざなみを送っていました。

目は魂が嫌悪するものを愛好するのでした。嫌悪感と好奇心、逃げ腰と分析との間で、私は一人の極東の絵師、例えば北斎のような才能と好奇心を持った人がこういう光景をまのあたりにしたら、どういう絵を描いただろうかと考えました。

どんな浮世絵を、どんな珊瑚色のモチーフをものしたろうと！　それから、私の思いは古代の詩に出現する残酷で、血腥い場面に向かいました。ギリシア人はこの上なく残虐な場面を喚起することをためらいませんでした……英雄たちの活躍は肉屋さながらの残虐さです。神話、叙事詩、悲劇は血だらけです。しかし芸術はおぞましい臓物を包み込んだ静かで透明な水の堆積のようなものです。芸術は我々にすべてを凝視できる眼差しを可能にしてくれるのです。

若き日の海の印象を話し出したらきりがありません！……　港の波止場でかつての私を楽しませ、引き付け、魅了したものすべてをいつまでもお話しているわけにはいきません。今ではほとんど姿を消してしまった昔の船について、長々とお話するわけにはいきません。蒸気や重油の出現によって消滅してしまった昔の船、例えば、オリエンタルな優雅さを形に秘めたシベック船があります。シベック船は舳《へさき》がひょろ長く、奇妙な形をしていて、先端に羽みたいにピクピク動く、とても長いアンテナを持っています。かつて我々の海岸へ来て奥方や姫君をさらっていった時代に、サラセン人やバーバリ人が(5)乗っていた船と同じ形をしていたに違いありません。私が見たシベック船はもっぱら珍しい商品を運ぶ輸送船でした。船体は鮮やかな黄色と緑色に塗られ（原色の謳歌）、甲板にはポルトガル産のレモン、バレンシア産のオレンジが色鮮やかなピラミッド状をなして積まれていました。そのまわりには、静かな青い海に、船縁《ふなべり》から落ちた、あるいは、投げ捨てられた黄や赤の果物がおびただしく浮いていました。

さらにここで波止場の空気を匂いの百科事典、匂いの交響曲にしているところの、石炭、タール、アルコール、魚スープ、醱酵した藁や椰子油《コプラ》などの匂いがブレンドされた複雑な味わいについて冗言を費やすことも控えましょう。それら種々の匂いの発生源は我々の連想をさまざまに刺激し、先を争って支配しようとするのです……。

色々思い出を語ってきましたが、ここで、具体から抽象へ、事物の印象から思考へと矛先を転じてみましょう、――そうすると、喚起すべきは、より単純にして、より深い、より完全な感覚、色や匂いに対する存在の全体感覚ということになりますが、それはイメージや形容詞に対する言述《ディスコース》自体の形や構成に相当するものです。

そうした一般的な感覚とはどういうものでしょうか？

ここでみなさんに告白しますが、私は海水と光の横溢《おういつ》する中で、めくるめくような体験をしたことがあるのです。

私がしたこと、私の唯一の役まわり、最も純粋な演技とは、すなわち、泳ぎでした。私はそれを一種の詩に書いたことがあります。それは無作為の詩と私が呼ぶものです。というのも、それは結局のところ詩句に構成され、完成するところまでいかなかったからです。それを書いたときの私の意図は、泳ぎという行為を歌うことではなく、その行為を描写することでした——二つのことはかなり違うことです、——結果として、それは唯一つ主題の持つ力によって、詩に接近したのです。泳ぎは自力で自分を支え、詩的感興に包まれて運動したのです。

泳ぎ

《この普遍的な水に戻ると、私は自分を取り戻し、再確認するような気持になる。畑の刈入れや葡萄の収穫について私は何も知らない。「農事田園詩」les Géorgiques(6)が私に訴えるものは何もない。

しかし水の堆積《マス》と運動の中に身を投じ、項《うなじ》から足指まで、隅々まで体を動かすこと、その純粋かつ深甚な物質の中で転々とすること、神妙なる苦味を口に含み吹き出すことは、私の存在にとって、愛戯にも似た行為、私の全身がことごとく記号や力となる行為だ。それは一つの手が開き、閉じ、語り、運動するのと同じだ。ここにおいて、体は一丸となって己を与え、取り戻し、自覚し、消費し、可能態を汲み尽くそうとする。体《かれ》は海水《かのじょ》を掻きまぜ、捕まえ、抱きしめようとする。昂揚した生命感と自らの奔放な運動に我を忘れて、彼女を愛し、彼女を所有し、彼女と一緒になって幾多の奇妙な観念を生み出す。彼女によって、私は自己実現を果たす。私の体は精神直属の道具となるが、その精神に生起する観念の作者は体である。

すべてが私にとって明らかになる。愛が場合によってはどのようなものになり得るかということを私はしみじみと理解する。実在するものの横溢！　愛撫は認識である。愛の行為は作品のモデル足り得るだろう。

だから、泳ぐのだ！　おまえに向かってくる波、おまえにぶつかって砕け、おまえを巻きこむ波へ頭からつっこめ！

しばしの間、私はもう二度と海から出られないのではないかと思った。海は私を拒絶したかと思えば、ふたたびその抗いがたい襞の中に抱きこむのだから。私を砂浜に吐き出した大波は、引き際に、砂を巻きこんで、私を道連れにした。腕を砂につきさしても無駄だった。砂は私の体もろとも海へ引きずり下ろされた。

なおもがいていると、もっと強い波がやってきて、波打ち際に私を漂着物のように投げ出した。

とうとう私は広大な浜辺を歩き出す、身震いしながら、潮風を胸いっぱいに吸いこんで。それは強い南西風だった。波を横からあおって、巻きあげ、皺を寄らせ、三角波を作り、小波の大群を生みだす。小波はやがて沖から白く泡立つ防波堤へと運ばれてくる。

幸福感に包まれ、裸足で、この上なく薄い波に絶えず磨かれた鏡面さながらの砂上を、私は憑かれたように歩いていく。》

…………………………………

さて打ち明け話に続けて、いま少し高尚な話をしましょう。

港、船、魚、匂い、泳ぎといったことは前奏曲にすぎません。今度はこの故郷の海が私の精神に及ぼしたより深い作用について述べたいと思います。こういう問題では正確を期すことは困難です。影響という言葉を私は好みません。影響とはある種の無知ないしは仮説を指しているにすぎず、批評家たちはその言葉に大きな役割を与えすぎ、都合よく使いすぎているように思います。私は私の思うところを申し上げるだけです。

たしかに、「海」、「空」、「太陽」といった三つか、四つの神への無意識の賛歌に捧げられた、一見気散じに過ぎないように見える、こうした教科外の経験ほど、私を作り、育み、教え——あるいは構築し——てくれたものはありません。私はそれと知らずに何か原初的な驚きや高揚感を学んでいたのです。幼少期に味わったような豊饒な驚き、凝視と共感の経験を味わわせてくれるような書物や作家が存在するかどうか、私は知りません。どんな読書、どんな詩人、どんな哲学者よりも、先入観や既存の知識をもっては測れないある種の眼差し、日々の純粋な構成要素への注視、我々の実存空間の中にある最大のもの、最も単純で、最も力強く感性的なものに対する瞠目、さらには、あらゆる出来事、あらゆる存在、あらゆる表現、あらゆる細部を、意識せず、自然に——目に見える最も大きなもの、最も確実なものに関連づける習慣、そうした諸々のことを学ぶこと、それこそが、何にもまさって、我々を作り、我々に我々の本質の真の偉大さを、とくに努力したり反省したりすることなしに、分からせ、悟らせてくれるのです。かくして我々は我々の内に、問題なく、我々を最も高い境地、最も《人間的な》境地へ導く筋道を見つけるのです。我々は、ある意味で、万物と我々を測定する一つの尺度を持っているのです。人間は万物の尺度であるというプロタゴラスの言葉は優れて地中海的な特徴を帯びた言葉だと思います。

彼は何を言いたかったのでしょう？　そもそも測るとはどういうことでしょうか？　それは計測する対象に人間の行為の象徴を代置することではないでしょうか？　その行為の単純な反復で対象の大きさを知ることができます。人間が万物の尺度であるということは、世界の多様性に対して、人間の力の集合あるいは群を代置するということ、それはまた、我々の生の瞬間の多様性、我々の印象の流動性、我々個人の、局所的で断片的な生を営みつつ、その中で、言わば専門化されている各個人の特殊性に対して、一つの**自我**を代置することなのです。それが多様性を要約し、差配し、内包するのです。それは法が内に個別ケースを含みこんでいるのと、また、我々の力を感じる気持が我々に可能なあらゆる行為を内に含んでいるのと同じことです。

我々はそうした普遍的自我の存在を感じています。それは無数の条件や偶然の要素が一堂に会していることによって決められた我々の偶発的人格とは違うものです。というのは(告白すれば)、我々の中の多くのことは籤引きで決められたような偶然の産物だからです！……　しかし我々自身にそれを感じる力があるときには、我々は普遍的自我の存在を感じているのです。それには名前も履歴もありません。その普遍的自我にとって、観察可能な我々の生、我々によって受け止められ、リードされ、あるいは、甘受された生などというものは、自らが引き受けることができたかもしれない無数の生の中の一つに過ぎないのです……。

申し訳ありません。興にのって、話が遠くまで行きすぎたようです……ただこれを《哲学》だと思わないで下さい……私は残念ながら哲学者ではありません……。話が遠大になったのは、海を見るということは、すなわち、可能態を見ることだからです……可能態への眼差しとは、それ自体はまだ哲学ではありませんが、哲学の萌芽というか、哲学の誕生する瞬間に恐らく関係しているのです。

哲学的思考はどんなふうにして生まれ得るものか、少し、考えてみて下さい。私としては、そういう問題を自分に問うた場合、私の精神は、たちまち、どこかの素晴らしく明るい海へ私を誘っていきます。そこには、最も一般的な思想、最も包括的な問題がその中で胚胎するところの、感覚の原初的要素、心理状態の要素(あるいは養分)がすべて揃っています。光と広がり、無為と律動、透明性と深淵……すべてがそこにあります。我々の精神はそこで、そうしたあらゆる自然条件が整い、調和する中に、まさに知識のあらゆる特質、属性の所在、すなわち、明晰性、深遠性、広大さ、節度などを感得し、発見するのです！……　精神が目にするものが精神に何を所有し、何を希求すべきかを教えてくれるのです。海を眺めることで、個物が満足させてくれるような欲望は束になってもかなわない、はるかに大きな欲望が生みだされることがあるのです。

精神はまるで普遍的思念に誘《いざな》われ、開眼させられたようになります。みなさんを難しい問題へ引きずりこむつもりはありません。周知のごとく、我々の抽象概念はつねにこうした個人的・特殊的体験の中に起源を持っているのです。最も抽象的な思念を表す言葉は、すべて、最も単純かつ平俗な用語の中から選ばれています。それらの言葉を用いて哲学をして、あらぬ道に引き込んだのは我々です。世界mondeという言葉の元のラテン語は単純に《装飾物》parure(7)を意味する言葉だったということをご存知ですか？もちろん、仮説、実体、魂、精神、観念といった言葉や考える、理解するといった言葉は、置く、入れる、つかむ、息を吐く、見る、といった基本的な動作を表す言葉から由来することはご存知でしょう。それらの言葉が、少しずつ非日常的な意味や響きを荷うようになったり、あるいは、逆に、次第に贅肉をそぎ落とされ、一切の制約から解放されて、まったく自由に、組み合わせて使えるようになったりしたのです。考える

penserという言葉の中には、もはや重さを量るpeserという概念は存在しません。また、精神や魂という言葉によって、呼吸が示唆されることもないでしょう。こうした言葉の歴史をたどると分かる抽象表現の由来は我々の体験の中に再発見されるのです。空、海、太陽、――私がさきほど日々の純粋な構成要素と呼んだところのものは、――瞑想する精神に対して、無限・深淵・知識・宇宙といった概念を示唆し、採用させるのです。そうした概念こそ、つねに、形而上あるいは形而下の思弁のテーマとなるものであり、私の見るところ、そのごく単純な起源は横溢する光や広がりや流動性の中に、そこから不断に受ける荘厳・全能の印象、時には、神々の気紛れや怒り、自然の力の破天荒ぶりを感じることにあるのです。自然は破天荒になっても、最後には、必ず光と和が復活し、勝利して終わります。

今、太陽の話をしました。みなさんは太陽を凝視したことがありますか？　おすすめはしません。私は、我が英雄時代に、何度か試みて、あやうく目がつぶれるところでした。しかし、繰り返しますが、みなさんは直接触れる太陽のすごさを考えたことがありますか？　私が言っているのは、天体物理学者の太陽とか、天文学者の太陽とか、地上の生命を育む主要な媒体としての太陽とかではなく、単純に、感覚としての太陽、至高の現象としての太陽とそれが我々の観念の形成に及ぼす作用についてです。我々はこの輝かしい天体のもたらす効果についてけして考えないのです。この天体の存在が原始人の魂にどのように受けとめられていたか考えてみて下さい。我々が見るすべてのものは太陽によって創られています。創られているという意味は、目に見える事物のある秩序とその秩序のおもむろな変化のことです。その変化こそ我々が一日の間に目にする光景のすべてです。太陽は闇を支配すると同時に時空にその存在を現し、天球の輝く部分と不断に支配的な時間とを代表するものです。そうした太陽は原始人の思考に超越的な力のモデル、唯一神のモデルを与えたに違いありません。それに、この比類なき物体、正視できない白熱状態の中に身を隠しているこの物体は、科学の基本概念においても、明らかな、重要な役割を演じてきたのです。太陽光線によってできる影を考察することによって、幾何学の出発点が与えられたのだと思います。射影幾何学です。空が永遠に雲に閉ざされていたら、そうした発想は生まれなかったでしょう。時間を測るようなことも、影の移り変わりを使って考案された別の古代の発明も存在しなかったでしょう。グノモンと呼ばれる強大な、宗教的・科学的・社会的性格を兼ね備えたモニュメント、すなわち、ピラミッドやオベリスクほど古く、かつ、賛嘆すべき物理的道具はありません。

太陽がすべての上に立つ全能の観念、自然の秩序と統一の観念を導き出したのです。空の澄明さ、くっきりとした明るい水平線、優雅な海岸線は、単に生命を魅きつける力の一般条件、文明を発展させる力の一般条件であるばかりでなく、思考とほぼ同じ働きをする知的感受性の刺激要素でもあるのです。

さてこれまでお話してきたすべてを要約し、私自身にとっても、《私の地中海的経験》と呼ぶところのものの結論となる主要観念について述べるときがきました。それは、結局、かなり広く認知されている観念ですから、私はそれをいささか敷衍して示すだけです。すなわち、地中海は、その特殊な物理的性格ゆえに、ヨーロッパ精神あるいは歴史的ヨーロッパを涵養する上で大きな役割や機能を果たしてきたということです。ここで歴史的ヨーロッパというのは、ヨーロッパあるいはその精神が、人類世界全体を変えたことを言います。

地中海の自然、地中海が提供する資源、地中海が決定し、受容させる諸関係、それこそ数世紀の内に、ヨーロッパ人を他のすべての人種から、近代を他のすべての時代から、かくも鮮明に区別するにいたった驚くべき心理的・技術的変化をもたらしたものです。

方法を精度高くする道へ、精神の力を周到に使って現象を確実に誘導する道へ、最初に敢然と踏み出したのはヨーロッパ人なのです。彼らは人類を現在我々が生きている驚くべき冒険へ引き込んだ者たちです。そしてその冒険が今後どのようなものになるかについては誰にも予測がつかず、その最大の特徴――恐らく、最大の懸念――は我々の生の初期条件、自然条件からの乖離がどんどん進行していくという点にあります。

こうした人類全体に及ぶ変化に地中海が果たした役割は、いくつかのごく単純な理由によって、説明がつきます。（あくまで説明がつく限りにおいての話ですが。）

我らが海はまことに便利な形状をしていて、岸辺の任意の一点から別の一点へ到達するには、せいぜい、数日の沿岸航海あるいは陸路の旅ですみます。

三つの《部分的世界》、非常に異なった三つの世界がこの広大な塩水湖をふちどっています。東部には沢山の島がありますし。潮流というほどのものはありません、あるいはあっても、ほとんど無視できる程度のものです。空も長く雲に覆われているようなことはありません。航海には良い条件です。

そして、このある意味で人間の原始的な道具の水準に見合った内海は温暖な気候ゾーンにすっぽり包まれています。この地域は地上で最も気候に恵まれたところにあるのです。

沿岸には、極めて多種多様な人々が住み、多彩な気質、感受性、各種の知的能力が接触してきました。上述したごとく交通の便が良いので、人々はあらゆる種類の関係を培ってきました。戦争、交易、物・知識・方法の意識的・無意識的な交換など、そして、様々な血・語彙・伝説・伝統の混交がありました。長い年月の間に存在あるいは対立した民族的要素の数、習俗・言語・信仰・法律・政体の数が、いつの時代にも、地中海世界に比類のない活力を生み出してきました。競争(これは現代のもっとも驚くべき特徴の一つですが)は、地中海では、早い時期から、かなり激しいものでした。取引上の競争、勢力圏の張り合い、宗教間の競合。これほど多様な条件や要素がかくも接近し、これほどの豊かさが生み出され、絶えず更新されたところは、地球上のどこにもありませんでした。

ところで、ヨーロッパ文明の主要な要素は、すべて、こうした状況の産物から生まれたものです。すなわち、地域的状況が普遍的な関心や価値を持った(歴然たる)結果を生み出したのです。

とくに、人格の構築、人間性を最も完全・完璧に発展させるための理想の創出が、我らが沿岸で、試行され、実現されてきました。事物の尺度としての人間、政治の要素・都市の構成員としての人間、法によって定義された法的実体としての人間、神を前にしたときの、永遠の相の下に *sub specie æternitatis* 見たときの、万人平等な人間、そうしたものはほとんどすべて地中海の創作物であり、それが後代に及ぼした莫大な影響については改めて言うまでもありません。

自然の法にせよ、文明の法にせよ、法そのものが明確な形を持つようになったのは、地中海精神によってです。意識的に訓練され、方向づけられた言葉の力がこれほど十全かつ有用な形で展開されたところは他にありません。論理的に整序され、抽象的真理の発見に使用される言葉、その言葉で幾何学の世界や法治主義が可能な世界が構築されたのです。あるいはまた、権力の獲得や保存のために欠かせない政治的手段、正当なる道具、すなわち広場《フォーラム》の主役を担ったのも言葉です。

数世紀のうちに、この海の周囲に住む人々の中から、この上なく純粋なものを含む、この上なく貴重な知的発明が生まれたことはまことに驚くべきことです。科学が経験主義や実践の域から脱皮し、芸術が当初の象徴体系の殻を脱ぎ捨て、文学が独自の領域を確立し明確なジャンルに分かれたのも、哲学が世界や自分自身を可能な限りほとんどあらゆる仕方で考察したのもここです。

こんなに狭い空間で、こんなに短時間で、人々の精神のこれほどの醸成、これほどの富の生産が行われたことはかつてなかったし、また、どこにもなかったことです。

オリエンテム・ウェルスス

私は観念の亡霊、思想の大風呂敷、意味が精神の眼から逃げ隠れするような言葉は好きではない。漠然とした事物には我慢がならない。これは一種の病気、特殊な苛立ちであって、生とは対立する。なぜなら、生とはあいまいさなくしては存立不能なものだからだ。生をとりまく状況はあくまで多様で偶発的だから、どんな厳密さも受け付けない。出来事は予測不能であり、予測不能こそ世界の最も確実かつ不変の法則であって、それは我々自身が作られている組織のなせるわざである。そういうわざがあるから、生体は偶発的な出来事のただ中で存続することができ、脳髄は言い直しや矛盾した物言いができるのだ。

しかし私のそうした厳しい気持が緩んで、様々な言葉に気が取られてしまうことがある。それらの言葉は不正確で解釈の幅も無際限で、私の心をとらえ、そこに稀代の豊饒さ・深遠さが隠されているような錯覚に陥らせる。だから私はその魅力を拒まないように心する。したがって、私はそれらの言葉に一切の重要さを認めない。深く考える対象から排除し、無為の時の慰みとするだけである。

例えば、**自然**という言葉は、名辞だけでも私を酔わせるが、その意味するところを知っているわけではない。**哲学**という言葉も、哲学については何も知らず、学派のことなど一切念頭におかずに聞けば、魔法のように思われるということを、敢えて、ここで告白してもいいだろうか？　哲学それ自体にはある魅力を感じるのだ。それは愛を知恵に、あるいは、知恵を愛に変える、(1)高邁《こうまい》で、物静かな人間の魅力である。

しかし、こうした正確な意味は不明だが、内に秘められた純然たる驚異の価値によって私の心を楽しませてくれる言葉の中で、**東方**《オリエント》という言葉は、私にとって、宝庫のような言葉の一つである。

私はここで極めて重要なことを一つ指摘しておこう。この言葉が人の精神にその全幅の効果を生み出すためには、その言葉が指示する土地に一、度、も、足、を、踏、み、入、れ、た、こ、と、が、な、いことが、何よりも、重要だということである。

その土地については、図像や伝聞、読書や物象《オブジェ》を介して、できるかぎり学識とは距離を置いた、不確かな知識しか持たないようにしなくてはならない。そうすれば、大いに自分に夢の素材を供することができる。それには時空を混在し、擬似的真実とゆるぎない嘘、瑣末なまでの細部と粗大に過ぎる観点とが混在していなくてはならない。

それが精神の**東方**《オリエント》である。

この**東方**《オリエント》という名前は、合理的に考えれば、もはや場所の方位の一つを意味するものでしかない。しかし、天地学《コスモグラフィー》がもっと人間的で、地球とは人の目に見えている限りのもの、太陽は日々まちがいなく海から出て来るものであった時代から、西欧諸国の人々は、力強く目にとびこんできて、視界を生成するこの神が昇ってくる方向に、あらん限りの驚異的なもの、奇妙なもの、独創的なものの在《あ》り処《か》を見ていた。蜃気楼というのは、渇望に大きく見開かれた目に現実に見える以上のものを映し出す光学的な現象である。しかし、**東方**《オリエント》に関しては、威光はまったくない。想像力が傾注されて、自分が見たいものを作りだそうと血道をあげるというのではない。その逆で、想像力は後退して、この上なく雑駁な直接記憶が提起するものを支持しようとしない。**東方**《オリエント》に向かう者は、そこから受け取る様々な名辞や図像に目を眩《くら》まされて、明確な形象やまとまった考えを抽出することが到底できないように感じるのである。

地球儀の上に、東経二十度と五十五度の間、北緯四十度と二十度の間の曲線で画された多角形を作ってみればいい。そうすることで、我々の眼前に一つの見事な東方《オリエント》が浮かび上がる。今日交易などの発展により、さらに広大な東方《オリエント》が定義されていることは分かっている。それは三段階になっていて、「近東」、「中東」、「極東」である。しかし今後は、どうして日本で止まる必要があるだろう？ 「極東」という言い方には不条理なところがある。相対的なものに極限はない。というわけで、私としては上述の地球儀の多角形を採用し、その地域の驚くべき特性に感心することにする。

世界のあらゆる学問、ほとんどすべての芸術、最も繊細な快楽から最も抽象的な知識にいたるまで、すべてが、地球上のこの地域の自然の産物のようなもので、それは葡萄や麦、バラやジャスミン、テレビン油やゴムを分泌する灌木、没薬《もつやく》や香《こう》についても同様である。最強の組織を誇る宗教、最も高度に知的な哲学が生まれたのもここだ。偶像崇拝は、ここに、途方もない荘厳と美の化身を創造し、厳密な思考は、ゆるぎない純粋な傑作を生み出した。ニネヴェ(2)からヴェネツィアまで、アテネからエスファハーン(3)まで、多くの輝かしい都市が、この地に、栄えた……。

この**精神の東方**は、陶酔した思念に、この上なく甘美な無秩序、この上なく豊饒な諸物の混淆を提供する。諸物とは、名辞、想像力の産物、出来事、神話時代やほぼ有史時代に属するもの、教説、作品や行為、人物や民衆……といったたぐいのものである。私は夢と現《うつつ》のはざまに身を置く。そこでは論理も年代学も、我々の記憶を構成する諸要素間の独自な引き合いや結合に介入しない。だからそれらの諸要素は瞬時の快楽のために合成され、そこから瞬時の、奇怪で、奇妙な、あるいは、魅力的な効果が生み出される。そしてそういう効果が生み出されると、反対意見や、馬鹿げている、強引すぎるといった感覚は起こる間もなく、たちまち分解され、姿を消すのである。

チンギス・カンの騎馬隊の襲来は宿命のエデンの園を蹂躙する。その果樹園の不吉な二本の木はあらゆる忌まわしい徴を帯びた木々を想起させる。たとえば乱暴者アブサロム(4)の髪の毛を捕らえて逃亡を阻止した木、あるいは、「歴史」上、最も名高い裏切り者(5)が首を吊った木である。そして樹木から草花へ転じれば、エジプト人たちの「ロトス(6)」とパピルスが出現する。パピルスがカラーム(7)の近くに出現すれば、二つそろって、書きものを容易にする恐るべき道具となる……。

我が東方《オリエント》の「動物《フォーヌ》」は、その驚嘆すべき種類において、「植物《フローラ》」に劣らず豊かである。そのうちのあるものは、曖昧模糊たる古代の豪奢の中で、唯一無二の珍種である。トキ、オオヤマネコ、ネコ、笑うワニ、あるいは、アラビアのサラブレッド、ハヤブサ、疾走する砂漠のグレイハウンドからアキレスも追いつけなかったカメ(8)まで、枚挙にいとまがない。

何と沢山の恐るべき動物、あるいは、巧知な動物、ときには重要な使命を託された動物たちがいることか……不死鳥《シムルグ》(9)、鋭利な角の一角獣《ユニコーン》、この二つは装飾芸術の恰好のテーマとなっている。その肝油が、ヴィクトル・ユゴーの語るところによれば、「老トビーの盲いた目を治した」というバビロニアの魚(10)。胃袋の中に、預言者ヨナ(11)も船乗りシンドバッドも区別なく、多くの狼狽する乗客を飲み込んで泳ぐ巨大な鯨。アリオンのイルカ(12)、パラスのフクロウ(13)、そして言うまでもなく、議論し誘惑《そそのか》す「蛇(14)」、巫女《ピュティア》たちにからみつく蛇(15)、謎かけするスフィンクス、自分の愛を強要する「牡牛(16)」、「ロック鳥(17)」、オリンポス山の「鷲(18)」、「預言者」たちに食を供する「カラス(19)」、彼らが食する「イナゴ(20)」、アンドロメダ(21)を監視し、イッポリット(22)の死を招き、ペルセウス(23)に殺される竜《ドラゴン》や、ベレロフオン(24)、サン・ジョルジュ(25)、デュードネ・ド・ゴゾン(26)の手にかかる様々な「竜《ドラゴン》」……忘れるところだったが、アッシリアの恐ろしいライオン、ネメアのライオン[27]、クレタのタコ、そしてヒュドラ[28]、さらにスチュムパロスの怪鳥[29]……などというのもある。最後に、この鉄と火の時代[30]に関して、一つは、溺死させられた悪魔で膨満した豚の群れ[31]、もう一つは、暁の色をした、嘴にオリーブの小枝をくわえた鳩をどうして忘れられようか？　鳩はノアの箱舟から飛び立ち、和解した地上に、静かな日々の訪れへの希望、世界平和の幸福なる享受と寛容精神の普及への希望をふりまくのである。

以上に列挙した動物たちの数は、ユニークかどうかは別にして、使用頻度を掛け算する必要がある。なぜなら、詩、造形芸術、文献学、解釈学、考古学、宗教学、さらには自然科学、古生物学、動物学などが、それぞれの方法で、それらの動物と関わっているからである。

私がそれらの動物たちを引き合いに出したのは、ある一点に関して、思いつくままに想像の動物園について陳述することで、**東方**《オリエント》の多角形の中の生の信じ難い豊饒さを感じて欲しかったからである。上に引き合いに出した動物は一つならず神話の世界に属しているにも拘わらず、私は敢えて生のと言った。たしかに、「寓話」は「生」でないとしても、「寓話」の創造は「生」の力を最も力強く示す、「生」の一行為である。「寓話」の創造は、この上なく豊かな産物を生む自然のただ中にあっても、人間はそこに自分の創造物を加えずにはいられないことを表している。人間は鷲から翼を、ライオンから胴体を借用する。女性の上半身に魚の尻尾をつける。ロバや爬虫類に言葉を与える。様々な機械、武器、生物の知覚や防御のための器官を組み合わせる。つまるところ、人間は空想動物を創り出す固有の術を持っていて、望むならば、その術を取り出して、定義することもできるだろう。それは、我らが東方《オリエント》のいたるところで、何世紀にもわたって存在してきたようなケンタウロス(32)やケルビム(33)、グリフォン(34)やイルコセール(35)を創り出した術である。

しかし、こうした豊かな創造的彷徨を通して、常軌を逸した異形のものたちの中から、二つの系統が特権化される。産物の論理性と明晰性とがそれらの二系統を識別するのである。私が考えているのは、ギリシア芸術とアラビア芸術である。アラビア人たちは、根気よい作業の積み重ねによって、図形の構築を静かな錯乱の極限まで推し進めた。その原理はギリシア幾何学から学んだものだ。最も繊細な演繹的想像力が、数学的厳密さをイスラムの戒律の厳密さに見事に融合させて、アラベスク模様を創り出した。イスラムの戒律は、造形芸術の中に、存在の似姿を追求することを宗教的に禁じている。私はそういう戒律を好ましく思う。それは芸術から偶像崇拝を排し、だまし絵、逸話、信じ安さ、自然や生の偽装、——一切の純粋でないもの、創造行為でないものを排する。創造行為とは、潜在能力を開発し、自らの限界を画定し、自らが活用する機能の実際上の必要と自由だけから演繹された形象の体系を構築することを目指すものである。音楽では、言葉による自然音の模倣《アルモニー・イミタティーヴ》は二義的で粗野な技法と思われていないだろうか？　人間や事物を模倣し、描写し、表象する場合、自然をその創造行為において模倣するのではなく、自然が生み出した事物を模倣するのだとすれば、それはかなり違ったことである。もし自分を創造者（「自然」とは生産者の意である）になぞらえたいのであれば、まったく逆に、我々の感受性と行動の領域をくまなく探索し、諸要素の組み合わせを追求しなければならない。所与の事物・存在物はそうした要素の特異的な集合であり、極めて特殊なケースにすぎず、我々が見たり、考えたりし得る総体の一部と考えてしかるべきである。

「アラベスクの芸術家」は、裸の壁、あるいは、むきだしのボードを前にして、創造を促され、事物の記憶にたよることを禁じられているので、眼前の自由な空間、その砂漠を、何の似姿でもない形の繁茂によって埋めつくす。それはいくつかの点から始まり、いくつかの数の法則に従う。交差と射影を繰り返すことによって増殖し、果てしなく繁茂し、離れあるいは交わることができる。アラベスクの芸術家は自らが唯一の源泉である。彼は他者の精神に以前に宿ったイメージにたよることはできない。彼は何かを想い起こすことを期待できない。そうではなく、彼に課せられているのは、**何かを呼び起こすことだ**……。

私は彼を羨ましく思う……。

東洋と西洋

――ある中国人の本に書いた序文――

読んでしみじみするような本は滅多にない。本当に重要な本も少ない。したがってその二つがそろったようなものに出会うことはほとんどない。しかしながら、ありそうにないことはあり得ないことと同義ではない。たまには、魅力的な作品が世界の一時代のあかしとなるようなことが起こるのである。

私はこの作品の中に、この上ない淡色で彩られ、この上なく優雅な姿をした、大いに賛嘆すべき斬新な試み、神々への初穂の捧げものを見出す。作品は私に曙光を想起させる。一日の誕生という途方もない出来事を、移り行く色彩の濃淡で、仄めかし、告知する、あのバラ色の現象を。

ヨーロッパの人間と極亜の人間の精神、ひいては心を、直接、照応させる試みほど、新鮮で深甚な結果を産みだす可能性を持ったものがあろうか？　二つの世界の感情と思想の交流はこれまで存在しなかった。我々の間ではまだ誰もそうした交流を信じるものがいない。

中国は、ずっと長い間、我々にとって、別の天体であった。そこに住むのは我々の幻想が生み出した住人だった。なぜなら、他者を我々の眼に奇異に映るものに還元してしまうのは、この上なく自然なことだからだ。かつらを被り、色粉をはたいた顔、あるいは山高帽をかぶった顔は、辮髪をなびかせた顔を理解できないのである。

我々はこの途方もない人民に、支離滅裂に、叡智や種々の愚考を仮構している。弱点や持続性、ある種の無気力と驚異的な手先の器用さ。ある種の無知と、その反面の、抜け目のなさ、素朴さとその半面の繊細さ、それらはすべて比類のないものである。簡素かと思えば、驚嘆に値する洗練された事物がある。我々は中国を莫大かつ無力、創意に富むが足踏み状態にあり、迷信が横行するわりに神は存在せず、残虐な面がある一方で哲学的であり、家父長が統治しているようで腐敗している国だとみなしてきた。そして我々が中国について抱くこうした無秩序な観念に惑わされて、エジプト人やユダヤ人、ギリシア人やローマ人に関連づけて考えることが慣わしになっている我々の文明システムの中にどう位置づけていいのか分からないのだ。中国が我々に対してそう思っているからといって、彼らを野蛮人だときめつけるわけにもいかないし、かといって、我々が誇りに思っている高みにまで持ち上げることもできないので、我々は、中国を別の天体、別の歴史、現実的であると同時に不可解な、共存者ではあるが、けして交わることのない存在範疇に分類するのである。

我々にとって最も理解し難いのは、精神の意志が制約され、物質的な力の使用が抑制されることである。羅針盤を発明しながら、好奇心をさらに一歩進めて、磁気科学にまで注意をこらさないのなら、何のためか、とヨーロッパ人は自問する。また、羅針盤を発明しながら、海の彼方にある陸地を探索し支配するために、遠く艦隊を派遣することを考えずにどうしていられようか、とも考える。——火薬を発明した人たちは、化学を発達させることなく、大砲を作ることもなく、それを使って夜の虚しい遊びごと、花火に興じるだけだ。

羅針盤、火薬、印刷術は世界の様相を変えた。それらを発見した中国人たちは自分たちが地球の安眠を無際限に破ったことに気づいていなかった。

我々にとって、それは、言語道断だった。とことんやらないと気がすまない気質を最高度に持っている我々、そういう気質を少しも持たないことが理解できず、あらゆる利点や機会からこの上なく厳密で過剰な結果を引き出さないでどうしていられるのかと思っている我々にとって、それらの発明をとことん発展させることは必定である。我々の仕事は世界を身動きできなくなるほど狭くし、未知の事象の茫漠たる広がり以上に、自分で実際に知ることができる範囲の知識で、精神をとことん責めたてることではないか？

我々にとって、事象はつねにより強烈、より迅速、より厳密、より濃厚、より意外なものでなければならない。新鮮なものは、本質的に、腐りやすいが、我々にとって、新しいということは突出した価値なので、それがないと他に何があってもだめで、それがあると他に何もなくてもよいということになる。無内容で、軽蔑すべき、退屈だなどと批判されても、我々は芸術・風俗・政治・観念の領域でつねに先に行っていなくてはならないという思い込みに駆られ、驚きや衝撃による瞬間的な効果しか評価しないように慣らされている。何かすべきことが残っているかぎり、人はまだ何もしたことにならないと言ったカエサルや、「私は何でも二年後にどうなるかしか見ない」と書いたナポレオンは、存在する一切のものに対する不安感や不寛容を、ほとんどすべての白人種に伝達したように思われる。我々も彼らと同様、先行するものの自壊を利用しつつ、先行するものを破壊することなしには何も作り出さないことに血道をあげている。

注意すべきは、人によっては創造的だと信じているかもしれないこの傾向は、実際は、手法上、その逆の傾向に劣らず機械的な反応である。新しさをつねに求めることは、それだけ手数が省けることで、しばしば単純な安易さに堕す。

加速が明示的な法則になった社会と慣性が最も顕著な特性である社会の間では、諸関係は対称的《シンメトリック》にはなり得ず、両者の均衡の条件であり、真に平和な体制を定義するものである相互性は容易には成り立たないであろう。

もっと悪い場合もある。

人類にとって不幸なのは、異国の人々との関係が、共通の根を探したり、何よりもまず双方の感性の照応関係を見出したりするのには最も適さない人たちによって始められるという事実である。

異国の人々との接触はまず双方の最も無情な、最も貪欲な人たちによって始められる。さもなければ、自分たちの教説を押しつけるのに熱心で、そこが最初に挙げた人たちと違うところだが、与えるばかりで、受け取らない人たちによって始められる。両方とも交換の平等が目的ではない。彼らの役割は平和や自由、他者の信仰や財産を尊重することとはまったく無関係である。彼らのエネルギー、才能、叡智、献身は不平等を作り出し、利用することに傾注される。彼らは自分たちがされたくないことを他者に対してするが、そのためには力を尽くし、しばしば献身的な努力をする。ところで、熱心に人々を言いなりにしたり、誘惑したりするためには、意識的ではなかったにしても、場合によっては良心的なつもりであったとしても、人々を軽蔑しなくてはならない。始めに軽蔑ありきなのだ。そして軽蔑ほど容易に相手に伝染し、迅速に相互性が確立されるものはない。

　無理解、相互的軽蔑、さらには根源的嫌悪感、一種の二重の否認と背後に隠された暴力と策謀、それがこれまで侏儒と夷狄(1)の間に保たれてきた関係の心理的実質であった。

　しかし、やがて、自らが発揮した活力が生み出した途方もない結果に、夷狄自身が一驚する時代がやってくる。観念に酔い痴れ、力と知識で変貌した夷狄は、眠っている自然エネルギーを掻きたて、随所で浪費し、自分たちが必要とする以上の力を喚起し、この上なく複雑かつ広汎な分野におよぶ思想を構築する一方、未開の人々や歴史の重みに押し潰された人々を麻痺状態、無気力状態から引き出すことに血道をあげた。

　こういう状態で、未曾有の熱狂と広範囲に及ぶ戦争が勃発し、世界中に恐慌状態が作りだされ、人類は根底から揺さぶられた。あらゆる肌色の、あらゆる習慣の、あらゆる文化の人々が、この最後から二番目の「審判」に呼び出された。すべての観念と意見、それ以前の政治の安定の礎《いしずえ》となっていた偏見や評価が途方もない試練にかけられた。なぜなら戦争とは期待に対する出来事の衝撃だからである。戦争の力の物理的部分には心理的部分の下支えがある。長く広汎な戦争は、人々の脳裏に抱かれていた世界や未来についての観念を一変させる。

　ということは、平和とは約束事からなる一つのシステムにすぎないということであり、それは諸々の象徴の均衡、本質的に信用に基づいた構築物である。脅威が行為を代行するのは、紙が金《きん》を代行し、金があらゆるものを代行するのと同じである。信用、確率、習慣、記憶、約言は政治的駆け引きの直接的要素である。なぜなら、あらゆる政治は投機であって、虚構の価値に多少なりとも現実的見通しをつける投資行為だからだ。あらゆる政治は力の決済の割り引きや繰り延べを強要される。戦争が最後に帳尻を合わせ、本物の力の存在と振込みを要求し、人心を試練にかけ、金庫を開き、観念に事実を、評判に結果を、予測に事故を、空言に死を対置する。戦争は事象の運命を瞬間の裸の現実に差配する傾向を持つ。

　先の〔第一次世界〕大戦は啓示に富んでいた。地球上の最も誇り高い、最も豊かな国々が、一種の物乞い状態に追い詰められて、最も弱小な国々に援助を呼びかけ、人手や食料など、ありとあらゆる救援を要請した。自分たちだけでは急所を守ることができなくなったのである。しかし彼らは自らの力をたのんで事を始めたのである。多くの目が見開かれ、様々な思索や比較がなされ教訓を残した。

しかしこうした大きな出来事の最も重要な結果が展開されるのは私たちの国々においてではない。戦争に最も直接的に関与し、参加した人々が、今日、最も大きな影響を受け、変化したわけではまったくない。戦争の影響はヨーロッパの外に広がって、やがて広大無辺な東洋に伝播され、その動揺の余波が、地球の裏側から、我々のところに戻ってくることは間違いない。

侏儒たちは、ついに、あまりに頑なに長きにわたって手を拱いていることの不都合に気づいた。彼らは長い間あらゆる変化は悪いものだという考えを原則としてきた。それに対して、夷狄の連中がモットーとしてきたものは正反対の格言である。ギリシアの弁証法とローマの知恵、そして、福音書の教説を受け継いだ彼らは、何世紀とも知れない長きにわたって、洗練された文人による政治になじんできた世界で唯一の民をその眠りから覚ましに行った。果たしてどういうことが起きるか、いかなる大混乱がそこから生じることになるか、ヨーロッパ内部もどのように変化するか、また、人類社会は次の時代にどのような新たな形の均衡をめざして進んでいくものか見当がつかない。

しかしこうした人間の問題を人間的に眺めて、すぐに言えることは、かくもかけ離れた両民族にして、民族同士の接近は避け難いという事実があることだ。今ここに、これまでお互いに根本的に異質な人間だとしか思ってこなかった人々がいる。そしてそれは事実そうだったのである。なぜなら、彼らは互いに相手をまったく必要としてこなかったからだ。我々は、はっきり言って、互いに、奇妙な動物にすぎなかった。もし我々が互いに何かしらの美徳、何かしらに関する優越性を認知しあうとして、それはちょうどあれこれの動物に対して、我々が自分にはない逞しさとか、俊敏さだとか、勤勉さを認めるのと大差はない。

ということは、我々は昔も今も、互いに、商業や戦争、時の政治判断あるいは主義主張としての政治、すなわち相手を敵だと考え、敵なら軽蔑しなければならないということが大事な意味を持つ諸関係を通してしか、知らないということだ。

この種の関係はどうしても表面的になる。そういう関係なら相手の人間性の深奥について完全に無知であっても構わないということになるが、それればかりでなく、無知であることが要求されるのだ。内奥の生活が分かっていて、相手の感受性が自分の感受性をもって推し測れるようになったら、相手をだましたり、怒らせたり、排除したりすることは大変心苦しいし、ほとんど不可能である。

いずれにしても、地球上の住民はすべて緊密な相互依存状態が進み、通信も極めて迅速になったので、暫くすれば、相互の関係が単純な利害関係だけにとどまるほど、相手を知らずにすませられなくなるであろう。搾取や侵入、強制や競争とは別の行為に広がる余地が出てくるだろう。

すでに久しい以前から、極東の芸術は比類のない作品をもって我々の注意力を引き付けている。何でも理解し、自らの血肉に同化することに貪欲な西洋は、蒐集物の筆頭に、彼の地から、正当ニカ、不当ニカ、⑵やってきた数多くの名品を陳列している。

恐らくここで一つ指摘しておくべきは、形象の均整や構成にあれほど巧みだったギリシア人たちだが、彼らは素材に関しては洗練を欠いていたように思われる。身近に見つかる素材で満足し、より繊細なものを探し、感覚を果てしなく魅了し、観念を吹き込むのに一層時間がかかるような素材を見つける努力をしなかった。しかし我々は「天子の国」に素晴らしい絹の発明、陶器や七宝や紙、その他諸々のものの発明を負っている。

それらは我々にとってもごく親しいものとなり、幸いにも、世界文明の芸術品というにふさわしい存在となって今日に伝わっている。

しかし、もし外国の人々が創り出した壺や漆器、象牙・青銅・翡翠の工芸品を目で鑑賞するだけで、彼らの感情や魂を軽蔑することを改めないのであれば、彼らの才能を賛美し、利用するなどといってもなにほどのこともない。何かもっと大事なものがあるのである。賛嘆すべき美術品・工芸品の数々はその大事なものを証し立てるものであり、慰戯であり、遺物なのだ。大事なものとは生である。

私がその著作を広く一般に紹介し、推薦人たることを引き受けた盛氏は、我々が長い間、よく考えもせず平然と無視し、軽蔑し、嘲笑してきたものを我々に愛させようと一冊の本を書いた。

この人は、自身、中国の知識人の息子であり、かの尊敬すべき、高名なる老子の末流にあたる古い家柄の出で、フランスには自然科学を学ぶためにやってきた。彼は著作をフランス語で書いた。

彼の狙いは我々を夥しい数の人がうごめく海の奥底へ案内することである。これまで我々はそれについて、我々と酷似した観察者たちが言うことしか知らなかった。

この作家の野望は特異である。彼は我々の心の琴線に触れようとする。我々に中国を紹介するに際して、彼は外面からではなく、内面から中国への関心を呼び起こそうとする。柔らかな内面の光を導入して、その光によって、我々に中国の家族がどのように作られているのか、垣間見させようとする。中国の家族の習慣、徳義、偉大さと悲惨さ、内奥の構造、無限に繁茂する力などを紹介するのである。

彼の取り組み方はこの上なく独創的、繊細かつ卓抜である。主人公に選んだのは自分の母親である。この寛大な心の婦人は魅力的な形象だ。纏足にまつわる辛い思い出や自分の家庭に起こった様々な出来事を物語ったり、世界のどんな昔話にも引けをとらない心躍る、神秘的な寓話を子供たちに聞かせたり、ついには、日本との戦争や義和団の乱などの政治的な事件について個人的な感想まで述懐するのである。人類を前に自分たちの人種を紹介する人物として、優しく、寛大な一人の母親を選んだことは、大いに意表をつく、卓抜なアイデアであり、我々はそれに魅かれ、心を動かされずにはいない。

正直な感想を述べよう。もし作者が我々をもっとよく知っていたら、果たして作者は自分の母親の名前や人柄を引き合いにだすことを思いついただろうか、母性愛を迂回路に我々を普遍愛へ導こうと考えたであろうか？　中国人を相手に、母性愛というこの上なく厳粛な感情を介して呼びかけようと考える西洋人を私はあまり想像できない。この点については少し考えてみる価値があるだろう。この本を読むと思念はすべてヨーロッパへ戻ってくる、ヨーロッパの風俗、信仰、法律、とりわけ政治へ……ここでも、彼方でも、瞬間〔たる現在〕は過去と未来に苦しんでいる。伝統と進歩が人類の二大敵であることは明らかである。

フランス学士院における
ペタン元帥の謝辞に対する答辞

閣下、

高名なるフォッシュ(1)の亡き後、誰がその後の席を襲うにふさわしいかということについて、我々にも、また、広く大衆にも、少しも疑義はありませんでした。

あなたは学士院における投票に候補者として名前が挙げられる以前に、すでに我々の心の中では、選ばれていたのです。

フランスに対してなされた多大な奉仕、疑義を差し挟む余地のない勲功に対して与えられた最高の栄誉、軍隊があなたに寄せる絶対的な信頼感、心安らかにあなたに軍の差配を委ねる国民の信頼感、すべてがあなたを偉大なる前任者の遺した席へと導いたのです。前任者とあなたは、その性格において、概念操作において、発想の展開の仕方において、際立った対照をなすものですが、そのことが、戦争を勝利に導くには、この上なく好都合であったように思われます。

あなた以上にフォッシュ元帥への賛辞を真にせまって述べることができる人はいません。あなたは元帥の仕事と行動について、他の追随を許さない明晰さと厳密さ、経験に裏打ちされた知識をもって、私たちに語ってくれました。

閣下、今しがた、あなたは私たちに模範を示して下さいました。私たちは知性が想像力を説明し、強固な意志が砲火を制圧し、沈着さが嵐を予測することを、あなたの口から、拝聴したところです。一人の賛嘆すべき戦術家、戦力を完璧に駆使する芸術家が、私たちに向かって、戦略的エネルギーに魅了された詩人の意図と企図を、鮮やかに、展開して見せてくれたのです。

私たちは、格別な関心をもって、お話を拝聴しました。それは話者が他ならぬ閣下であることや閣下のお話の重大さによるばかりではなく、今でも残念な気持なしには回顧することができない当時の状況のあれこれを想起してのことであります。

かの戦争はまだ記憶に新しく、つねに心にかかっている問題ですが、細部に関しては、すでに忘却されてしまっているところがあります。いくつかの点は焦点がぼやけてしまっています。かつては争う余地のないように思われた判断に異論が出てきて、世論に私の与り知らぬ様々な憶測や疑義を生んでいます。なされたことと、なされたかもしれないこと、決断をした際の真の動機となったもの、勝利における個人の役割、そうしたことがすべてむしかえされ、論じられるようになったのです。かくして私たちは真実の創出という困難な問題に直面し、歴史を創るという難事業に、互いにかなり違った立場から、立ち会っているのです。そこでは、言わば、過去の未来とでもいうべきものが問題となり、議論されているのです。議論は時代の英雄たちの間でも起こっています。危険を前にした時には一致団結し、互いに相手を賛美しあっていた人々も永遠の敵対者になります。偉大な死者たちが口を開き、墓場の彼方から聞こえてくる言葉は苦渋に満ちています。

しかし、閣下、あなたはほとんど伝説的なまでの沈着冷静さを失いません。その態度は時間の持続への信頼感を示すものです。あなたならではの周到な理知の働き、軍隊の「叡智」とうたわれたあなたの遠慮深謀に助けられて、あなたは、思念の前線さながら、沈黙を守ります。その沈黙は、しかし、様々な事実で強化され、深部まで堅固に組織されているので、どんなに厳格な批評家も、辛辣な論争家も、絶えず名声に難癖をつけることを仕事とし、世間に対して偉大な人物をこきおろすことを使命としているような輩たちですら、あなたについては、何も言えないようなありさまです。政治まであなたを尊重しているように思われます、――不正なことを糧に生きている政治までが。

それは、あなたの冷静にして断固たる態度、言葉における節度、約束や将来予測における慎重さ、現実を容認し、真実に立脚し、どんな危険があってもそれを直言するあなたの変わらざる姿勢が、あなたに対する人々の評価を揺るぎないものにし、あなた自身、後から明らかになった事実に脅かされたり、自身が取った行動を反省したり、出来事の歴史分析によって足をすくわれるようなことなく、泰然と構えていることができたということにほかなりません。あなたの下した命令はすべて目前にあり、歴史の判断を待っています。歴史はそこに最高の精度を持ったモデル、つねに明断この上ない見解、完璧に単純かつ人間的な命令を見出すでしょう。それらの見解・命令はそれらを考え、発信した指導者その人が、もし自分で実行に移さなければならないとしたら、こうしただろうという実効性を持ったものです。しかしあなたは命令を細部にわたって指示することについては、行き過ぎないようにしています。なぜなら、あなたの行動原則の最も叡智に富んだ部分は、軍隊の序列のすべての段階において、専門分野のすべてにおいて、各人がそれぞれの階級や持ち場に属する事柄については、自らの責任において行動させるという原則だからです。

すべてのことにおいて、あなたはみんなから理解されることを願い、各人があなたの計画の中で担うべき部分を自分の判断力において展開すべきだという考えを持っていました。あなたの精神は批判力に富み、ともすればアイロニーに傾きますが、それは他者を個々に判断するからです。そもそもあなたは他者に対して、自らの判断に基づいたものではない、盲目的で儀礼的な信頼感を要求することを潔しとしない人間です。あなたは希望を伝えたいときには、演説によってではなく、予測と具体的な準備行動によって伝えようとします。永遠に続くように思われる試練にさらされているときには、言葉は日々その信用価値を失っていきます。しかしあなたは、その間、様々な作業を命じ、部隊を刻々と再編成し、食料・休息・兵隊の士気について心配します。実行こそ最重要事であることを肝に銘じているので、あなたは不断に部隊や将校に対する命令を見直し、調整することに意を用います。訓練と戦闘は相補的であり、絶えざる経験があなたの思念を統御しているのです。あなたの行為が言葉となり、あなたの言葉が行為となるのです。

かくして、徐々に、前例のない戦争を模索する中で、命令と行動の間、観念と手段と人間との間に、あなたは一種の調和ないしは相関性を求めてやみませんでした。そうした調和・相関性の外には、有利な戦況の持続も巻き返しのチャンスもないと、あなたは感じていたのです。

つねに奉仕する用意のある奉仕者、戦争にとって意味のある一切の情報に通じているあなたは、数か月で頭角を現し、強大な軍隊をまるで一個師団を率いるのと変わらない的確さで差配する能力があることを示しました。それは個人の資質として、軍隊を統括したあとで、一個師団の師団長の任務を引き受けることも可能だということです。それは、あなたが軍を率いる術を完全に身につけていることと、同時に、一流の力を持った人物であることを示しています。なぜなら、一流の力を持った人だけが、あらゆる階級の持ち場に適応することができ、そこで最大限の自分の能力を発揮できるからです。

あなたの昇進がめざましかったのはそれゆえです。あなたは、私たちの将官の中で、六千人を率いて戦争を始め、終わった時には、三百万人の兵を統率していた人です。

あなたは何をしたのか？　ここでは最も重要な二つのことだけを申しましょう。ヴェルダンを守ったこと、そして、軍隊の魂を救ったことです。

それをあなたはどのようにして成し遂げたのか？　特筆に価する二つのことから何が

あなたの資質として考えられるでしょうか？

ヴェルダンの救出、私たちの軍隊の士気の迅速かつめざましい回復、それはけして霊感によって発動された行為、知的な光とエネルギーの瞬間的高揚の賜物、突如として状況を変え、軍隊の運命を一変させるような幸運を探し求め、うまくキャッチしたというようなものではありませんでした――そんなことは不可能でした。もはやそうした奇跡が起こる時代ではありません。時間をかけておもむろに形成される戦争においては、この上なく華々しい攻撃も、強大な諸国が総力戦でぶつかってくるときには、その力と気迫で、数日で圧し戻されてしまいます、――雷撃、天才、神風のようなものは、もはや、敵を壊滅させるのに十分ではありません。

あなたがそれを予知していたかどうか知りません。しかしあなたはそれを予知するような素地を持っていました。あなたは幸いにも、私たちの中で、国民国家が起こす戦争というものの静止的性格、ある意味で時間稼ぎ的性格を理解する――というかむしろ理解することを拒絶しない――資質が、本能的な思考習慣によって、最も高度に、最も実用的に備わった人間の一人です。国民国家が起こす戦争の特徴は、力とそれに対抗する深層からの抵抗との間に、時間的に無限定な、ある種の均衡が成立することによってもたらされるものです。攻撃だけを旨とする戦術論はあなたをけして納得させませんでした。あなたは不屈の理論というものを断じて好まなかったのです。あなたがけして忘れなかったことは、現実は無数のかなり無秩序な特殊事例からつくられていて、その事例がどのようなものから出来ているかはその都度見極めて、新たに分析しなければならないということです。あなたはヴェルダンでは敵に対して、一九一七年には、軍隊内部の危機に対して、それぞれの状況に応じて考え、危険の本質や時の状況に正確に適応した方法で事にあたりました。そうした困難な状況にあって、あなたは見事な戦術的判断をし、深い人間理解を示しましたが、それらは即興的な思いつきによったものではありません。そうした判断と理解があったからこそ、二つの出来事は成功に導かれたのです。

あなたの困難な勝利は、物を見る目における科学的な細心さと帰納的思考における慎重さに支配された省察の半生が、長い年月をかけて、熟成した果実、結果でした。

数々の大いなる試練もこの非の打ちどころがない方法を変えることはまったくありませんでした。戦争によって刺激を受け、新しい人間があなたの中に出現したわけではありません。あなたはただ経験がそれを待ち望んでいた精神を満たすのを見ていただけです。知性の真の価値は諸々の事実に学ぶ器量を持つことにあるということを、一度、悟ってしまえば、あとはその信念にしたがって生きていけば足りるということです。

それゆえ、私は申し上げることが出来るのです、閣下、ただ今ご自身がこれ以上なく見事に表現されたことこそ、あなた自身の姿をこの上なく忠実に描いているのです。あなたの変わらぬ稟質のすべてがそこに表現されています。あなたが学んだすべてのこと、それは学校で学んだことではなく、あなたが個人的に学んだこと、あなたの精神が若き日より作り上げてきたこと、そうしたもののすべてがそこで使われています。私の目に映る第一等の本質的な知識、それは兵士についての知識であります。

あなたは最初、アルプス国境地域における中尉として、山岳訓練をする猟歩兵たちと生活をともにしていました。あなたは彼らと交流する術を心得ていました。あなたはフランス兵について正しく理解することを心がけ、その知識が将来貴重な財産となります。フランス兵は他国の兵隊とは違う性格を持っています。あなたはフランス兵の内に魅了され易い性格、高飛車な態度や一時の気紛れのように見える強制・制約に対する反抗心、すすんで難事に立ち向かっていく自尊心の高さと無鉄砲を抑制する理性的な基調があることを見て取ります。フランス兵は努力が無為に帰すことについては我慢がなりません。

恐らく、必ずしも説明がつかない諸々の要求、効果が直接的には現れない服務、ひたすら忍耐すべき状況といった事態はあるでしょう。しかし部下の精神に及ぼす影響を度外視して命令を下すのでは真の隊長とはいえません。そんなことをすれば、彼らの服従は生きたものとならないでしょう。部隊の働きは、しばしば、隊員たちから見た隊長の価値を正確に反映したものにほかなりません。

フランス兵は自ら理解したいと思う奇妙な欠点を持っています。私たちの軍隊はつねに個人の集合体でした。そこから良くも悪くも様々な結果がもたらされます。批判精神が旺盛で活気に満ちた集団から、型にはまった規律性、整然とした身ごなし、閲兵式に効果を発揮するような歩調やリズムの完璧さを引き出そうと思ってもできない相談です。機械的行為はけして私たちの軍隊の得意とするところではありませんでした。機械的行為は戦争においては貴重なものとなるかもしれません。しかし戦場で隊長が冷静さを失ったり、死んでしまった場合には、機械的行為が致命的になるおそれがあります。

軍事力が兵員の数や多人数による行動よりも個人の価値、兵員の果敢さや知的行動力に左右されるようになるとすれば、未来は、――ほんの少しの間だけ、敢えて、未来を語ることを許していただけるなら――私たちに開けていると言えるでしょう。飛行士や機銃兵たちを見ていると、将来の戦いにおける人間の関わりがどのような形のものになるかということについて、一定の概念を与えてくれます。新しい兵器は次第に広い領域で生命を無差別に抹殺していく傾向があります。兵力を集中することはすべて危険であり、一か所に集まることは雷撃を招くもとです。恐らく、今後、選ばれた少数の人間による企てが多くなっていくでしょう。彼らは小グループで行動し、予想外のある地点で、ある時間に、ごく短時間で、とてつもない出来事を引き起こすのです。それが未来の可能性だとすると、個人の資質に比較を絶する価値が与えられることになります。

しかし私たちはまだそこまで進んだ時代には達していません。あなたはどこかの平和な駐屯地で、小隊ないしは中隊の指揮を取っておられる。想うに、あなたはそうした小さな集団を指揮するのに長けておられるのです。すべての部下の名前を覚えています、――それはもちろん指揮官としての義務ですが、――そして彼らの生活や性格についてもなにがしかのことは知っているに違いないと思います。フランスの兵士は自分で理解したがると申しましたが、彼は自分が人から理解されることものぞんでいるのです。そこから、将官と部下の関係がフランスでは他国に比べてより人間的、より興味深いものになるという結果が生じます。恐らく、各国の軍隊の違いが最も顕著になるのは、こうした指揮官と部下の関係、両者の理解と察知の程度によるのではないでしょうか。何年間か下士官として勤務した経験を持った若いフランス人は、そこで、何ものにも代えがたい教訓を得ます。彼は、もし観察眼があれば、そこに国内の様々なタイプの人々が混ざり合って暮らす姿を目の当たりにし、体格も教養も財産も職業もまったく違った人々が、軍隊の規律の中で、一時的な平等をどのように生きているかを見ることになるでしょう。地図上の地形で国の姿を勉強するだけがすべてではありません。人間についても知る必要があります。私たちの歴史を読み返して下さい……よい精神を熟成するのに軍人にまさる職業を私は正直知りません、——もし私たちの中に、今こそ精神を働かせる絶好の機会だというときに、つねにそれに見合った精神が存在するのであれば。

閣下、以上が平和時におけるあなたの姿として私が考えるところです。あなたはあなたの階級の権利と義務をまっとうするために、兵士について、彼らの反応について、正しい観念を持とうとつとめてこられたのです。そしてあなたは、ずっと後になって、そこから極めて有益な結果を引き出すことになるのです。

しかしそうした人生観察はあなたが軍人としてこの上なく特殊な部分について学ぶ妨

げにはなりませんでした。軍人としてのかなり単調な義務を熱心に果たしながら、部隊長としての規則正しい、多忙な生活を営みながら、そして、軍隊の日課をすべてきちんと遂行していくためには、相当の信念と犠牲が必要なのですが、――日課というのは、クラス担当、兵隊訓練、射撃、巡察、演習、――その一方で、あなたはあなたの精神を、戦争科学において最も有効、最も厳密だと思われたものを探求するために、用いていたのです。そうして何年か経つと、あなたは砲火術における一種の権威となりました。

あなたは砲火術の問題を厳しい、透徹した目で眺めました。他者の考えはあなたにはあまり重きをなさなかったようです。あなたはすぐに大きな発見をしました。門外漢にはあまりに単純すぎると思われたかもしれません。しかし私たちは、科学や哲学の例で、知っています。無邪気な目には明らかなことでも、専門家の目には時には見えなくなってしまうことです。専門家の注意力は偏執したり、過敏になったりするからです。そうすると、何か本質的で極めて単純な真理に気づくには、一種の天才の存在が必要になります。そうした真理は幾多の優れた頭脳の仕事や探求が見えなくしてしまっているのです。

あなたが発見したことは次の事実です。火器は殺す……ということ。

あなたが発見するまで、誰もそのことに気づいていなかったとは申しません。ただみんな知らないふりをしようとしていたということです。どうしてでしょうか？　すべての理論は現実を捨象して初めて構築できるのです。ところが戦争の準備ほど、理論が必要な分野はありません。そこでは教訓を確立するために、実践をきちんと頭に想い描く必要があります。

閣下、あなたにとって、既存の戦術規則はこの殺す火器について明確な観念を持っていないと思われたのでした。規則を作った人々が考えていたのは、とくに失われた弾丸の数、それにともなって失われた時間でした。ほぼどこでも教えられていたのは、砲火は攻撃を遅らせる、撃つ人間は地面に伏せる、理想は撃たずに前進することである、恐らく弾薬にはいくつか火を点じる必要があるが、それは兵士に神経を安堵させるために過ぎないといったことです。それは鎮静剤代わりの砲火であり、しぶしぶ、お愛想で命じられたものです。かくして到達するところの結論はおかしなものですが、火器は口実とは言わないまでも、用いる人の士気を鼓舞することがその唯一の機能あるいは効果であるということになります……敵に関しては、急激な接近、兵隊同士の衝突の急迫によって、相手に敗北心を起こさせ、決断させることが大事なのです。勝つ、とは、前進する、

ことだ、と言われていました。むしろこう言うべきでしたでしょう、勝つとは説得することである、と

「歴史」は、本質的に、すべての事例を持っていて、あらゆる仮説に事例を付与することを許し、あらゆる党派を事実で武装し、旧弊な戦術の擁護者たちを盛んに援護します。彼らには兵器の進歩などあまり関係ないのです。しかし、閣下、あなたは過去が私たちに提起するこうした矛盾に満ちた教育とは別のことを考えざるを得ませんでした。戦争においても、他の分野における同様、機材の力が途方もなく増大した場合、人間行動の身体的部分の影響は次第に小さくなることをあなたは理解したのです。こうした極めて単純な観察から以下のような結論が敢然として引き出されるのです。すなわち、技術や機器が少しでも関わった歴史的出来事は、後代にモデルとして、使うことは誰にもできない、ということです。

　火器は殺す、とあなたは言っていました……現在、そういう言い方では控えめすぎるように思われます。それは機関銃がまだ今日のような完成度には達していなかった時代に言われた言葉です。機関銃は出来てからまだ日が浅く、きちんと理解されていませんでした。銃器としては、華奢すぎて、せいぜい構築物の斜堤や壕を狙い撃つのに役立つ

くらいで、戦場では下手するとすぐに故障するし、十分間で、一大隊分の弾を無駄に費消してしまうしろものだと思われていました。人々は良識に基づいてそう考えていたのです。しかしその良識は高くつきました。私たちは、最も良識的な判断をいつの間にか悪しき判断に変えてしまうような魔法の世界、逆説的な世界に住んでいるのです。実際、前の戦争で、最も欠くべからざるものと考えられたことは、良識に逆らって、次第に複雑になる兵器の恐るべき効率的な使用でした。機関銃は、何よりも、華奢で弾薬の消費量の多い火器ですが、あらゆる可能性を凌駕し、予想を超えて、殺傷しました。

ですから、火器は殺す、というのは控えめな言い方なのです。近代兵器は殲滅《せんめつ》します。抹殺します。兵器が差し向けられた地帯の一切の動きと命を封じます。断固たる四人の兵士が千人の敵兵を釘付けにし、姿を見せた者はことごとく撃ち倒すか、撃ち殺すのです。結論的には、武器の力は、その効率は、敵の数に比例して増大するという驚くべきことになります。敵の数が多ければ多いほど、殺傷するというわけです。それゆえ、武器が相手の動きを止め、交戦を封じ、部隊の移動を攪乱し、ある意味ですべての戦略を麻痺させてしまうのです。

真理を発見すると、閣下、あなたはそこから当然の結果を引き出すほかありませんでした。あなたはあなたの戦術を展開しました。それは教えられていたものとは違うものです。あなたの戦術で用いられた公式は、無条件で軍を動かす原則とははっきり対立するものでした。

あなたはあなたの考えを巧みな箴言《しんげん》に要約しています。曰く、攻撃とは前進する火器であり、防御とは立ち止まる火器である、と。さらには、大砲が征服し、歩兵隊が占領する、と。

したがって、前進はもはや英雄的な万能薬ではありません。人間はもはやかつて想定されていたような不可抗力の弾丸ではありません。勝利するまで、あるいは弾切れになるまで、発射し続ける弾丸ではありません。人間は火器の作業を補完するものです。前進はもはや原因ではなく、結果なのです。あなたは新しい戦争には新しい戦術が必要であることをよく見通していました。新しい戦争において最も肝要な点は火器を最初から大量に使用することです。それは大きな距離を間において戦うことですが、距離の大小に関わらず、接触せずに行為が行われることは、未来の戦争の最も重要な特徴をなすものでありましょう。

しかし、閣下、その時点ではあなたは型破りな精神状態にあったのでした。はっきり申し上げれば、その型破りの道があなたを高いところへ導いたのです——軍人としての頂点へ、栄光へ、そしてここ学士院へ導いたのです。ここへは文学的異端も導かれて来ることがあります。

あなたは当時最高のものとされていた観念に真っ向からぶつかっていったので、軍隊の正理論派たちから憾《うら》まれてもしかたなかったかもしれません。しかし実際はそうしたことはほとんどありませんでした。あなたの無謀な意見と不寛容な教条主義が支配する世界との矛盾にも拘わらず、あなたの上官たちの名誉のために言っておけば、あなたの精神の全面的な自由、——のみならず辛辣さ、——は彼らがあなたの才能を評価し、あなたに陸軍士官学校で戦術を教えることができるように取り計らうことを妨げませんでした。陸軍士官学校といえば、あなたが公然と疑義を呈していた教義を教え、広める中枢の機関です。

そしてその時代にあなたは初めてあなたの偉大なる前任者と出会うことになったわけですね。名門士官学校の校長だったフォッシュは、あなたに自分のものとは完全に同じものではない教義を自由に教えさせました。私はそういう一面を高く評価するものです。それは心の広い人だけができることです。

あなたの考えは現在ではすっかり固まっています。あなたの精神の立ち位置、あなたの判断の基盤はゆるぎないものになっています。

一方には、人間について正しい考え方をつねに持つべきこと、あなたがつねに計算に算入させる人間の発揮する現実的な力、兵士を個々に深く知ることの重要さがあります。他方、実験的な戦術について持つべき精密な概念、強力な兵器を使用する場合に要求される戦闘についての明確なイメージがあります。

しかし戦闘は会戦の要素です。実戦には概念の下支えが必要です。戦略が戦術を無視しようとすれば、戦術が戦略を崩壊させます。会戦全体が地図上の勝利を収めても、丘陵の実戦では敗れているのです。ここにおいて、あらゆる芸術におけるのと同様、——何というか、我々の最も単純な行動にいたるまで、——構想《ヴィジオン》とは予見《プレヴィジオン》であり、その価値は実践と不即不離の関係にあります。

あなたの考えの精密さ、長い時間をかけて獲得された知識、明快鮮明な結論、それらを実際に試す機会がいつかあなたに訪れるでしょうか？

戦争はいつか起こるでしょうか？

武装「平和」と呼ばれる「歴史」局面ほど奇妙なものはありません！　私としては過

去の一こまに過ぎないと言いたいところですが、現実にはとてもそうは言えません！

四十年間、ヨーロッパは戦争の予兆に明け暮れています。そして始まる戦争は未曾有の激しさと規模を持つものとなるでしょう。その戦争に巻き込まれずにすむと確信できる国はどこにもありません。誰もが召集令状を書類の中に持っているのです。日付だけが書き込まれていません。今は分からないいつの日か、政治の成り行きでそこに日付が書き込まれるでしょう。四十年間、春の訪れが不安でした。芽吹きが人々に戦争の好機を思わせたからです。戦争の勃発は、時に、とても考えられないように思われ、人々はその不可能性を説きました。しかし武装「平和」は人々の心に重くのしかかり、予算を圧迫し、精神的・政治的自由が増大する時代に多大な不自由を個人に強いたのです。それは明らかに交易・交流の増大や、利害の偏在、習俗・娯楽の国際化の流れに逆らうもので、この矛盾した平和、偽りの均衡が、いつのまにか、真の平和、武装解除された平和、とくに下心のない平和へ姿を変えていくことはありそうにないと思う人々が少なからず存在しました。それでも多様で緊密な国際関係を内にはらんだヨーロッパ文明の屋台骨が突如崩落し、憤怒にかられた諸国の乱闘の場になるとは誰も思っていなかったのです。

政治はしばしば瀬戸際まで行って、引き下がります。瀬戸際とは、しかし、政治自体がよく自覚しているように、強引な行動の結果であり、動機の動物的なあさましさの酬いです。私たちは武装「平和」という重苦しい体制の下で、「次の戦争」という常套句の恫喝の下で、生き、創り、繁栄すら享受しているのです。「次の戦争」とはまさに「列強」の最後の「審判」、歴史的論争や利害の対立の最終的決着にほかなりません。全体として、緊張と疑惑と用心の体系であり、不安は募るばかりなのです。その不安は晴れない悲嘆、譲れない自尊心、熾烈な競争心で構成され、頭に想い描く恐怖と見えない先行きにおびえて、不安定かつ消えやらぬ葛藤が生まれ、一触即発状態のまま、ほとんど半世紀近くも続いてきたのです。

たしかにヨーロッパには多くの緊迫した状況が存在しました。しかし諸々の危険の結び目はフランクフルト条約によって作られた仏独関係いかんに関わっていました。この平和条約は戦争への期待を全面的に排除しない人々のモデルでした。条約はフランスを一つの潜在的な脅威の下におきました。すなわち、フランスには永遠にほとんどあからさまなまでの隷属関係に甘んじるか、絶望的な戦争をするか、いずれかの選択肢しかなかったのです。

したがって、一八七五年から一九一四年にかけて、新しい国境線の両側で、対峙する力の競争が始まりました。「〔第一次世界〕大戦」の前史とでもいうべきものは、当然、この予測と恐怖が醸しだす特異な戦争の歴史です。軍備と教養と作戦プランの戦争、諜報活動と同盟と協定の戦争、予算と鉄道と産業の戦争、不断の秘密裏の戦争です。国境の両側で、芸術、科学、文学各分野の文化創造がますます装飾味豊かな、暴力とはかけ離れた輝かしい文化表象を進めていく一方、――自らの厳しい任務に深く身を捧げた人々は、平和という輝かしい建屋の骨組みが、いかに敵対心や反感の塊で出来ていて、壊れ易いかを知っているので、――いざという時には即座に権力ととてつもない責任を身に負うことから、その厳粛なる日のために準備をしているのです。しかしその日はけして来ないかもしれません。彼らは平行して、競うように働いています。参謀本部は計算し、対立するプランを交錯させ、真意を探り、汲み取ろうとします。彼らはすべての仮説を立てます。競合するシステムの改良に応じ、各人がそれぞれ自分のために決定的な差異化を図ろうとします。国境の両側で、戦争になって初めて認識される偉大さや重要さからは遠く、まだ目立たない存在ですが、クルック(2)、ファルケンハイン(3)、ヒンデンブルク(4)、ルーデンドルフ(5)といった連中が向こう側で、こちら側ではジョッフル(6)、カステルノー[7]、ファイヨール[8]、フォッシュ、ペタンといった人々が、それぞれの資質、民族、武器あるいは地位に従って、未来に生き、運命の命令に応えようとしているのです。

かつて、一度たりとも、このような長期にわたる、実際には起こっていないのに、存在感がつきまとい、白熱しつつも、想像上のことであるような戦争は存在しませんでした。それは一種の技術と知性の白兵戦で、架空の話としても、奇襲もあれば、反撃もある、兵器や手段の発明もあって、その斬新さが時には流行理論の欠陥をつき、直ちに力の均衡を変更し、旧弊な考え方を打破することになるのです。色々な専門文献が現れ、中には奇抜なものもあるが、時には、予測が他に勝るものもあって、ヨーロッパに垂れ込めた暗雲がどのようなものになるか想像させるに十分でした。こうした極限の意識、長く透徹した前夜ほど奇妙なもの、新奇なものはありませんでした！……

「明日の戦争」は人々が一度は考えたことのある破局のいずれかになるでしょう！

……

しかし、国境の両側で、この準備作業の条件はかなり違っています。ドイツではすべてがそうした準備に好都合にできています。本質的に軍事的な形をした政府、勝利の実績がそれに権威を与えています。豊富かつ自然に訓練の行き届いた国民。ある種の民族的神秘主義。多くの人たちに見られる力を行使することへの信頼感。彼らは力を法の唯一の科学的根拠だと考えています。

我が国では、まったくそうではありません。国民性は批判精神に富みつつ穏健です。暮らし易く、温和な風土の中でなかなかじっとしていません。政治的にはきわめて分断された国で、その政体は、良くも悪くも、世論の動向に極めて敏感に反応します。こうした状況にあっては、誰も望まない、誰も率先して立ち向かうことができない戦争を、方法的・持続的に準備するには大変な労力が必要でした。みんなそのことを考えるときには、一つの防衛行為、何らかの攻撃に対する反撃というふうにしか考えられなかったのです。隣国に対して宣戦を布告するなどという考えは、一八七〇年以来、絶えてなかったと断言できるでしょう……。

その一方で、しばしば批判され、様々な疑惑や政治的誘惑にさらされてきた我が国の軍隊は、時に深刻な危機を経験しつつ、諸々の困難にも拘わらず、偉大な業績を上げることができました。時には間違うこともあったでしょうが、忘れてならないことは、その過ちも業績も、結局、私たちの責任だということです。軍は国の正確な反映であって、国と不可分なものです。その楯には国の姿が映し出されているのです。

閣下、あなたはその軍隊から引退なさろうとし、あなたの若き日を魅了し、あなたの人生を満たしてきた仕事をお止めになり、引退後の侘しくも安逸な生活を楽しもうとなさっていました。というのもあなたは五十八歳になっておられたから。ところが時が告げられたのです。大公の血が流れたのです(9)。平和が崩れ去る時がやってきました。

しかし屈託のない人々はすばらしい季節を楽しんでいました。かつてないほど空は美しく、人生は好ましく、幸福に満ちていました。一ダースほどの人間が、恐らく、電報を交わし、会談していました。それが彼らの仕事だからです。それ以外の人々は海や狩猟や田舎のことを考えていました。

突然、太陽と人生との間に、不可解な、死ぬほど冷たい雲が過《よ》ぎったのです。恐ろしい不安が湧き起こりました。すべてが色を変え、意味を変えました。あり得ない、信じられないという気持が瀰漫していました。誰も現在あることを明確に、一人で凝視することができませんでした。近未来は魔法にかけられたように変貌してしまいました。激しい死の支配がいたるところで布告されていました。生きている者たちは急いで集まり、分かれ、再編されました。ヨーロッパが、数時間の内に、解体され、たちまち再編されたのです。軍隊も相貌を変え、装備され、臨戦状態を命じられ、不測の事態へ突入しました。

向こうでは、戦争は全体的に敵対国の不穏な体系を破壊するために必要な、雄偉な行動であり、帝国のめざましい発展に新たな展開をもたらすものと受け止められています。恐るべき信念が支配しているのです。そんなふうに準備され、機材を整え、勝利への意欲を持っていたら、敵などひとたまりもないのではないかと思われます。戦争は長くは続かないだろう。六週間後にはパリで和平が宣言されるだろう。避けられない戦雲の嵐の後の洗われたような空。驚嘆し、馴致され、整序されたヨーロッパ。縮小された英国。自らの進歩の内部に封じ込められたアメリカ、支配されたロシアと極東……何という展望！　これは何というチャンスか！　はっきり言って、それはけしてあり得ないことではなく、一見常軌を逸しているように見えるかもしれないが、大いに考えられることだったのです。

こちらでは……私たちの感情の極端な単純さを今更思い起こす必要があるでしょうか？　私たちにとってはのるかそるかの問題でした。私たちは待ち受けている運命をいやというほど知っていました。私たちが退廃した国民であること、もはや子供も作らないし、自信もないし、何世紀にもわたって、恵まれた国土にのうのうと暮らして、堕落していくのを愉しんで生きてきた連中だとこきおろされてきました。

しかしこの苛立った国は、同時に、神秘的な国でもあったのです。この国の言説は論理的ですが、時々人の意表をついた行動に出るのです。

戦争だって？ とフランスは言うのです、――よかろう。

そしてそれがフランスの歴史の中で最も悲壮な、最も意味深長な、――言うなれば、――最も愛すべき瞬間だったのです。同じ瞬間に、同じ雷に打たれ、自分の何たるかを自覚し、回心したフランスは、この時ほど深い一体感を感じたことはありませんでした。そういう一体感を感じる可能性すら以前にはなかったのです。私たちの国は、この上なく多様で、意見もまちまちでまとまりを完全に欠いていました。それが、一瞬の裡に、すべてのフランス人にとって、一つに融合した国になったのです。私たちの意見の違いは雲散霧消し、これまで互いに相手になすりつけあっていた化け物じみたイメージから目を覚ましたのです。党派、階級、信条、過去や未来についてみんなが抱く様々な観念が一つにまとめられたのです。すべてが純粋なるフランスに収斂するのです。暫しの間、一種の予期しなかったような友情、ほとんど宗教的な同胞愛的感情、通過儀礼に見られるような奇妙で、これまで経験したことのないような甘美な感情が生まれたのです。多くの人が自分の国をこれほど愛することを心の中で怪しみました。そして、突然襲ってきた痛みが私たちに自分の体の深奥への意識を目覚めさせ、通常は感じられないある現実の存在に気づかせるように、戦争になったという電撃的な感覚は私たち全員にこの「祖国」の実在を見せつけ、認識させたのです。それは言葉で言い表せないこと、冷静には定義できない観念的存在、人種でも言葉でも土地でも利害でも歴史でも特定できないものです。分析すれば否定できるもの、しかし、まさにそれゆえに、その抗い難い強度において、熱愛や信仰、人間を自分でも分からないところまで連れていく、――自分の外へ引き連れて行く、あの神秘的な憑依状態の一種に似た感情なのです。「祖国」に対する感情は、恐らく痛みと同じ種類の感覚、滅多に味わうことのない異常な感覚に通じるものです。一九一四年に私たちが目にしたのは、最も冷静で、最も考え深く、最も自由な精神の持ち主と思われていた人々が祖国愛に燃え、気を動転させたことでした。

しかしこの祖国愛は、私たちにあっては、なお人間的な感覚とかけ離れたものにはなりませんでした。フランス国民はそれぞれ一個の人間という自覚がありました。恐らくそこが他国の人たちと一番違うところでしょう。多くのフランス人は血腥い、野蛮な習慣はこれを最後にしたい、武力による解決の残虐さとは縁をきりたいと願っていました。みんな最後の戦争に行くつもりでいたのです。

あなたは一個師団を率いて、大佐として出征しました。戦線に出て、あなたの戦闘経験が始まりました。あなたは自ら陣頭に立って、部隊を配属し、激励し、指揮しました。そんなふうに指揮官が貴重な命を必要もないのに危険に曝したとすれば、閣下、あなたをとがめるべきかもしれません。実際は、あなたほどの思慮深く、自分を律することに長けた人が敢えてそのような振る舞いに及んだのには、単に勇敢さを誇示するためでも、功を焦ったのとは違うまったく別の目的があったのでした。あなたは危険のあるなしに拘わらず、現実に飢えていたのです。あなたの懐疑心は理論に厳しいのです。あなたは実際に砲火と兵隊を間近に観察する必要があったのです。独特な戦術を編み出した教官として、平和時の諸々のシステムの素朴な誤りを実戦で拾い上げ、修正する必要があったのです。砲弾の落下点に身を置いて、真実を探ろうとしたのです。

とくに指揮官は自分で兵士の感じる心理的な衝撃を経験し、自分の体で様々な振動、反射を受け止め、エネルギーの突然の変化、部隊に下される命令が実際に引き起こす効果などについて確認すること、そして司令部や分隊いかんで、出来ることが一様ではないことをつぶさに見ることが何にもまして重要であると、あなたは考えていたのでした。

　あなたは戦争になる前に考えていたことが正しかったこと、あなたがフランス軍の規律について懸念していたことは不幸にして的中していたことを知りました。私たちは大幅に攻め込まれました。優秀な戦術が敵の戦略を大きく展開する力となりました。ほどなく私たちが敗けるだろうとみんな思っていました。事実、敗戦だったのです。東部戦線は大きく包囲されてしまいました。私たちは北部もロレーヌも保持できません。ギーズでは、(かつて陸軍士官学校で同僚だった)ランルザックが追撃してくる敵軍に果敢な反撃を加えましたが、効果がありませんでした。敵の大きな包囲網は我が軍の左翼をしめつけ、パリにせまる勢いでした。敵軍の戦術が優り、勝利しようとしていました。敵を見下したようなこの上なく華麗な戦略、ほぼ完璧な戦術、圧倒的な破壊力を持つ武器、比類のない精鋭部隊、これだけ揃っていて、勝利が目前だと確信してどこがおかしいでしょう？　混乱の裡に退却し、後退するにつれてますます弱体化し、敗走状態になり、敵軍の前進に困惑し、なす術がなくなった軍隊が、突如、力を盛り返すようなことなどかつてあったでしょうか？　突然、陣容が硬くなり、勢いがつき、敵を脅かすようになり、士気が高まり、奇跡でも起こったかのように一変して、自ら地歩を固め、防戦し、用心して、隊列を解き、最悪の事態を避けるために塹壕に身を隠したのです。そして、そこで四年間がんばって、結局、三十三日間で終わるはずだった強力な軍事作戦が失敗し、敵は敗北するのです。何という壮麗な計算の廃墟でしょう！……

フランス人に、いつの間にか、彼ら自身も知らないうちに、新しい一つの力、かつてどこにも記されたことがないような、信じられないふんばりが生まれたのです。驚くべき堅牢さが生まれたのです。軽薄で逃げ惑うといわれたフランス人が、この上なく重い損失を出し、この上なく辛い幻滅を味わいながらも、四年間の長きに渡って、敵の攻撃に耐え、激しく反撃したばかりでなく、同盟軍を鼓舞し、激励し、結束を固めさせたのです。同盟軍の力を結束させ、物質的・精神的に支えたのは彼らだったのです。どこからフランス人がそれだけのものを引き出してきたのか分かりませんが、これまでのフランスの歴史において費やされた総量を越える精神力・気力・金・英雄が、このたった一つの戦争に費やされたのです。

ジョッフルは、マルヌの戦いで、このフランスの新たな結束を体現しています。彼がそれを要求し、獲得し、体現したのです。

この時点で、我が国が、敵国の将軍の奇妙な苛立ちに、我らが将軍の驚くべき冷静さ、慎重さ、単純にして決断に富んだ判断を対置していることは注目すべきです。彼は突風は一時的であることを知っていて、むきにならずに、辛抱を重ねる必要があることを知っています。彼には、後退して、最大のチャンスがめぐってくる日を待つ力があります。その日が来たら、合図をし、手の内を見せて、勝つのです。

マルヌの戦いは長引き、イゼールまでもつれこみますが、これは恐らくフォッシュの傑作でしょう。ドイツ軍の戦略はこの河で行き詰まり、イープルで終わります。フォッシュはそこへ必死の追走で敵よりも早く到着し、ベルギー兵とイギリス兵に合流して、彼らを廃屋と砂丘の中で防戦するように説得します。そして彼流の防御、すなわち、攻撃を徹底的に仕掛けて、戦いを一か所に集中させるようにしたのです。これは格別重要な意味を持つ勝利であり、西部における古典的な戦略の最終局面です。この決定的な一撃がフォッシュによってなされたこと、敵の戦略に対してすべての出口を塞ぎ、敵の戦略を壊滅させる役割が偉大なるこの戦略家のために取っておかれたということも注目に値します。これ以後は、もはや期待される決断もなく、重要な戦闘も、雷撃もありません。人々がかつて夢見たようなアウステルリッツの戦いもセダンの戦いもありません！

……しかし勝ち取った地歩の保持、打ち破られることのない防衛線の確保、古典的な考え方からはずれた新しい発想が重要になってきます。もはや目的は地理的なレヴェルのものだけに限られません。かくしてこの上なく複雑な機械の前代未聞な展開が始まります。ということはもはや敵に敗北を認めさせ、包囲したり、とどめの一撃を加えたりすることが問題ではないということです。軍隊の配置ではなく、閉ざされた戦線の処理が問題なのです。戦線は屈折したり、波打ったり、ある種の均衡の下に存在する生き物のような特性を持っています。戦線は再生されたり、修正されたり、絶えず囲い込んで境界を画定し、越境行為は必ず阻止します。

　戦争はもはや以前のような急激で集中的なドラマではあり得ないのです。人によってはまだそういう段階だと思っているかもしれません。これからなすべきことは、師団ごとに、敵を徹底的に消耗させることです。そして当事国の奥深いところ、戦線の背後にいる最後の兵士、最後の金、最後のエネルギーの原子に照準を据えることです。戦争はもはや行動ではありません。一つの状態、恐るべき体制《レジーム》の一種なのです。戦争は場所が固定されました。しかし何とそこは私たちの国の中なのです！

　閣下、こうした驚くべき新事態のどの時点、どの出来事も、すべてあなたにとっては思考を刺激し、いくばくかの真理を学ぶ機会なのです。あなたが陣頭に立って指揮した出来事はすべてあなたを成長させました。アルトワでは、部隊を指揮しました。シャンパーニュでは、大隊を指揮しました。そしてその都度、あなたは戦線を打ち破ったあと、平地での戦いが勝敗を決すると考えるのは、一部の人たちの幻想にすぎないという確信を深めたのです。そうした幻想は、過去の事例にとらわれ、現時点で何が忌避され、何が要求されるべきかを逸早く見極めることよりも、かつての輝かしいモデルに執着することをよしとする人たちの頭にとりついて離れなかったのです。

しかしはっきり言えば、問題は敵味方問わず双方にとって等しく困難であり、容易に解決できるものではありませんでした。状況は恐ろしい膠着状態にありました。手段が強力になればなるほど、手も足も出なくなるのは必定です。幻滅が常態となります。攻撃と防御が、ルーチンワークのように、両陣営で繰り返されます。役割が順に入れ替わるようなものです。一九一四年十二月から一九一八年七月までの戦争は、要するに、新旧入り混じった事態の中、最も知に長けた者すらどう対処していいか分からないほどのかつて経験したことのない条件の中で行われた血塗られた一進一退でした。ナポレオンが墓から出てきても、おそらく打つ手がなかったでしょう。

結局、軍隊の強大さ、国を挙げての力の結集、戦線の固定、相手の動きを制止するために用いられる武器や障害物、そうしたことから結果する時間的な長さ、そして指揮官の仕事の比重が次第に銃後にうつり、政治や世論や経済に及ばざるを得なくなってくると、両陣営の参謀の考え方が等しく衝動と抑制、試行錯誤と断念の二者択一の中に閉塞されてしまうのです。

ヴェルダン大攻勢の理由をあまり深く追求できないのはそれゆえです。ドイツ人が主張する理由は反駁できないものではありません。列挙された理由に整合性はそれほどないからです。真実は極めて単純に思われます。当事者の立場に身を置いてみればいいでしょう。どうしていいか分からないけれども、何かしなくてはならない。大きな、抗い難い理由です。せまってくるものは何もない。戦略は網の目にひっかかって動きが取れない。これまですべての攻撃は失敗した。限界に達した想像力は、もはや、既に考えたことをもう一度示唆するほかないのです。ただし今回は猛攻です。攻撃のスケールは度を越したものになります。四十万人の兵に信じられない数の大砲が戦線の一点に集められます。指揮を取るのは皇太子、標的は史上名高い堅固な要塞です、——ヴェルダンの戦闘とはそうしたものなのです。

戦闘？……　しかしヴェルダンは通常の意味の戦闘というより、大戦争の中に挿入された一つの総力戦です。ヴェルダンはそれだけではありませんでした。ヴェルダンは世界の見守る中での一種の決闘、一騎打ちでした。それはほとんど象徴的な意味を持ち、閉鎖空間を舞台に、あなたがフランスの代表選手として、皇太子と対決したのです。世界中が見ていました。戦いは、双方が交互に攻めあるいは守り、丸一年近く続きました。こまかい挿話や局面についてはここでは話しません。あなたが関わらなかった時は一瞬たりともありませんでしたが、そうしたあなたの役割について述べることもいたしません。ほんのいくつかの点に限って申し上げましょう、――一つはあなたの精神について、というのはあなたの戦争に関する実験的な理論がそこで験《ため》され、勝利したからです。そしてもう一つは、あなたの個性について、さらにあなたの心についても忘れずに言及したいと思います。

閣下、あなたはヴェルダンであの不滅の抵抗を引き受け、指揮し、体現しました。抵抗は少しずつ、あなたの差配の下で、考え抜かれた上に意外性に富んだ転調のように、少しずつ攻撃性を加味したものへ変貌し、世界の驚きと敵の困惑を尻目に、怒濤の力へ変わって、失地点を奪回し、反撃に出て勝利するようになったのでした。

一九一六年二月二十五日の夕方、指名を受けるやいなや、あなたは夜の雪の中を、国防参謀本部へ連絡するために駆けて行きました。深夜にあなたは重大な命令を指示しました。それは一歩一歩《ピエ》、一プス[10]単位で前進することに固執して、孤軍奮闘していたある地域防衛軍のほとんど本能だけで行動しているような戦術を破棄するよう命じるものでした。あなたは各部隊に作戦プラン全体の中で果たす機能を振り当てました。あなたには分かっていました。敵が私たちの消耗するのを待っていること、そして、持ちこたえるためには、それ自体優勢かつ強固に組織された陣地へ力を結集しなければならないことを。攻撃はおさえこむことができました。しかし、攻撃があまりにも激しく、あまりにも執拗に繰り返されるので、標的となった部隊は、数日で、あらゆる口径の数千丁の火器の砲撃を受けて潰えてしまうのでした。しかも敵の砲火は戦線の後方をも執拗に攻撃するので、防衛軍は弾薬・食料・薬品などあらゆる支援物資の不足により負けそうになるのです。

あなたがあの真に「聖」なる「道」を作ったのはその時です。道は車輪や軍靴・雨・砲弾でつねに壊されますが、大規模な作業員の一団によって、土地の石が後から続々と運び込まれて修理されます。砲火と生の間を往復する工作隊の人と資材を運ぶ車両によって絶えず踏み固められるのです。あなたはすでに防衛にあたる兵士の絶えざる入れ替えを要求していました。そしてヴェルダンへ我が国軍のすべての部隊が交代でやってくるシステムを採用させます。部隊は次々と交代しました。彼らはそこから泥まみれになり、疲労困憊し、空ろな目で、英姿を見せながら引き上げてきました。みんながヴェルダンへ来て、そこで何か分からない崇高な体験をするのです。あたかも祖国のすべての地方が、祖国の戦争による最も過酷な供犠、この上なく血塗られた、荘厳な、全世界が注視する供犠に参加すべく義務づけられていたかのようでした。彼らは、「聖道」を通って、例のない奉献のために、人類がかつて樹立した最も恐るべき祭壇へのぼって行きました。祭壇は数か月で独仏あわせて五十万人の生贄《いけにえ》を消化したのです。

もはや私たちは古代の英雄たちや帝国の偉大な兵士たちの話を聞く必要はありません！　彼らの防御は数時間の問題でした。彼らの敵は目に見えていて、近づいていくことができました。彼らは大気を吸い、自由に動き回りました。ガスもなく、火炎の海もなく、泥土に埋もれることもなく、空からの攻撃もなく、恐ろしい砲火に目くるめく夜もありませんでした。その時代には、何時間もの間、死屍累々の戦場に、おぞましい雲が、何百万の火と弾の炸裂が覆いかぶさるのを見ることもありませんでした。

真実、私たちの時代の人間は、誰でも、性格が弱くなったとか、人工的でより繊細な生活、懐疑主義あるいは快楽によって惰弱になったと考えられ、批判されていたにも拘わらず、今度の戦争では、どんな時代の人間も及ばぬ気力、忍従、悲惨・苦痛・死の覚悟における最高点をマークしたのです。

かくしてヴェルダンは救われました。あなたの名前はその偉大なる地名と切り離せません。しかしあなたの心痛ははかり知れないものでした。すべての兵士に他の指揮官の下ではあり得ないほどの信頼感を抱かせ、みんながあなたを頼り、あなたの存在が兵士のみならず、政権も国も司令部も同盟国に対しても、等しく安心感を与えてくれるものであったにも拘わらず、あなたは、閣下、つねにあなたの最前線を保持することに神経をとがらせ、最後まで凱歌を挙げることには首を振りませんでした。銃後の世論が事態を先取りして、まだ負けていないにすぎない防御拠点について勝利を宣言するのを見て、あなたは一種の不安すら覚えました。そういうところにあなたの個性があります。あなたは確実で証明可能でないものに対して自己満足することはけしてしません。見せ掛けにすぎないものに対して、あなたは厳しいのです。

しかし、あなたには兵士たちに対する深い愛があります。彼らの口では言えない幾多の苦労、疲労・苦痛・傷痍・屍が救国の糧となったのです！

あなたの冷徹な、ほとんど冷厳ともとれる態度は見せかけでした、閣下。その態度からはあなたの心の中にある兵士たちへの賛美、配慮、父性愛は見えません。しかしあなたほど兵士たちの必要に通じ、彼らの力を大切に使おうとし、行き過ぎた厳格さや要求を戒めた指揮官はいませんでした。とくに兵士が流す血を少しでも減らそうとしていました。兵士は次第にあなたのことを知り始めました。あなたの中に人間を見出したのです。それは階級においてどんなにかけ離れていても、自分を近寄り難い人物、気軽に口がきけない人物、まったく別種の存在にはしない人間ということです。

それに、あなたの思想は戦争の現実を徹底して見ることです。したがって、実戦の重要さは身にしみて分かっていました。実戦がうまくいかなければ、どんなに見事な作戦行動も絵に描いた餅にすぎないのですから、戦闘員の人柄や状態についての理解が、あなたの作戦プランにおいては、つねに、存在し、影響力を持つのです。なぜなら、軍隊を指揮するとは、思想による部隊の統御と部隊に関する正確な知識による思想の調整の一体化されたものでなければ、何でしょうか？　精神が、自分の体や手足について強く、明確に意識したとき、外界や自分自身についてより一層確実な働きかけができるように、軍隊の指揮も同様です。あなたはあなたの命令を実行しなければならない者たちの魂や存在に接触することなく、抽象的に指揮をすることを潔しとしませんでした。これが、閣下、あの極めて残酷かつ苛烈な状況において、あなたに手段を与えてくれ、軍隊のみならず、国の栄誉、ひいては、国の存在そのものを守り通した栄光を与えてくれたものです。

壮絶な攻防に明け暮れたヴェルダンがあなたに要求したのは、ひたすら、困難きわまる戦争においてあなたの軍人としての稟質を発揮することでした。しかしその時点ではあなたの相手は外敵だけでした。翌春近く、大いなる危険が出現しました。仏軍は決定的な大軍事作戦を開始していました。勝算を確信し、戦勝気分でいた我が軍が、突然、戦闘の最中で膠着状態に陥り、掲げていた目標の達成が不可能であることが判明したのです。軍隊は昂揚感の頂点から失墜しました。力尽きて、甚大な損失を出し、噂がそれを増幅します。とくに軍はひどく失望していました。準備不足、歴戦の兵士も免れ得なかった軽率な行動、許されない不謹慎、みんなが感じる諸々の失敗の要因が兵士たちの心にひっかかり、およそありとあらゆる不平不満を引き起こすことになったのです。約束が守られてない、休息が十分でない、疲労が限度を超え、無意味な訓練が多すぎる……。

不平の声が(部隊の中だけでなく)司令部へ上がってきます。憂慮すべきもめ事があちこちで起こります。不吉な噂が様々な憶測を呼び起こし、やがて勇壮な軍隊全体が動揺するようになります。不安を募らせるような声、不安に駆られた群集を煽動して不満の原因を糾明させ、抗議行動を起こさせる例の声に耳を傾けるようになったのです。義務の放棄、さらには公然たる反抗がそそのかされるようになりました……。

そのまま危険の極限まで行ってしまうのでしょうか？　誰が私たちを袋小路から引き出してくれるのでしょう？　戦闘意欲が突然そがれて、毒をくらって意気阻喪してしまったように見える連隊を誰が再び活性化してくれるのでしょう？　あれほどの希望と勇気と努力が浪費されてしまった今、その残骸が腐って危険な物質を醸成するようになりました。騒乱、暴動、反乱まがいのことまで起こったのです……忘れてならないのは、フランスでは、最も強烈な革命運動は愛国的憤激によって引き起こされたということです。

誰が私たちをこの袋小路から引き出してくれるでしょう？　その時、人々の口の端に上ったのはただ一つの名前です。幾多の未曾有の危機を乗り越えてきたこの時代に、直面する最大の危機から私たちを救い出すことができるのはただ一人の人間なのです。

危機が、理性が、権力がその人を指名するのです。幸いにも明敏な大臣がその人物を指名します。たちまち、ヴェルダンの戦いの日のように、あなたが指名されたという噂が広まると、それだけで、不安に駆られていた人々は安堵しました。こうした途轍もない状況の中で、閣下、全面的な指揮権を委ねられ、すべての者たちに対して自分でなくてはこの場を切り抜けることができない、自分を取るか、敗北するか二者択一だと言えることは何と幸せなことでしょう！

あなたの偉大な前任者も、迫り来る決戦を前にして、〔一九〕一八年、数時間の審議の末、四軍の総帥に推されたとき、同様の栄光を享受しました。

かくしてあなたは最高指揮官となり、私たちの運命を左右する人となり、フランス軍全体を統帥する人となったのです。あなたはただちにあなたの叡智を傾け、次いで、人間性の一切を注入するのです。

ああ、まずは、あなたの人生の中で最も苦しい時を今は生きなければなりません。敵を攻撃しなければなりません。「しかし彼らは私の兵士だ」、とあなたは書いています。「彼らは三年前から我々と共に塹壕の中にいる。」

「歴史」は、いつの日か、数字や文書を手に、あなたの厳格さに大いなる節度があったことを示すでしょう。数週間で、あなたは、憎悪や恐怖なしに、暴動を鎮圧し、監督不行き届きを咎め、首謀者を処罰しました。そしてそうした事態を招いた根本原因の撲滅にみずから動いたのです。あなたはそこかしこの宿営地で調査しました。一対一で相手と話をし、報奨には公平を、兵務・塹壕・休暇の交代には平等をもたらしました。兵士たちの苦しみと苛立ちの中に物理的原因と精神的原因とを見極め、彼らの食事・休息・気晴らしに意を用いました。他方、彼らに我が軍に希望があることを確信させました。あなただけが、それを、言葉だけだとか、幻想だとか疑われることなく、説得することができました。とくに、あなたは彼らの生命が、いかなる場合でも、成果が疑わしい、準備不足の戦闘行為でいたずらに危険にさらされることがないよう厳命しました。

かくして奇跡が起こったのです。その前には誰しも頭を下げ、不満分子や反乱を起こした勇士たちもすべて、今一度、「祖国」のために差し出すほかありません。

戦争史の中で類例のない勝利。このような逆転劇には偉大な指揮官の才能だけでは不十分で、まさしく偉大な人間の魂がなければならなかったはずです。

ここで私はどうしても次のことを指摘しておかなくてはなりません。人々がこぞって兵士たちに再び希望を抱かせ、戦意を昂揚させることを託したのは、先行きを暗く見る人、最悪の事態を予告する傾きのある人と時には言われていたその同じ将軍だったということです。

勇気付けられた軍隊をまるごと、あなたは敵陣から数歩のところで教育しました。今次の戦争の最も奇妙な点の一つは、戦争をしながら、同時に、戦争の仕方を学ばなければならなかったということです。あなたは兵士の一人ひとりの心にあなたの戦略の精神が吹き込まれるよう心を砕きました。戦争が始まって以来、あなた自身が絶えず汲み取ってきた現場からの教訓の一切を、戦闘の周辺で続けられている訓練の隅々にまで浸透させなければならないと考えていたのです。

数か月で、あなたの練達の指揮の下に、仏軍は力と精度と比類のない抵抗力を備えた軍隊に成長し、あの危機的かつ決定的な年には、ほどなく手痛い損害を蒙った英軍と増強され、訓練されるのに手間取っていた米軍との間にあって、連合軍の防衛と勝利をもたらす要《かなめ》の役割を果たすようになるのでした。

この最後の年の情景は途方もないものでした！……　みんな終局が近いことを感じていました。しかしどんな終局になるのか姿が見えないのです。勝敗についての不安は依然としてありました。両陣営が恐れている結果があまりに大きなインパクトを持つので、兵士たちは双方とも徹底抗戦の構えを取っていました。ロシアが撤退すると、ドイツ人が大挙してやってきました。しかし、戦局は彼らに有利でも、私たちには時間が味方でした。状況判断から、彼らは最後に猛攻撃をかければ勝利だという幻想を抱いていたのです。彼らは率先して攻撃してきます。数時間のうちに恐るべき凱歌を挙げます。かくして彼らは落胆した連合軍に到底かなわないという思いを植えつけるのでした。

その時、闇から姿を現したのがフォッシュです。ソムの戦い(11)以来、彼は闇に閉ざされてきました。その時まで、彼は本領を発揮することができませんでした。この偉大なる指揮官はそれまで一度も先頭に立って指揮したことがありませんでした。それに、細部に富み長きに渡る今次の戦争ほど、彼にとって縁遠いものはありません。彼はこの上なく華々しい古典的様式の戦闘のために生まれてきたような人で、大規模な軍事行動においてこそ自分の本領が発揮できると思う人でした。行動こそ彼の真髄であり、彼の知略を活性化するものです。彼は叙事詩的な頭を持ったフランス人です。

彼においてまず印象的なのは、思考の恐るべき速度です。それは彼の言葉が誰にも追いつけないほどの速さで出てくることによっても分かります、——まるで相手の話の流れの中に突撃して、問題の戦略的な地点で、相手よりも一言でも先に行こうと急いでいるかのようです。彼は、明らかに、精神に一瞬閃いた火花に出遅れることは耐えられない様子でした。彼は本能的に物事の本質に飛びつきます。考えが浮かぶと、間髪を入れず、決定的な行為に走り、最も重要な出来事が何かを考えるのです。細部を犠牲にして、時には、可能性の限界へ挑むのです。

彼は好んでイメージを利用しました。それが精神の閃く二つの瞬間を結ぶのに、最も確実とはいえなくとも、最も迅速な移送手段だからです。人々は彼の言うことが難解だと非難しました。その種の非難はつねに最も明晰な精神が蒙る非難です。そうした精神は自分が考える明晰さを通常の表現の中にはしばしば見出せないのです。しかしながら、彼が出席した学士院での最後の集まりの一つで、私たちが夢中になって、口論になったわけではありませんが、——フランス語文法の企画を議論しているとき、フォッシュが、意見を聞かれて、私たちに次のように言ったことを思い出します。「文法は短く、短く、単純なものがいい」と。彼は目標にまっすぐ向かうものしか評価しません。ただ、それは色々な人たちが直線と認めるのと同じ軌跡を指しているのではまったくありません。考え方によって、最短距離は違うのです。

　フォッシュはエネルギーの塊のような人でした。彼のような人は、思考においても、行動においても、最大エネルギーを要するような決定にどうしても、抗い難く引かれるタイプです。

　フォッシュは、現在を拒絶し、誰の眼にも歴然たる現実を却下し、現実を見せかけだと決めつけて、状況に対して、自分の単純明快な意志を対置するというふうにも言われてきたようです。すべては強固な意志の前に屈するのは当然だと思われていたのです。その意志は瞬間的な現実に対して奇妙にも優位を誇り、余人の介入を許さず、牢固として絶対であり、力や手段の物質的な懸隔にはほとんど無関心なのです。眼に映るものは、したいと思うことに対して、重きをなさないのです。

　そうした衝動が強くなると、無謀な行動に走りかねず、思いがけないブレーキがかかったときに、一挙に崩壊してしまうようなことが時に起こります。しかしごく単純に考えても、状況が抜き差しならぬ状態になった場合、強固な意志を貫徹することは正しいのです。そもそも戦争とは、圧倒的に、そうした抜き差しならない状況に見舞われるものだからです。したがって、八方ふさがりになって、出現するもの、目前で準備されているもの、すべてが明らかに脅威的であり、こちらはほとんど絶望するほかにないとしたら、どこに最後の望みを託したらいいのか、刻々と敗北へ向かっていく状況や出来事の全体の中で、まだ残る唯一の不確定点をどこに見出したらよいのでしょう？　この最後の点、この究極のチャンスは敵の心の中にあるのであり、そこにしか存在し得ないのです。絶対的に優勢であっても、ほとんど勝利したつもりの人の魂にもどこか弱いところが残っているのです。せまりくる勝利に対して抱いているわずかな疑念、あるいは、勝利を確信するあまりについ心が浮かれているような状態が、負けそうになっている側が巻き返す最後のチャンスなのです。

フォッシュがつねに考え続けていたこと、そして、私たちを救ってくれたのはそれです。最も危機的な日々、彼は敵の猛攻の内に、その恐るべき進撃の内部にひそむ絶望を読み取ったのです。彼はそこに彼らの黒点を見るのです。そしてそこに自らの勝利の目が現れてくるのを見るのです。だから、その後矢継ぎ早に起こった厳しい出来事、アミアンの足元までせまってきた戦闘、コンピエーニュに向かう戦闘、シャトー＝ティエリーの恐るべき奇襲、そうした出来事にも拘わらず、彼は自分の大攻勢計画をほとんど延期させませんでした。

しかしついに彼が本領を発揮できるときが到来しました。その年の半分は敗北つづきで終わりました。夏が始まります。フォッシュは勝利を手にします。そしていたるところから勝利をもたらします。秋には凱旋です。

祖国の救出、一生涯の望みの達成、自分が考えてきた仕事の成就、自らの名前における不滅の栄光の確信、それらの一切が恥辱と憤怒を顔の表情に浮かべ、無限の悲嘆を魂に抱いて無慚に敗走する敵兵から授けられ、敵国が放棄したものを手にしたときのフォッシュの心中はいかばかりでしたでしょう！


私はここで、閣下、あなたが話されたあとで、これらの出来事について話す勇気はありません。あなたは実際にそれらを、フォッシュ元帥との絶えざる、極めて幸福な関係の裡に、体験し、苦しみ、かつ、打開したのですから。フランスの最北部と最南部が、それぞれ異なった性格と能力を、一にして不可分な祖国への奉仕と救済のため、ばらばらになっていたフランス人を国体へ統合するために持ち寄ったのです。

しかし残念ながら、はっきり言えば、戦争の目的のすべてが達成されたわけではありません。

何年も前からヨーロッパに重くのしかかっていた不安な圧迫感を払拭したいという希望は満たされませんでした。しかしそもそも戦争に、——恐らく政治にも、——真の平和の樹立など求むべくもないのではないでしょうか?

あれから十三年後の空は快晴とはほど遠い状態です。世界は、閣下、あなたにあなたが存分に享受する資格のある余暇をなかなか与えてくれません。フランスは、大変遺憾なことながら、あなたにアルプスの麓、やや海につきでた地にあるあなたの花々や葡萄の木を心ゆくまで手入れして過ごすことを許しません。フランスは平和時にも、あなたの余暇を奪って、演習を行おうとしています。あなたはあなたの軍隊を視察し、鼓舞しつづけています。あなたはあなたの部隊を歴訪し、あるいは建て直し、あるいは士気を昂揚させ、軍務に眼を配っています。あなたは最も信頼する部下とフォッシュ元帥を最も敬愛する友人と共に、国境線すべてを見回りました。そして、聖なる国境線のすべての地点を自分の目で確認したのでした。

それは必要なことです。我々が金《きん》を保有しすぎると思ったり、大砲の数が多すぎると思ったり、領土が多すぎると思ったりする人々がいて、私たちは挑発的な存在になっているからです。言葉や、もちろん意図においてそうなのではなく、私たち自身のあるがままの姿、私たち自身が所有しているものが私たちをそういう存在にしているのです。しかし、頭がおかしくならないかぎり、どうしてまた戦争をすることなど考えられるでしょう、戦争の結果に幻想を持って、戦争をすれば平和では得られない何かが得られるなどとどうしたら思えるでしょうか？

あくまで理性的に考えましょう。かつて戦争は、何はともあれ、それがもたらす成果によって正当化することができました。戦争はきちんと定義されたある一つの状態から別の状態へ武器の力で移行する過程だと、かなり乱暴な話ですが、みなされていたのです。したがって、計算の対象になり得たのです。戦争は当事国双方で軍隊によって決着がつけられるビジネスでした。議論の幅は画定されていて、盤上に載せられる駒の数も限られていました。勝者が最後に利益を得て、大きくなり、豊かになって、長期間に渡って利得を享受するのでした。

しかし政治の世界は大きく変化しました。かつて血腥い企図の利得について計算ができた冷静な理性も、今日では、予測を立てても、迷うことばかり多いのが必定と認めざるを得ません。もはや局地戦とか、画定された決闘とか、戦いの閉鎖系といったものが存在しないのです。戦争を始めた者は、もはや、誰に対して、誰と一緒に、戦争を遂行しているのか予測が立たなくなるのです。彼はいつまで続くかも分からず、どうとも特定できない力に対抗して、計算の成り立たない戦いに乗り出すのです。そして仮に彼にとってよい結果が得られても、勝利が確定すると同時に、その成果を当事者以外の世界の国々と奪いあうかたちになり、場合によっては、戦わなかった者たちの法律に従わなければならなくなるのです。確実に手元に残るのは、人的・物的な途方もない損失で、それは補償されることなく自分で負うほかないのです。というのも、強力な生産手段が数日で強力な破壊手段に変わってしまう時代、発見や発明が人間に奉仕するものにも、脅かすものにもなる世紀においては、賠償金は、疲弊した敵に要求して得られるものすべてを合わせても、消費した莫大な財のごく小さな一部分にしかならないからです。さらにそこに計算不能な国内秩序の乱れや騒擾の可能性が加わります。

申し上げたことはすべて私たちが目の当たりにしてきたことです。諸国が連合して二手に分かれ、主軸国が力尽きるまで、殺しあうのです。経済的・軍事的予測は一切役立ちません。それぞれの立場から、かなり違った意図を持って参戦したつもりでいた人々は、そこから脱け出られなくなります。古く、力のあった王朝が崩壊し、世界におけるヨーロッパの優位が危殆に瀕し、威信が傷つけられます。精神および精神に関わる事象の価値の暴落。生活はいやましに苦しくなり、混乱します。不安と悲嘆が蔓延し、諸国に暴力的あるいは異例な体制が敷かれます。

どうか誰も新たな戦争が人類の運命をよりよくし、和らげることができるなどと思わないでいただきたい。

それにしてもどうも経験がまだ足りないように思われます。人によっては新たな殺戮に望みをつないでいるようです。まだ苦悩が足りない、失望が足りない、廃墟や涙が十分でない、手足を失い、視力を失った者が十分でない、寡婦や孤児の数が十分でないと思っているのです。平和時の諸問題で戦争の残酷さが色褪せて見えるのです。そしてここかしこで戦争の恐ろしいイメージを掲げることが禁止されています。

しかし絶望的な戦いを経験した国の中で、大軍の衝突は恐ろしい悪夢にほかならなかったことを認めないような国、震えながら目が覚めたら、無事だった、一瞬血迷ったが、分別を取り戻してよかったと思わないような国が一つでもあるでしょうか？　なおも血腥い戦いをやろうとする国の中で、自分の望むところを正視し、未知の危険を推し量り、つねにつきまとう敗北の可能性は別にしても、勝利にいたるまでに起こるであろう諸々の出来事を敢えて直視することが出来る国が一つでもあるでしょうか、――自然災害と変わらないところまで発達した戦争が、国境を挟んで、双方の人口密集地全域にわたって、生きとし生けるすべてのものの命を無差別に破壊しつくすような時代において、そもそも本当の勝利などというものが話題になり得るでしょうか。

何とおかしな時代でしょう！……あるいはむしろ、こうした考えを生み出す精神とは何と奇妙な精神でしょう！……意識は鮮明で、明晰そのもの、ぞっとするような思い出が現前する、数知れぬ墓の傍らで、苦難の時代を脱け出たばかりなのに、結核や癌の解明に情熱を傾けて取り組んでいる研究所の横で、ある人たちはなお死のゲームに参加しようと思っているのです。

バルザックは、ちょうど百年前に、こう書いていました。「踝まで血塗られた足をぬぐう間も惜しんで、ヨーロッパは絶えず戦争をしてこなかったであろうか(12)？」

人間は、明晰かつ理性的であっても、自らの衝動を知識に、憎悪を心痛に捧げることができず、炎に抗い難く引き寄せられていく不条理かつ憐れな昆虫の群のように、振る舞うものなのでしょうか？

ペタン元帥頌

パリ市が、今日、国家元首に捧げんとする頌辞は、人格に対する尊敬や敬意や心服の表明、あるいは、業績に対する賛嘆のしるしなどというのとはまったく別のことであります。それは、より深い、言うなれば、より真率な厳粛感に裏打ちされた特別な意味を持った行為であります。

現在、我々が置かれている異常な状況、多くの計画が中断され、力が散逸し、我々が築いてきたものがすべて崩壊してまわりに横たわっているような不幸な状況にあっては、頌辞を呈することは、すべからく、祈りにも似た行為であります。

頭脳であり、象徴であり、フランスが生み出した傑作であるパリが、一国の首都の資格において、身にふりかかった未曾有の災厄のさなかにあって、国家の統一、すなわち国家の存続をはかるために一身を捧げた者に対して、恭順の意を表し、忠誠を誓うのであります。

しかし、かかる栄えある偉大な「都市」を代表して、尊敬と感謝の意を表明するためには、頌辞を述べる役を仰せつかった者には、私などの与り知らぬ威風堂々たる、格調高き文体が要求されることでありましょう。しかしながら、大理石に彫琢すべき像のモデルとなる人物は人並みすぐれて人間的な人物であり、その作者はといえば、

硬い大理石《マーブル》よりは繊細なる粘板岩《スレート》を好む、(1)

者でありますゆえ、ここでは、元帥に関するごく単純な個人的な思い出のいくつかを記すにとどめようと思う次第であります。

元帥の性格の中で最も注目すべきものの一つは、いかなる立場、いかなる状況に身を置くことになっても、けして変わらない、恐るべき性格の一貫性であります。元帥は見事なまでに一貫して変わらないのです。そうした元帥の性格は元帥にまつわるほんの些細なエピソードの中にも如実に示されています。

学士院《アカデミー》については、その様々な慣習や仕事について、あるいは、会員に誰が選ばれ、誰が選ばれなかったかということについて、毀誉褒貶のあることは承知していますが、

それとは別に、そこが、週に一度、この世のあらゆる高尚なる職業において傑出した業績を上げた人々(その中には、一人ならず、己の分野で最高峰を極めた人がいます)が一堂に会し、何気ない日常的な会話を数分交わすだけで、己が一生かかわってきた分野の問題について、直接経験に裏打ちされた正鵠を射た意見を述べることのできる場所であることに変わりはありません。そうした会話は何冊もの書物を読むのに匹敵し、我々の思考を正しい軌道に乗せ、誤った判断を正すものです。そこには学者、聖職者、軍人、政治家、作家などが辞典編纂のために招集され、各人、完全に平等な発言権を持った評議会を構成します。抗争対立などといったものは始めから存在せず、大衆におもねることも、衆議を画策することも、定義上、あり得ないことであります。できる限り自由に感情や意見の交換がなされるための、極めて貴重にして稀有な条件がそこには整っています。他の国なら、こうした組織を国全体の利益のためにもっと活用することを考えるかもしれません。しかしフランスでは学士院《アカデミー》といえば、会員になりたいと思うか、馬鹿にするかのいずれかなのです。自分の持っている力を分散し、活用できるものを活用せず、いたずらな羨望のために価値あるものを、安易さや目下のみかけの安定のために未来を犠牲にすることは、フランスにとって、あらゆる意味で不幸なことであります。

私自身についていえば、これまでつねに人生で何かを成し遂げたり、深めてきたりした人々と思想や意見の交換ができることを願い、そのための努力を重ねてきた者として、学士院《アカデミー》には一再ならず勉強する機会を、あるいは少なくとも、先ほど述べたような、直接的かつ優雅な仕方で、自分の抱いていた考えを改めさせられる機会を与えられてきました。そうした中で、私にとって最も忘れ難いのは、フォッシュ元帥の逝去にともない空席となった学士院《アカデミー》の椅子をペタン元帥が襲うことに全会一致で決定した際、元帥をお迎えする演説の大役が私に与えられたことであります。そして、その演説の準備の必要から、私はこの栄えあるヴェルダン(2)の英雄と頻繁に接する機会を持つようになったのです。

しかし、最初はとにかくそんな演説をするということを考えただけで、奇妙に怖気づいてしまいました。正直に言えば、その役は私には少々荷が重過ぎるように思われたのです。他にも色々微妙なことがあって、私より適任な、然るべき別の会員に代わってもらいたいというのが最初の考えでした。歴史は私の得意とするところではありません。

そして問題となる出来事はまだ新しい出来事であり、証人となるべき人や現場で実際に活躍した人も沢山いて、もし私が事実誤認をしたりすれば、そうした人々から必ず批判を受けるでありましょうし、私の下した判断についても、それはおかしいということになりましょう。学士院の中にも、そうした出来事に直接関係して、事実関係を知悉《ちしつ》した、一九一四―一九一八年の戦争で参謀本部から全幅の信頼を得ていたという人が数名いたのであります。そして、そうした人々が同時に演説家としての資質をそなえていたことはいうまでもありません。彼らに歓迎式典をまかせ、新人会員の謝辞に答える栄誉ある役目を譲るのが賢明かつ適当であろうと思われたのです。そうした中に、かつて陸軍大臣や首相をつとめたことのある人物が是非とも私の代わりにこの役を引き受けたいと望んでいました。その人は人を介してそのことを私に伝えてきました。そして、ついには、直接、私のところへ頼みに来るまでになったのです。私は即座に栄誉ある役目を譲る用意のある旨を伝えましたが、それには元帥が承諾することを条件といたしました。

それから数日後、我々三人は、他の友人数名と連れ立って、ランス(3)に集まりました。伝統的な酒倉《ワイナリー》めぐりの間、先述の政治家が前を行くのにつき従いながら、私は元帥に今度の役目を他の人に譲るのが適当と思われる理由を縷々説明しました。理由は数多く、筋も通っていて、反論の余地のないものでありました……私は今でも、その時、私のほうに向き直った元帥の姿を目に浮かべることができます。そして、元帥が私に、小声ではありましたが、命令を下すときの声でキッパリといった言葉が耳に残っています。「演説はおやりなさい……ゆずらずにおやりなさい。」という次第で、ゆずらずに、何とか自分で演説を拵《こしら》えることになったのです。

つねに自分の口にする言葉の重みをはかり、話しかける人も同様に自分の言葉の重みがはかられていることを感じる、この青い瞳の泰然たる人物の命令にどうして逆らえましょう？　本当は演説を起草することには、私にも興味があったのです。まるで問題を一つつきつけられたみたいで、問題なら、どんな問題でも私には関心があります。様々な問題を考えるということは、自分の限界を見出し、画定することです。自分の限界を知ることほど興味深いことがあるでしょうか？

午後、私たちはポンペルの要塞まで行きました。この散策の間に、私は演説の構想を考え始めました。演説の主人公はすぐ私の近くにいて、すでに様々なことを教えてくれていました。「私はよく働いた」、と元帥は語るのでした……これは、自分一人の力でのぼりつめた栄光の絶頂にいる人の口から言われると、美しい言葉です。私は晩年のコルネイユが書いた不思議に雄弁なある詩句を思い出しました。

孤立無援のわが営為が脚光を浴びる(4)

孤立無援！……生涯休むことのない、飽くなき努力の人である元帥も、一九一四年にはペタン大佐として退役になるところでした。軍人としての勤めが終わったと思われたその時に、元帥への道が始まったのです。

元帥はそれまで九年間にわたって陸軍学校で教鞭をとっていました。ランルザック(5)も教えていたところです。時々校長のフォッシュ将軍が風のように入ってきました。将軍は、暫くの間、自分の理論と真っ向から対立する理論が教えられている講義に耳を傾け、両手を空に上げて、出て行くのでした。しかし将軍は、そうした異端者の講義に対しても、けしてそれを妨害するようなことはしませんでした。これは将軍の偉大なる性格と真に自由な精神を示すものです。

この二人の戦略家がそれぞれ抱いていた考え方は、実戦経験を経たあとも、とくに変わらなかったということ、そうした話も、その午後、草と鉄線で囲まれた、凹凸のはげしい荒れた白亜の要塞の上で交わされた会話によって知ったことです。性格の違いは最後まで残りました。このことは、私が不幸にも歴史について抱いていた不満と軌を一にするものです。私の考えでは、歴史というものには、定義上、みんなが主張する数だけの理屈があって、言い分にはそれなりに証拠や反証をあげることができますが、時間が経つにつれて、その裏側が露呈されたり、論拠が潰えてしまったり、反撃をくらわないようなものは何一つないということであります。ペタン元帥がフォッシュ元帥の影響下で行われた軍隊の再編成について批判するのを聞きながら、私が考えたことは、そのことでした。その日元帥が語ったことについては、もはや、詳しくは覚えていません。しかし、元帥が将来は戦争も必ず機械化されるだろうと述べ、その際には空軍が大きな役割を果たすことになるだろうと強調していたことを記憶しています。それは一九二九年のことでした……。

しかし、元帥自身が誰よりもよく知っていたことは、自動車部隊や機械化部隊が発達し、破壊力が何倍もの兵器やそれから身を守るための防衛手段が開発され、あらゆる種類の機械で軍備が補強されても、そこに人間の心がこめられていなければ、いたずらに高くつくだけの無益なものであるということです。元帥は武器と人間との間に存在すべき均衡をつねに考えていました。機械が恐るべきものとなり、無差別的な破壊力を持つようになればなるほど、それらを持ち運び、使用する者たちが、それだけ明敏かつ勇敢でなければなりません。しかし彼らも人間です。したがって、彼らをよく知らなければなりません。彼らを単なる《人間機材》のようにみなしてはなりません。彼らの苦しみや人間的な反応、感情の起伏や本能に配慮する必要があります。こうしたことを元帥ほどよく理解し、実際に身を持って示した指揮官はいませんでした。そのことについては後にまた述べようと思います。

＊

一年あまりの間、双方とも平行して演説の準備を続けていたことから、それを口実に、私たちは何度も会談しました。元帥の簡潔で、つねに最大限の明晰さにむかう物の見方に教えられました。元帥が認めるのは明証性と経験だけです。素材が複雑すぎて、デカルトが言うような「絶対に何物も逸していないことを確信できるほど完全な調査や包括的な把握」(6)をしたなどとはとても言えないような分野において、理論などというものがどの程度の価値を持つものであるかを元帥は知っているのです。下から順に頂点にまであがってくる様々な報告が、大体のところ、もっともらしく見せかけるのに必要なだけの真実しか含んでいないことも知っていましたから、元帥は自分の目で確かめるために現場に赴くのです。戦術について元帥が語ったことは、私にとって、格別味わい深いものでした。それはまた「実際の行為においては、細部などというものは存在しない」(7)というかのエウパリノスの言葉が軍事の世界でも正しいことを証明するものでした。一九一四年の戦争の最初の悲痛な数か月は、この点に関する我々の認識の甘さを残酷に露呈し、ペタン大佐の見通しの正しさを裏づけるものでした。大佐はその功労により最初の星章(8)を授与されることになりますが、やがてそれが大星団に発展するのに長くはかかりませんでした。

私が元帥に会って話を聞いたのは、どこと決まった一つの場所ではなく、様々な場所でした。元帥の自宅であったり、廃兵院であったり、時には元帥が丘の上に美しい畑を所有している、アンチーブの近くのヴィルヌーヴ＝ルーベだったこともあります。ある秋の日のことでしたが、元帥が葡萄の収穫のために巧みに人々を指揮しながら、忙しく立ち働いている姿を見て、正直、大いに驚いたことがあります。あちこちから熟れた葡萄が絞り機へ運ばれてきました。若い人たちが総出で賑やかに葡萄の房を背負い、元帥のところにやってくるのでした。元帥は大真面目で自分の葡萄酒造りを監督していました。「おやおや」と私は言ったものです。「あなたは北部の出身でしょう。それで葡萄のこともご存知なのですか？」元帥はそれに答える代わりに、その晩、夕食に自家製の葡萄酒を私に勧め、評価を問うたのでした。元帥は酒造りに対しても、他の事と同様、慎重さと周到なる配慮をもってあたっていました。ところで、そうした性格に見られる厳格さは、その荘重な、ほとんど厳《いかめ》しいといえる顔の表情にもうかがえます。それはつまるところ、強い責任感に貫かれ、つねに現実に即して身を処す用意のある精神が持つ厳格さにほかなりません。そしてその現実主義が、元帥にあっては、最も感じやすい、洗練された人間性と結びついているのです。みんなの前で、しかも元帥自身を前にして、演説をするために、何か参考になることはないかと情報を収集している間に、私が元帥の性格の裡に発見した特異な資質とはこのようなものでした。特異といったのは、通常、現実主義というのは人間的な感覚や感情にはまったく関心を払わずに、事実と目的だけが考慮の対象となり、方法の野蛮さなどは問題にしないという行動様式だと思われているのに対して、元帥の現実主義はそうした《通念》と真っ向から対立するものだからです。通念的な現実主義は、現実的なものの持つ一つの重大な側面を切り捨ててしまっていますが、残念ながら、そういう現実主義が横行しているのです……人間を支配する権力を手にすると、ほとんど必然的に人間を人間以下のものとみなすようになり、自分の同胞を自分の道具だと割り切ってしまえば、相手はもはや自分と同列の存在とはみなされなくなるというのは自明の理です。人間の指導者となる人の頭の中では、次のような二つの命題の間を思念が揺れ動くでありましょう。すなわち、私は彼らと同じだという命題と、私は彼らと同じではないという命題です。指導者の中には第二の命題に固着してしまう人がいます。そういう指導者は不完全な人たちです、――出来事が時にそうした人々の不意を襲い、彼らを真の《現実》の前にひきだし、困惑させることがあります。人間というものの反応について無知であったり、誤解していたりすることが、その場合、致命的になります。

　人間を指揮する問題について、真の指導者なら必ず直面する先に述べた二つの命題について、最も重要なのは両者の間に均衡を保つことであることを理解し、実際にそうした均衡をつねに保持し、行使したこと、ペタン元帥の独創性、その資質の中で傑出した一面はそこにあります。戦術論を展開する教育者であると同時に、元帥は軍属の将校でありました。火器の力を予測し、予測に基づいてある種の戦闘展開論を主張したのは、兵士の反応を考慮に入れた上でのことでした。兵士一人ひとりの心理に対する配慮がつねに心にあり、そのことで間違いを犯したことはありませんでした。それは一九一七年の出来事ですでに証明済みであります。

ある日(一九三二年)、我々の良き友であった今は亡きジャン・シャルコ[9]が、我々を地理学協会の図書館に案内してくれたことがありました。その一室にヴェルダンの大きな立体模型があるのに私は気づきました。私は立ち止まり、模型を元帥に指し示しました。元帥は一瞬それを見て、ドゥオモン[10]の上に指を置きました。そして「ここを正視することはできない」、と元帥は言いました。「ここには人間としてあまりに悲惨な出来事があった。」

元帥がかつて自分の連隊を指揮していた頃(ベチュンヌだったか、サント＝メールであったか、失念しましたが）のこと、報告書を見ると、営倉入りの兵士の数が異常に多いのに気づいて、愕然とすると同時にほとんど怒りを覚えたことがありました。そこで事情を聴取しました。すると言うには「大佐殿、これらの兵士は大部分この地方の炭鉱夫の出で、勇敢で極めて良質な兵士であります……ところが、彼らは二十四時間の外出許可を貰うと帰省します。そして帰営の際、停留所に向かう道すがら、酒場に立ち寄り、そこで沈没してしまうのです。そのため帰営が一日遅れ、営倉入りになるのです」。大佐はそこで、まず、休暇を倍にするという古典的な方法を適用しました。しかし、一か月経っても、結果は相変わらず嘆かわしいものでした。営倉入りの日数はそれまでのすべての記録を更新する有様でした。そこで大佐は考えました。原因は解っていました。大佐は原因そのものに直接働きかけることにしました。それも一番自然なやり方で。大佐は家族に宛て手紙を書かせたのです。兵士たちの両親に対して、どうか休暇を得て帰省した兵士の帰営についてご注意いただきたい、駅まで同行し、酒場などにたむろする機会のないように、時刻を見はからって家を出して欲しいと、鄭重なうちにもキッパリとした調子で、要請したのです。そして、それからほどなく、営倉入りする兵士の数は数名の常習犯以外にはいなくなりました。これほど単純なことはありません。しかしそうは言っても、それを思いつく必要があったはずです。思いつくためには何が必要だったのでしょうか？　答えはいっそう単純であります。ペタン大佐であればよかったのです。

学士院における元帥の謝辞に対する答辞の中で、私は、五十八歳になって一線に呼び出され、戦況の進展と共に次第に重きをなすようになり、四年間で栄光の階段を上りつめ、一兵卒が獲得し得る最高の栄誉を手にした元帥の、軍歴として稀にみるめぐり合わせについて言及することを忘れませんでした。このことは元帥によって指揮された人間の数が四年間で千倍になったという言い方で、数値化して表現することもできます。

しかし、その時点で、誰かその後を予言する者がいて、その続きを垣間見せてくれたとしたら、私は何と思ったことでしょう？

一九三一年一月二十二日、新人会員ペタン元帥を迎える栄誉ある任務を果たして、学士院の式典から出てきた私に、いったい誰が、今しがた衆人の前で讃えた人物の偉大なる業績が、そこで終止符を打たれるのには程遠く、まだその最も悲劇的な局面や最も高い地点には到達していないことを予言し得たでありましょう？　ヴェルダンにおける輝かしい栄光や最も危うく最も決定的な時期にフランス軍の総司令官として指揮を取ったという軍人としての最高の栄誉も、実はその後に続く一層尋常ならざる事態、一層悲痛なる試練、一層高度なる要職に就任するための一種の準備にすぎなかったこと、そして結局、その日から十年後に、フランスの完全なる敗北によって、かの日の栄ある学士院新会員に一国の元首という重責この上ない要職に就くことを余儀なくさせる日が来ることを、いったい誰がよく予言し得たでありましょう？　この国は足元から崩れ落ち、すべての力から見放され、いくらかでもその統一と未来を保持しようとすれば、もはや一人の老兵に頼るほかなかったのです。

　常人ならば力が衰え始める五十八歳という年齢から、本当の活動が始まるという人生の例を私は他に知りません。ペタン大佐はまさに退役するところでした。そこに一九一四年の戦争が勃発したのです。そして四年後、これでもう頂点を極めたように見えました。あとはもう栄光につつまれ、人々からの尊敬を一身に集めて休息するばかりでした。しかし、まず、モロッコに極めて困難な事態が発生し(11)、この事態を《切り抜ける》のには彼しかいないということになりました。元帥にとって、かかる遠征の指揮をとったところで得るところは何もないのであります。しかし元帥は責任感から要請された職務を引き受け、スペインへ飛び、プリモ・デ・リベラと協議して帰国し、次いでアフリカへ赴き、敵の抵抗を打ち破ったのであります(12)。これでやっと静かにプロヴァンスの葡萄畑を耕し、葡萄酒を造り、花々を栽培して、静かに暮らしていけそうでありました……回想録など書かずに、であります(というのは、ある日元帥が私に言ったからです、回想録などというものは、他人を攻撃する以外に能のないものだから、と)。恐らく、そうなっても、元帥が完全に軍事から離れてしまうことはなかったでしょう。元帥には陸軍の再編成のことが気にかかっていましたし、平時の防備の問題にも気を配り、国境視察も行っていました。というのは、一九二九年にフォッシュ元帥のあとを襲って会員となった学士院の仕事だけでは、元帥の七十五歳のエネルギーのすべてを消費しきれなかったからです。しかしまさにこの頃になって、元帥の前にまったく新しい道が開かれたのです。政治が元帥をとらえたのです。政権に参加してほしいという要請があったのです。それは、次第に、すべての人の目に、元帥こそ祖国が信頼を託すに値する人物、国民が困難な日々のために蓄えている生きるための活力を体現し、表現するにふさわしい人物であると考えられるようになってきたからです。ヴェルダンや一九一七年の反乱、その反乱を収拾する際にみせた元帥の洞察の深さ、反乱兵士に対する理解と寛大な措置のことなどを忘れてしまった人は誰もいません。またあまり知られていませんが、元師が自己犠牲の人であるということは、多くの人が察しているところであります。一九一八年にクレマンソーが元帥の肩に手を置き「総司令官はフォッシュだ」と告げたとき、元帥は即座に「祖国を救うためなら、何なりと」と答えたのです。こうした英断は、一つには、元帥において特徴的な一切の幻想の不在に、いま一つには、人間の本質を確実に把握していることに通じるものです。元帥が好んで口にする言葉に「私は戦争を軍隊の中で始めた。私は兵士の反応を見てきた」というのがあります。だからこそ、元帥は、指揮官が兵士を前にしてしばしば逆上するような危機的時代において、黙っておられず、ほとんど本能的に、逆上する指揮官や狼狽する兵士、恐慌状態や無規律状態、過度の希望や絶望の表明といった一時的な力の暴発に対して立ち向かう人になるのです。雲行きが怪しくなり、嵐になったとき、周章狼狽した政治が元帥の出馬を要請したのはそれ故です。日頃は最も分別のある一人と目されていた時の首相[13]が、目に涙を浮かべて、ひざまずき、絶対に陸軍大臣を辞めないで欲しいと懇願したのです……その後、困難な外交問題が鬱積し、事態が急を告げ、状況が次第に統御し難くなってくるにつれ、元帥には スペインとの外交関係を修復するという極めてデリケートな使命が託されました。幸いこれも引き受けて貰うことができました。

しかしこうした事はすべて僅かなことに過ぎません。その後のことは周知の事実であります。我々は元帥と共にその後の歴史を歩んできたのです。

まさに破格の人生であります。フランスにも、もし、英雄の生涯を描くプルタルコス(14)のごとき史家が現れるとすれば、元帥の人生こそ恰好の題材を提供するものでありましょう。混迷と総崩れの只中で、一国の秩序と名誉と士気を救うということ(15)の上なく重大な、不安に満ち、危険で、厄介で、苦痛な任務を、この上ない高齢にいたって最も難しい、苦しい条件の下で、一身に引き受けたのです。何という軍歴でありましょう!

独裁という観念

実践的な政治について、私はほとんど何も知らない。思うに、そこには、私が忌避するものばかりがあるような気がする。それはこの上なく不純な世界に違いない。すなわち、私が一緒にしたくないと思っているものがこの上なく混同されている世界、例えば、獣性と形而上学、力と権利、信仰と利害、現実的なものと演劇的なもの、本能と観念などが混同されている世界である……。

しかしそれは、つまるところ、人間性そのものを批判することにつながるだろう……したがって私にはこのような本の序文を書く資格はまったくないのである。本書は、権力を握った政治家が、対談の形で、自分の考えや企図を展開し、自分の政治行動を説明するものである。

恐らく、私に短い序文を書いてほしいと言ってきたアントニオ・フェロ氏は、経験に裏打ちされた思索にいくばくかの思弁的見解を添えることで、対照効果を狙い――新しいタイプの個人指導の政府の出現が単純なる一個人に及ぼす影響を率直に語ってもらいたいと思ったのではなかろうか?

本書に表明されているサラサール氏(2)の考え、あるいは、彼のものとされている考えは、まったく妥当なものと思われる。自分に与えられた重責をひしひしと感じている人間が熟慮した結果がよく反映されている。この重責の意識こそ、高貴な政治をあくまで追求する人間と、大きな役割を与えられて、第一に自分のことを考える人間とを区別するものである。

しかしサラサール氏の政治行動について何か意見を述べるとしても、実際のその行動について知らない者としては、かなり無礼なことにならざるを得ないであろう。というのも私はポルトガルに行ったことがないし、仮に行ったことがあったとしても、内政に関して何か言うことはおこがましいと思うであろう、——私自身、フランスの政治について困惑することが多いけれども、外国人がそれについて書くことには不快感を覚えることがほとんど常だからである。

という次第で、私は読者を前に**独裁**というものがどのようにして発生するのかという問題を一考するにとどめたい。

あらゆる社会システムは多少なりとも自然に反するものである。自然は、刻々、自分の権利を取り戻そうとする。生者、個人、傾向は、それぞれの仕方で、強力な抽象概念装置、法と儀式の網目、一つの組織化された社会を定義する慣習や決め事の体系を乱し、解体しようとする。様々な人々、利益団体、党派や政党は、それぞれの必要と才覚によって、国家の命令や実質を侵食し、解体する。

考えられるあらゆる政体の下で必ず存在する、存在せずにはいられない濫用・誤用・故障が社会理念の生命原則(すなわち社会理念の信頼度とその力の優位性に対する信念)を変えない限り、世論は色々困惑させられるようなことが起こっても、それほど騒ぐことはない。事件はたちまち吸収されて、それによって、社会制度が危殆に瀕したというより、むしろ基盤が堅固であることを証し立てるのである。しかし一般意識の限界値に達して、大方の国民に、「国家」の無策の責任に帰せられるべき問題を考えずには自分たち個々の問題も考えられないという事態にいたることがある。したがって、一般状況が個人生活に大きく影響するほど悪化し、公的事象が出来事に翻弄されているように見え、人々や制度への信頼感が失われて、行政機能や業務実態、法律の適用が好い加減になって、依怙贔屓や因習に流れるようになり、諸党派が争って権力の甘い汁を吸い、低級な利権を貪って、権力が提示する理念的な救済手段には目を向けなくなったとき、

――そうした無秩序と混乱の感覚は、それを身に受け、そのような解体からはいかなる利益も引き出すことのない人々の心に、必ずや、正反対の状況を想い描かせ、ほどなく、そういう状況を実現するためにすべきことは何かを喚起することになる。

そうなるともはや政体は以下の三点だけで支えられることになる。すなわち政体の存亡に関わる個々の利害の力、不安感と未知のものに対する恐れ、そして独自で明確な未来の観念の欠如、あるいは、そうした観念を代表するような人間の不在である。

独裁が想像裡に描かれるようになるのは、精神が出来事の推移に権威・連続性・統一を認められなくなったときである。反省的意志〔の存在〕と組織された知識の統御《コントロール》の標識であるその三つのものが認められないと、精神の反応は必然的に(ほとんど本能的に)独裁を想い描くのである。

そうした反応は異論の余地のない一つの事実である。ただし、そこには、政治権力の影響が及ぶ範囲や深度に対して過大な幻想が抱かれているふしがないではない。しかし、反省的思考と公的秩序の混乱とが出会ったとき、唯一形成されるのがそれなのだ。意識的か否かは問わず、みんなが**独裁**を想うのである。各人が心の中で独裁者が生まれつつあるのを感じる。それは一次的で自然発生的な効果で、一種の反射反応である。それによって、現在あるところのものと正反対のものが、議論の余地なき、唯一かつ明確この上ない必要物として、前面に押し出されてくるのだ。それは公的秩序と救済の問題である。この二つのものをなるべく早く、最短距離で何を犠牲にしてでも手に入れなければならない。**唯一**、一つの**自我**だけがそれを成し遂げることができる。

同じ考えが(それほど明示的ではないが)社会を一つの論理的プランにしたがって改革し、作り直そうとするすべての人々の心に少なくともさしせまった問題として提起される。改革には、法律・慣習・心理における、深甚で同時的な変化が要請されるだろう。

改革にしろ、作り直しにしろ、いずれの場合にも、社会には一つの明確な目的が設定される。いくつかの定義可能な条件を満足し、かつ、どんな時でも、ある一つの考えに則った秩序と一貫した意志を表明することを義務づけられた一つの構築物あるいはメカニスムに、一群の人々を多少なりとも合法的に同化するのである。

要するに、精神が自分を見失い、——自分の主要な特性である理知的行動様式や混沌や力の浪費に対する嫌悪感を、——政治システムの変動や機能不全の中にもはや見出すことができなくなったとき、精神は必然的にある一つの頭脳の権威が可及的速やかに介入することを、本能的に、希求するのである。なぜなら、様々な知覚、観念、反応、決断の間に明確な照応関係が把握され、組織され、諸事象に納得できる条件や処置を施すことができるのは、頭脳が一つのときだけに限られるからだ。

あらゆる政体、あらゆる政府はこうした精神による判断にさらされる。権力の取る行動あるいは無策が、精神にとって、あり得ないようなものに思われ、自らの理性の行使と矛盾するように思われると、たちまち、独裁の観念が姿を現す。

そもそも、独裁が確立され、独裁者の思考力がその政治力と見合うものになると、精神は、二重の至高権を付与されて、自らが変革の主導権を手中にしている社会システムを出来る限り分かり易いものにしようとするのだ。

第一執政となったボナパルトは、閣議《コンセイユ・デタ》でフランスの行政組織についてかなり錯綜した議論がなされていた部屋にやってきた。彼はサーベルを外して、テーブルの一隅に座った。僅かな時間、耳を傾ける。それから鋭い目つきで一座を即座に静まりかえらせ、何か霊感に打たれたように、即興で(あるいはそういうふりをしたのかもしれないが)、一つのプランを立ててみせる。それを聞いている人々は、創造することよりも批判することが多い人たちなので、半ば魂を奪われ、半ば打撃を受けた。他人に有無を言わせぬ魔術師は彼らに一つの単純かつ驚くべき観念を展開して見せる。それは日ごろ温めていた考えだが、彼自身が自分の奇妙な、神経的な言葉で表現するにしたがって、彼自身にとっても、だんだん意味がはっきりしてくるようであった。彼は彼らに言う。自分はこれから創る組織的な諸制度のモデルとして、自分自身が考えたり意思決定をしたりする際に観察される精神の機能や構造をモデルにする、と――自分は行政組織を創るに際して、「国家」が知覚と反省と行動のそれぞれに対して、別々な手段・器官を持つようにしたい。三つのものは人の生を支える機能である。明晰かつ実証的な精神も、不断に行使される感覚や筋肉によって、支えられているのである。

しかし、すべての政治は人間を物のように扱う傾向がある、――なぜなら、政治とはつねに、いくばくかの抽象観念にしたがって、人間を意のままに動かすことだからだ。観念には、一方で、行為に転換できるだけの抽象性が必要である。そして、そのためには、極端に単純な公式化が要求される。他方、観念には未知の個人の不確定な多様性にも対応できる抽象性が備わっていなくてはならない。政治家はそうした個人の単位を自分が自由に動かせる算術的要素とみなしている。個人にできるだけ多くの自由を残し、各人に権力のいくばくかを分与するという誠実な意図を持っていたとしても、それは結局のところ、ある意味で、人々にそうした利点を強要しているのと同じである。そうした利点は、時には、彼らが欲しないものであり、時には、そのことで、間接的な形であれ、彼らが苦しむような事態が生じる。解放されたことを嘆く人々がいることを我々は知っている。

いずれにしても、精神は、《人間》を問題にする場合、それを自分が行う組み合わせに算入できる存在に還元するほかない。なんらかの《理想》(秩序、司法、国力、繁栄……に関わる)を追求し、人間社会を、自らその成員となることが容認できるような社会に作り上げること、それを可能にするために必要十分な特性だけを抽出するのである。独裁者の内部には芸術家がいるし、彼の抱く概念の中には美学者がいる。だから彼は自分の持つ人間資材を加工し、変形し、自分の計画に使えるようにせずにはいられないのだ。他者が抱く観念は刈り込まれ、練り上げられ、統一されなければならない。他者の《素直さ》は狡猾に利用され、何にでも応えられ、すべての反論をあらかじめ封じこめてしまうような、単純かつ強力な公式を身につけさせなければならない。彼らの感情も手直しされ、教育されなければならず、礼儀作法にいたるまで、改変されなければならない、etc.（ただし、精神が追求する作品が、追随者の過剰な服従や惰性で、台無しにならないためには、彼らに残された主導性を拒絶したり、破壊したりしてはならない。）

かくして、どんな場合にも人間と対立する（政治的）精神、人間に自由・複雑さ・不安定さを認めない精神が、独裁体制下では、最大限に発達するのである。

こうした政体下では、――その政体は、既に述べたように、政治思想全体に及ぶ一つの意図のこの上なく完全な実現にほかならないのであるが、――精神はよい仕事をしようという強固な意志を持って、自分の仕事に専心し、できる限り力強く**全員**に対する一個の行為を、**全員**で、理想的には**全員**のために、完遂したいという欲望に完全に取りつかれているのだ。全員というところが、この政体の特徴で、人心が混乱しているのを見てきたので、それが要求されるのである。かくして精神は自らを上位の意識として定立し、権力行使の中に明確な対照関係と従属関係を導入する。この従属関係というのは、各個人の内部に存在する、思考の篩《ふるい》にかけられ、一定の目的に向かって整理され、保持された意志とあらゆる種類の《機械的作業》全般との関係にほかならない。したがって精神は人々を調教し、人々に浸透し、人々を矮小化する劣等な力を緩和しようとする。

劣等な力とは恐怖、餓え、神話、雄弁、リズムと映像、――そして、時には、推論装置である。感性に訴えることを旨としたこうしたあらゆる手段が彼の手に集められ、彼に奉仕するために使われる。

独裁の現代的なタイプにおいては、青年層、さらには幼少年までもが、特別な注意と育成作業の対象となる。

そして秩序が回復され、ある種のごく感性的な財が大衆に保証されるであろう、――そのうちのあるものは現実的なものであり、あるものは想像界に属する。

権力の行為は、たとえそのエネルギーが時に厳しいところへ向けられるとしても、一貫性があり、合理的に見えるだろう。

国民の中に拡散した形で存在する集団の保存と拡大の本能が、独裁者の頭の中で、合成され、明確化され、定義され、様々な観念や企画になるだろう。彼の中では、目に見える形で操作された大衆蔑視と、その大衆がとりあえず素材となる歴史的国体の崇拝とが、奇妙にも、共存し得るのである。

人間の社会生活は何らかの明確なモデルに則って組織されなければならないことを思

えば、独裁の観念がどうして生まれるのか十分に理解できるだろう。世論が権力の行動ないしは無為に対して、どうにも理解できないと訝《いぶか》りはじめるや否や、独裁の観念が頭をもたげる。したがって、独裁者というのは内心で権力を自分が担わなければならないと思いこんだ人間なのかもしれない(そして、実際、しばしばそうである)、――ちょうどあまりに拙劣な劇の観客が憤慨して大根役者を押しのけ、自分がその役を演じるようなものだ。権力を握ると、独裁者は、多くの人の頭の中に潜在的ないしは発生状態で存在する独裁政治のあらゆる要素や芽を、自分の思念の中に凝縮する作業を推し進める。そして彼はそうした独裁政治の要素を自分に委ねないすべての者を排除ないしは疎外する。そして彼は唯一の自由意志、唯一の全体思想、唯一の完全行動の行使者、精神のあらゆる特性と特権の唯一の享受者となり、彼の前には、――個人的な価値がどんなに高くても――一様に手段ないしは素材の位置にまで矮小化された途方もない数の人間がいるのだ、――というのも、知性がその対象として採用するのは、すべて、手段か素材であって、それ以外の名前は存在しないからだ。

独裁について

政治には、すべて、どんなに粗略なものであっても、人間についての何らかの考え方、そして、社会についての何らかの考え方が根底にある。一つの社会――その社会の持続力、団結力、外的・内的な破壊要因に対する防御力――を理解するには、様々な物質あるいは人間に関わるシステムやそれらの機能について我々が持っている知識の形を借りるしかない。機械や有機体について持っている多少なりとも科学的な知識を、我々は、ある程度、意識的に使っている。機械や有機体は、それぞれ、複雑な合成物であり、我々はそれらに目的を付与したり、仮構したりする。我々は国の戦車や軍艦の話をする。梃子、力、歯車、あるいは、作用、調整、危険、救済策、成長、衰退などという言葉を使って、途方もなく大きな数の人間に関わるある種の関係や出来事について語る。

イメージはイメージである。（しかしそれなくして、考えられるであろうか？）機械のイメージも有機体のイメージも、秩序や無秩序、機能の良し悪しなどの観念につながることから、我々の社会に想定される装置の構造や、その装置を監視したり、作動させたりしているようにみえる人間(あるいは集団)の良し悪しを判断したり、批判したりする場合に示唆的である。(ここにきて、政治権力の及ぶ範囲や現実について大いなる幻想が入り込む余地がある——「権力」の持つ力は遠くから見れば見るほど、より強大、より強固に見えるものである。)

さて、そうしたところで、問題の機械あるいは有機体の存在自体が危ぶまれるような状況は、どこでも、時には、起こり得る。建築上の欠陥、運営上の過誤、安全面で計算外の出来事の発生、そうしたことが秩序を混乱させ、成員である人々の財産や生命を脅かすのだ。何をしてもうまくいかず、何もなされない。危険は増大し、無力感、破滅がせまってくるという意識がせりだし、強まってくる。みんな沈没船に乗っているような気分になってくる……。

人々の精神の内に、現状とは正反対のもの——散逸・混乱・不確実の対極にあるものが、不可避的に形成されるのはその時である。それは必然的に一個人の形姿を取る。万人の心の内にある個人の姿が胚胎するのだ。

餓えが御馳走の幻影を生み、渇きが清涼なる飲料の幻影を生むように、危機の到来を不安な気持を抱えて待ち、危険を予感していると、権力が行動を起こすのを見たい、権力の行為を理解したいという気持になって、大方の人が心に、何か強力かつ迅速で、あらゆる既存のしがらみ、消極的な態度から解放された行動を想い描くようになる。そうした行動は一人の人間だけがよくなし得るものである。目的や手段をはっきり見定め、観念を決断に変え、遺漏のない調整をすることができるのは、一人の人間の頭の中においてしかない。要因を同時的かつ相互的に判断し、断固たる決断をするような場合、複数による合議ではけしてできないものがある。だから独裁制が敷かれ、「唯一者」が権力を握ると、公的事業の運営は、徹底的に、よく考えられ凝縮された意志の徴を反映し、一人の人物のスタイルが政府のあらゆる行為に刻印されるようになるのだ。一方、国家は、顔も特徴もなく、非人間的な観念的存在、統計や伝統に基づき、ルーチンワークないしは果てしない試行錯誤で動く抽象的産物になってしまう。

実際、力を思考に結びつけ、自分が一人で考えたことを国民に実行させたり、時には国家の性格そのものを、自分一人の力で、変えたりするのは、途方もない快楽であろう――それはかつて独裁者の中でも最も深遠なる人物――クロムウェル(1)がなしたことである。パスカルやボスュエ(2)の目には怪物とも驚異とも映ったこの人物は英国の強烈な魂を変化させたのである。

独裁者はついには行動の一切を取り仕切る唯一の者となる。彼はすべての価値を自分の価値に吸収し、あらゆる見解を自分の見解に還元する。他者は自分の考えの道具であり、自分の考えをみんなが最も正しく、最も洞察力に富んだものと信じてくれるものと考える。というのも、混迷し、社会が錯乱したときに、自分の考えが最も大胆で、好ましいものであることが分かったからである。彼は無能力化し、腐敗した政体に揺さぶりをかけ、見下げた無能者たちを追放する。同時に、不整合や遅滞、意味のない問題を生み出し、「国家」の原動力の足かせとなるような法律や習慣を止めさせる。そのようにして放棄されるものの一つが自由である。多くの人が自由の喪失に容易になじむ。はっきり言うと、自由とは国民に提起できる諸々の試練の中で最も困難なものである。自由でいられるという能力は、すべての人間、すべての国家に平等に与えられてはいない。

したがって、その能力を基準に、個人や国家を分類することも不可能ではないであろう。さらに、我々の時代における自由は、大部分の個人にとって、見かけでしかなく、それ以外には考えられないものである。本質的にこの上なく自由な「国家」であっても、個人の生活を今ほど細かく把握し、定義し、限定し、調査し、加工し、記録することはかつてなかったことである。さらに、生活の一般システムが今日ほど人々に重くのしかかることもかつてなかった。時刻表や感覚に働きかける物理的手段の発達、スピード本位や模倣の強制、《大量生産》の行過ぎ等々によって、人々はある種の組織で作られる製品のように、趣味や娯楽にいたるまで、互いに似たりよったりの存在に還元されてしまった。我々はある種の機能の奴隷である。共通機能がもたらす弊害は増加の一途をたどるばかりだ。そうなったのは、次第に幅広く人生の公共空間に働きかけるために我々が創り出した手段のせいである。スピード狂の敵はスピード狂である。電波の愛好家、海浜の愛好家、山岳の愛好家についても同様である。こうした我々の趣味の分野における競合に、大衆に課される現代の労働規律を加えると、独裁制といったところで、政治的に最も自由な国で、現代人が多少なりとも意識的にその犠牲になっている抑圧・連携システムを、極限まで、推し進めたにすぎないことが分かるだろう。

いずれにしても、独裁制が敷かれると、国民組織が単純な分業形態に集約されることになる。一方で、一人の人物が精神の高級な機能のすべてを引き受ける。彼は《幸福》、《秩序》、《未来》、《力》、国体の《威信》に責任を持つ。それらはすべて、権力の統一、権威、連続性のために必要なものであろう。独裁者はあらゆる領域に直接介入し、あらゆることに絶対の権限を持って裁定を下す権利を自分のために取っておく。他方、残余の個人は、個人的な価値や能力がいかなるものであっても、道具ないしは道具の加工材料の地位におとしめられる。この素材としての人間は、適当に差異化されて、《機械的行為《オートマティスム》》全体を担当させられるのである。

こうした性質の分業は、それが適用される国民の中に独裁的性向を持つ分子(それは事態を理解しようとし、行動を起こすこともできる人々という意味だが)が存在すればするほど、不安定になる。独裁の持続には絶えざる努力が必要である。なぜなら、独裁とは、みんなが感じる危機的状況に対する最短かつ最強の反応なのだから、自らに課した使命が功を奏することによって、不用になり、解消されてしまう危険があるからだ。

独裁者の中には、ちょうどよいところで、身を引くことを弁えている者もいた。また、権力のしめつけをゆるめて、段階的にごく穏健な政体へ移行させようとする者もいた。それはきわどい離れ業である。さらに他の者は、あらゆる手段で、自分の立場を固めようとする。彼らは直接的なしめつけや、不断の監視以外に、若者の訓練や体制の成功・具体的な利点を誇示することに、起死回生の貴重な手段を見出すだろう。彼らはそこにすべての精神とエネルギーを傾注して、力を盛り返すのだ。しかしこうした政策が十分効果をあげ、成果を出すのはかなり先の話になるだろう。そうなると考えられるのは初期条件に人工的に戻り、もともとそれが原因で独裁が誕生した不安と危機を組織することである。戦争のイメージがそこでは人心を引きつけるようになる。

我々は、数年間で、七つの(私の計算では)王政が消滅するのを見た。ほぼ同じ数の独裁制が敷かれるのを見た。そして体制が変わらなかった国々では、諸般の事実から、あるいは独裁制への移行が隣国の人々に考えさせたことや比較分析から、体制にかなりの揺さぶりがかけられている。注目すべきは、今日では独裁制が、かつて自由がそうであったように、伝染性を持っていることである。

現代はこれまで魂や記憶、社会習慣や政治・法律の約束事を、自分たちが近年創り出した新しい身体や器官に適応させることができず、知的獲得物と感受性の力で構成された、歴史起源の諸概念や理想と実証的・科学的起源である欲求・連関・条件・急速な変化などの間に、刻一刻、露呈される対照《コントラスト》関係や矛盾に困惑しているのである。急速な変化は、あらゆる分野で、現代を不意打ちにし、古い経験を役立たなくする。

現代は自ら経済、政治、道徳、美学、はては宗教——あるいは……恐らく論理にいたるまで、新しい形を模索している。成功するかどうか、行きつく先を予見することが不可能な、ただ端緒を示唆するだけの諸々の試行錯誤の中に、独裁の観念、あの名高い《啓蒙僭主《ティラン・アンテリジャン》》のイメージが提示され、ここかしこで、力を得ているのはどうも感心できない。

ヴォルテール

しばしば私はある特異な作品を夢みることがあります。それは書くのは難しいが、不可能ではなく、いつの日か、誰かが実現し、そのあかつきには、我らが文芸の宝物殿に、『人間喜劇』の隣に並べて置かれるような作品です。それは『人間喜劇』の望ましい発展型の一つと考えられるような、知性の冒険と情熱に捧げられた作品です。いうなれば『知性喜劇』とでも称すべきもので、理解することと創造することに生涯を捧げた人々の劇《ドラマ》です。その作品を読めば、人々は人間が人間たるゆえん、人間を千篇一律の動物的条件から少しでも引き上げることに貢献したものは、すべて、一定の限られた数の個人の業績に負っていて、我々は、生きるための食糧を農民に負っているように、思考の糧を彼らに負っていることが分かるでしょう。

いずれにしても、我々にはよく分かっています。文明化された国家、すなわち、思考に実生活で必要とされる以上の重要度を与える国家は、他国からみると、その国語を普遍的価値の表現にまで高めた数名の作家の名前によって代表されているように見えるということです。シェイクスピア、セルバンテス、トルストイといえば、すなわち、英国、スペイン、ロシアを意味するのです。

しかしこれらの偉大な名前のあるものは、単に、国家の名前や見事な作品を喚起するばかりでなく、創造生活の諸典型、私がいま申し上げた『知性喜劇』に不可欠だと思われる性格のあれこれを示唆しています。

フランスはそうした一級の人物に事欠きません。その栄《はえ》ある実体は彼らの不滅にして、かつ、広く知れ渡った名声に支えられています。モンテーニュ、パスカル、ルソーは、一般的には、著述家の域を越えた人たちです。彼らは人生における有意義な態度の多種多様な見本を示しています。それゆえ、彼らの人間を考えずに、彼らの作品を考えることは不可能であります。彼らの作品をほとんど読んだことがない人たちにとってすら、モンテーニュはなんぴとかであり、パスカルはなんぴとかであり、ヴォルテールも然りです。彼らは重要な意味を帯びた個人として存在しています。

モンテーニュ、パスカル、ヴォルテールと名前を挙げましたが、もちろん、それで挙げるべき名前の全部ではないでしょう。ただ、この三つの名前を挙げただけでも、この国民の相貌の多様性を示すには十分でしょう。この国民は一つの人種にはけして還元されることなく、それよりずっと微妙な化合物なのです。

我々の多彩さはヴォルテールにおいて最も際立った形で表れているように思われます。思うに、彼は我々が好んで自分に与えるほとんどすべての欠点を持っていました。そして、我々の美点に関しては、そのすべてを備えていたとは申しませんが、そのいくつかをこの上なく力強い形で所有していました。我々は次のように告白あるいは宣言するほかありません――告白するか、宣言するかは、好みの問題です――すなわち、ヴォルテールは何といってもフランス人であり、フランス以外の国では考えられないタイプ、いや、パリでなければ考えられないタイプの人間だということです。その結果、彼の名前は、二百五十年たった今でも、なお我々の間に極めて顕著な、矛盾した反応を引き起こすのです。ある人々は自分たちの信念の対象をからかい、信仰に破壊的な嘲笑を浴びせつづけ、聖書の言葉をその深遠な意味や精神に反する解釈をして面白がる人物として、彼を怖れ、かつ、憎んでいます。他の人々は彼の中に思想の自由の唱道者、すべての人間がすべての人間に与えなければならない侵すべからざる権利の擁護者を見出します。いずれにせよ、「福音書」と「人権」は個人に無限の価値を認めるという肝心な点について一致しています。フランスは何らかの理想の分断やそれに類似した感情の対立なしにはすませない国のように見えます。呪詛するにせよ、激賞するにせよ、その名前を口にするや否や、たちまち、我々の政界の永遠に対立する構成分子を色めき立たせるヴォルテールは、だから、生き続けるのです。彼は無限にアクチュアルな存在です。

ヴォルテールはルイ十四世が死んだとき二十一歳でした。そしてヨーロッパ精神を体現した王者として、没したときには、八十四歳になっていました。彼は一つの時代を自ら葬ったのです。その時代のとてつもない奇妙さ、極度の独自性は、我々にはもはやよく分からなくなっています。それほど、我々は子供の時から、その時代の言葉、その時代の堂々たる秩序に慣れ親しんでいます。その時代は仰々しく、単純化するきらいがあり、論理と独断を組み合わせ、思考における極度の厳密さと外見の豪奢が共存し、意志が芸術のあらゆる形態の中に刻印され、人工的なものによって自然を追求し、時には抽象によって自然を獲得するのです。そこでは厳格さと芝居がかったものが組み合わされます。君主自身の生活においても、真摯な信心と宗教的な義務の遵守とが不断の愛欲と共存し、生まれた私生児たちは公然と認知され、国家の枢要な地位についています。

ヴォルテールはそうした世紀を葬りさったのです。しかし何という敬意をもって、何という非のうちどころのない仕方で、彼はその世紀を栄光の中に安置したことでしょう！　彼はその世紀に「王」の名前を与えます。(1) ヨーロッパが、この王の御代に、指導的思想や精神の産物の一般的様式あるいは諸々の儀式の分野において、フランスに優位を認めたことを最初に指摘したのは彼です。そうした優位性は、王権の濫用、失政、あるいは、王国の国庫の末期的欠乏によっても揺るぎませんでした。そして彼は歴史書に対象となる時代の「文芸」や「芸術」の状況を書き込むというこれまでにない斬新で、有用な考えを抱きました。そして彼は我々が今日古典派と呼ぶ大作家たちをリストアップしました。そのリストに誤謬や遺漏はなく、後世が名前を削除したり、追加したりする必要のないものでした。

彼こそこの名高く、押しつけがましい、極めてフランス的な概念、「古典派」という概念の正真正銘の発明者です。彼は、ほぼ円熟期に、この上なく明晰な眼で、時代の第一級の文学作品を見て、これで作品が出揃ったゆえ、これらの作品が今後は完璧さの手本を示す一つの体系のごときものになるであろうと考えたのです。この文学は、その構造と劇的構成においては、古代の最も純粋なモデルに直接学び、他方、ヴルガータの恐(2)るべき簡潔さと、デカルト以来、ある種の幾何学的趣味が少なからぬ貴顕紳士《オネトム》たちに伝授した厳密志向の影響下で作られたものです。

ヴォルテールは、しかしながら、生涯、この偉大なる世紀の遺物、その伝統や信仰や栄光の残骸を自らの熱い火で破壊し、焼尽しようと努めますが、時代が生んだ作品は残すのです。彼が青春を送った時代とこの世を去った時代との間には、まことに驚くべき対照があります。もしあと十年長く生きて、熱月《テルミドール》を生き延びていたら、かつてルイ十四世を見た彼が、「恐怖政治」の終焉を目撃したことでしょう。

それゆえ、彼はあのヤヌス神を人々に思い起こさせるのです。ヤヌスとはローマ人が双面を与えた、始まりと終わりを司った神です。青年ヴォルテールの顔は、荘厳な悲しみを湛えた黄昏を眺めます。黄昏の暗い緋色の中に、太陽王は自らの栄光の重みに押しつぶされ、夜に身を委ね、もはや二度と見られぬ荘厳な太陽として沈んでいきます。しかしこのヤヌスのもう一方の顔、年老いたヴォルテールの顔は、東方に、巨大な暗雲を照らす曙光のごときものが射すのを見るのです。地平線すれすれに、幾多の閃光が瞬いています……。

彼の長い人生の始めと終わり、その間に、とてつもない活動がありました。

彼はすぐれて精神の人であり、人間の中でも最も鋭敏、最も俊敏、最も明晰な人です。彼に比べれば、他の人々はすべて眠っているか、空想に耽っているように見えます。彼は誤りを犯しても、たちまち、それを一掃することができる人です。彼はあらゆる領域において問いを発し、あらゆる場所から答えます。彼はあらゆる事柄について、時には拙速に思われることもありますが、てきぱきと意見を開陳します。彼にあっては、そうした機敏さが、年齢と共に、ますます顕著になっていくようです。この人は生理学的驚異です。彼は活力そのもの、脆弱な肉体、不調・悪気《あっき》・脱力感に悩まされ、つねに不平をならす肉体をこき使い、すり減らし、病気と回復の繰り返しのうちに、いつしかとてつもない高齢に達し、体は骨と皮ばかりになりながら、最後の日まで、いつ涸れるとも知れぬ精神の反撥力を保持していました。

恐らく有名人の顔の中で、ナポレオン・ボナパルトの顔を除いて、この、頬がこけ、頬骨《きょうこつ》が高く突き出、眼窩が深く落ち窪んだ老人の顔ほどよく知られた顔はないでしょう。そこに張りついた解剖学的微笑がその顔をデスマスクさながらにしています。しかし、骸骨のような眼窩の奥には、凡百の人間の眼とは比較にならない生き生きとした眼が輝いています。そしてこの世の愚かなこと、不正、憎むべきことの一切がその眼から逃れることはできないのです。それは彼が死ぬまで敏感に反応し、怒ることを知っていたからです。自分自身で、まるで面白半分に作り出したかのような(実際はそれが彼にとっては生理的に必要だったのでしょうが)夥しい数の敵、群がる敵に囲まれ、拉致され、興奮して、酔ったようになって、彼は、文字通り、生きたものであれ、抽象的なものであれ、敵を糧に生きました。風俗、作品、人間、それらの内にある脆弱な部分、毒舌を浴びせたくなるような部分に、彼ほど敏感に反応した者はいません。優れた歴史画家として出発した彼ですが、ほどなく、天才的な風刺画家として登場します。わずかな言葉で、賢者・占星術師・裁判官・貴婦人たちの想像力豊かな、真にせまった、見事な戯画を描いてみせます。その中には驚くべきドイツ人のデッサンもあります。それは我々の時代の偉大なるドーミエを想起せずにはいられないほどの出来栄えです。偉大な芸術家ドーミエに『カンディード』(3)や『ザディグ』(4)の挿絵を描いてもらうことを誰も思いつかなかったことが、いまさらながら、悔やまれるほどです。まことに我が国の芸術にとっての不幸ともいうべき大きな損失、考えるだに惜しい好機の逸失です。

そもそも、ヴォルテールの生涯そのものが、彼の書いたコントの中の一篇のような様相を呈しています。そこにはヴォードヴィルあり、妖精劇あり、ドラマの断片あり、大団円《アポテオーズ》があります。彼は他人にこの上なく多様な感情を掻きたて、不倶戴天の敵や敬神家あるいは狂信家を自ら作り出し、どんな人間にも無関心ではいられません。そうしたことにかけては、一種百科全書的な教養をもって対応し、人々から讃嘆・崇拝されるかと思えば、厭《うと》まれ、憎まれ、畏敬されるかと思えば、棒で叩かれ、あげくの果てに王冠を被せられたりするのです。彼にとって、人間に関することである限り、無関心なことは何一つなく、けして満足させられることのない好奇心が彼を責めさいなみます。あらゆることが彼の内なる知識欲、問題をつきつめ、論駁しようとする欲望をかきたてます。あらゆるものが彼にとっては糧であり、彼の内で赤々と燃える火を養うのに奉仕します。その火の中で、無窮の変質が起こり、熱狂が連続し、彼の生きた世紀になお命脈を保ち、怠惰な精神に隠然たる力をふるいつづけた虚妄の真実が、一つひとつ、解体されていきます。

後世の哲学者は彼が哲学者であることを少しも望まないでしょう。彼が生きていた時代には、すべての人が彼に与えていたこの称号を、後世の哲学者は彼に与えることを拒否します。彼らは、恐らく、哲学者とは言葉にこだわる人間だと思っているのです。あたかも、言葉には、各人の精神の中で使用される個々の場や瞬間を越えて、整合性や深遠性を持つ力がそなわっているかのように。しかしヴォルテールはそうした哲学者たちの頭上を越えて飛んでいきます。恐らく彼は、もちまえの鋭敏な神経によって、精神の価値は一瞬の価値であり、精神は生そのもの、そして生は本質的に移ろいゆくものであることを知り抜いていたのです。

そうです、彼は哲学者ではありません。彼はあらゆるジャンル、あらゆるものに手を染めた人間です。悲劇、風刺詩、歴史、叙事詩、コント、エッセー、それからあの膨大な書簡があります。シェイクスピアを流行させ、ラシーヌの栄光を確定し、最善を尽くしてニュートンを研究し、称賛し、詩に歌った人です。ライプニッツを嘲り、宗教に対して一種の果てしないゲリラ戦を指揮した人でありながら、神のために小さな教会を建てて奉献し、フェルネー[5]の入口に「ヴォルテール、コレヲ神ノタメニ建ツ」DEO EREXIT VOLTAIRE と誌した人です。

彼自身、膨大な作品を書きましたが、彼について書かれたものも多く、毀誉褒貶には事欠かない人物です、——彼に感心しながらも、その人物を嫌っていたジョゼフ・ド・メーストルは、自分の教義と嗜好を組み合わせた対照法《アンティテーズ》を用いて、次のような判決を下しました。「私は彼のために銅像を建てさせたい……死刑執行人の手で」と。そうです、この悪魔的な人間は少しも哲学者ではありません。この人の活発さ、利発さ、矛盾が織りなす人物像は、音楽、それもとびきり活力にあふれた音楽でなければ、最後までついていくことができないていのものです。八十四歳の彼はじっとしていることができなくて、パリへ体を運ばせます。パリの劇場では大成功が待ち受けていました。彼はそこで王冠を授けられます。そして死ぬのです。この偶像破壊者は自ら偶像となって死にました。

しかし、哲学者たちが彼を哲学から追放したように、来たるべき新世紀の子供たち、次代の詩人たちも、彼に詩の天稟を認めないでしょう。彼らはヴォルテールの詩が無味乾燥で、温かみと色彩に欠け、嘆かわしい懐疑主義に堕していると思うのです。たしかに彼の詩句は音楽性に乏しく、最上の詩句はよき散文に最も近いと敢えて言ったダランベールの嘆かわしい感覚に合致しすぎているように思われます。しかしそんなふうに断じたロマン派の詩人たちが、将来、どのような評価を下されることになるか誰に分かるでしょう？　ヴォルテールの時代に、ロンサールは絶望的な状態にありました。一八四〇年頃のラシーヌはかなり衰退した姿に見えました。文学的永遠においては、完全に死んでしまったように思われていた者たちが復活するチャンスを持つことがある一方、ある時代にもてはやされた者たちは、それだけ、忘却の図書館で、逸早く色褪せていく危険が大きいのです。

こうしたヴォルテールを貶《おとし》めるほとんどすべての議論は、彼があまりに機知に長けていることに向けられたものです。こんなに才気煥発な人間は、すべからく、皮相な人間にちがいないというわけです。機知に溢れているので、心がないというわけです。しかし、諺に言われていることとは反対に、(6) 誰もヴォルテールに勝る機知を持っておらず、馬鹿なのはみんなの方だということもあるのです。世の中の出来事は、残念ながら、しばしばそのことを示しています。出来事とは世間に対するみんなの反応の結果なのですから。

しかし、すぐれて精神の人であったこの人物は、突如として、彼の人生の最後の三分の一にさしかかったところで、その精神を発揮する機会がまだ自分には十分与えられてこなかったかのように、あたかもそれまでの四十年間、自分の精神を最も高貴な戦いに使用するための武器として、鍛えあげ、涵養し、研ぎ澄まし、毒を塗ってきたかのように、まったく新しい一つの天職と情熱を見出したのです。潤いがなく、表面的だ、と人は言います。いいでしょう。しかしどれほどの深遠なる人が、どれほどの感性豊かな人が、この懐疑論者、この軽佻なるヴォルテールが当時したことを、人類一般のために、なしえたでしょうか？ 彼の《醜い微笑》が多くの醜い事柄を照射し、それらの撲滅のために、筋道をつけてみせたことをきちんと認めるべきです。

彼の名前を不朽にしたその生涯の決定的な出来事とは、彼が人類の友、人類の擁護者に変貌したことです。一般には生涯の活動が完了する年齢、「文学」が個人に与え得るかぎりの名声を身に受け、四方から賞賛され、富も手に入れる年齢、あとはこの知性に酔い、知性の黄金時代だった百科全書派的な雰囲気に包まれて、あの軽やかな普遍性を享受するだけでよかった時に至って、彼は、突然、変身して、今日我々がここで顕揚する人物になったのです。もし彼が六十歳で死んでいたら、彼は現在ほとんど忘れ去られていたでしょう。そして我々がここに厳かに集まって、『メロープ』[7]や『ザイール』[8]や『ラ・アンリアード』[9]の作者に敬意を表することもないでしょう。本日の集まりの真の目的は、一人の偉大な人間の誕生を祝い、その人と作品——それがどんなに卓越した、輝きにみちたものであれ——に敬意を表するというよりは、彼の最も不変的で寛大な情熱、精神の自由に対する情熱を、我々フランス人として、大いに顕彰することです。この自由の価値について我々は知っています。それがどれほど高価なものであるかも知っています。しかしながら、それ以上に、その最も適切な使い方、それを証明するものとその持続を担保するものは、あらゆることを疑問視し、再検討に付す精神の貴重かつ恐るべき力に対する自己規制、自分で自分に課す限界の裡にこそ存するということを、もっとよく知るべきでありましょう。そうしたしばしば画定するのが困難な境界を逸脱すれば、精神の自由はたちまち危殆に瀕し、失われてしまいます。

ヴォルテールは、かくして、六十歳近くになって、司法の問題を根幹にした真の政治活動に入りました。いつの時代にも、裁判に関する論争が国の公的生活の中で大きな役割を占めてきたことは周知の事実です。司法の誤謬や濫用を出発点として、ヴォルテールは一連の係争事件を取り上げ、文字通り、自らの手ですべてを創りあげたのです。そして彼の威光と才能によって、それらの事件は今日にまで伝わる多大な反響を引き起こしました。彼はいくつかの訴訟事件を忘れ難いものにし、その名前は現代の訴訟にまで引き合いに出されるほどです。晩年になって彼は、それまで階層化された社会の存在には(必要条件ではないとしても)避けて通れないもののように思われてきた法的強要や不公平に対して、積極的に寛大さを求めたり、斬新な感性を発揮したりするようになりました。当時、人々の精神の進化にともなって、次第にその妥当性が疑問視されるようになってきながら、なお、恐ろしい刑罰が下されるような刑事案件がありました。拷問という厭うべき慣行や被告の弁護を保証するものが何もないという貧寒とした状態が続いていました。ヴォルテールはそれらの事件をその源にまで遡って、申し立てられた事実を吟味します。その真偽を測り、証言を検討し、罪障の軽さと刑罰の過大さとを比較します。彼は理性を引き合いに出しますが、心情にも訴えます。誰が真理と憐憫の連合に勝てるでしょうか？　真理や憐憫は、人間の中の最も人間的なものに、人間がありのままの自分でいられ、「法典」が言うように、憎悪や畏怖がないときに、心の中に息づいているものに働きかけるのです。しかしそれは社会生活を律する制度に干渉することでした。それは言わば認知されない個人の力であり、敢えて公権力と真っ向から対立し、介入の目的の無私性と、介入すること自体の高度な必要性を証明することで、正当性が立証される力であります。そこで頼りになるのは才能、才能だけです。いやそうではない！　才能だけではなく、勇気と信念も必要です。彼は自分が引き受けた案件を、司法の狭量な、ほとんど機械的な判断、無関心ないしは職業的冷酷さから引き離し、「人間」という裁判官の前に連れ出したのです。ただし当時の「人間」はまだ自分が最終的な判断を下す存在であるという意識がほとんどなく、自分の能力や権力についても無知になります。

でした。彼は「人間」の前で法を解釈するのです。たしかに、それは、秩序を乱すこととはいえ、国民の平均的な意識全体の中には、随所に、朽ちた部分――かつては真理だったが、もはやそうではないもの――を溶解し、腐食せずにはおかない怒りや破壊の動因となるものが存在したはずです。それはいつまでも朽ち果てずに残っているものを払い落とし、新たに生まれ出るべきもの、生まれる可能性のあるものに手を貸します。あまりに変化のない安逸、あまりに保証された資力や権力の中に、憩い、眠っているものは、時々、揺さぶり起こされ、自分の罪深さに眼を開かされなければなりません。なぜなら長期間にわたって自覚症状のない悪性の病気というものが存在するからです。苦痛を感じる者自身が人に訴えたり、それから身を守ろうとしても、どう説明したらいいのか分からない痛みというものが存在するからです。ヴォルテールは、厭うべきものでありながら、人々がなお我慢してそれにしたがっている慣行、司法の運用と不可分な関係にあるように思われる諸々の慣行を万人の眼に明らかにした最初の人、そうすることに最も熱心に活動した人でした。彼はある種の訴訟手続について、かつてなかったような細心の注意を喚起し、人々の意識の外にあった恐ろしさに眼を向けさせたのです。畏れ多いものと考えられてきた長年の慣行が、無益で不当な極端な厳格さを人々に認めさせてきたのです。かくして、彼は一種の新しいタイプの立法者になりました。なぜなら、彼はまったく新しい犯罪を定義し、制定したからです。それまで刑法は社会秩序への違反と不敬、「国家」や「国家」宗教に対する犯罪にしか適用されてきませんでした。しかしヴォルテールは人道に反する犯罪、思想に対する犯罪があることを宣言し、それらの罪を告発したのです。彼はまた刑罰そのものが、時には、犯罪になることを理解させます。なぜなら、恐るべき刑罰を目の当たりにすると、ある人たちにおいては、自分に潜在する残忍さを目覚めさせ、かつ、涵養することになり、その一方で、他の人々の眼には、単なる哀れな犯罪者に過ぎなかったものを、ほとんど無実の犠牲者に変えてしまうからです。もし公権力が犯罪者の身体に我を忘れて襲いかかり、怒りに身をまかせて、一種の復讐を遂げようとすれば、裁判をする「国家」という抽象的で純粋な観念そのものが、それによって変質し、毀損されるのです。国家自体が本能によって動かされていることに人々は気づくのです。国家はそうした本能を体現すべきではなく、体現すれば、自らの存在理由そのものを危うくします。

彼自身が取り上げたこうした犯罪事件を通して、ヴォルテールは人類を捉えるのです。

ひたすらペンの力で、精神以外に何も持たず、彼は彼の時代をゆさぶり、揺り起こします(このことは、よく考えると、途轍もないことです)。彼がしたことは、十六世紀がすでにめざましい手本を示した突撃と同じものです。それは孤立した知的営為で、支配権力の下で生まれ、活動するものですが、それにも拘わらず、支配権力をその内実そのものにおいて脅かすものです。支配権力とは、現実の力というより、虚構の力の体系であり、人々の多少なりとも意識的な賛同によってのみ支えられているものです。そこでは、とくに人々が積極的な意志表明をしないことが大事なのです。社会組織はそれを支えるのに必要な力が小さければ小さいほど堅固な道理です。

すでに久しい以前から、人々は文学が読書の楽しみ以外の目的に使われ得ることを知っていました。文学とは、つまるところ、人々の余暇に寓話や形式美の楽しみを提供するために、言語に与えられた機能を濫用する自由にほかなりません。しかしそうした口実や魅力的なジャンルの装いの下に、趣味や娯楽の回路を通して、風俗や法、時の権力者や権力に対する批判が忍びこみ、毒を注入するのです。その毒は口に甘く呑みこみ易いだけに、いっそう効くのです。十八世紀初頭、精神はいたるところで醱酵状態にありました。しかしなお知略をめぐらす必要がありました。モンテスキューはペルシア人に身をやつします。完全に秘匿された形で、そしてその状態はその後も長く続きましたが、サン＝シモンは彼の『回想録』のためにあの驚くべき文体を創り出したのです。その毒舌と、驚嘆すべき省略語法によって構成された長大な文章は、後世の文学通を感嘆させるでしょう。

しかしヴォルテールは、無数の個人的な論戦によって、かつて、百年前に『プロヴァンシアル』の恐るべき作者(10)が体現したものよりもっと敏捷な、厳密さにおいてはやや劣るとしても、敵に取っては同じくらい危険な剣術に長けて、青年時代に身に付けた先人たちの隙のない、響きのよい、堂々たる文体の代わりに、独自の明晰で、攻撃的で、機敏な文体を編み出したのです。多くの読者から見れば、そうした前代の重要な作家たちは難解な作者でした。彼らは、あまりに優雅に組み立てられた凝った構造の文章をもてあそんで、性急な、あるいは、教養の低い人たちを困惑させ、やがて計算しつくされた抽象的章句をつらねた推論に埋没していくのがつねでした。

ヴォルテールは、そうした重苦しい議論の代わりに、スピードと鋭い突きとフェイント、そして人をじらす皮肉などからなる戦術をもって対処しました。彼は論理から諧謔へ、良識から純然たる幻想へと素早く変化し、敵のあらゆる弱点を突いて、相手を滑稽な存在としてつきはなすか、およそ救いようのないおぞましい存在に変えてしまうのです。

　そのようにして、彼は一つの大きな成果をあげました。そのことについて人々は十分注意を払ってこなかったように思います。「世論」と呼ばれるものは、それまで、ヴェルサイユの宮殿の周囲に形成されてきました。それが「首都《パリ》」に広がり、そこから、一定の時間を経て、地方の貴族階級や貴顕紳士層のごく限られた人々へ伝えられるのでした。ヴォルテールはこの連環を断ち切り、書き言葉の行動範囲を拡大します。彼の文体、正義を訴える彼の呼びかけに対する人々の関心の大きさ、呼びかけが引き起こした大きな波紋が、王国全体に、さらには国境を越えて、おびただしい数の読者を生んだのです。「宮廷」と「首都」の感情であったものが公衆《ピュブリック》の意見になります。単純な形式の変化がいかに重要で意味深いものであるかがお分かりでしょう。理解しやすい形式が公衆を創造したのです。この数をさらに増やしましょう、言葉を縛っているあらゆる制約をさらに緩め、公衆に直ちに理解できるものにし、公衆から口語的な、あるいは、ピトレスクな表現を借りましょう、そうすれば、書き言葉が差し向けられ、感動させ、説得する人々の総体は、もはや、公衆というようなものではなくなります。それは人民《プープル》というべきものになり、まさにフランス革命そのものになるのです。

思うに、ヴォルテールは、文学によって得た名声を利用ないしは濫用した文学者の系譜の最初の人でした。彼らは文学的栄光の頂点を極めると、より満足のゆく、より人々の羨望に価する栄光を求めずにはいられなかったのです。彼らは政治の世界に新しい道を見出すことに情熱を傾けます。それまでは知識を授け、感動させ、あるいはイメージや歌を提供するにとどまっていたのに、今や人々を自分たちの思惑通りに動かすことを夢見始めたのです。シャトーブリアン、ラマルチーヌ、ヴィクトル・ユゴー、ゾラといった作家たちも、それぞれの仕方で、政治の悪魔にとりつかれ、彼らの同時代人たちに働きかけ、自らの天才が生みだした純粋に文学的な作品で人々の魂をゆさぶったように、魂によって出来事を操作しようとしました。

ヴォルテールは立法議会の議席をのぞんだり、大臣のポストを期待したりすることは出来ませんでした。したがって、人が何と言おうと、彼を愛するかどうかとは無関係に、彼はその生涯の最後の三分の一を、唯一公衆の利益のことだけを考えて生き抜いたように見えます。もし彼が生き返ったら……彼は何を見、何と言うでしょうか?

今しがた私は『知性喜劇』という話をしました。いつか書かれ、バルザックの『人間喜劇』の横に並べられるような作品と申し上げましたが、我々の時代は、もしかしたら、恐るべき『獣性喜劇』を生みだすかもしれません。何と言ったらいいでしょう！　我々にふさわしい「神話」は、そんなものかもしれません。我々は英雄と怪物に囲まれて生き、活動しています。ある時は、人間的な感情の一切が欠如しているような恐るべき個人がいます。ある時は、不可解な人民がいて、彼らにあっては、軽信と粗暴と愚昧が組織化され、装備され、規律化されています。そして前代未聞の状況ですが、それらは種々の自己顕示欲と結託し、想像力と科学が一緒になって生みだし得る限りの悪を、出来るだけ巧妙に、実現しようとする意識に危険な形でつながっているのです。またある時は、どうしても解決しなければならない死活問題があります。その複雑さは、当代の最高の頭脳が周到に計算し、理解しようとしても、なお追いつかないほどのものです、――これが現代の七頭蛇《ヒュドラ》、スフィンクス、牛頭人身《ミノタウロス》、メドゥーサです。しかし我々には我々のテセウスやペルセウスもいます……[11]我々が今日ここに集い、自由に話ができるのは、彼ら、我々の英雄たちのおかげであります。

ヴォルテールは、たしかに、彼なりに、一種の英雄でした。しかし今日生きていたら、彼は何ができたでしょう？　精神の人間に何ができるでしょう？　今日あらゆる他の声を圧して響きわたらせることができる声とはどういう声でしょうか？　爆弾の炸裂音や、機械の騒音、あらゆる所から、時を選ばず、家々に聞こえてくる宣伝文句のバベルのおしゃべりを凌駕する声とはどういう声でしょうか？　現代世界を告発するヴォルテールはどこにいるのでしょうか？　言うなれば、我々の思考の努力、実証的知識の未曾有の増大、それらはすべて、人類を破滅させる手段を、圧倒的で野蛮な力にまで高めるためにしか奉仕しなかったのです。そしてそれは何よりもまず、数世紀以来、人類の性質を穏和なものにすることに託してきた希望を打ち砕いたのです。果たして我々はいかなる残虐も、野蛮も、悪意をもって冷酷に準備される行為も、金輪際、この地球から追放され、完全に姿を消すことはないと思わなければならないのでしょうか？　拷問を廃止した王令はどうなったのでしょうか？　あの条約や規約、ハーグで始められたささやかな試み(12)、人々が、人間の顔をした人々が、こぞって願い、彼らを代表する者たちから獲得した仲裁裁判の機関や約款はどうなったのでしょうか？　ヴォルテールはどこにいるのでしょうか？　今日、どこから声が上がるのでしょうか？　この火のついた世界を向こうにまわして、地球規模の巨悪を告発し、呪詛し、卑劣な犯罪として認めさせるには、どれほど巨大なヴォルテールが必要でしょうか？　我々の時代にあっては、もはや指折り数えられるような幾人かの無実の受刑者や犠牲者の問題ではないのです……その数は、現代では、百万の単位で数えられるほどになっています——カラスやシュヴァリエ・ド・ラ・バール(13)のような人々は数えきれないでしょう。ということは、問題はもはや、二、三の判決を訂正させたり、いくばくかの法律を改正したりすることではないということです。政治・経済の世界の構造に関わる問題であって、それらの構造は平和の時代ですら、安定せず、まったく新しい需要が予想外に導入されることによってゆさぶられ、過剰と不足との両極間、習慣や既得権益がもたらす惰性と新製品とそれに触発されて目覚めた新たな商魂との間にふりまわされ、戦争という世界的火災の餌食になっています……そしてそうしたことがすべて、精神の眼から見ると(時々、我々の精神が本来の自分の眼差しを取り戻すとき)、様々な矛盾からなる混沌《カオス》、運命の逆転や回帰の連続のように映るのです。精神は、二、三か月のうちに、希望が絶望に、最も緊密な連合関係が敵対関係に、勝利が敗北に、敗北が再び勝利に変わるのを見ます。

　より強力な行動手段を獲得するにしたがって、自然状態を理解することが少なくなるように、自分自身がますます分からなくなるという人類の状態を前にして、ヴォルテールは果たして、こうした信じられないような光景に対して、我々が知っているあの名高い微笑を浮かべるでしょうか？　恐らく――もしヴォルテールのような不信心者についての話をこのような言葉で終えることが許されるのであれば――彼の頭には次のような厳正なる至言、かつて人間について言われた、ということは、その営みとしての政治、学問の進歩、教説、闘争について言われた最も深い、単純にして真実なる言葉が浮かんでくるのではないでしょうか。彼はきっと次のような明らかな金言《きんげん》を呟くことでしょう。**彼らは自分のしていることが分かっていない**(14)、と。

解題・訳注

精神の危機

「精神の危機」La crise de l'esprit は、最初に、ロンドンの週刊雑誌『アシニーアム』*Athenaeum* に英文で「第一の手紙」The spiritual crisis（一九一九年四月十一日号）、「第二の手紙」The intellectual crisis（同年五月二日号）が発表された。二つの手紙の仏語原文は、同年八月一日発刊の『N・R・F』誌の巻頭論文として掲載され、その際、仏語の表題 La Crise de l'Esprit が総題となった。

「付記（あるいはヨーロッパ人）」Note (ou L'EUROPEEN) は一九二二年十一月十五日にチューリッヒ大学で行われた講演の抜粋で、一九二四年刊行の評論集『ヴァリエテI』に収録された際、二つの手紙と共に「精神の危機」の付記として組み込まれた。以後、その形が踏襲されている。

なおチューリッヒ大学で行われた講演について、二〇〇八年に画期的なポール・ヴァレリーの評伝を公刊したミシェル・ジャルティは次のように書いている。

「(……)ヴァレリーは〔十一月〕十四日にチューリッヒに着く。フランス領事リステルユーバーが駅で出迎える。色々なところに貼ってある講演会のポスターも、あらためて、目にする。ただ今度は、仰々しく大学教授《プロフェッソール》＝文学博士《ドクトール》という肩書きがついている。ともあれ、ヴァレリーが期待していたのはリルケとの邂逅であった。自ら旅の「主要な目的の一つ」と記していたリルケとの初めての会見は、まったく不条理な理由で、実現不可能になった。オーストリアあるいはドイツからの送金を待っていたリルケが、お金が届かないために、ミュゾットの城館から出られなくなってしまったのだ。そのため、謝罪の意味もこめて、友愛のしるしに、のちに『果樹園』*Vergers* を書くことになる詩人は、ヴァレリーに果物籠を差し入れた。果物籠は翌日、大学で、講演が始まる前に、領事から講演者に手渡された。演題はヨーロッパ人についてであったが、本来、同年一月に予定されていた講演だったので、ヴァレリーはすでに作っていた原稿を利用した。今回は準備に手抜かりはなかった。講演内容は、後に、「精神の危機」の後編として、「付記(あるいはヨーロッパ人)」という題で『ヴァリエテ』に収録されることになるだろう。ヴァレリーは、しかし、聴衆に自分の考えをきちんと理解してもらえたかどうか自信がなかった。早口なので、時々聞き取りにくいところもある。『ジュルナル・デュ・ジュネーヴ』の匿名の記者は敢えて講演を、聴取したままに、要約する危険を避けて、次のように記した。「講演を読者のために要約することは不可能である。ヴァレリー氏は一個の沸騰する頭脳である。氏の頭脳からは、さまざまな観念が、熔岩の奔流さながら、噴出してくるのだ。」フランス領事も同様の感想を持った。彼はフランス文物振興課へ提出した報告書の中で、「講演者の声がかなり小さく、内容的にやや微妙な表現があったので、分からないところがところどころあった」と書いている。しかし全体として、リステルユーバーは、ジロドゥー宛の私信で述べているように、ヴァレリーの講演会は大成功であったことを認めている。」

（1）　エラム Elam はメソポタミアの東、現在のイラン高原南西部の地名。紀元前四〇〇〇年半ばから紀元前五〇〇年頃まで、エラム人による王国が栄えた。

（2）　ニネヴェ Ninive は古代アッシリアの都市で、新アッシリア時代に遷都によって首都となった。

（3）　バビロン Babylone はメソポタミアの古代都市。現在のバグダッドの南方九十キロメートルの地点に広がっていた。紀元前六〇〇年代に新バビロニア王国の首都となる。『旧約聖書』ではバベルと呼ばれ、「バベルの塔」の伝承と結びつけられる一方、ユダヤ王国の指導者たちが強制移動させられた「バビロンの捕囚」の地としても知られる。

（4）　ルシタニア Lousitania はポルトガルの古（雅）称。紀元前一五五年から紀元前一四〇年の間、ローマと戦って敗れた。同名の英船籍の豪華客船が第一次世界大戦中にドイツの潜水艦から放たれた魚雷によってアイルランド沖で撃沈された。一九一九年に発表されたヴァレリーの本論では、恐らく、ローマ帝国にさかのぼる古い国名と、同時に、近過去に世論を沸かせた同名の客船の劇的な沈没とを重ね合わせているものと思われる。

（5）　メナンドロス Menandros（BC 342-BC 292）は古代ギリシアの喜劇作家。多作であったが、現代にまで伝えられた作品は皆無で、他の作家が格言として引用した部分しか残っていなかった。

一九〇七年になって、カイロ古写本の発見を契機に、いくつかの作品のまとまった部分が知られるようになった。
(6) ペルセポリス Persépolis はダレイオス一世によって紀元前六世紀末に着手され、クセルクセス一世、アルタクセルクセス一世によって拡張されたペルシアの都。アレクサンダー大王によって破壊され、その壮大な遺跡が今日に伝えられている。
(7) スサ Suse は古代エラムの中心的な都市の一つで、ギリシア人がスサを首都とした土地を指してスシアナと呼んでいた。
(8) 原文はラテン語。ドイツの言語学者でヴァレリー研究家のユルゲン・シュミット＝ラーデフェルトの考証によると、これはローマ時代のキリスト教詩人プルデンティウス(Aurelius Prudentius Clemens, 348-405)の作った賛歌集『カテメリノン』*Cathemerinon* の一節である。
(9) ニューポール Nieuport はベルギーのフランドル地方の港湾都市。
(10) ソム Somme はフランスの北部ピカルディー地方を流れる川。
(11) シェイクスピアの『ハムレット』の舞台に設定されたデンマークの王宮のある場所。
(12) 原文英語。『ハムレット』第五幕第一場の台詞の引用。
(13) レオナルド・ダ・ヴィンチのこと。
(14) 括弧の中はイタリア語で「巨大な白鳥の背に乗って飛ぶ鳥」と書かれている。これはレオナルド・ダ・ヴィンチの手帖(「鳥の飛翔についての手稿」Codice sul volo degli ucceli)からの引用であることが知られている。同じ箇所が一八九四年に発表された評論「レオナルド・ダ・ヴィンチ方法序説」の末尾にも引用されている。

(15)「生ミ」、「生ンダ」は原文ラテン語(genuit)。

(16)『ハムレット』の登場人物で、デンマーク王の腹心で王国の内務大臣。

(17)ポローニアスの息子で、ハムレットの恋人オフィーリアの兄。

(18)ハムレットの学友の一人。

(19)スミルナ Smyrne はエーゲ海に面したトルコの大都市イズミールの古名。

(20)カルデア人 Chaldéens は古代バビロニアのカルデア地方の住民。

(21)ギリシア神話に登場する宝物。勇士イアソンが巨船アルゴー号の一行と力を合わせて奪い取った黄金の羊毛。

(22)ピタゴラスはその威厳にみちた風貌で畏敬されていた。その裸体を目にした者の証言で、彼の腿は黄金で出来ていたという話が伝承されている。

(23)一九二二年に雑誌に発表され、後に詩集『魅惑』に収められた詩「消えた葡萄酒」にこの着想が反映されている。

(24)ガリラヤのカナで婚礼の祝宴に招かれたキリストが水を葡萄酒に変える奇跡を起こした。聖ヨハネが伝える挿話であるが、キリストが起こした最初の奇跡として知られる。十六世紀ヴェネツィアの画家ヴェロネーゼによって描かれた名画「カナの婚礼」によっても有名である。

(25) 原文はラテン語で deminutio capitis となっているが、一般的には capitis deminutio という語順で、ローマ法で「公民権喪失」を意味する。古代の帝政ローマにおいては、公民の資格を喪失すれば、自由民ではなくなり、奴隷身分になることを意味する。本稿では、ヨーロッパ人がヨーロッパ人としての「特権」を失い、これまで享受してきた「自由」を失って、ヨーロッパ以外の新興勢力から圧迫を受けるような意味合いでこの言葉が使われていると考えられる。

(26) 『旧約聖書』の「創世記」第十一章に書かれているバベルの塔のこと。

(27) 預言者ヨナのこと。『旧約聖書』の十二小預言書の五番目に「ヨナ書」がある。

(28) マイヤー Julius Robert Mayer (1814-78) はドイツの物理学者。一八四二年に発表した論文で、熱と仕事が相互に変換可能であること、エネルギー保存の法則を証明した。

(29) カルノー Nicolas Léonard Carnot (1796-1832) はフランスの物理学者。熱力学の第二法則(エントロピー増大の原理)を発見した。

(30) アデル Clément Agnès Ader (1841-1925) はフランスの発明家。ライト兄弟より十三年早い一八九〇年に飛行機械エオール号を使って、離陸に成功し、約五十メートルの飛行に成功した。

(31) エジプトの神。ハヤブサの姿で表象され、両目が月と太陽になっている天空の神。国王はホルスの化身とされる。

(32) エジプトの神。ホルスの母、オシリスの妻。死者の内臓を守る四人の守護神の一人。

(33) エジプトの神。ホルスの父、イシスの夫。冥界を支配する神。

（34）オリエント神話に登場する豊饒の女神。
（35）フェニキア起源でオリエント神話に登場する火を司る神々。古代ローマでは航海の神、さらには黄泉の国の川を渡る死者たちの守護神とされた。
（36）ギリシア神話に登場する巨人族《タイタン》の戦争の神。
（37）ギリシア神話に登場する海洋を司る神。
（38）ローマ神話に登場する知恵と技芸を司る女神。
（39）ローマ神話に登場する海洋を司る神、ギリシア神話のポセイドンに相当。
（40）ここでは共和制ローマで終身独裁官となり、元老院で暗殺されたジュリアス・シーザー（ラテン名 Gaius Julius Caesar, BC 100?–BC 44）のことと思われる。
（41）ハプスブルク家出身の神聖ローマ帝国皇帝（一五〇〇―五八）。スペイン王としてはカルロス一世、フランス語ではシャルル・カン Charles Quint と呼ばれる。
（42）カエサルはローマ帝国皇帝の称号の一つ。したがって、「カエサルの帝国」とはローマ帝国の別名である。
（43）ここでヴァレリーが念頭においているのは、パリのノートル＝ダム寺院などに象徴される中世の大聖堂（司教座聖堂）の壮麗さ、《氷れる音楽》と形容される建造物である。
（44）原文の Etc. は訳せば「等々」ということになるが、思想とは本来的に果てしなく続くものとするヴァレリーにあっては、すべての書き物（ないしは思想）の終わりは一種の「中断」である。

そうした事情を表現する特異な符丁がEtc.である。日々の思索の跡を生々しく残すことを旨とした『カイエ』の断章において頻出する。そうしたヴァレリー的意味で、ここでは、敢えてEtc.を訳さずに符丁として残す。

方法的制覇

「方法的制覇」Une conquête méthodique は、初め、ロンドンの雑誌『ザ・ニュー・レヴュー』*The New Review* の一八九七年一月号に、フランス語で、「ドイツ的制覇」La Conquête allemande という表題で掲載された。一九一五年になって、フランスの雑誌『メルキュール・ド・フランス』*Mercure de France* の九月一日号に、同じ「ドイツ的制覇(一八九七)」の表題で、再録された。その後、一九二四年になって、エドゥアール・シャンピオン Edouard Champion が小冊子で本論文を出版した際(「エドゥアールの友人たち」叢書の第七四冊)、題名が「方法的制覇」と改められ、以後、ガリマール社刊行のヴァレリー著作集D巻『ヴァリエテI』(一九三四)、プレイヤード版『作品集I』への収録に際しても踏襲されて現在にいたる。

なお、ヴァレリー著作集D巻に本論文が収録されるに際して、次のような「まえがき」が付された。

「英国が自らの帝国の経済や版図の根幹に関わる点について、ドイツの圧力を無視できなくなったのは、一八九五年頃である。

それまで英国は、この地理的条件も、歴史的条件も劣った後発の国によって、国家の存亡に関わる機能が脅かされるなどとは夢にも思っていなかった。ドイツについて英国が何か口にしたとすれば、遅レテヤッテ来タ者 tarde venientibus ossa〔ラテン語〕というぐらいだったろう。

しかし、島国であること、石炭が出ること、政治や海事の分野で伝統があること、単純にして不屈の意志を持っていること、直接的あるいは間接的な支配下にある莫大な顧客を持っていること、欲望と構想においてゆるぎない自信を持っていること、そうしたことさえあれば、何でもやっていけるというわけにはいかない。安心感は一種の無気力を生む。英国精神は悪いと思ったことを改善することにはやぶさかではないが、よかったこと、今日もなお満足をもたらすものを変えることにはけして潔くない。こうした英国人気質は、恐らく、長い間の歴史によって証明され、身についた確固たる自信の現れであろう。どんな時にもそれを標榜し、〔大陸との間に存在する〕海溝〔英仏海峡のこと〕とそれを監視する艦隊の力で、危険を回避してきたという思いが彼らにはあるのだ。

しかし諸科学の影響下にあって、技術が不断に変化する中で、すべては革新への意志、精度と力の増大への熱狂から免れ得ず、安定性という至高の善は、もはや、弱体化した国民にしか見出されなくなってしまった以上、いつまでも旧態にこだわりつづけるだけでは、不十分である。

三十年前の英国人は――自ら言うように――規律や計算、綿密で徹底した分析、彼らの持てる力を凌駕する効率のよい仕事振り、そうしたものが、あらゆる分野で、彼らを支えていたことに気づいていなかった。

すべては一八九五年に、親愛なる詩人ウィリアム・ヘンリーが編集長であった『ザ・ニュー・レヴュー』誌(すでに廃刊)に発表された一連の論文によって、明らかにされた。一連の論文はウィリアムズ氏の手になるもので、連載の総題が大当たりを取った。ある有名な法案がドイツ製 Made in Germany の三語を法律の世界へもちこんだ。同時にその三語は英国人の頭に刻印された。一九一八年十一月十一日まで、三語は英国人にとってずっといくばくかの関心の対象であり続けた。

ウィリアムズ氏がこの極めて綿密な論文を連載したとき、驚き、動揺、一種の憤慨が沸き起こった。論文は商業と工業の多様な分野を順に組上にのせ、その各分野へ、新参者がいかに入り込み、恐ろしい進展ぶりを発揮しているかを示すものであった。

ヘンリーはたまたまロンドンに来ていて、人から紹介されてやってきた一人のごく若いフランス人(ヴァレリー自身のこと)に、自分が主宰する『ザ・ニュー・レヴュー』誌に、ウィリアムズ氏が書いた純粋な観察と特徴的なデータからなる論文に対して、一種の《哲学的》な結論とでもいうべきものを書かないかと提案した。若いフランス人は、それまでまったく別のことを考えていたので、お門違いの仕事を提案されて大いに困惑した。しかし、色々なことを斟酌したあげく、理性的な判断だけからすれば、拒絶したであろう仕事を、彼は引き受けた。諸般の事由が、つまるところ、数において、勝ちを制したということである。彼は自分に出来ることをでっちあげた。でっちあげたものが、以下の論文である。

〔第一次世界〕大戦中、本論は『メルキュール・ド・フランス』誌に再録された。」

上記のウィリアム・ヘンリーとの出会いと執筆のいきさつについては、後に、評論集『現代世界の考察』(一九四五)に収録された「蘇る思い出」Souvenir actuel に以下のような回想がある。

「一八九六年に、私はロンドンにいた。仕事の関係で、毎日、沢山の人に会わなければならず、それも風変わりな人物ばかりだったが、その一方で、ひどく孤独であった。私はロンドンが好きだった。当時のロンドンにはまだ不思議なところが色々残っていて、ヴェルレーヌが言う《聖書に歌われた市》といった趣が濃厚にあった。ヴェルレーヌは僅かな詩句で誰よりも鮮やかにこの市を描いてみせた詩人である。

ロンドンで、私は自分が群集の中に溶解していく感覚を驚嘆の思いで味わったものだ。それは自分が膨大な数の人間の流れの中の完全に任意の一個の要素でしかないという感覚である。その流れはストランドやオックスフォード・ストリートといった数知れぬ街路を通り、靄のかなたにかすんで見えなくなる沢山の橋を渡っていくのだが、その流れの発するくぐもった足音が私の意識を奪うのであった。足音が私の意識にのこすのは、ただ一つ、人間とは押し流されていく宿命を担ったものだという印象であった。私は逆らわずに、あてどなく、疲労困憊するまで、その流れに身を任せた。そこには、様々な顔、足取り、人生が息づき、各人が自らの生を唯一で比類がない存在だと確信するさまもうかがい知れた。道行く人のただ中に身を置いて、私が強く感じたのは、通過することこそ我々の仕事だということである。これらの道行く人々は、私も含めて、すべて二度と同じ道を通ることはないであろうという感慨である。かくして、私は、ある種の苦いけれども奇妙な快感をもって、我々の生の統計学的条件の単純さを味わっていた。夥しい人間の数が私という個人の特異性を吸収してしまったので、自分自身にとって私という存在が不分明で識別不能な存在になった。我々が自分自身について考えるとき、真実はまさにそこにきわまると言えないだろうか。

ある日、そうした群集と孤独に飽きて、私は詩人のヘンリーを訪ねる決心をした。ヘンリーと親交のあったマラルメから彼のことを聞いていた。マラルメは一言で彼の風貌を表現した。「ライオンみたいな顔をしているよ」、と言ったのである。

ウィリアム・ヘンリーは、テームズ川沿いのバーンズの小宅に、単なる儀礼的な域をこえた親密な態度で、私を迎えてくれた。

この年輩の詩人は、マラルメを驚かせた見事な風貌で私を圧倒した。しかし、最初の言葉から、この立派な、ぼさぼさ髪で、白いものが混じった赤毛のあごひげを蓄えた、本当にライオンみたいな顔をした人物は、私の気持を楽にしてくれた。それも、ほどなく、くだけすぎるように思われるほどに。快活に、熱く深い声で、抑揚の強いフランス語をしゃべりだし、私はそのフランス語の力強さと大胆さに一驚した。言葉はヴィクトリア朝の雰囲気の濃厚な小さな客間に鳴り響き、奇妙な違和感を醸しだした。私は耳を疑った。（表現は言い古されているが、含蓄に富んでいるのだ。）

ヘンリーは、呵呵大笑して、私が驚いた顔をしているのを見て、ますます調子に乗って、とんでもない話をしだした。しかもその話を驚くほど生々しい、掛け値なしの卑語《アルゴ》を使ってまくし立てるのだった。

私はショックを感じていた……。しかし、英国で英国人からそんなふうに遇されるほど、〔フランス人としての〕自尊心をくすぐられることがあろうか？

私は好奇心に駆られて、この家の主人はいったいどこからそうした卑猥な言葉遣いや強烈な言葉の数々を覚えたのか知りたいと思った。私の驚くさまを心ゆくまで堪能してから、彼はどこでそういう技をこれほど完璧に身につけたのかすっかり白状した。〔パリ〕コミューンの直後に、多少なりとも身の危険を感じてロンドンに逃れてきた亡命者たちと仲良くしたということであった。ヴェルレーヌやランボーとも知り合ったし、その他大勢のアプソンフ語〔リキュールのアプサントを飲んで管を巻く連中の言葉遣い〕を話す連中とも——等々。

たしかに、詩人たちの普段の話というのは、しばしば、まったく無遠慮な言葉遣いをもってなされる。イメージや言葉の全領域が彼らのものである。上に名前を掲げた二人はそれぞれの天才を発揮して、その領域を渉猟し、その最も表現的な部分に新しい表現を付加することにもやぶさかではなかった。ここまではよく知られた事実だが、それほど知られていないことで、聞かされると意表をつかれることもある。口伝えに言われていることによると、〔かのロマン派の抒情詩人〕ラマルチーヌですら、時には、その金の口から、あられもない言葉を漏らすことがあったというのだ……。

私がそのことをヘンリーに言うと、彼は大いに愉快がった……。

さて、二人の女性が入ってきた。

夕食が終わると、彼女たちは私たちを残して退出した。そして、ヘンリーのパイプと私の紙巻きの間で、まったく別の会話が始まった。

彼は私に自分が主宰している雑誌『ザ・ニュー・レヴュー』の話をした。時々、フランス語の論文を掲載するという。その言葉で、私は自分が打診されているような感触を持った。しかし、この会見をもって、日頃自分が取り組んでいる問題や関心事からかけ離れた分野の問題に首をつっこむことになろうとは思いもよらないことであった。

雑誌で、と彼は説明した。最近ある論文を連載したところ、英国で驚きをもって迎えられ、その反響が日に日に大きくなって、抗議したり憤慨したりする者まで出てきた。

論文の著者ウィリアムズ氏は、思い立って、英国の商工業の状況をつぶさに検討してみたところ、ドイツの追い上げで危機的な状況にあることが分かった。経済のあらゆる分野で、生産・消費・運送手段・宣伝を完全に科学的に組織化し、無数の情報を中央に集めることによって、これまでになく厳密で正確な情報を得られるようになり、そのおかげで、ドイツ製品は世界のあらゆる市場で英国製品を徹底的に駆逐し、大英帝国の植民地まで支配下に収めたというのである。そうしたスケールの大きな方法的作戦の特徴的性格が、ウィリアムズ氏によって、一つひとつ取り上げられ、この上なく詳細に描写され、英国風のやり方で提示されている。すなわち、観念的なことはできるだけ少なく、できるだけ多くの事例を示すというやり方である。

　ウィリアムズ氏が連載論文に付した総題が、目下、大当たりを取って、有名な法案がその題名を法律の世界へ組み入れようとしている。かくしてドイツ製 Made in Germany の三語が英国人の頭に刻印されることになった。

――読みましたか、とヘンリーが私に聞く。

――いいえ、もちろん読んでいません。

――そうでしょうね《オフコース》。まとめて送りましょう。ウィリアムズの連載記事を通読してみて下さい。

――そしたら？

――そしたら、全体に関して何か一つ適当な論文を書いて下さい。一種の哲学的結論みたいなものを、そういうのはフランスは得意でしょう。Shall we say ten pages(4500 words)? And can you let me have the copy very soon? Say within ten days?〔そうですね、十頁くらい(四千五百語)?　原稿はすぐにもらえますか?　十日以内ということでどうでしょうか?〕

私はそんな仕事をやる気も、やる手段も、やる義務もないので、絶対やらないだろうという確信に満ちて、彼の鼻先で笑ってみせた。私の好みからあまりにもかけ離れた、考えても何もアイデアが浮かばないような仕事を引き受けることなど論外であった。

その結果、(ステファヌ〔・マラルメ〕によろしく for the good Stéphane という伝言を託されて)パリに戻ってから、本を読み出した。つまり考え始めた。その結果といったのは、人間は何かを即断すると、その後、自然とその即断に対する補完的決断が頭をもたげてくるのが普通だからである。明証性は疑惑を刺激し、肯定は否定に刺激され、不可能なものは、最初ははっきりそう考えられても、そのうちに、掻き立てられた想像力が、不可能なものに立ち向かって、様々な解決策を矢継ぎ早に提起してくるようになる……。

そうした解決策の一つが私の注意を引いた。私は軍事関係の本を何冊か読んでいた。というのも、そもそも私は方法それ自体には興味があったからだ。あの時代、大規模組織で、機能分化と階級分化のあるものといえば、ヨーロッパの一級の軍隊をおいて、他にあまり例がなかった。この種のタイプの問題を一般化することは可能だと思われた。経済戦争は存在物が引き起こす自然闘争の一つにすぎない。私は敢えて人間〔が引き起こす〕とは言わない。なぜなら、人間を主題化する段階にはまだいたっていないと思われるからである……。

そして私は、現代科学がモデルを提供したのだから、上述の組織化された活動も現代科学に引き寄せて考えるのが妥当だと考えた。現代科学もまた分業、専門化、規律正しさ、etc.を求める。そして最後にそうした比較検討から、いくつかの重大な予測を引き出した。論文から引用しよう。

「……大国の仲間入りをする国、より古く、より完全な大国がすでに存在する時代にその仲間入りを果たす国は――古くからの大国が何世紀もかけて築いたものを駆け足で模倣し、よく考えられた方法にしたがって、自らを組織しようとする。それは人工的に作られた都市がつねに幾何学的な構造の上に建てられるのと似た理屈である――ドイツ、イタリア、日本はそのようにして、隣国の繁栄や現代の進歩の分析がもたらした科学的概念の上に作られた、後発の国家である。もし国土の広大さが全体計画の迅速な実施の障害とならなかったら、ロシアも同様の一例を示すものとなったであろう……」

「……日本はヨーロッパが自分のためにあると考えているに違いない……」

この論文は一八九七年一月一日の『ザ・ニュー・レヴュー』誌に掲載された。四十八年前である。しかしながら、本論で同じ範疇に属するものとして扱われた国やある種のアイデアは、今日なお、その意味を完全には失っていないように思われる。極東やその他の所で現在起こっていることは、私にとっては、古い思い出が蘇ってきたような感がある。」

(1) モーリス・シュウォプ Maurice Schwob (1859–1928)。フランスのナントの地方新聞『ル・ファール・ド・ラ・ロワール』紙の社主。ヴァレリーの青年時代に親交のあった象徴派の作家マルセル・シュウォプの兄にあたる。

(2) デカルトの『方法叙説』第二部に書かれている精神を導く四つの準則の第四則。

(3) プロシア王フリートリッヒ二世 Friedrich II (1712–86)。プロシアの近代化を促進し、国際的地位を高めた啓蒙専制君主。学問・芸術を愛好し、ヴォルテールと親交を結び、宮廷に招いたことでも知られる。

(4) モルトケ Helmuth Karl Bernhard von Moltke (1800–91) はプロシア王国の軍人。普仏戦争でプロシアを勝利に導き、ドイツ統一に貢献した。本稿でも語られているように参謀総長になった時はほとんど還暦に近かった。戦史上の際立った功績は、電信と鉄道の力を活用して、大部隊を主戦場に急派し、敵の主戦力を包囲殲滅する戦術を確立したことであると言われている。

(5) アメリカ合衆国の北部と南部の利害の対立から起こった内戦(一八六一—六五)。

(6) 一八七〇年七月に始まった普仏戦争に備えて、皇帝ヴィルヘルム一世が動員の決意をしたことを知らせる電報を送った際のこととされる。

(7) リー Robert Edward Lee (1807–70)は南北戦争時代の南部連合の軍司令官。名将として名高い。

(8) シャーマン William Tecumseh Sherman (1820–91)はアメリカ合衆国軍(北軍)の軍人。戦略家として、また、近代戦の創始者として名高い。

(9) 「この一文は抹消すべきである。アインシュタインやプランクのような人々が出てきたからには妥当性がなくなった、すなわち、不当な断罪である」(一九二五年、著者注記)。

(10) 帝政時代にドイツが所有していた赤道以北の南洋群島(マリアナ、マーシャル、カロリン等の諸島)の一つ。一九一九年のパリ講和会議において、委任統治国が日本に決定し、日本の領土(委任統治領)となった。

(11) クルーガー Stephanus Johannes Paulus Kruger (1825–1904)はトランスヴァール共和国(現南アフリカ共和国)の政治家、初代大統領。一八八四年に宗主国の英国と交渉して、独立を勝ち取ったあと、西欧諸国を歴訪し、ドイツでは皇帝ヴィルヘルム一世と宰相ビスマルクが迎える晩餐会へ出席した。

(12) 「一八九六年一月、ケープタウンではこんな歌が歌われていた。

Strange German faces passing to and fro
What have you come for, we should like to know?

Looking mysterious as you join the train
Say, now, you Uhlans, shall we meet again?
おかしなドイツ面《づら》がそこらを行ったり来たり
何しにきたんだ、おまえさんたち、知りたいねえ？
むずかしそうな顔して、列車に乗り込んでくるけど
さあ、ドイツの軽騎兵さんたち、また会うのかね？」(原注)

(13) ラテン語。

(14) ヴァレリーが随所で主張する基本的な考え方。他人の目からは、天才的に見えたり、天啓によって与えられたように見えても、当事者には、そこにいたるまでの道筋が意識化されているので、「天才」や「天与」という考えが介入する余地はない、ということ。若書きの散文『テスト氏との一夜』(一八九六)にも次のような言葉が出てくる。「人が美しかったり、非凡だったりするのは、つねに、他者にとっての話だ！　われわれはすべて他者に食われているのだ。」

知性について

「知性について」Propos sur l'intelligence は、初め、フランスの雑誌『ルヴュ・ド・フランス』*Revue de France* 一九二五年六月十五日号に、「知性の危機について」Sur la crise de l'intelligence という題で掲載された。同誌の四月号から、ジャン・ラポルトによるアンケート「自由業の危機は

あるか?」という質問状が各界の有名人に送られ、寄せられた回答が、順次、雑誌の各号に翌年一月号まで掲載された。ポール・ヴァレリーの回答(すなわち本稿)はその中の一つである。一九三四年刊行の『ヴァリエテI』に収録された際に題名が現在のものに変更された。

(1) ロンサール Pierre de Ronsard(1524-85)は『オード』や『恋愛詩集』で名高い、ルネッサンス期(十六世紀)フランスの詩人。

(2) 地球の自転軸の運動がコマの首振り運動のようになっているため、春分点・秋分点が黄道に沿って少しずつ西向きに移動する現象。歳差の周期は約二万五八〇〇年。

(3) 原文は daimôn というギリシア語(「精霊、悪魔」の意)。

(4) プッサン Nicolas Poussin(1594-1665)はフランス古典主義時代(十七世紀)の大画家。

(5) マルブランシュ Nicolas Malebranche(1638-1715)は聖アウグスティヌスとデカルトの合理主義の総合を目指したフランスの哲学者、オラトリオ会修道士。

(6) 原文では aristométrie という言葉が使われている。aristo-, métrie はそれぞれギリシア語で「最良」、「測定・評価」の意、「最良度測定」と訳したが、ヴァレリーの造語と思われる。

(7) ヴェロネーゼ Paolo Veronese(1528-88)はルネッサンス期イタリアのヴェネツィア派の画家。代表作の一つにパリ・ルーヴル美術館所蔵の「カナの婚礼」がある。

(8) 原文は Sono laboratore とイタリア語で書かれている。

我らが至高善「精神」の政策

「精神の政策」Politique de l'esprit は一九三二年十一月十四日アナル大学での講演。初出は、『コンフェレンシア』*Conferencia* 誌、一九三三年二月十五日号。その後一九三四年刊行の『ヴァリエテⅠ』に収録され、一九三六年の『ヴァリエテⅢ』に再録された際に「我らが至高善「精神」の政策」Politique de l'esprit, notre souverain bien と改題された。

なお、アナル大学 Université des Annales というのは、一九〇五年に、マドレーヌ・ブリッソン Madeleine Brisson が創設した一種の「市民大学」である。パリのコンサート・ホールとして知られるサル・ガヴォーに各界の有名人を招いて講演してもらい、聴衆は入場料を払って、案内嬢に案内され、指定席に着いた。物理学者のキュリー夫人や舞踏家のイダ・ルビンシュタイン、作曲家のレナルド・アーンなども招かれたが、著名な作家たちも演壇に立った。講演の多くは活字になって雑誌『コンフェレンシア』に掲載された。

（1）字句は「精神の危機」のままだが、文の区切り方・句読点の使い方、語の強調に異同がある。また随所に数語から数行に及ぶ省略がある。

精神連盟についての手紙

「精神連盟についての手紙」Lettre sur la Société des esprits は、一九三三年三月、知的協力国際研究院 Institut International de Coopération Intellectuelle 刊行の叢書コレスポンダンスの第一巻『ある精神連盟のために』所収のサルバドール・デ・マダリャガ Salvador de Madariaga (1886-1978、スペインの作家・外交官)宛ての手紙の形で発表された。後にヴァレリーの『作品集D』(一九三四)に収録、死後出版の評論集『見解』*Vues* にも再録されている。

(1) 精神連盟 Société des Esprits は「国際連盟」Société des Nations(国際連合の前身)にならった言い方。訳語もその意をくんで「連盟」に統一した。

(2) マダリャガはフランスの理工科大学に学び、スイスの国際連盟事務局で仕事をし、かつ、オックスフォード大学でスペイン語文学を講じたので、以下の記述がある。ヴァレリーとの往復書簡が交わされた時点では、フランス駐在大使であった。

(3) フランスのエリート養成大学校のエコール・ポリテクニーク Ecole polytechnique。

(4) 英国の小説家ジョージ・メレディスの詩「現代の恋」の中の一句。

(5) 『旧約聖書』の「ダニエル書」第五章に、バビロニアの王バルタザールが大酒宴を開いて、先王ナブコドノソルがエルサレムの神殿から盗んできた金杯で酒を飲んでいると、王宮の壁に手が現れ、指で文字を書いた。その文字を解読させるために、ダニエルが呼ばれる。文字は「メネ、テケル、ペレス」(ヴァレリーの文では「マネ、テセル、ファレス」)、それぞれヘブライ語、アラム語で「数えた、秤《はか》った、分かれた」というような意味で、バビロニア王朝の滅亡を預言した言葉と解釈される。ヴァレリーの表現はこれを下敷きにしている。

知性の決算書

「知性の決算書」Bilan de l'intelligence は一九三五年一月十六日アナル大学での講演。初出は、『コンフェレンシア』*Conferencia* 誌、一九三五年十一月一日号。その後一九三六年刊行の『ヴァリエテⅢ』に収録された。

（1）エルステッド Hans Christian Ørsted（1777–1851）はデンマークの物理・化学者。電流の磁気作用を発見し、後の電磁気学へ道を開いた。

（2）brain trust としては、アメリカの大統領フランクリン・ルーズベルトがニューディール政策を推進した際、大統領の下に集められたアドバイザーたち（最初はコロンビア大学の法科教授たち）がとくに有名である。

（3）ここでいう「機能」とは「知性」のこと。

（4）原文 les humanités は「ギリシア・ラテンの古典、古典研究」を指す。

（5）原文 classique だが、意味は注（4）に準ずる。

（6）ロラン Charles Rollin（1661–1741）はフランスの王朝時代の古典学者。プロシアのフレデリック大王の文通相手の一人としても知られる。

(7) 紀元前四世紀のギリシア時代に作られたアポロン像。教皇ジュリアーノ二世(在位一五〇三―一三)がバチカンのベルヴェデール宮殿に飾った。

(8) assonance は詩句の末尾で同一母音あるいは、類似母音を繰り返す詩の技法。

(9) allitération は同一子音を繰り返して音楽的・擬音的効果を生み出す詩の技法。

(10) ここではラジオのことを言っているものと思われる。

(11) フランス語で頭脳のことを matière grise「灰色物質(脳の灰白質)」という。

(12) 原文は éducation réfléchie des réflexes という言葉遣いになっているが、パラフレーズすれば「反射反応」réflexes を反省的に、すなわち反省意識によって(réfléchie)、別の言葉で言えば、思弁的・分析的に、教育する(涵養する、体に教え込む)という意味である。

(13) 原文は psychologie dirigée という言葉遣いになっている。作者の意味するところは、どこに向かおうとするのか方向づけがきちんとなされた心理学(精神の誘導術)という意味と思われるが、「計画経済」économie dirigée という言葉になぞらえて「計画心理学」とした。

精神の自由

「精神の自由」La liberté de l'esprit は、一九三九年三月二十四日に行われた講演をもとに、初出は『コンフェレンシア』*Conferencia* 誌の十一月一日及び十五日号に分載されたものである。その後、一九四五年刊行の評論集『現代世界の考察』(死後出版、増補版、ストック社)に収録された。プレイヤード版も同評論集を踏襲して、『現代世界の考察』の一篇として扱っている。

(1) 以下の話では、「価値」valeurという言葉が「株(有価証券)」の意味と重ね合わせて使われている。

(2) 「精神‐価値」valeur-espritは「精神という名前の株」すなわち「精神・株」と訳すこともできる。後続の表現も同じだが、こちらは原文にハイフンが使用されていないので、「社会保障株」「国家組織株」とした。

(3) オンヌクール Villard de Honnecourtはフランスの旧フランドル地方に生まれ、十三世紀の前半に多くの伽藍建築に携わった移動職人頭。多くのデッサンを含む手帖が後世に伝えられて(フランス国立図書館所蔵)、中世の建築史に光を投げかけている。

(4) サラディン Saladin(1137–93)は名君の誉れ高いエジプトおよびシリアのスルタン。エルサレムをキリスト教徒の手から奪い返し、十字軍遠征軍の野望を打ち砕いた。

(5) イングランド王リチャード一世(一一五七—九九)。一一九〇年に第三回十字軍としてエルサレム奪回に力を注いだが、サラディンに阻まれて、休戦に追い込まれた。

(6) オウィディウス Ovide(BC 43–AD 17/18)は『変身物語』の作者として名高い古代ローマの詩人。

「精神」の戦時経済

「精神の戦時経済」Economie de guerre de l'esprit. 一九四五年刊行の評論集『現代世界の考察』所収の小論。同集の中で一九三九年の日付が付されているほか、初出等未詳。

地中海の感興

「地中海の感興」Inspirations méditerranéennes は一九三三年十一月二十四日にアナル大学で行われた講演。初出は『コンフェレンシア』誌一九三四年二月十五日号、後に評論集『ヴァリエテⅢ』（一九三六）、『作品集K　講演』（一九三九）に収録された。

（1）　ジョゼフ・ヴェルネ Claude Joseph Vernet（1714-89）は南仏生まれの風景画家。ルイ十五世の宮殿を飾るために二十四点の港の風景画の注文を受け、十四点を完成させた。その仕事によって、海洋風景画家としての名声を今日に伝えている。

（2）　クロード・ロラン Claude Lorrain（1600-82）は十七世紀フランスの画家、風景画家として有名。港の風景もよく題材に選ばれた。

（3）　フランス古典時代の劇作家ピエール・コルネイユの劇『ル・シッド』*Le Cid* の第二幕第二場のドン・ロドリグに向かって言うドン・ゴメスの台詞。

(4) エーグ＝モルト Aigues-Mortes はルイ九世が作った南仏の城塞港湾都市。ヴァレリーの故郷セットの北東五十キロメートルほどのところにある。
(5) アフリカ北西部の人間を指す。イタリア語の barbaresco(異人、異邦人)が語源。
(6) 農事田園詩は一年の農事、畑仕事を主題にした詩。著名な作品に古代ローマの詩人ウェルギリウスの作った『農耕詩』がある。
(7) フランス語で「世界」を表す言葉は monde だが、この言葉はラテン語の mundus に由来する。ラテン語の mundus はギリシア語の cosmos の意味を継承して、「世界、宇宙」と「装飾物、飾り」という二つの意味を持つ。

オリエンテム・ウェルスス

「オリエンテム・ウェルスス」Orientem versus は、初め、一九三八年十—十一月刊行の雑誌『ヴェルヴ』に掲載された。後に、『作品集J』に収録。一九四五年刊行の評論集『現代世界の考察』には再録されなかったが、プレイヤード版『作品集Ⅱ』では、『現代世界の考察』の中の一篇として扱われている。

なお表題はラテン語で「東方へ向かって」「日の昇る国の方へ」という意味である。具体的には、レヴァント(エジプトからギリシアを含む地中海から東部沿岸地域)からオリエント(中近東)にいたる地域の、西欧に先立った、古い文化・文明へ思いを馳せた一文で、自由に訳すならば、「オリエント幻想」とでもいう趣がある論文なので、敢えて既訳書のように「対東洋」とせず、オリエントの音がうつされている原題をのこした。

（1）ギリシア語で「哲学」はフィロソフィア、すなわち「愛知」であることをふまえた修辞である。

（2）チグリス河畔にあった古代アッシリアの都市。

（3）テヘランの南三百四十キロメートルにあるイラン第三の都市。古くはペルシア・サファヴィー時代の首都。

（4）『旧約聖書』の「サムエル記下」に登場するダビデの三男。父に反旗を翻し、敗走する途中、長髪が枝にひっかかって立ち往生したところを、ダビデの忠臣ヨアブに射殺《いころ》される。

（5）キリストを裏切ったユダのこと。

（6）エジプトでは「白蓮」で、柱頭装飾のモチーフなどにも使われる。古代ギリシアではナツメを指し、旅人が食べると「故郷」を忘れ逸楽に耽るとされる。

（7）葦を削って作ったペン、「葦ペン」。

（8）古代ギリシアのゼノンがピタゴラス派に反論して述べた「四つの逆説」の一つに「アキレスと亀」の逆説がある。「ピタゴラス派が主張するように数に大きさがないのであれば、アキレスは亀を追い抜くことができない」というもので、ヴァレリーは詩「海辺の墓地」の中でもこのテーマを詠みこんでいる。アキレスはホメロスの『イーリアス』に出てくる駿足で知られる神話上の人物。

(9) ペルシア神話に登場する、片目は過去を、片目は未来を見ているという伝説の不死鳥。

(10) ヴィクトル・ユゴーの『東方詩集』*Les Orientales* の第三十一番目の詩篇「グラナダ」に次のような一節がある。「老トビーの盲いた目を癒した魚が／フォンタラビーの眠る湾の海底を遊泳している。」なおトビーは慈善心厚いネフタリ族のユダヤ人で、晩年に失明したが、息子のトビーが天使ラファエルと旅をした際に殺した魚の肝油を持ち帰って、塗布したところ視力が戻ったという伝説がある。

(11) 預言者。ニネヴェに行けという神の命に背いて乗り込んだ船が転覆し、鯨に呑み込まれた。

(12) 古代ギリシアの詩人・音楽師。海で溺れそうになったとき、自ら奏する竪琴の調べに魅せられたイルカに救われたという伝説がある。

(13) パラスはギリシア神話の女神、別名アテネ、あるいは、ミネルヴァ。フクロウはこの女神を象徴する鳥とされる。

(14) エデンの園でアダムとイヴをそそのかした蛇。

(15) 古代ギリシアのデルフォイでアポロンの神託を司る巫女と蛇。伝説によれば、アポロンは百頭の蛇を退治してデルフォイに祭った。

(16) アプロディテの復讐で、ミノスの妻パシパエが牡牛と恋し、半人牛頭のミノタウロスを生んだギリシア神話による。

(17)「岩鳥」、『千一夜物語』に登場する巨大な鳥の名前。

(18) ギリシア神話の大神ゼウスはオリンポス山に住み、時に、鷲に姿を変える。

(19)『旧約聖書』の「列王記上」第十七章にイスラエルの神ヤハウェがエリヤフに「東へ向かい、ケリトの涸れ谷に身を隠し、そこの水を飲め。わたしはカラスに命じておまえを養わせる」（大意）とある。

(20)『新約聖書』の「マタイによる福音書」第三章四節に「洗礼者ヨハネは砂漠に隠棲し、イナゴと野蜜を糧とした」（大意）とある。

(21) エチオピア王の娘。ポセイドンが差し向けた海の怪獣の餌食になるところをペルセウスに救われる。

(22) テセウスの子。義母のパイドラから言い寄られたことを父に告げたため、怒りをかい、ポセイドンが差し向けた怪獣に襲われて命を落とす。

(23) ゼウスとダナエの間に生まれた。アンドロメダを海の怪獣から救い、娶った。

(24) ギリシア神話の英雄。ポセイドンの息子で怪獣キマイラを殺した。

(25) 四世紀の殉教者。イタリアルネッサンス期の画家ラファエルの作品に「竜を退治する聖ジョルジオ」がある。

(26) ギリシアのロードス島の竜を退治したという伝説がある中世の騎士。

(27) ギリシア神話の英雄ヘラクレスが退治したネメアのライオンのこと。
(28) ギリシア神話に登場する多頭の蛇の形をした怪物。ヘラクレスはレルニ(ギリシアの地名)のヒュドラを退治したという伝説がある。
(29) ギリシアのアルカディアにある湖。鉄製の怪鳥がすみ、多くの人が殺されたが、ヘラクレスによって退治された。
(30) ドイツの宰相ビスマルクの言葉。
(31) 『新約聖書』の「マタイによる福音書」第八章の記述に基づいた表現。イエスの前に悪霊に憑かれた者が二名やってくる。悪霊は自分たちを追い出したいのなら遠くの豚の群れのところまで連れて行くように言う。悪霊たちが人から出て豚の体内に入り込むと、豚たちは崖を駆け下り、海に落ちて溺れ死んだ。
(32) ギリシア神話の半人半馬。
(33) 『旧約聖書』の「エゼキエル書」に出てくる、人・獅子・牛・鷲の四面を持った怪獣。
(34) 半獅子半鷲。
(35) 半山羊半鹿。

東洋と西洋

「東洋と西洋」Orient et Occident, préface au livre d'un Chinois は、盛成(一八九九—一九九六)

（ヴァレリーの表記は Cheng Tcheng だが、現行のピンイン表記では Sheng Cheng）がフランスで出版した本『我が母』*Ma mère*, Editions Victor Attinger, Paris-Neuchâtel, 1928 に寄せた序文。初出時の表題は「ある中国人の本に書いた序文」であったが、一九三一年版の『現代世界の考察』（ストック社）に収録された際に、「東洋と西洋」と改題された。以後、序文の時の題は削除されるか、副題扱いになって今日にいたる。

盛成（当時二十九歳）とヴァレリーの出会いについては、盛成自身が中国語で書いた次のような文章（沈雲龍主編、近代中国史料叢刊続輯四九八巻所収の『海外工読十年紀実』第十二章）があるので以下に訳出する。

ポール・ヴァレリー

あれはモンペリエ駅のパリ行きの列車のプラットホームのことだった。ホームに人が一人立っていた。

その人物は満面に憂いを浮かべ、心中の苦しさを口に出して言えないといった様子だった！

私の好奇心に燃えた目はその人物の周囲に真直ぐに向けられて、思わず問いかけていた。

「何か心配事がおありですか？」「これほどの悲痛な仕打ちに人は耐えられるものか？」

彼の視線も私の方に向けられた……。

「私を憐れんでくれ！」

そこへ忽然と顎鬚を生やした人物が駆け寄ってきた。一見して、その人物はジュール・ヴァレリー〔ポール・ヴァレリーの兄〕というモンペリエ大学法学部教授であることが分かった。彼もまた私と目で語る。

ああ、それではかの人はあの大詩人ポール・ヴァレリーなのか？

これはまた！　大詩人とて何ができよう？　母親が亡くなったら〔ヴァレリーの母親は一九二七年五月十八日に亡くなった〕、嘆き悲しむのはわれわれみなおなじではないか！　アカデミシアンであっても、名声があっても、死者を嘆き悲しむことに変わりはない。ラテン語の諺にいいのがある。〈〈死は公平に〉歩ヲ進メル〉Æquo pulsat pede、すなわち「死がやってきて人を求めるのに、家門は選ばない」ことを知らなくてはならない。

ヴァレリーの母親が亡くなったので、詩人は今セットの丘の上の墓地で埋葬をすませてきたのだ、そしてパリ行きの列車を待っているのだ。

われわれはなおも向かい合って、人々が群れているホームの上で、視線を交し合っていた。ヴァレリーの心痛は私には直感的に分かった。しばし私は階級闘争的な符丁を忘れた。彼は身分ある公人、私は遊民だ。

列車が来たとき、「私」は彼が乗るのを見送った。この「私」とは誰のことか。それはあの時「人間的な眼差し」を送った者である。彼が行ってしまったあと、私はセットに帰り、またサソリと一緒の生活に〔当時盛成は実験用にサソリを飼っていた〕戻った。

列車の中で、私はずっと彼のことを考えていた。この人はつねに自分に問いかけるのをやめない人だ……。

「中国人の頭は我々の頭の構造と同じようになっているのだろうか?」

私が今日理解し、慰め、慈しみ、激励する彼は、中国人の頭ではないが、中国人の心を持っている。あの時、私は私自身の運命を変え、「階級闘争」の四字を、ひとまず横においたのだ。だから私は私自身の母親のことを考えていた。そして、ヴァレリー宛に一通の手紙を書いたのである。

「あなたも母上を亡くされてはじめて自分の母への愛を知るようになるのです。母の慈愛が分かるようになるのです……。親の喪に服すのは万国共通、その心痛は人類共通です。それゆえ、一介の勤工倹学生〔働きながら勉強する学生〕がアカデミシアンを慰めたり、苦しんでいる人に情をかけたりするのです。」

ヴァレリーは返事をくれた。はからずも、これが私の人生の転機となった。

私はスイス経由でパリに着いたあと、『我が母』を書き上げ、色々な出版社に送りつけた。しかし二か月経っても何の反応もなかった。評価はいいのか、悪いのか、心中おだやかならず、苛々していた。私はパリの市内から引っ越して、コロンブ〔パリ近郊の地名〕のロンド夫人の家に寄宿することになった。毎日、華僑協社内の勤労者教育図書館で中国語の本を読んで過ごした。

李卓《リーツォー》とか孟稜崖《マンランヤー》といった仲間と出会ったのはそこである。天幕事件の昔話をしているうちに、「二八」〔一九二一年二月二十八日、パリの勤工倹学生たちが、窮乏を訴えて、中国公使館を包囲した事件〕「里大」〔一九二一年秋、リヨン郊外に中仏大学を作るという話があって期待していた勤工倹学生たちが、軍閥の子弟のための施設であることを暴露されたため、大挙してリヨンにおしかけた事件。若き日の周恩来や陳毅なども参加した〕「十万元」〔北京政府が勤工倹学生救済のため送金した〕「争分庚款」〔義和団の乱の後で清朝が西欧列強に支払った賠償金〕にまで話題が及び、勤工倹学生運動のことを色々話した。話にあきると、福士飯店に餃子を食べに行った。もちろん一番たくさん食べたのは私だった！

ある日、カピ夫人の家で閑談していたら、彼女が私に聞いた。ロマン・ロランからは返事がありましたか？　私は言う……返事はくると思うけど、ただ彼は老人だから、なかなか思うように手を差し伸べてもらえない。彼女はさらに問う。出版社からは返事がきましたか？　ただ一社だけから返事がきました。曰く……。

「貴殿の原稿はとてもよくできています、大いに感服いたしました……しかし残念ながら、出版することは……」

彼女「あなたは他にどんな偉い人たちを知っているの。」

私「ジョルジュ・ピオク〔フランスのアナーキスト、一八七三—一九五三〕、バルビュス〔フランスの小説家、一八七三―一九三五）――彼は今ロシアです――、それから、『進化雑誌』のカルパンチエ、そういったところが私の知っている左翼の大物です。」
彼女「そういう人たちは役に立たないわね。他にどんな偉い人を知ってるの。」
私「以前、ヴァレリー氏に手紙を書いたことがあります。」
彼女「返事をくれましたか？」
私「くれました。」
彼女「その手紙を今持っていますか？」
私「鞄の中にあります。」
カピ夫人はヴァレリー氏の手紙を読むと、叫んだ。「あなたの救いの主が現れたわ！」「友よ、あなたの救いの主が現れたわ！」
私「どこに？」
彼女「いいこと、急いでこの人に手紙を書くのよ。あなたが今パリにいて、ちょっとお願いしたいことがあるのですがって。」
私「だけど……ヴァレリーは貴族、身分のある人、私とは階級が違う人です。どうして私にいまさら手紙が書けましょうか。」
カピ夫人はペンと紙を持ってきて、私の言い訳には耳をかさず、私を座らせ、李白がかつて韓荊州宛に出したような手紙を書かせた。彼女は口の中でぶつぶつ言っていた……。

「あなたの階級の人の中で、誰が助けてくれるの？　あなたが落とし穴にはまったのを見れば、駆けてきて石を投げる、そういうのがあなたたちの階級の人よ！　そうでしょ、私も社会党の党員よ、でも何十年も社会党をやってきて、最後に学んだ教訓は自分のことは自分で救えということ。」

私が手紙を書き終えると、カピ夫人はそれにざっと目を通して、それからバッグから五フラン貨を取り出して、私にすぐに出しに行くように言った。私は手紙を出しに行った。出して帰ってくると、カピ夫人はさらに一枚の小切手にサインをして私に渡した。私はそれまでにすでに彼女から八百フランの援助を受けていた。

ヴァレリーが手紙を受け取ったとき、彼は英国へ旅立つところだった。オックスフォード大学で講演をすることになっていた。そこで秘書に私の手紙へ返事を書くように言い付けた。旅行から帰ってきてから、私は会いに行った。

玄関を通って客間に座っていた。

ヴァレリーが出てきた――少しももったいぶったところがない。

両人握手を交わすと、彼が聞いた。「成《チエン》さん、お元気ですか？」

私たちは初対面とは思えないほどのびのびと話をした。

ヴァレリーはストーブの前に立ち、私は腰掛けていた。私たちはアジア、ヨーロッパ、アメリカ、中国、イタリア、フランスの過去と未来を談じ、それから『我が母』の話になった。

ヴァレリーが聞く。

「あなたはありのままの母親の生涯を書かれたのですか?」

「はい、そうです。」私は答えた。

「私は人生のありのままを描いた作品が好きなのです。」

それから『海外工読十年紀実』の話になった。ヴァレリーが言う。

「こういう本の意義は極めて大きい。是非、ご自身で中国語に翻訳されるといいですね。」

「私はまず中国語で書いて、それからフランス語にします。」

「なにも華麗な文章を書く必要はありません。簡潔であればあるほど味がある。この本は広く世界的に読者の注意を引くでしょう!」

そこで私はヴァレリーにイタリア滞在中にイタリア娘に恋した話をした。彼は私の話を聞いて言った。

「私の母はイタリア人です。」

私たちはダンテ、ジョットー、〔ダ・〕ヴィンチの話をし、イタリアのことを色々話しあった。

さらにローマやギリシアにも談が及んだ。

私はヴァレリーに南仏での生活を記念するものを何か書きたいと言った。ヴァレリーは言った。

「私の娘の名前はセットの隣村の名前からとって……アガートと言います。隣村の地名はアグド Agde といい、ギリシアに由来します。」

話の後、私たちは一緒に玄関を出て、雪の降る中、肩を並べて、歩いた。知らない人は兄弟が連れ立って歩いていると思ったろう！　私は彼の傑作「海辺の墓地」の話をした。

「それではまた」彼は銀行に着き、お金を取りに行く。

「さようなら！」

二日後に、ヴァレリーから封書が届いて、出版社へ紹介してくれた。

「彼はヴァレリーの紹介状を持ってる、すごいね、この若者は幸せ者だ！」

この種の羨望あるいは嫉妬のまじった驚嘆の言葉が聞こえてきて、いやな気がしたが、ここは我慢のしどころと思いなして、出版社の編集員を訪ねた。

人々はいきさつを聞いて言った。「あなたの作品を早速読ませていただきました。お引き受けする旨の返事を出さなければと思っていたところに、お越しいただいたのは大変ありがたいことです。」昨日そこに来たときには、同じ担当者の女性が、私に原稿のもちこみがとても多いと言った。それが急に『我が母』の番になって、一夜のうちに、お引き受けしますと豹変したのはどういうことか？

みんなこんなふうに言う。「ヴァレリーの序文があるなら、必ず、お引き受けします。」

私は言う。

「どうぞみなさん条件を書いて下さい。」私はヴァレリーの秘書と相談して回答し、アタンジェ出版社を選んだ。それから、ヴァレリーは私のために序文を書いてくれた。ヴァレリーが盛成に代わって序文を書いてくれた。ヴァレリーの文章は王羲之の字に匹敵するものであった。人々は驚いた。この中国人は本当に幸運者《しあわせ》だ。一字一句を珠の如く彫琢する詩人がわざわざ彼のために一篇の序文を書いてくれたのだ。パリの中国文化院はこの噂を聞き及んで、私に講義を依頼してきた。パンルヴェ〔フランスの数学者・政治家、一八六三—一九三三〕が私に言った。

「ヴァレリーが君に十六頁もの序文を書いてくれたって!」

実際ヴァレリーは誠心の人である! 彼は私にそっと言ったものだ。

「お金がないときには、私のところに来て言いなさい。」

(1)「侏儒」は magot、「夷狄」は diables étranger の訳語。前者は「(中国産の)陶器の置物、(小さな)醜男」、後者は「異国の悪魔」が原義である。

(2) 原文ラテン語(*per fas et nefas*)。

フランス学士院におけるペタン元帥の謝辞に対する答辞

「フランス学士院におけるペタン元帥の謝辞に対する答辞」Réponse au remerciement du Maréchal Pétain à l'Académie française は、一九三一年一月二十二日、フランス学士院で、新会員ペタン元帥の「謝辞」に次いで読み上げられた「答辞」である。「謝辞」は新たに選出された会員が、自らが襲った席に座っていた前任者(この場合はフォッシュ元帥)を讃える演説であり、「答辞」は学士院の会員の中から選ばれた者(この場合はヴァレリー)による新会員の紹介および賛辞を呈する演説である。

ペタン元帥 Philippe Pétain(1856–1951)は、第一次世界大戦の対独戦における功績(とくにヴェルダンの戦いにおける勝利)で、元帥の称号を与えられた英雄であった。しかし、一九四〇年、ナチス・ドイツの侵攻により、フランスの軍事的敗色が濃厚になった時点で、主戦派の政府首脳に対して、対独講和を主張した。そして時の内閣が倒れると、後任の首相に推され、新政府を樹立、ドイツと休戦協定を結んだ。元帥はその時すでに八十四歳になっていた。休戦協定によりフランスの北部と東部はドイツ占領下に置かれたので、フランス政府は南のヴィシーに置かれた。以後、ナチス・ドイツとの協力関係を強いられることになり、次第に傀儡政権化していった。一九四四年《自由フランス》のド・ゴール将軍が凱旋しナチスが敗北、フランスに再び共和制が復活すると、ペタンは裁判にかけられた。判決は国家反逆罪の適用による死刑であった。しかしド・ゴール将軍により、高齢を理由に、無期禁固刑に減刑され、一九五一年、九十五歳で永眠するまで服役した。ペタン元帥については、前半生の国家的英雄像と後半生のナチス・ドイツ協力者像との間に著しい断絶がある。そもそも、国家存亡の危機に際して、高齢のペタン元帥を政治の表舞台に引き出して、全権を委ねたのは当時の議会であり、国民であった。したがって、戦後になって、対独講和、休戦協定、ヴィシー政権成立などの一切を彼一人の責任に負わせるのには無理があるようにも思われる。

(1) フォッシュ Ferdinand Foch(1851-1929)はフランスの元帥。第一次世界大戦の最終局面で、ドイツに対抗する連合軍の総司令官となった。戦後のヴェルサイユ条約締結後に「これは和平ではなく、二十年間の休戦条約である」と評した言葉が、第二次世界大戦を予言するものだと受け止められている。

(2) クルック Alexander von Kluck(1846-1934)はドイツの将軍。オーストリア=プロシア戦争、普仏戦争に出征。第一次世界大戦ではドイツ第一軍司令官となって、ベルギーからフランスへ入り、西部から首都パリを攻めたが、東部から攻めた第二軍との連携がうまくいかず、退却を余儀なくされた。

(3) ファルケンハイン Erich von Falkenhayn(1861-1922)はドイツの陸軍大臣、参謀長。

(4) ヒンデンブルク Paul von Hindenburg(1847-1934)はドイツの元帥、大統領。第一次世界大戦では第八軍の司令官となり、タンネンベルクおよびマズール湖畔の勝利で国民的英雄となった。敗戦後、右派勢力におされて、ドイツ共和国第二代大統領に選出された。一九三三年ヒトラーを首相に任命したことで知られる。

(5) ルーデンドルフ Erich Ludendorff(1865-1937)はドイツの将軍、ヒンデンブルクが率いる第八軍の参謀長として、ヒンデンブルクをよく補佐した。第一次大戦後は政治活動に入り、一九二三年のヒトラーのミュンヘン一揆に参加した。

(6) ジョッフル Joseph Joffre (1852–1931) はフランスの将軍、一九一四年から一九一六年にかけて陸軍参謀長。第一次マルヌの戦いでドイツ軍を破ったことで知られる。

(7) カステルノー Edouard de Curières de Castelnau (1851–1944) はフランスの将軍、第一次大戦ではシャンパーニュの戦いの指揮を取り、ついでジョッフル将軍の片腕(副官)となって活躍した。

(8) ファイヨール Emile Fayolle (1852–1928) はフランスの元帥。第一次大戦ではナンシー、ソムで活躍、一九一八年の第二次マルヌの戦いの勝利にも貢献した。

(9) 一九一四年、オーストリア＝ハンガリー帝国の皇位継承者フランツ・フェルディナント大公夫妻がサラエボで銃撃され、それを契機に、瞬く間に、世界大戦へ突入した。

(10) ピエ、プスは昔の計量単位で、それぞれ約三十二・四センチメートル、二・七センチメートルに相当。

(11) Batailles de la Somme. ソムはフランス北部ピカルディー地方の県名あるいはそこを流れる川の名前。一九一六年にジョッフル将軍が指揮する英仏連合軍が独軍と戦った場所である。大砲や戦車を大量に投入した物力戦となったが、独軍はソム川を挟んで数キロ退却しただけで踏みとどまったことから、結果的には、仏軍の戦略が功を奏さず、失敗であった。ジョッフル将軍は二ヴェル将軍に代えられた。

(12) バルザックの小説『あら皮』*Peau de Chagrin* の一節。

ペタン元帥頌

「ペタン元帥頌」Le Maréchal in Hommage collectif de la ville de Paris au maréchal Pétain. このテクストは一九四二年に書かれた。ペタン元帥がヴィシーからパリに来るという情報があり、パリ市が元帥に敬意を表するため小文を委嘱した著名人の中にヴァレリーもいたという経緯がある。文集は編まれ、出版された。その後、一九四四年四月二十六日、連合軍の空襲の犠牲者となった人々の霊を慰めるミサがパリのノートル＝ダム寺院で執り行われた際、出席した元帥に敬意を表して、このテクストが読み上げられたという。戦後になって、ペタン元帥が裁判にかけられ無期禁固刑の判決を受けた後、弁護側が編纂した「再審請求のための資料」の「一般証言」の部にこの文章が収録されている。

(1) ジョアシャン・デュ・ベレのソネット集『哀惜』*Regrets* の第三十一番目のソネットにある詩句。

(2) ヴェルダン Verdun は第一次世界大戦でドイツと最も激しい攻防戦のあった都市の名前。

(3) ランス Reims はフランス北東部マルヌ県の都市で、大司教座が置かれていて、ゴシック様式の大聖堂が有名。

(4) 一六三七年、コルネイユがスキュデリー等の誹謗(背景には『ル・シッド』の未曾有の成功に対する宰相リシュリューの嫉妬があったといわれる)に対抗して書いた韻文『アリストへの弁明』の一句。原詩では「何の後ろ盾もない私の作品が舞台で上演される。人はそれを褒めるも貶すも自由だ」という意味になっている。

(5) ランルザック Charles Louis Marie Lanrezac (1852–1925) はフランスの将軍。第一次世界大戦では第五軍を率いてシャルルロワで戦ったが、ドイツ軍に敗れて撤退した。『フランスの作戦と戦争の最初の一か月』という回顧録がある。

(6) デカルトの『方法叙説』第二部「方法に関する主要な規則」の最後に挙げられている第四番目の規則。

(7) ヴァレリーの対話篇『エウパリノス』の中でソクラテスと対話するパイドロスが建築家エウパリノスの言葉として伝える言葉がここに引用されている。

(8) 星章は軍隊で将官の階級を表す星型のバッジ。

(9) シャルコ Jean Charcot (1867–1936) はフランスの海洋学者・探検家。二度にわたり南極探検を試みた。

(10) ドゥオモン Douaumont はムーズ県ヴェルダン郡にある村。ここにあった要塞がヴェルダンの戦いで激しい攻防の焦点となり、多大な犠牲者を出した。現在ここには慰霊のための納骨堂が建てられている。

（11）一九二四年モロッコでアブ＝デル＝クリムを首謀者とする原住民の反乱が起こり、その平定のために、パンルヴェ首相の要請でペタン元帥が現地に赴いた。反乱は本国からの援軍を使って、翌年五月に平定された。

（12）モロッコに関してはスペインも問題を抱えていたが、原住民の反乱が仏領に波及したことから、スペインとフランスが協力して反乱軍の平定に乗り出した。当時のスペインはミゲル・プリモ・デ・リベラ Miguel Primo de Rivera（1870-1930）が独裁体制を敷いていた時代であった。

（13）一九三四年ペタン元帥に陸軍大臣就任を要請したのはガストン・ドゥメルグ Gaston Doumergue 首相である。

（14）『対比列伝（英雄伝）』を書いた帝政期ローマのギリシア人著作家プルタルコス Ploutarkhos（46?-125?）。

（15）一九四〇年六月十六日、辞任した首相ポール・レノーの後を受けて、首相となり挙国一致内閣を組閣した時点で、ペタン元帥は八十四歳であった。

独裁という観念

「独裁という観念」L'idée de dictature はアントニオ・フェロの著作『サラサール　ポルトガルとその指導者』の仏訳本（一九三四年、グラッセ社）に付された序文。その時の題は「独裁という観念についての覚書」Note sur l'idée de dictature であった。仏訳本の題は『サラサール 人と作品』。同序文は後に『作品集D』に収録されたあと、一九四五年刊行の『現代世界の考察』に現在の短縮された題名で再録された。

（1） アントニオ・フェロ Antonio Ferro 著『サラサール ポルトガルとその指導者』*Salazar. Le Portugal et son chef* のこと。

（2） サラサール António de Oliveira Salazar（1889-1970）はポルトガルの政治家・独裁者。自ら創設した「新国家」Estado Nuovo の首相として、一九三三年から一九六八年まで君臨した。

独裁について

「独裁について」Au sujet de la dictature は、初め、季刊誌『我らが時代の証言』*Témoignages de notre temps* 一九三四年六月号に、フレデリック・ドラック Frédéric Drach 編集の特集「独裁政治と独裁者」Dictatures et Dictateurs の序文として掲載された。後に『作品集J』（一九三八）に収録され、一九四五年刊行の『現代世界の考察』の一篇にも加えられた。

（1） クロムウェル Oliver Cromwell（1599-1658）はイングランドの軍人・政治家。国王チャールズ一世を処刑し、一六四六年「共和国」（コモンウェルス）を樹立、初代護国卿になった。

（2）　ボスュエ Jacques Bénigne Bossuet (1627–1704) はフランスのキリスト教聖職者。王権神授説を唱え、ルイ十四世の説教師となり、多くの名説教を遺した。

ヴォルテール

「ヴォルテール」Voltaire は、一九四四年十二月十日、ヴォルテール生誕二百五十年を記念してソルボンヌで行われた講演。一九四五年にフランス文部省官報付録「ヴォルテール、アナトール・フランス、ガブリエル・フォーレ、ポール・ヴァレリーへ捧げる賛辞」（国立印刷局）に収録される一方、ヴォワリエ、ドマ＝モンチレスチエン叢書 Collection Au Voilier, Domat-Montchrestien から単行本として刊行された。さらに一九五〇年になって、ガリマール社刊『ポール・ヴァレリー文選』*Morceaux choisis* の巻末に再録された。

（1）　ヴォルテールの著書『ルイ十四世の世紀』*Le siècle de Louis XIV* のことを念頭においた表現。

（2）　ラテン語訳聖書のこと。

（3）　『カンディードあるいは楽観主義』*Candide ou l'optimisme* は一七五九年に出版された哲学コント。ヴォルテールの書いたコントの中で最も有名なもの。

（4）　『ザディグあるいは運命』*Zadig ou la destinée* は一七四七年に出版された哲学コント。

（5） Ferney はヴォルテールが晩年（一七六〇―七八）を過ごしたジュネーヴから数キロのところにあるフランスの地名。

（6） 例えば、「機知は巷を駆ける」L'esprit court les rues という諺があるが、これは「巷間に機知はあふれている」という意味で、平凡な洒落や警句をからかっていう言葉なので、ここでは、ヴォルテールのような才気ならいくらでもあるという人々のことを念頭において言っているのであろう。

（7） 『メロープ』*Mérope* は一七四三年に刊行された劇作。

（8） 『ザイール』*Zaïre* は一七三二年に刊行された悲劇。

（9） 『ラ・アンリアード』*La Henriade* はフランス王アンリ四世のパリ攻撃をテーマにした叙事詩。初版は一七二三年。

（10） パスカルのこと。

（11） テセウス、ペルセウスは共にギリシア伝説上の人物。前者は怪物ミノタウロスを殺し、後者はメドゥーサの首を切ったことで知られる。

（12） 一八九九年第一回ハーグ国際平和会議で結ばれた国際紛争平和的処理条約に基づいて一九〇一年に設けられた国際仲裁裁判所のことと思われる。

（13） カラス、シュヴァリエ・ド・ラ・バールはヴォルテールが関わった有名な裁判。

（14） 『新約聖書』の「ルカによる福音書」の第二十三章三十四節にある言葉。イエスが十字架につけられた後に発した言葉「父よ、彼らを赦して下さい。彼らは自分が何をしているか、わかっていないからです」(新約聖書翻訳委員会訳、岩波書店)。

ポール・ヴァレリーにおける〈精神〉の意味

本書はポール・ヴァレリーの評論の中から、〈精神〉をキーワードに、代表作を選んで一巻にまとめたものである。翻訳の底本には、パリのガリマール社刊プレイヤード叢書のポール・ヴァレリー『作品集』二巻本、Paul Valéry, *Œvres*, Tome I (1957) & Tome II (1960), édition établie par Jean Hytier, Bibliothèque de la Pléiade, Gallimard を使用した。

ヴァレリーにおいて、〈精神〉がキーワードになるのはなぜか？　それはとりもなおさず、ヴァレリーにおける〈精神〉の意味を問うことにほかならない。一九七〇年代に完結した邦訳『ヴァレリー全集』（全十二巻・補巻二、筑摩書房）は、その続編として、『カイエ篇』（全九巻）を持っている。後者はヴァレリーがおよそ半世紀間にわたって自分のために書き残した断片の集積である。その翻訳には、底本として、フランスのガリマール社から刊行された二巻本が使われているが、これはジュディス・ロビンソン＝ヴァレリーというオーストラリア出身の女性研究者が、遺された二百六十一冊のノート(フランス語では〈カイエ〉cahier と呼ばれる)から抜粋して、標目別に並べたもので、分量は全体のおよそ十分の一であるといわれる。ヴァレリーという思索家が書き残したものがいかに膨大であるかということの証左であると同時に、今日、ヴァレリーが『カイエ』*Les Cahiers* の作家といわれるゆえんである。

一

そもそもヴァレリーが若くして自分のためのノートを書き始めたのは、人間がなすことは何であれ、精神の働きによるのだから、何かをなそうとするのであれば、すべからく自らの〈精神〉の働きを徹底的に観察し、その原理を見極めたうえでなければならないという思いがあったからである。こういう発想は、例えば、言葉の芸術である文学を前にして、つまるところすべては言葉の組み合わせなのだから、言葉とは何か、言葉を組み合わせる運動のメカニスムはどのように発動されるのか、その原理を見極めることが肝要だというのと似て、根源的ではあるが、不毛なようにも思われる。あまりにも高く険しい山にいきなり挑むのと同じで、すぐに右も左も分からなくなり、山ふところに包まれて容易に進路が見出せなくなる危険がある。しかし新しい発想とはつねにそうした原点に戻ることであり、天才《ジェニー》というものがあるとすれば、そこに尋常ならざる力を傾注して、わずかでも光が見える展望を開いた人のことをいうのでなくてはならない。ヴァレリーは後年、ベルクソンが「ヴァレリーの試みたことは試みるだけの価値があった」と語ったことを伝え聞いて、大いに我が意を得たという。ある意味で、それほど彼が二十代の半ばに始めた知的冒険は野心的であり、かつ、砂を嚙むような味気ない(出口が見えない)道行きであったといえるだろう。

ヴァレリーが〈精神〉というとき使用する言葉は、フランス語の〈エスプリ〉esprit である。esprit は本来「気(空気、呼気)」を表す。そこから派生して、上は「聖霊」Saint-Esprit および霊感・精霊から、下は「酒精」alcoolat(英語の spirit にも同様の意味がある)にいたるまで意味領域が広がっている。そして現代的な語義の中核を占めるのが「知性(機能)」「思考・判断をつかさどる原理」、「悟性・知能」「天才・才能・才気」といったものである。この方面でも無色透明の「力能」というよりは、特定の「精神性・主義」を示唆する場合もある。「日本精神」(「大和魂」)というように、《魂》の領域に接近するのである。

そうしてみると、フランス語のespritはラテン語のspiritus、ギリシア語のψυχήであることが思い出される。ギリシア語のψυχήも「(呼)気」「(肉体の対概念としての)魂、心」が基本的な意味で、そこから派生して「知性、知能」へ意味が広がっている。現代の西欧諸語ではpsycho-という接頭辞となって、心理学psychologie、心身医学psychosomatique、精神医学psychiatrie、精神分析psychanalyse等々の言葉の要素になっていることは周知の通りである。ヴァレリーの『カイエ』に「心理学」psychologieと銘打たれた標目があるが、これはいわゆる心理学というよりは、「〈気〉espritのメカニスムの探求」とでも訳すべきヴァレリー特有の用語と理解するのがよいように思われる。その証拠にジュディス・ロビンソン＝ヴァレリー編纂の標目別抜粋版『カイエ』の〈プシコロジー〉の冒頭の断章は次のようなものである。

> 精神《エスプリ》とは作業である。それは運動状態でしか存在しない。　（一八九六、I, 131）[1]

ヴァレリーにおいて〈プシコロジー〉とは、別の言葉で言えば、一種の《精神現象学》である。精神とはどのように発現し、どのような運動をし、どのような働きをするのかという問題について、(自己)観察に基づいた省察を書きとめたものである。探求は生涯にわたって続けられるが、それ自体が表舞台に出て一つの作品として提示されることはなく、ヴァレリーのすべての思索を下支えする〈公理〉のごときものとして、随所に顔を見せているというべきであろう。バロック音楽の通奏低音のように絶えず響いているので、聞き慣れない耳には異様にも、耳障りにも聞こえようが、ヴァレリー読みには、それなくしてはヴァレリーがヴァレリーとして定立されない不可欠な要素、ヴァレリー音楽の〈和声〉上のなくてはならない響きのように聞こえる。

〈公理〉のいくつかを『カイエ』の断章から引用すれば、以下のごとくである。

精神は一度には一つのことしか見ることができない。　(一八九七—九九、I, 210)

重大な問題は思想の歩みが確かに漸近的だといえるかどうかではないだろうか？　人は現在起こっていることと無関係な観念を突然抱くことがある。しかし、それが何かの感覚によって呼び起こされたのではないといえるか？　その観念が実際にどこから来たのか、始原をつきとめることはできるか？　見えなくとも、始原は存在するか？　私がそれを利用することができるか？　こうした無意識の問題を解決しなければならないだろう。（一八九七—九九、I, 275）

心的状態の自家変動性 Self-variance。

原理。任意の知識状態が与えられると、必ず、それに続く別の状態が出現する。（一八九七—九九、I, 384）

自家変動性の発見は——地球の自転運動の発見に匹敵するだろう。（一八九九、I, 623）

基本的な等式——力学の基本等式が意味するところは、心的事象はすべて時間、長さ、質量だということである。

すべての心的事象は質問と回答にほかならない。（一九〇二、II, 793）

私が相 *phase* と呼ぶのは——個人を n 個の自立した機能（ないしは循環領域）で成り

立つものとして表象することが可能な一定の期間のことである。ここでいう機能とは必ずしも単純な機能ではない――それはむしろ複数の単純な機能のサイクルと諸々の単純な機能から成り立っている。

かくして眠り――思索――消化――運動――意欲――怒りというのは、一定期間、いくつかの機能が停止し――代わりに別のいくつかの機能が発動され、発動された機能間の連携が保たれているような相 phase なのだ。

諸機能の相対的自立性は同時的ないしは継時的である。

相概念は多様な機能の断続性と活動内容の差異に根拠を置いている。各瞬間、人間の内部では、他を圧して躍り出てくるものが何かある。（一九〇二、II, 803-804）

以上の断章は二十三歳から三十歳前後までに書かれたものであるが、重要なことはすべてそこに含まれていると考えてよい。追求されていることは、〈精神〉esprit の活動の特性と範囲の画定である。示唆されていることは、〈精神〉活動がいかに様々な条件によって限定され、相対的な位置に身を置くことを余儀なくされているかという認識であり、ヴァレリーが自らを伝統的な意味での作家とはせず、したがって、（完成品として権威のある)〈作品〉を生み出すのではなく、つねに〈本質的に未完成で断片的であるほかない)〈反作品〉をつむぎだし、あらゆる言説の相対性を主張してやまなかったことの根拠づけというふうにも解釈できる。ちなみにこうした考察がどのような展開をもたらすのかを示すものとして、中・後期の断章から二つ紹介しよう。

カルノーの原理＝馬鹿 sot は利口 homme d'esprit にはならないが、利口な人の内には馬鹿が住んでいて、時には姿を現し、時には主人顔をする。

したがって愚かさはより自然な減損 dégradation の形であることがわかる。

馬鹿であるほうがより自然なのだ――ということはより普通だということになる。

馬鹿でない人の価値はしたがって頻度の所産である。

もしみんなが才知《エスプリ》を持ち、思考が疲労や、年齢や、不安によって、ますます繊細になり、深みを増し、より鋭《アキュート》になるとしたら、世界はどんなに変わるだろう？――家々がすべてチョコレートで出来ていたり、食べられる石で出来ていたりすることを想像するほうが、不意を打たれた人間が、放心状態になったり、心的判断停止状態にならずに、予期したり、注意力がはりつめたとき以上に生彩に富んだ、つぼにはまった態度で応ずることを想像するより、はるかに容易である。

こうした事実から想定される結果の一つは次のようなことだ。価値の低いもの、有用性の低いものは、より普通のものだから、我々は普通のものはより価値がないと考える。

（一九一八―一九、VII, 173）

精神《エスプリ》にはきっとしかるべきメカニスムがあると私は確信している。精神のすべてがそのメカニスムに還元されるとは言わない。私が言いたいのはそうした基本的なメカニスムが解明されないかぎり、それより先へ行こうとしても無駄だということである。

我々は知覚したり、思索したりする場合、すべてを同時にはできないということ、つまり、意識の対象は、対象自体の性質や形象がどうであれ、互いに排除しあうようにできているということ、この一事をもってしても、対象の価値や認識可能性およびそれ自体の発展性（この部分は対象と独立には論じられないが）に、本来その事象とは無関係な外在的条件を課すことになるのは必定である。

私が意味的なもの significatif と表現してきたものは、機能的なもの fonctionnel によって制約されている。

さらにこういうことがある。記号の発明およびそれを個人的に使用することは——あるものに〈逆らう〉ということ、あるものとは事象の数や複雑さに対置される精神の機能的性質である。精神は事象を、自らの瞬時の媒介反応によって、変換することを要請されている。外的反応には、作業機械の対象となる事象を、予測したり、想像したりして、適応ないしは事前の調節が必要である。

それに、一切の心的なものが果たす一過的な transitif 役割と心的なものの内にある保存的なもの conservatif（保存的なものとして表現されるもの——）はすべて非・心的なもの——〈世界〉、〈身体〉、さらには〈記憶〉も入るだろう、——へ目を向けさせ、心的なものに対して、何か別の領域あるいは体制を対置する、

心的なものをある機能的な進展の部分として提示する——その進展は多少なりとも条件づけられている——条件はエネルギー的だったり——力学的だったりするが——変わらないのは、あらゆる機能に特徴的な性格である時間循環的《クロノシクリック》なものによって条件づけられていることだ。

（一九四一、XXIV, 455–456）

以上に紹介した断章にも〈精神〉はさまざまな切り口で出てくる。熱力学第二法則（エ

ントロピーの法則〉の原型といわれる「カルノーの原理」を念頭において書かれた断章は、ヴァレリー特有のパロディーである。二つ目の晩年の断章には、より厳密な形で、ヴァレリーのコンセプトの核心部分が素描されている。「意味的なもの」「機能的なもの」は、もう一つ「形式的なもの」formelを加えると、ヴァレリー思想の三点セットのコンセプトである。さらに、〈精神〉に対置される〈世界〉〈身体〉はもう一組の三点セットCEM（セム、Corps-Esprit-Mondeの略）を構成する。ヴァレリーの《精神現象学》は一つの体系Systèmeを成すまでにはいたらないが、断章の端々からうかがえるのは、人間の精神の生態を観察することによって観察者（＝ヴァレリー）の心に喚起される驚嘆の念、〈精神〉のヒュドラ（多頭の蛇）を前にしたときの畏怖の念である。例えば、一九三四年の断章には次のように書かれている。

貪り喰い、汲み尽くし、要約し、これを限りに表現し、終わりにする、事象も時間も決定的に消化し、予測によってすべてを壊滅させ、それによって〔眼前の〕事象とは別のものを追求する、それが精神というものの常軌を逸した、神秘的な本能である。〈世界〉という言葉一つとっても――そうした事態を証し立てている。それさえ切って落とせばすべてが解決する首級《くび》を狙っていたカラカラ帝〔一八八―二一七、共同皇帝だった弟ゲタを暗殺した〕と少しも変わるところがない。

勤勉なるニヒリスム、自分が完璧に破壊したと思えるものは、つねに自分が深く理解したものだけで――それでいて、自分が何かを構築できた限りにおいてしか、深く理解できたとは思えない――奇妙に構築的なニヒリスム……。

問題は自分が〈作ることの〉できることは、〔もうすんだこととして〕斥けることだが、それにはまずできる力を身に付け、できることが証明されなければならない。

（一九三四、XVII, 352）

この断章を書いたときのヴァレリーはすでに還暦を二つ、三つ過ぎた年齢である。文名も社会的地位も定まった物書きである。それだけに内面がどのような問題で緊張していたかがうかがえて興味深い。解決してしまった問題はもはや〈精神〉の運動を要請しない、ある意味で用済みである。そうしてみれば、世にいう〈作品〉とはことごとく思索の残骸、〈未完の営為〉の痕跡でしかないだろう。〈精神〉とはそういう残骸の山を乗り越えていく力能である。言われてみればその通りだが、生涯そう思い続けて、日々刻々、

〈精神〉を白紙状態 tabla rasa に戻して進んでいける人にはある種の特異体質 idiosyncrasie、〈天才〉génie がなくてはならない。

二

本書に集めた評論のキーワードとしての〈精神〉は、しかし、以上に述べたような基層の〈精神〉とは違うものである。一言でいえば、そうした〈精神〉が古代から現代まで営々として築いてきたもの、すなわち、〈文明〉に関わるところの精神である。それは時に〈知性〉intellect, intelligence と言い換えられる。しかし〈文明〉というからには、それは世界に一つというわけにはいかない。通時的（歴史的）にも、共時的（同時代的）にも、文明の数は複数である。したがって、ヴァレリーの考察は自然と一つの時点、一つの地点に絞りこまれることになる。第一次世界大戦後のヨーロッパが主題化されるゆえんである。

ヴァレリーの生涯（一八七一—一九四五）はフランス第三共和制の興亡とほぼ軌を一にしている。第二帝政期のフランスとプロイセン王国が戦った普仏（別名、独仏）戦争の講和条約が締結されたのが一八七一年の五月十日、抗戦の継続を主張する労働者・革命家たちの起こしたパリ・コミューンが制圧されたのが五月二十八日、その年の十月三十日にヴァレリーは生まれている。戦後、勝者側には、プロイセンを盟主としたドイツ帝国が生まれ、敗戦国フランスにおいては、共和派が力を得て、一八七五年に第三共和制が発足する。以後、ヴァレリーの世代はドイツとの確執につきまとわれることになる。ドイツへの軍事機密の漏洩が断罪され、国論を二分した十九世紀末のドレフュス事件、二十世紀に入って、第一次世界大戦、第二次世界大戦と大規模な戦争を体験したが、敵はつねにドイツであった。最初の近代戦に破れ、アルザス＝ロレーヌを割譲した敗戦の屈辱が頭に叩きこまれた世代であったというべきか。しかし、世界大戦のもたらした傷跡は単に仏独の確執にとどまるものではない。めざましい科学技術の進展に伴い人類に明るい未来が約束されているように見えたものが、暗転して、未曾有の兄弟殺しになった第一次世界大戦は、人々の目に〈西欧の没落〉を予告する歴史的な出来事と映った。

「我々文明なるものは、今や、すべて滅びる運命にあることを知っている」という有名な一句で始まる評論**「精神の危機」**はヴァレリーの書き物の中でも最も有名なものの一つである。この評論にドイツの名前は一度しか出てこない。問題はもはやドイツでもフランスでもない、〈ヨーロッパ〉の問題である、〈ヨーロッパ〉が危ないという視点で書かれている。よく読むと、ここにも〈精神〉とは何かということについてのヴァレリーの省察が下支えにはある。しかしそれとは別に、ヨーロッパを地球の他の部分と比較して、自らの本質を問う姿勢と、その問いに対する一つの回答として、現在直面している〈精神の危機〉に関わる政治的解釈が提示される。それが最も集約された形で表現されているのが、「第二の手紙」にある次のような問いかけである。

> ヨーロッパは、実際にそうであるところのもの、すなわちアジア大陸の小さな岬の一つになってしまうのか？
> それともヨーロッパは、いまのところ、そう見えるところのもの、すなわち地球の貴重な部分、球体の真珠、巨大な体軀の頭脳として、とどまり得るのか？

産業革命を経ていわゆるモダン〈近代〉に入って以降、科学技術に支えられた市場資本主義の〈ヨーロッパ〉モデルが発展モデルとなって世界中に伝播されてきた。その意味で〈ヨーロッパ〉は世界の《頭脳》の役割を果たしていると看做されてきた。地理的に見れば、広大なユーラシア大陸の一部〈小さな岬〉でしかない〈ヨーロッパ〉がそうなり得たのはなぜか？　その問いに答えようとしたのが、「精神の危機」の付録に展開された「ヨーロッパ人」である。しかし〈ヨーロッパ〉の危機には、急速な〈知〉の移転の問題がある。〈ヨーロッパ〉が自らの発展のために英知を結集してつくりあげたものが、いかにも無雑作に、無防備に、広大な大陸の胴体部（アジア）へ、あるいはさらに地球の裏側（アメリカ）にまで伝達され、そこで模倣されることによって、それまで無力な荒野・懶惰な群集にすぎなかったものが、質的転換を遂げ、反攻に出る力を蓄え始めている。そうなると資源に乏しい狭隘な〈岬〉にすぎない〈ヨーロッパ〉は、多勢に無勢、早晩、危機的状況に陥るだろうという分析である。これはずっと後の冷戦構造時代に〈鉄のカーテン〉越しに利他的な技術移転をすることを禁じた発想につながるものだが、ヴァレリーは、そうした平準化が世界中で確実に進行していくだろうと見ているだけで、新旧両世界の交流を遮断することを提案しているわけではない。アメリカ合衆国の強大化はいうまでもなく、二十一世紀初頭の今日における中国やインドの台頭を見れば、ヴァレリーの予測は正鵠を射ているというほかない。本論文の後に配した「知性について」「我らが至高善「精神」の政策」「知性の決算書」「精神の自由」「「精神」の戦時経済」等の評論は、十九世紀末から二十一世紀の今日まで進んできた世界の〈祖型〉とでもいうべきものが内包する〈精神／知性〉の多様な問題を活写していて、大いに刺激的である。真の〈知識人〉が即効的な経済優先の社会では生息する場を失い、今日の用語で言うならば、〈絶滅危惧種〉になりつつあるという指摘もある。

「精神の危機」のすぐ後に置いた**「方法的制覇」**は、解題に詳しく記したように若書きの評論であるが、ヴァレリーがいかに早くから〈政治〉（および〈軍事〉）に関心を寄せていたかを物語るものである。この評論の原題は「ドイツ的制覇」であり、新興勢力ドイツの脅威を分析したものである。評論の終わり近くで、四十年後の独・日・伊の枢軸同盟の成立を言い当てたようなところがあることでも有名だが、「精神の危機」の中核をなす、上述の技術移転による「世界の平準化」「旧勢力〔すなわちヨーロッパ〕の相対的衰退」というコンセプトが粗描されている。ヴァレリーと〈政治〉の関わりを検証したギイ・チュイリエ Guy Thuillier やフィリップ＝ジャン・キリアン Philippe-Jean Quillien の研究によると、三十歳前後のヴァレリーは、外交官から政治家になり、後に（一九〇九年）ノーベル平和賞を授与されるデストゥルネル・ド・コンスタン d'Estournelles de Constant との親交があり、一九〇四年に同氏の発案で「国際和解委員会」Comité de la conciliation internationale が結成されると、その初会合にゲストとして招かれたという。

当時はまだ無名の青年であったが、後に、学士院の会員に選出され、第三共和制を代表する論客となったヴァレリーが、国際連盟の知的協力委員会の委員(時に委員長)として活躍する一方、南仏のニースに設けられた「地中海大学センター」のセンター長として力を発揮する下地を作ったものと考えられる。国家間の〈衝突〉を避けるために、ヨーロッパの知識人たちが交流を深めることの意義は認めつつ(「**精神連盟についての手紙**」)も、ヴァレリー自身はそれで戦争が回避される可能性についてはかなり悲観的であったようだ。デストゥルネル・ド・コンスタン宛の手紙には「何をしても、我々の世界は限られた広さしかありません。それに対して、人口は確実に増大します。そこはまちがいなく袋小路です——最後は、必ず、メドゥーサ号の筏ということになります……。」《メドゥーサ号の筏》とは、ルーヴル美術館所蔵のジェリコの絵で知られるが、一八一六年アフリカのモーリタニア沖で難破したメドゥーサ号から、筏に分乗して脱出をはかった乗客たちの身にふりかかった凄惨な〈弱肉強食〉の悲劇のことである。

三

以上の評論の後に置いた三篇は己をあからさまに語ることを必ずしも好まないヴァレ

リーの自伝的文章を頭に置いて、その〈自〉に対する〈他〉への眼差しを配したものである。「精神の危機」の付録として書かれた〈ヨーロッパ人〉にも〈精神〉という言葉は使われている。ヴァレリーはギリシアとローマとキリスト教に〈ヨーロッパ精神〉の源泉を見ている。とくに目新しい観点とは思われないが、それら三つの源泉のトポスとしてクローズアップされるのが地中海である。地中海が《豊饒の海》であることは周知の事実である。しかしそのほとりに生まれ、故郷の漁港セットについて「私は自分が生まれたいと思うような場所に生まれた」とまでいうヴァレリーにとって、そこはまさに〈魂〈すなわち、精神〉〉のふるさとである。海辺の町での幼少年時代を語るエッセー「地中海の感興」は作者が愛した〈水泳〉についての散文詩をふくむ美しい文章である。つづいて〈他〉への眼差しを代表するもの二篇であるが、一篇は若き中国人に与えた序文「東洋と西洋」であり、もう一篇は「オリエンテム・ウェルスス」である。ヴァレリーは親友のジッドと違って、旅行家ではない。人生の半ばを過ぎてから、講演者として諸方に招かれ席が温まるいとまがないほどであったが、西欧の外に出たわけではない。自らの出自について明確な意識を持つヴァレリーは、他者が同じように各々の〈神〈精神〉〉を持つことに対して寛容である。世界には自分の知らない言葉・歴史・文化・文明があることを認めることにやぶさかではないし、自分が知らないこと、分からないことについては謙虚である。分からないことは分からないこととして、現代世界の先端モデルを作り出した〈ヨーロッパ人〉としての自負と(相即的な)危機感を持っていることは、次のような雑誌のアンケートへの回答からもうかがえる。

時間も何もないので、お訊ねのような難しい問題にお答えすることはできません。〈東洋〉というのは単純なものではありません。そこには多様な人種が住んでいます。蒙古人とインド人と中国人との間に何か共通点があるでしょうか?

私に明確に見て取れるのは、自分でそう思っているだけですが、ヨーロッパと世界の他の部分との、——十五世紀以来、——際立った違いです。ヨーロッパが世界の他の部分と違うのは、厳密で客観的な知識への意志、そこから結果してくる力能によってです。しかしこの種の力能は本質的に伝播し得るものなので、現在、ヨーロッパは、㈠アメリカ、㈡世界の古い諸大陸〔インドや中国のことを指しているのではないかと思われる〕と伍していかなければなりません。アメリカはヨーロッパの落とし子ですが、いささかその性格が誇張されて伝わったところがあります。古い諸大陸というのは、ヨーロッパが出かけて行って、安寧をゆさぶり、眠りをさまし、知恵を授け、武器を与え、あげくに機嫌を損じたところです……。

アジアが組織され、工業設備を持つようになったら、ヨーロッパはどうなるかということを考えるべきでしょう。

文化の点では、今のところ、東洋の影響はそれほど心配することはないと思います。彼らの文化は我々にとって未知のものではありません。我々の芸術や知識の芽はすべて向こうから来ているのです。もし何かしら新しいものが東洋からやってくるのでしたら、我々は東洋からやって来るものを受け容れるのにやぶさかではないでしょう——しかしそうはならないだろうと私は思っています。それこそたのみの綱であり、ヨーロッパがよって立つべきところでしょう。

それに、そういう分野のことなら、問題は消化の問題にすぎません。そしてそれはまさにヨーロッパ精神が歴史的に得意とした分野です。我々の役割は我々の選択能力、幅広い理解力、我々の血肉に変換する力を保持することです。我々が今日あるのはそうした力のたまものです。ギリシア人やローマ人はアジアの怪物たちとどのようにつきあったらよいか、どのように彼らを分析し、そこからどのような精華を抽出したらよいかを教えてくれています……地中海盆地は広大な東洋の精華がいつの時代にも流入し、凝縮されてきた坩堝のような場所であったように思います。

お訊ねのことに関してはまだ多くのことが言えると思いますが、そのためには、すべて最初から考え直し、勉強し直さなければなりません。そういう次第ですから、他愛もない言葉を書き連ねてお返事とすることでご容赦願います。

ポール・ヴァレリー

(『レ・カイエ・デュ・モワ』*Les Cahiers du mois* 一九二五年三月号)

四

次に集めた文章はいくらか特殊だが、ヴァレリーの〈政治〉評論として看過できないものである。冒頭に掲げたのは、第一次世界大戦の国民的英雄で、フォッシュ元帥の後を襲ってフランス学士院会員に選ばれたペタン元帥を迎える式典で、ポール・ヴァレリーが読み上げた答辞(**「フランス学士院におけるペタン元帥の謝辞に対する答辞」**)である。学士院のしきたりでは、新会員が前任者(この場合はフォッシュ元帥)の業績を讃える「謝辞」を述べ、学士院からしかるべき会員が選ばれて、歓迎の「答辞」が読み上げられることになっている。ポール・ヴァレリーがその役目を引き受け、取材をかねて、何度かペタン元帥と打ち合わせをした経緯については、そのすぐ後に配した「ペタン元帥頌」に詳しく述べられている。両論文の解題にも記したが、国民的英雄であったペタン元帥は、第二次世界大戦でヒトラーのナチス・ドイツの侵攻により、フランスの軍事的敗色が濃厚になった時点で、対独講和を主張し、時の内閣が倒れると、後任の首相に推されて、新政府を樹立、いちはやくドイツと休戦協定を結んだ。元帥はすでに八十四歳の高齢であった。休戦協定により北部と東部はドイツ占領下に置かれたので、南部のヴィシーに政府を置き、以後、ナチス・ドイツとの協力関係を強いられることになった。ヴィシー政府は「国民革命」La Révolution nationale の名の下に国家社会主義的フランスの建設を標榜し、「仕事、家族、祖国」を標語にして、ファシズムへの傾斜を深めていった。一九四四年にナチスが敗北し、《自由フランス》のド・ゴール将軍が凱旋して、共和制が復活すると、ペタン元帥は捕らえられ、国家反逆罪の廉で裁判にかけられ、死刑の判決を受けた。高齢を理由に、ド・ゴールの裁量で一等減じられ終身禁固刑に付されたが、かつて、シャルル・ド・ゴールはペタン元帥の学士院入会演説（「謝辞」）の草稿作りを命じられた部下の一人であった。ポール・ヴァレリーとペタン元帥の交際は学士院での歓迎演説(「答辞」)を準備する過程で始まったもので、それ以前の交際はないが、十九世紀末にフランスの国論を二分した「ドレフュス事件」では、二人とも反ドレフュス派であり、偽証罪で追い詰められ自殺したアンリ大佐の記念碑を建てるための募金者名簿には、二人の名前が記されているという。

「ドレフュス事件」と「ヴィシー政府」(2)とは、性質が違う問題なので、同列に論じることはできないが、ヴァレリーの生涯に即して見れば、一方は二十代の青年期の出来事であり、もう一方は最晩年の出来事である。一方はコルシカ人とイタリア人の熱い血を持った青年の客気のなせるわざとも取れるが、もう一方は社会的に高い地位にのぼりつめた知識人の政治感覚が問われる問題である。第一次世界大戦の国民的英雄を学士院に迎えたヴァレリーの「答辞」は、準備中から世論の関心の的となり、それが読み上げられ、活字になってからは、多くの支持・賛辞を得たことが、当時の新聞報道などから確認できる。その英雄が政府の首班となって議会から〈全権〉les pleins pouvoirs を委譲されたとき、ヴァレリーはひょっとしたら政治参加を要請されるかもしれないという予感を持ったようだ。しかし自分が祖国の未曾有の危機に際して、その再建のために、何かできるかもしれないという期待は短命に終わった。全体主義的な色彩を強め、ナチス・

ドイツへの隷属度を高めていく政権に対して距離を置くようになる一方、一九四〇年にユダヤ系の哲学者ベルクソンが没した際には、弔辞を書いて学士院の仲間の前で読み上げた。ドイツ占領下でユダヤ人の思想家に賛辞を呈することは危険な行為であった。読み上げられたあと、原稿のコピーが密かにパリの知識人たちの間に出回ったという。「ドレフュス事件」では反ドレフュス派に与《くみ》して、友人たちと袂を分かったこともあるが、ヴァレリーはいわゆる反ユダヤ主義者・人種主義者ではない。一九四〇年一月の『南《スール》』誌に編集長のヴィクトリア・オカンポがスペイン語に翻訳して載せた「人種主義について」という短い文章で、ヴァレリーは次のように書いている。

〈人種主義《ラシスム》〉というのは弱さや恐怖の表れである。自分が消化され、同化され、溶解されてしまうのを恐れる人々に好都合な理論なのだ。なぜなら、そういう人々は自分たちが接触する異質な要素を自分たち自身が消化したり、同化したりすることは到底できないと思い込んでいるからだ。彼らには、異質な要素を前にしたとき、自分を守る方法として、それらを排除するか、隷属させるかしかないのだ。(……)フランス人はケルト、イベリア、リグーラ、ゲルマン、サルマチア、サラセンなどすべての混血である。(……)他の諸々の人種と混合・交雑しても、自身の主要な性格や独自性を失うことを恐れなくてもよいのは、変形力があるからである。(……)様々な人種が存在するのに、人種の純血を言うのは、明らかに、人種が純粋であればあるほど、その人種を構成する個人が互いに似通っているからだ。しかし個人的差異がなければ、全体は受動的になり、みんな同じような行動をし、個々に反応することが不可能になる。そしてその結果、全員が軽信にはしる。それこそ、最もおぞましい計算や企ての温床である。

(ミシェル・ジャルティ著『評伝ポール・ヴァレリー』
Paul Valéry、一〇八二頁に引用された仏文の翻訳)

ここには「人種主義」の批判と共に、怪しげな全体主義の風がドイツを皮切りに、スペイン、ポルトガル、イタリアなどに吹きわたり始めたことへの警戒心がにじみ出ている。自らが「純粋」な人種であるという神話を吹き込まれ、次第に従順な羊の群れにされて、全員が無批判に煽動者の尻についていくようになる……〈独裁者〉の問題である。ポルトガルのサラサールを念頭においた「**独裁という観念**」、より一般的な問題として論じた「**独裁について**」の二篇を配置したゆえんである。

ペタン元帥は果たして独裁者となったのかという問いには、必ずしも、簡単な答えが出せない。ヒトラーの侵略があまりに周到に準備されていて、迅速であったため、軍事的な敗北は明らかだったとすれば、その時点で、徹底抗戦を避け、休戦協定にもちこんだことにはそれなりの意味があっただろう。その後の展開がナチス・ドイツへの迎合であり、国家社会主義によるフランスの作り変えの道を歩んだことを咎めるにしても、すでに八十四歳という高齢者に全権を委譲した責任は国民全体に及ぶべきものである。ド・ゴールの凱旋により、八十八歳の元帥を捕らえ、裁判にかけ、すべての罪を負わせようとするのはいかにも酷である。早くからレジスタンス運動に身を投じ、ドイツの強制収容所送りとなった元部下の少佐ルストノー＝コーは、法廷で証言するために憔悴した姿で現れ次のように証言したという。「私は元帥に何かを負っているわけではない。しかし、この法廷にやってきて、百歳にもなろうかという老人に、自分たちの過ちの重石《おもし》をすべて負わせようとする人たちを見るとムカムカする」、と。しかし結果は死刑、一等減じて、終身禁固刑となり、元帥は天寿をまっとうする九十五歳まで服役して逝った。〈歴史〉とは何かという問題を考えさせずにはおかない。ペタン元帥の裁判は一九四五年七月二十三日に始まったが、ヴァレリーはその三日前にこの世を去っている。複雑な現代政治のゆらめきを肌身に感じながら世を去ったヴァレリーの歴史観は、彼が書いた「歴史について」という短い文章を読むとよく分かる。

歴史とは知性の化学が合成するこの上なく危険な産物である。その特性はよく知られている。それは人々を夢見させ、酔わせ、偽りの思い出を作らせ、大袈裟な反応を引き出し、古傷をうずかせ、安寧を乱し、誇大妄想や迫害へ駆り立て、国を苦々しくも、素晴らしくも、我慢ならなくも、そらぞらしくもする。

「歴史」は人が欲することを正当化する。歴史は厳密には何も教えない。なぜなら歴史はすべてを含み、あらゆることについて例示することができるからだ。

「……についての教訓、……教育」といった題の本がどれほど書かれたことか！そうした書物が過去の出来事について下すもっともらしい解釈を、あたらしく起こった出来事にあてはめようとすることほど滑稽なことはない。

現代世界で、「歴史」に惑わされる危険はかつてなかったほど大きい。

我々の時代の政治現象は前例のないスケールの変化、あるいは物事の軽重の変化によって複雑になっている。我々、人間および国家、が所属し始めている世界は、我々にとって親しかった世界の相似形に過ぎない。我々一人ひとりの運命を左右する因果の体系は、今後、地球全体に広がって、振動が起こる都度、地球全体を揺り動かすようになる。もはや一点にとどまるような有限の問題は存在しない。

かつて考えられていた「歴史」というのは、並置された複数の年表から構成されていて、時々、年表間を横断する出来事がいくつかの場所で指示されているといったていのものだった。同時代性を示そうと試みても、はかばかしい成果はなく、結局、意味がないことを証明するだけのことだった。カエサルの時代に北京で起こっていたことは、ナポレオンの時代に〔アフリカのザンビアを流れる〕ザンベーズ川で起こっていたことと同様、別の天体で起こっていたことに等しかった。しかし、そうしたメロディーラインのような歴史はもはや不可能である。あらゆる政治的テーマは複雑にからみあい、出来事は起こるや否や、同時的かつ不可分な多様な意味の複合体になる。

リシュリューやビスマルクといった人たちの政治は、こうした新しい環境では、不可能になり、意味を喪失する。彼らが彼らの計画において用いていた観念、当時の国民の野心に訴えた対象、彼らの計算に組み入れられていた諸力、そうしたものはことごとく意味を失ったのである。政治の要はかつて、そして今でもある種の人々にとってはそうかもしれないが、領土の獲得であった。そのために圧力をかけ、狙いをつけた領土を人から奪う、そしてそれで事は終わった。しかし、こうした言いがかりに始まり、果たし合いが行われ、協定が結ばれて決着がついた出来事が、今後は、不可避的に甚大な波及効果を誘発し、世界中を巻きこまずには何事もなされないというふうになるであろう。したがって、我々は自分が踏み出した行動が惹起するほとんど直接的な結果すら完全に予測し、画定することが出来ないのである。

過去の偉大な統治に発揮されていた知恵は、政治現象の領域における関係性の拡大と増大によって、古び、無力化され、使用不能なものにされてしまった。なぜなら、どんな才覚、どんな性格や知性の強靭さをもってしても、あるいは英国が培ってきたような伝統の力をもってしても、人類社会全体の現状や諸々の反応を抑え込んだり、都合よく改変したりすることはできない相談だからである。古い歴史幾何学と政治力学はまったく役に立たなくなってしまったのである。

ヨーロッパはあたかも突如としてより複雑な空間へ運ばれてきた物体のごとくである。これまで知られていたあらゆる性質が、表面的には同じように見えても、まったく異なった関係性に支配されているのだ。とくに、これまでなされてきたような形で予測し、伝統的な方法で計算することはこれまで以上に無益なものになってしまった。

今次の〔第一次世界〕大戦によって分かったことは、一昔前であったら、それで片がついて、以後長期間にわたって、そこで決められた方針にしたがって、政治全般の相貌と進展が規定されたと思われる出来事が、数年で、関係する国の数の多さ、舞台の大きさ、利害関係の複雑さによって、間髪を入れず、矛盾が指摘され、骨抜きにされて、失速することである。

そうした変貌が今後は常道になることを覚悟しなければならない。時代が進めば進むほど、結果は単純ではなくなり、予測がつかなくなり、政治操作のみならず、軍事介入すら、一言でいえば、明確かつ直接的行動そのものが、思惑通りにはいかなくなるだろう。国土の広さや人口規模といった物理的大きさ、諸関係の密度、局所化することの不可能性、波及効果のスピード、そうしたことが旧来のものとはまったく違った政治を要求してくるだろう。

原因から結果を導き出すことができなくなり、時には、原因と反対の結果が生じるような事態が急速に進むと、何かやれることはないかと画策して、出来事を作りだそうとしたり、あるいは阻止したりすることが、幼稚な発想であり、危険かつばかげたことだと思えるようになるだろう。おそらく政治家《エスプリ・ポリティク》たちは、これまでの歴史観に支えられてきた習慣であり、自ら本領としてきた出来事本位の発想をやめるのではないだろうか。だからといって、無論、時間の経過の中に出来事がなくなるという意味ではない。記念すべき出来事、とてつもない出来事は、今後とも、起こるだろう! ただ、そうした出来事を期待し、準備し、あるいは不測の事態に備えることを業とする人々は、必然的に、出来事がもたらす結果については戦々恐々たらざるを得ないことを次第に自覚するであろう。何かを企てるにあたって、欲望と力を結合するだけではもはや不十分である。今次の戦争で何が破壊されたかといえば、予測可能だという思い上がりである。歴史的知識ならいくらでもあるはずだが、どうであろう?

(『現代世界の考察』所収、一九二八年)

*

最後に配した「ヴォルテール」はヴァレリー最晩年の講演の一つを活字に起こしたものであるが、〈精神〉の人が現実世界とどのように切り結ぶことができるか、ヴォルテールのような強靭な〈精神〉であれば、権力を向こうにまわして、どれほどの働きをすることができるかが、深い共感をもって、語られている。

（1）漢数字は年代、ローマ数字はフランスの国立科学研究センター（CNRS）が刊行したファクシミリ版の巻数、アラビア数字はその頁数を表す。

（2）十九世紀末に起こったこの有名な冤罪事件についてはすでに多くの研究があるので、ここでは触れないが、若き日のヴァレリーが反ドレフュス派であったことはよく知られている。ドレフュス個人を裁く見地からすれば、明らかに間違っていたことから、長い間、関連資料が封印されてきた。しかし一九八三年に刊行されたオルレアン大学とペギー〔研究〕センター共催の「作家たちとドレフュス事件」と題されたシンポジウムで、マルセル・トマが発表した「ヴァレリーの場合」Le cas Valéry の中で、フランス国立図書館草稿部やサント＝ジュネヴィエーヴ図書館付属ドゥーセ文庫所蔵の当時の手紙やメモがいくつか引用されている。その中から、一八九八年一月三十一日付のジッド宛書簡（ロベール・マレ編纂の『ヴァレリー＝ジッド往復書簡』の仏語版からは削除されているが、筑摩書房から刊行された邦訳版の二宮正之訳では第二巻六十五―六十六頁に注の形で全訳が収録されている）の一部を以下に新たに訳出して紹介する。

ただ忘れてならないのは、現在の権力はこの国民国家だということだ。それは脆弱で、無力、眠っているようなものだ。ときどき、睡眠中あるいは昏睡中の者が夢中のハエを追い払うみたいに体を動かす。醜態だ。

百年前〔フランス革命のことを指す〕に決められた原則がこういう状態を招来したのか、それともこういう状態になりつつあることがこういう原則を生み出したのか分からないが――そんなことはどうでもいい。

事実は、僕自身、かなり前から、この国に、まだ腐敗していないものが何かないかと探してきたということだ。自由は、金持ちを利しただけで、結局、権力を抹殺したことによって、危険かつ無統制・無際限な諸々の反権力を生み出した。それは〔当初〕隠然たる形のものだったが、突然、前面に踊り出てきた。かくして、この局面において、〔国の〕支配は金融界、自由聖職者の組織、革命家たち、臆病者たち、あるいは〔軍の〕参謀本部のような徒党を組む連中によって分有されている。要するに、我々のような個人にとって、支配されていること自体は、強固な権力の下におけるのと変わらない。従属の総量は同じで、その配分だけが変わったのである。ただし、我々はもはや誰に訴えたらいいのか、誰の首を落とせばいいのか分からなくなっている。

(……)。

ところで、こうした弱体化の拡大をかぎつけて、そこから少なくともなんらかの分け前をいただこうとする腐肉をあさるような連中と手を結ぶいわれはない。また、自分たちが垂れ流す汚物の何たるかも認めずに、国に向かって、正義だの、自由だのと吹聴する馬鹿や狂信家たちと同調することもない。そもそもこの連中はあらゆる手段を用いて、単純な〔暴〕力の崇拝や闘争理論を国民に教えこんだやからだ。それに彼らのいう正義云々という概念は、彼らが破壊した宗教上の概念よりも一層脆弱で無内容である。程度の問題ではない。近代の愚にもつかぬ概念より、神のほうが心理的にはうまくこしらえてあって、ずっと柔軟、かつ、魅力的だということだ。（……）。

だから、僕は現時点では権力を支持するのが筋だと思っている。なぜなら、〔権力とは〕国民《ナシオン》だからだ。戦争になれば、動くのは国民だ。負ければ、代価《つけ》を払うのは国民だ。（……）。

僕は反ユダヤ主義者ではない。しかし……〔マルセル・〕シュウォブの家で、しばしば、何と気づまりな思いをしたことか！――僕の顔つきで彼の気持が止まってしまう――お互いにそうなのだ――のをみると辛かった。（……）

もう一つ、ずっと後になって、ヴァレリーがこの事件に関連して、自らの感受性について記した『カイエ』のノートがある。

《意地悪》ではない——ということは、人が苦しむのをみるのは辛い。しかし私の同情心に訴えようとしたり、「正義」や「人間性」等々を引き合いに出して自分の目的を達成しようとしたりする人間に対しては、突然、心が閉ざされ、冷酷になるのを感じる。それははっきりしていて、仮にそうした偶像を引き合いに出すことに理があったとしても、私は「不正義」の側に身を置き、その種の喜劇に対する嫌悪感にたてこもる。いやというほどそういう例を見てきたからだ。これがあの有名な事件の際に取った私の態度を説明する。(……)。

(一九三一、XV, 421)

二〇一〇年三月

恒川邦夫

精神《せいしん》の危機《きき》 他十五篇　ポール・ヴァレリー著

2010 年 5 月 14 日　第 1 刷発行
2024 年 7 月 26 日　第 6 刷発行

訳　者　恒川邦夫《つねかわくにお》

発行者　坂本政謙

発行所　株式会社 岩波書店
〒101-8002 東京都千代田区一ツ橋 2-5-5
案内 03-5210-4000　営業部 03-5210-4111
文庫編集部 03-5210-4051
https://www.iwanami.co.jp/

印刷・三秀舎　カバー・精興社　製本・松岳社

ISBN 978-4-00-325605-3　　Printed in Japan

読書子に寄す

――岩波文庫発刊に際して――

岩波茂雄

真理は万人によって求められることを自ら欲し、芸術は万人によって愛されることを自ら望む。かつては民を愚昧ならしめるために学芸が最も狭き堂宇に閉鎖されたことがあった。今や知識と美とを特権階級の独占より奪い返すことはつねに進取的なる民衆の切実なる要求である。岩波文庫はこの要求に応じそれに励まされて生まれた。それは生命ある不朽の書を少数者の書斎と研究室とより解放して街頭にくまなく立たしめ民衆に伍せしめるであろう。近時大量生産予約出版の流行を見る。その広告宣伝の狂態はしばらくおくも、後代にのこすと誇称する全集がその編集に万全の用意をなしたるか。千古の典籍の翻訳企図に敬虔の態度を欠かざりしか。さらに分売を許さず読者を繋縛して数十冊を強うるがごとき、はたしてその揚言する学芸解放のゆえんなりや。吾人は天下の名士の声に和してこれを推挙するに躊躇するものである。このときにあたって、岩波書店は自己の責務のいよいよ重大なるを思い、従来の方針の徹底を期するため、すでに十数年以前より志して来た計画を慎重審議この際断然実行することにした。吾人は範をかのレクラム文庫にとり、古今東西にわたって文芸・哲学・社会科学・自然科学等種類のいかんを問わず、いやしくも万人の必読すべき真に古典的価値ある書をきわめて簡易なる形式において逐次刊行し、あらゆる人間に須要なる生活向上の資料、生活批判の原理を提供せんと欲する。この文庫は予約出版の方法を排したるがゆえに、読者は自己の欲する時に自己の欲する書物を各個に自由に選択することができる。携帯に便にして価格の低きを最主とするがゆえに、外観を顧みざるも内容に至っては厳選最も力を尽くし、従来の岩波出版物の特色をますます発揮せしめようとする。この計画たるや世間の一時の投機的なるものと異なり、永遠の事業として吾人は微力を傾倒し、あらゆる犠牲を忍んで今後永久に継続発展せしめ、もって文庫の使命を遺憾なく果たさしめることを期する。芸術を愛し知識を求むる士の自ら進んでこの挙に参加し、希望と忠言とを寄せられることは吾人の熱望するところである。その性質上経済的には最も困難多きこの事業にあえて当たらんとする吾人の志を諒として、その達成のため世の読書子とのうるわしき共同を期待する。

昭和二年七月

《東洋文学》〔赤〕

楚辞　小南一郎訳注
杜甫詩選　黒川洋一編
李白詩選　松浦友久編訳
唐詩選　全三冊　前野直彬注解
完訳 三国志　全八冊　小川環樹・金田純一郎訳
西遊記　全十冊　中野美代子訳
菜根譚　洪自誠　今井宇三郎訳注
阿Q正伝・狂人日記　他十二篇（吶喊）　魯迅　竹内好訳
朝花夕拾　魯迅　松枝茂夫訳
歴史小品　郭沫若　平岡武夫訳
家　全二冊　巴金　飯塚朗訳
新編 中国名詩選　全三冊　川合康三編訳
聊斎志異　全二冊　蒲松齢　立間祥介編訳
李商隠詩選　川合康三選訳
白楽天詩選　全二冊　川合康三訳注
文選　全六冊　川合康三・富永一登・釜谷武志・和田英信・浅見洋二・緑川英樹訳注
曹操・曹丕・曹植詩文選　川合康三編訳
ケサル王物語 ―チベットの英雄叙事詩　アレクサンドラ・ダヴィッド＝ネール／アプル・ユンテン　富樫瓔子訳
バガヴァッド・ギーター　上村勝彦訳
ダライ・ラマ六世恋愛詩集　今枝由郎・海老原志穂編訳
朝鮮童謡選　金素雲訳編
朝鮮短篇小説選　全二冊　大村益夫・長璋吉・三枝壽勝編訳
尹東柱詩集 空と風と星と詩　金時鐘編訳
アイヌ民譚集 付 えぞおばけ列伝　知里真志保編訳
アイヌ叙事詩 ユーカラ　金田一京助採集並ニ訳

《ギリシア・ラテン文学》〔赤〕

ホメロス イリアス　全二冊　松平千秋訳
ホメロス オデュッセイア　全二冊　松平千秋訳
イソップ寓話集　中務哲郎訳
アイスキュロス アガメムノーン　久保正彰訳
アイスキュロス 縛られたプロメーテウス　呉茂一訳
アンティゴネー　ソポクレース　中務哲郎訳
ソポクレス オイディプス王　藤沢令夫訳
ソポクレス コロノスのオイディプス　高津春繁訳
ヒッポリュトス ―パイドラーの恋　エウリーピデース　松平千秋訳
バッカイ ―バッコスに憑かれた女たち　エウリーピデース　逸身喜一郎訳
ヘシオドス 神統記　廣川洋一訳
女の議会　アリストパネース　村川堅太郎訳
アポロドーロス ギリシア神話　高津春繁訳
ダフニスとクロエー　ロンゴス　松平千秋訳
ギリシア・ローマ抒情詩選 ―花冠　呉茂一訳
オウィディウス 変身物語　全二冊　中村善也訳
サテュリコン ―古代ローマの諷刺小説　ペトロニウス　国原吉之助訳
ギリシア・ローマ神話 付 インド・北欧神話　ブルフィンチ　野上弥生子訳
ギリシア・ローマ名言集　柳沼重剛編
ローマ諷刺詩集　ペルシウス／ユウェナーリス　国原吉之助訳

《南北ヨーロッパ他文学》(赤)

ダンテ 新生　山川丙三郎訳
夢のなかの夢　タブッキ　和田忠彦訳
カヴァレリーア・ルスティカーナ 他十一篇　G・ヴェルガ　河島英昭訳
カルヴィーノ イタリア民話集 全二冊　河島英昭編訳
むずかしい愛　カルヴィーノ　和田忠彦訳
パロマー　カルヴィーノ　和田忠彦訳
カルヴィーノ アメリカ講義 —新たな千年紀のための六つのメモ　米川良夫・和田忠彦訳
まっぷたつの子爵　カルヴィーノ　河島英昭訳
魔法の庭・空を見上げる部族 他十四篇　カルヴィーノ　和田忠彦訳
ペトラルカ ルネサンス書簡集　近藤恒一編訳
ペトラルカ 無知について　近藤恒一訳
美しい夏　パヴェーゼ　河島英昭訳
流刑　パヴェーゼ　河島英昭訳
祭の夜　パヴェーゼ　河島英昭訳
月と篝火　パヴェーゼ　河島英昭訳
ウンベルト・エーコ 小説の森散策　和田忠彦訳

バウドリーノ 全二冊　ウンベルト・エーコ　堤康徳訳
タタール人の砂漠　ブッツァーティ　脇功訳
ラサリーリョ・デ・トルメスの生涯　会田由訳
ドン・キホーテ 前篇 全三冊　セルバンテス　牛島信明訳
ドン・キホーテ 後篇 全三冊　セルバンテス　牛島信明訳
娘たちの空返事 他一篇　モラティン　佐竹謙一訳
プラテーロとわたし　J・R・ヒメーネス　長南実訳
オルメードの騎士　ロペ・デ・ベガ　長南実訳
サラマンカの学生 他六篇　エスプロンセーダ　佐竹謙一訳
セビーリャの色事師と石の招客 他一篇　ティルソ・デ・モリーナ　佐竹謙一訳
ティラン・ロ・ブラン 全四冊　J・マルトゥレイ M・J・ダ・ガルバ　田澤耕訳
ダイヤモンド広場　マルセー・ルドゥレダ　田澤耕訳
完訳 アンデルセン童話集 全七冊　大畑末吉訳
即興詩人 全二冊　アンデルセン　大畑末吉訳
アンデルセン自伝　大畑末吉訳
王の没落　イェンセン　長島要一訳
イプセン 人形の家　原千代海訳

イプセン 野鴨　原千代海訳
令嬢ユリェ　ストリントベルク　茅野蕭々訳
アミエルの日記 全四冊　河野与一訳
クオ・ワディス 全三冊　シェンキェーヴィチ　木村彰一訳
山椒魚戦争　カレル・チャペック　栗栖継訳
ロボット (R・U・R)　チャペック　千野栄一訳
白い病　カレル・チャペック　阿部賢一訳
マクロプロスの処方箋　カレル・チャペック　阿部賢一訳
灰とダイヤモンド 全二冊　アンジェイェフスキ　川上洸訳
牛乳屋テヴィエ　ショレム・アレイヘム　西成彦訳
完訳 千一夜物語 全十三冊　豊島与志雄・渡辺一夫・佐藤正彰・岡部正孝訳
ルバイヤート　オマル・ハイヤーム　小川亮作訳
ゴレスターン　サアディー　沢英三訳
アブー・ヌワース アラブ飲酒詩選　塙治夫編訳
王書 古代ペルシャの神話・伝説　フェルドウスィー　岡田恵美子訳
中世騎士物語　ブルフィンチ　野上弥生子訳
コルタサル短篇集 悪魔の涎・追い求める男 他八篇　木村榮一訳

遊戯の終わり　コルタサル　木村榮一訳

秘密の武器　コルタサル　木村榮一訳

ペドロ・パラモ　ファン・ルルフォ　杉山晃　増田義郎訳

伝奇集　J・L・ボルヘス　鼓直訳

創造者　J・L・ボルヘス　鼓直訳

続審問　J・L・ボルヘス　中村健二訳

七つの夜　J・L・ボルヘス　野谷文昭訳

詩という仕事について　J・L・ボルヘス　鼓直訳

汚辱の世界史　J・L・ボルヘス　中村健二訳

ブロディーの報告書　J・L・ボルヘス　鼓直訳

アレフ　J・L・ボルヘス　鼓直訳

語るボルヘス　—書物・不死性・時間ほか　J・L・ボルヘス　木村榮一訳

シェイクスピアの記憶　ホルヘ・ルイス・ボルヘス　内田兆史　鼓直訳

20世紀ラテンアメリカ短篇選　野谷文昭編訳

フエンテス短篇集　アウラ・純な魂　他四篇　木村榮一訳

アルテミオ・クルスの死　フエンテス　木村榮一訳

緑の家　全二冊　バルガス＝リョサ　木村榮一訳

密林の語り部　バルガス＝リョサ　西村英一郎訳

ラ・カテドラルでの対話　バルガス＝リョサ　旦敬介訳

弓と竪琴　オクタビオ・パス　牛島信明訳

鷲か太陽か？　オクタビオ・パス　野谷文昭訳

ラテンアメリカ民話集　三原幸久編訳

やし酒飲み　エイモス・チュツオーラ　土屋哲訳

薬草まじない　エイモス・チュツオーラ　土屋哲訳

マイケル・K　J・M・クッツェー　くぼたのぞみ訳

ミゲル・ストリート　V・S・ナイポール　小沢自然　小野正嗣訳

キリストはエボリで止まった　カルロ・レーヴィ　竹山博英訳

クァジーモド全詩集　河島英昭訳

ウンガレッティ全詩集　河島英昭訳

クオーレ　デ・アミーチス　和田忠彦訳

ゼーノの意識　全二冊　ズヴェーヴォ　堤康徳訳

冗談　ミラン・クンデラ　西永良成訳

小説の技法　ミラン・クンデラ　西永良成訳

世界イディッシュ短篇選　西成彦編訳

シェフチェンコ詩集　藤井悦子編訳

死と乙女　アリエル・ドルフマン　飯島みどり訳

《ロシア文学》〔赤〕

オネーギン　プーシキン　池田健太郎訳
スペードの女王・ベールキン物語　プーシキン　神西清訳
外套・鼻　ゴーゴリ　平井肇訳
日本渡航記 —フレガート「パルラダ」号より　ゴンチャロフ　井上満訳
二重人格　ドストエフスキー　小沼文彦訳
罪と罰 全三冊　ドストエフスキー　江川卓訳
白痴 全二冊　ドストエーフスキイ　米川正夫訳
カラマーゾフの兄弟 全四冊　ドストエーフスキイ　米川正夫訳
アンナ・カレーニナ 全三冊　トルストイ　中村融訳
戦争と平和 全六冊　トルストイ　藤沼貴訳
トルストイ民話集 人はなんで生きるか 他四篇　中村白葉訳
トルストイ民話集 イワンのばか 他八篇　中村白葉訳
イワン・イリッチの死　トルストイ　米川正夫訳
復活 全二冊　トルストイ　藤沼貴訳
人生論　トルストイ　中村融訳
かもめ　チェーホフ　浦雅春訳

ワーニャおじさん　チェーホフ　小野理子訳
桜の園　チェーホフ　小野理子訳
チェーホフ 妻への手紙 全二冊　湯浅芳子訳
カシタンカ・ねむい 他七篇　チェーホフ　神西清訳
ゴーリキー短篇集　上田進・横田瑞穂訳編
どん底　ゴーリキイ　中村白葉訳
ソルジェニーツィン短篇集　木村浩編訳
アファナーシエフ ロシア民話集 全二冊　中村喜和編訳
われら　ザミャーチン　川端香男里訳
プラトーノフ作品集　原卓也訳
悪魔物語・運命の卵　ブルガーコフ　水野忠夫訳
巨匠とマルガリータ 全二冊　ブルガーコフ　水野忠夫訳

《ドイツ文学》〔赤〕

- ニーベルンゲンの歌 全二冊 — 相良守峯訳
- 若きウェルテルの悩み — ゲーテ／竹山道雄訳
- ヴィルヘルム・マイスターの修業時代 全三冊 — ゲーテ／山崎章甫訳
- イタリア紀行 全三冊 — ゲーテ／相良守峯訳
- ファウスト 全二冊 — ゲーテ／相良守峯訳
- ゲーテとの対話 全三冊 — エッカーマン／山下肇訳
- スペインの太子 ドン・カルロス — シルレル／佐藤通次訳
- ヒュペーリオン —希臘の世捨人 — ヘルデルリーン／渡辺格司訳
- 青い花 — ノヴァーリス／青山隆夫訳
- 夜の讃歌・サイスの弟子たち 他一篇 — ノヴァーリス／今泉文子訳
- 完訳 グリム童話集 全五冊 — 金田鬼一訳
- 黄金の壺 — ホフマン／神品芳夫訳
- ホフマン短篇集 — 池内紀編訳
- ミヒャエル・コールハース チリの地震 他一篇 — クライスト／山口裕之訳
- 影をなくした男 — シャミッソー／池内紀訳
- 流刑の神々・精霊物語 — ハイネ／小沢俊夫訳
- ブリギッタ・森の泉 他一篇 — シュティフター／宇多五郎・高安国世訳
- みずうみ 他四篇 — シュトルム／関泰祐訳
- 沈鐘 — ハウプトマン／阿部六郎訳
- 地霊・パンドラの箱 ルル二部作 — F・ヴェデキント／岩淵達治訳
- 春のめざめ — F・ヴェデキント／酒寄進一訳
- 花・死人に口なし 他七篇 — シュニッツラー／番匠谷英一・山本有三訳
- ゲオルゲ詩集 — 手塚富雄訳
- リルケ詩集 — 高安国世訳
- ドゥイノの悲歌 — リルケ／手塚富雄訳
- ブッデンブローク家の人びと 全三冊 — トーマス・マン／望月市恵訳
- 魔の山 全二冊 — トーマス・マン／関泰祐・望月市恵訳
- トニオ・クレエゲル — トオマス・マン／実吉捷郎訳
- ヴェニスに死す — トオマス・マン／実吉捷郎訳
- 講演集 ドイツとドイツ人 他五篇 — トーマス・マン／青木順三訳
- 講演集 リヒァルト・ヴァーグナーの苦悩と偉大 他一篇 — トーマス・マン／青木順三訳
- 車輪の下 — ヘルマン・ヘッセ／実吉捷郎訳
- デミアン — ヘルマン・ヘッセ／実吉捷郎訳
- シッダルタ — ヘッセ／手塚富雄訳
- 幼年時代 — カロッサ／斎藤栄治訳
- ジョゼフ・フーシェ —ある政治的人間の肖像 — シュテファン・ツワイク／高橋禎二・秋山英夫訳
- 変身・断食芸人 — カフカ／山下肇・山下萬里訳
- 審判 — カフカ／辻瑆訳
- カフカ短篇集 — 池内紀編訳
- カフカ寓話集 — 池内紀編訳
- ドイツ炉辺ばなし集 —カレンダーゲシヒテン — ヘーベル／木下康光編訳
- ウィーン世紀末文学選 — 池内紀編訳
- ティル・オイレンシュピーゲルの愉快ないたずら — 阿部謹也訳
- チャンドス卿の手紙 他十篇 — ホフマンスタール／檜山哲彦訳
- ホフマンスタール詩集 — 川村二郎訳
- インド紀行 全二冊 — ボンゼルス／実吉捷郎訳
- ドイツ名詩選 — 生野幸吉・檜山哲彦編
- 聖なる酔っぱらいの伝説 他四篇 — ヨーゼフ・ロート／池内紀訳
- ラデツキー行進曲 全二冊 — ヨーゼフ・ロート／平田達治訳
- ボードレール 他五篇 —ベンヤミンの仕事2 — ベンヤミン／野村修編訳

パサージュ論 全五冊 ヴァルター・ベンヤミン 今村仁司・三島憲一・大貫敦子・高橋順一・塚原史・細見和之・村岡晋一・山本尤・横張誠・與謝野文子・吉村和明訳
ジャクリーヌと日本人 ヤーコプ 相良守峯訳
ヴォイツェク ダントンの死 レンツ ビューヒナー 岩淵達治訳
人生処方詩集 エーリヒ・ケストナー 小松太郎訳
終戦日記一九四五 エーリヒ・ケストナー 酒寄進一訳
独裁者の学校 エーリヒ・ケストナー 酒寄進一訳
第七の十字架 全二冊 アンナ・ゼーガース 山下肇・新村浩訳

《フランス文学》〔赤〕

ラブレー第一之書 ガルガンチュワ物語 渡辺一夫訳
ラブレー第二之書 パンタグリュエル物語 渡辺一夫訳
ラブレー第三之書 パンタグリュエル物語 渡辺一夫訳
ラブレー第四之書 パンタグリュエル物語 渡辺一夫訳
ラブレー第五之書 パンタグリュエル物語 渡辺一夫訳
エセー 全六冊 モンテーニュ 原二郎訳
ラ・ロシュフコー箴言集 二宮フサ訳
ブリタニキュス ベレニス ラシーヌ 渡辺守章訳
いやいやながら医者にされ モリエール 鈴木力衛訳
守銭奴 モリエール 鈴木力衛訳
完訳 ペロー童話集 新倉朗子訳
ラ・フォンテーヌ 寓話 全二冊 ラ・フォンテーヌ 今野一雄訳
カンディード 他五篇 ヴォルテール 植田祐次訳
哲学書簡 ヴォルテール 林達夫訳
ルイ十四世の世紀 全四冊 ヴォルテール 丸山熊雄訳
美味礼讃 全二冊 ブリア＝サヴァラン 関根秀雄・戸部松実訳

近代人の自由と古代人の自由・征服の精神と簒奪 他一篇 コンスタン 堤林剣・堤林恵訳
恋愛論 全二冊 スタンダール 杉本圭子訳
赤と黒 全二冊 スタンダール 桑原武夫・生島遼一訳
艶笑滑稽譚 全三冊 バルザック 石井晴一訳
レ・ミゼラブル 全四冊 ユーゴー 豊島与志雄訳
ライン河幻想紀行 ユーゴー 榊原晃三編訳
ノートル＝ダム・ド・パリ 全二冊 ユーゴー 辻昶・松下和則訳
モンテ・クリスト伯 全七冊 アレクサンドル・デュマ 山内義雄訳
三銃士 全二冊 デュマ 生島遼一訳
カルメン メリメ 杉捷夫訳
愛の妖精（プチット・ファデット） ジョルジュ・サンド 宮崎嶺雄訳
ボオドレール 悪の華 鈴木信太郎訳
ボヴァリー夫人 全二冊 フローベール 伊吹武彦訳
感情教育 全二冊 フローベール 生島遼一訳
紋切型辞典 フローベール 小倉孝誠訳
サラムボー 全二冊 フローベール 中條屋進訳
未来のイヴ 全二冊 ヴィリエ・ド・リラダン 渡辺一夫訳

岩波文庫の最新刊

カント著／大橋容一郎訳

道徳形而上学の基礎づけ

カント哲学の導入にして近代倫理の基本書。人間の道徳性や善悪、正義と意志、義務と自由、人格と尊厳などを考える上で必須の手引きである。新訳。

〔青六二五-一〕　定価八五八円

カント著／宮村悠介訳

人倫の形而上学

第二部　徳論の形而上学的原理

カント最晩年の、「自由」の「体系」をめぐる大著の新訳。第二部では「道徳性」を主題とする。『人倫の形而上学』全体に関する充実した解説も付す。（全二冊）

〔青六二六-五〕　定価一二七六円

高浜虚子著／岸本尚毅編

新編　虚子自伝

高浜虚子（一八七四―一九五九）の自伝。青壮年時代の活動、郷里、子規や漱石との交遊歴を語り掛けるように回想する。近代俳句の巨人の素顔にふれる。

〔緑二八-一一〕　定価一〇〇一円

末永高康訳注

孝経・曾子

『孝経』は孔子がその高弟曾子《そうし》に「孝」を説いた書。儒家の経典の一つとして、『論語』とともに長く読み継がれた。曾子学派による師の語録『曾子』を併収。

〔青二一一-一〕　定価九三五円

……今月の重版再開……

久保田淳校注

千載和歌集

〔黄一三二-一〕　定価一三五三円

南原繁著

国家と宗教

―ヨーロッパ精神史の研究―

〔青一六七-二〕　定価一三五三円

岩波文庫の最新刊

ゲルツェン著／金子幸彦・長縄光男訳

過去と思索（一）

人間の自由と尊厳の旗を掲げてロシアから西欧へと駆け抜けたゲルツェン（一八一二－一八七〇）。亡命者の壮烈な人生の幕が今開く。自伝文学の最高峰。（全七冊）

〔青N六一〇－二〕 定価一五〇七円

ゲルツェン著／金子幸彦・長縄光男訳

過去と思索（二）

逮捕されたゲルツェンは、五年にわたる流刑生活を余儀なくされた。「シベリアは新しい国だ。独特なアメリカだ」。二十代の青年は何を経験したのか。（全七冊）

〔青N六一〇－三〕 定価一五〇七円

復本一郎編

正岡子規スケッチ帖

子規の絵は味わいある描きぶりの奥に気魄が宿る。最晩年に描かれた画帖『菓物帖』『草花帖』『玩具帖』をフルカラーで収録する。子規の画論を併載。

〔緑一三－一四〕 定価九二四円

ハインリヒ・マン作／今井 敦訳

ウンラート教授

あるいは一暴君の末路

酒場の歌姫の虜となり転落してゆく「ウンラート（汚物）教授」を通して、帝国社会を諧謔的に描き出す。マレーネ・ディートリヒ出演の映画『嘆きの天使』原作。

〔赤四七四－一〕 定価一二二一円

……今月の重版再開……

揖斐 高訳注

頼山陽詩選

〔黄二三一－五〕 定価一一五五円

魯迅作／竹内 好訳

野草

〔赤二五－一〕 定価五五〇円

定価は消費税10％込です　2024.5